AF397422

N. Jessy Blake

Lélektöredékek

novum pro

© 2020 novum publishing

ISBN 978-3-99064-823-0
Lektor: Sósné Karácsonyi Mária
Borítóképek: Catarabukv, Adistock, Iofoto, Jorge Cacho | Dreamstime.com
Borító, tördelés & nyomda: novum publishing

www.novumpublishing.hu

áradt vagyok. A késő délutánba nyúló műszak utolsó le-
dolgozott másodperce után egyszerre fellobban bennem
valami finom melegség arra gondolva, hogy hamarosan haza-
érhetek már, valamint hirtelen elkezdem érezni mindazt a fá-
radtságot, melyet a munkaidő lejárta előtt mintha nem éreztem
volna még ily lüktetően.

A nehéz csomag súlya lehúzza a karomat, de a hazaúton az
ember már elvisel bármit, hiszen már mindössze percek kérdé-
se, és meglátom az utcát. A lámpához érve egy forró fürdő gon-
dolata hoz lázba. Megnyugtat a tudat, hogy csupán pár lépés,
és beérek az utcánkba. Már látom is a sarki kisbolt zöld szegé-
lyű tábláját a járda szélén, a virágárust, a...

Egy pillanatra megtorpanok. Mintha a tömeg közepén egy
máshonnan ismerős alakot vélnék hirtelen felfedezni, akiről
tudom, hogy nem lehet itt. Képtelenség, hogy ő legyen az. Em-
lékek rohamoznak meg. Beszélgetések töredékeinek milliárdja
zsong a fejemben; nevetések, sírások hangjai. Emlékszem min-
denre. Az első találkozásunktól kezdve egészen az utolsó búcsú-
szóig, mindenre. Tudom, hogy ő az. Más nem lehet. Ezer közül
is felismerem ezt az alakot, ezt a járást, ezt az örökké élettel és
érdeklődéssel teli tekintetet.

Engem néz. Tekintetünk egymásba olvad egy végtelen pilla-
nat erejéig. Szájtátva próbál valamit motyogni; képtelen elhin-
ni, hogy itt vagyunk. Ujjaim elernyednek, kiesik a kezemből az
egyik csomag. Most már tudom, semmi kétség: újból egymás-
ra találtunk.

Átrohanok az úton és átölelem őt. A lendületem kis híján fel-
borít mindkettőnket, de nem törődik vele. Úgy szorít magához
ő is, mintha csak az élete függne tőlem.

Hátrálnom kell néhány lépést, hogy jobban szemügyre vehessem őt. Esküszöm... mintha semmit sem változott volna! Ugyanolyan karcsú, kecses és kíváncsi. Talán csak a haja árnyalata lett még világosabb. De hát mit mondhatnék? Néhány éve én magam is megtaláltam már az első ősz hajszálamat.

– Violet! Violet... istenem, hány éve is?

– Már tíz éve... Tíz végtelennek tűnő év óta nem láttuk egymást! – Újból átölelem, és nem is akarom elengedni. Elengedtem már sok-sok évvel ezelőtt, és ezt azóta sem bocsátottam meg magamnak.

Már eszembe sem jut az otthon vagy a forró fürdő. A kedvenc kávézóm mindössze ötpercnyire van innen, egyenesen odaviszem Sarah-t. Még mindig két cukorral issza a kávét, még mindig ott van az arcán az a különös, halvány mosoly, mikor egy új helyre lépek be vele; még mindig oly hevesen magyaráz minden teljesen lényegtelen apróságot, miközben még mindig nem árulja el, hogy miért van itt. Mikor ránézek, nem érzem azt a tíz hosszú évet. Olyan, mintha semmit sem változott volna, ellenben én magam öregebb lettem már... fáradtabb... talán reményvesztettebb is.

Nem hallom, amit mond. Egy percre elveszek a múltban. Gyerek voltam még, mikor megismertem őt. Egy rettegő gyermek egy walesi árvaházban, akárcsak ő. Nehezen illeszkedtem be, ellenben őt mindenki szerette. Én folyton bajba kerültem, ő folyton segített nekem. Mikor először nyújtotta felém a kezét, mikor először ölelt át és vigasztalt engem, én pedig kapaszkodtam belé, már akkor tudtam, hogy számomra ő nem csak ideiglenes remény. Ő volt a legjobb barátom. Az egyetlen igazi barátom, és bármit megtettem volna érte, bármikor.

Egymás mellett maradtunk mindvégig. A bizonytalanságban is, a jókedvben is, a nagyvilágban is. Egy irodában dolgoztunk, egy utcában is laktunk. A mostani szomszédomnak épphogy csak a nevét tudom. De őt... őt mindenestül ismertem és szerettem, úgy, ahogy volt.

Én kényelmesen megvoltam ott. Szerettem ott élni, mellette biztonságban érezhettem magamat. Beilleszkedtem, meglehet, hogy ott is maradtam volna örökre, ám ő nem tudott nyugodni. A múltat akarta. Engem nem érdekelt soha sem, hogy ki vagyok, nem érdekelt, hogy volt-e családom, vajon a szegénység miatt dobtak-e el maguktól, csak nem kellettem nekik, vagy meghaltak esetleg…

Valahogy nem gondolkoztam azon, hogy mi volt azelőtt. Nem törődtem azzal, hogy milyen lehetne velük az életem. Nekem volt ott egy nővérem, Sarah, és nekem elég volt ennyi. Sosem tudtam, milyen érzés családba születni, milyen az a szeretet, de azt tudtam, hogy annál a köteléknél, mely kettőnk közt szövődött, semmi sem lehet erősebb.

Ám Sarah kíváncsisága talán mégis csak erősebbnek bizonyult. Meg akarta keresni a családját. Vagy legalábbis megtudni azt, hogy mi történt. Tudni akarta, hogy ki volt, vagy ki lett volna. Tudni akarta, hogy honnan jön. Mit tehettem volna? Előbb vagy utóbb mindenképp elindult volna. Így vele tartottam.

Angliába jöttünk, hogy a múltunk után kutassunk. Nem tudtunk sokat. Egy-egy várost, nevet… szinte semmit sem. Úgy hitte, a szíve azonnal megdobban majd, ha arra a földre lép, ha megpillantja azokat a házakat, embereket, de úgy tűnt, idegenek voltunk otthon is. Én mindenképpen. Ő hamar beilleszkedett, hajtotta a vágy, kutatott, ameddig bírt. A múlt szava engem Selbybe, őt Bristolba szólította el. Vele akartam tartani, hogy együtt tegyük meg útjainkat, de ő arra kért, hogy váljunk el egy időre. Úgy érezte, hogy ő, a jelenem, visszatartana attól, hogy valóban megkeressem a múltamat. Megbeszéltük, hogy hol és mikor találkozunk majd újból, de mélyen belül mindketten tudtuk, hogy soha többé nem látjuk viszont egymást.

Selbyben maradtam végül. Beilleszkedtem, de belül még mindig idegennek érzem magamat. Vagy talán csak magányosnak, elveszettnek. Mikor rátekintek, hirtelen a reményt pillantom meg. Egy percre újból megtelik a szívem, elnyomja azt a hiányt, mely éget engem.

Arról kérdez, hogy találtam-e valamit. Találtam, és nem tetszett az, amit megtudtam. A múltam, a családom eddig pár névtelen, arctalan alak volt csupán, akik nem ártottak nekem soha. A temetőbe lépve azonban mégis gyász fog el a nő iránt, aki megszült, akkor is, ha a nevén kívül mást aligha tudok róla. Szégyent érzek akkor, amikor arra gondolok, hogy kinek a lánya vagyok. Az apám börtönben van, és én sosem akarom látni őt.

Violet sosem értette, hogy miért nem akarok tudni róluk. Hát pontosan ezért nem. Eddig nem éreztem magamban azt az ürességet, mely az ő szívében tátongott. Eddig nem éreztem semmit sem, mikor rájuk gondoltam. De most gyászt érzek, fájdalmat és szégyent. Megbánást, amiért nem kerestem meg anyámat már jóval korábban. Még életben volt, mikor az árvaházból kikerültem. Ismerhettem volna. Ha nem tudom, ki ő... Sosem érdekelt ez, most mégis fáj.

Eddig úgy hittem, a magam útját járom, de mióta tudom, hogy honnan jövök, hogy ki vagyok, úgy érzem, meg vagyok bélyegezve. A könnyű bizonytalanság helyett most már a tények vaslánca húzza le a lelkemet.

Úgy hittem, legalább az ő szíve felengedhetett már, de megtudom, hogy az ő helyzete sem jobb semmivel sem. Egyik szülője sem él már, de nem adta fel a reményt, hogy megtalálja a családját.

– Van egy testvérem. Egy féltestvérem. Most utána kutatok. Mert meg fogom találni őt, hallod? Megtalálom őt, Violet! Édes Violetem. – Egy pillanatra elmosolyodom. Nem igazán értem, amit mond. Nem értem, hogy hihet még mindig ennyire, mégis nevetek. *Édes Violetem.*

Mindig így hívott. Mintha nem telt volna el az a tíz szörnyű év, mintha ugyanonnan folytathatnánk, ahol elváltunk egymástól annak idején.

Azt kérdezi, hogy van-e családom. Ugyan! Magányos voltam mindig is, most is. Nekem egy valódi családom volt csak, egyedül ő jelentett nekem bármit is, de ezt inkább nem mondom ki hangosan. Előveszi a tárcáját, és néhány képet mutat nekem. Ő férjhez ment azóta, két gyermeket nevel. A kisebbiket, a lányt, utánam nevezte el. Meg akart keresni számtalanszor, de sosem találtuk egymást.

Hirtelen mégis mérhetetlenül örülök annak, hogy nem adta fel az őrült tervét. Hiszen akkor nem jön ide, és nem találom meg. Aztán újból fájdalom mar a szívembe. Mi van, ha megint elmegy? Talán másodjára már el sem tudom viselni a hiányát, hogy még egyszer elhagyjam őt?

Azt mondja, hogy ha megtalálja a testvérét, ideköltözik. Vele marad. Semmi mást nem akar, csak hogy megtalálja végre a családját. Nem egészen értem, hogy a vérvonal miért ennyire fontos, de elfogadom, hogy ez minden vágya.

Arra kér, hogy menjek vele. Arra kér, hogy legyek jelen élete legfontosabb lépésénél. Mit tehetnék? Ha arra kérne, hogy hozzam le neki a holdat, azt is megtenném, csak maradjon még. Csak maradjon még egy kicsit.

Felszállunk a metróra. Együtt utazunk, megint. Együtt nevetünk. Megint. Mintha semmi sem változott volna, mégis tudom, hogy minden más lett azóta.

– Minden félretett pénzemet arra a nyomozóra költöttem, aki kiderítette nekem, hogy ki az, és hogy hol lakik.

– És, mit fogsz neki mondani?

– Vagy százszor elpróbáltam már a szöveget, de tudom, hogy abban a percben, ahogy meglátom őt, semmi nem fog majd eszembe jutni. Emlékszel? Régen is mindig ez volt, mikor valami fontos dolog előtt álltam.

Mosolygok. Tessék, sosem akartam tudni a múltamat, mert ő volt a jelenem. Most a jelent nem értem, de van múltam. Ő…

Jelez nekem, hogy leszállunk a metróról. Azt hittem, messzebbre megyünk, de indulok rögtön utána, nem várakoztatom. Hevesen magyaráz, mutogat. Még sosem járt erre, de tudja, hogy ez az. Érzi… érez valamit. Befordul az utcába, a szíve egyre vadabbul zakatol. Ez az az utca, ezek azok a kövek, ezek azok a házak…

– Biztosan ez az utca? Mutasd csak azt a papírt!

– Mi a baj? – kérdezi bátortalanul.

– Semmi, csak furcsa. Én is itt lakom.

– Melyik házban? – kérdezi izgatottan, de némileg kételkedve.

– A tizenkettesben.

– Az nem lehet! – kiáltja. – Ott Violet Stanley lakik! Az én testvérem!

– Add ide! – Kitépem a kezéből a lapot. Az nem lehet. Mondani akarok valamit, de szinte megszólalni sincsen erőm. A szívem oly vadul zakatol, hogy úgy érzem, mentem megfulladok.

– Miután megtudtam, hogy ki az apám, úgy éreztem, megbélyegeztek. Megváltoztattam a vezetéknevemet, hogy az emberek ne hozzá kössenek.

Ő a nővérem. A nő, aki a családomat jelképezte, akit a testvéremként szerettem hatéves korom óta. A nővérem. Sarah keze remeg, mély levegőket kell vennie. Szóra nyitja az ajkait, de hang nem jön ki rajtuk, képtelen megszólalni. Mellé lépek, és magamhoz szorítom. Soha többé nem engedem el, de most már szükség sincsen erre.

Még mindig csak hebeg, kissé érthetetlenül. Bevezetem a házba, majd lerogyok a székre. Még nem fogtam felm, egy darabig talán még nem is fogom.

Valami zajt hallok odakint, a szomszédom matat valamit a kertben. A lánya egyfolytában ugrál körülötte, a nyomában pedig egy kiskutya liheg. Még nem láttam eddig az állatot, vagy csak nem érdekelt. Az azonban, amit a nő most tesz, valósággal megbabonáz. Egy táblát állít fel éppen a kertben – a hatalmas, fehér, festett betűk különös szót alkotnak. **Eladó**. Elmélázó tekintetemet a nővéremre szegezem, aki pontosan tudja, mire gondolok.

– Ugyanott vagyunk – suttogom. – Hát erre kellett neked tíz év?

– Nem. Most már legalább itthon vagyunk, mégis csak más ez így...

– De hát én mindig is otthon voltam, mert melletted voltam.

Váratlan vigasz

Stella Walker — 2002. szeptember

Az órát figyelem. A másodpercek kínzó lassúsággal telnek, éveknek tűnnek a szörnyű percek. Ajkam néma marad, tekintetem üres. Elmém mélyén egyetlen gondolat sem zakatol.

Kényszeredetten fordítom vissza fejemet az asztalon fekvő, megkezdett festményhez. Reszkető ujjaim igyekeznek követni az előttem felállított kép vonalait, persze hiába. Nincsen erőm gondolkozni, nincsen erőm érezni. Tompa agyam hiába mozgatja merev karjaimat, hiába látok, hiába lélegzem, a szívem, úgy érzem, megállt. Gyenge dobbanásai monoton dobszóként csengenek a némaságban. Működik, zakatol szüntelen, de már nem éltet. Létezem csupán, de már nem érzek.

Kezemből kiesik az ecset, még csak utána sem nézek. Szenvedély nélkül ez csak festék és vászon, de nem kép, nem festmény. Érzelmek nélkül ez mindössze néhány vonal, értelmetlenül, céltalanul lebegve a semmi közepén. Értéktelen, mert semmit nem mond, semmit nem fejez ki, így üres és néma marad, akárcsak én. Hiába, elmém mozgatja az ujjaimat, de lélek nélkül festeni lehetetlen.

Fáradt vagyok. Kezem unottan nyúl a pohár után, hűsítő víz helyett azonban keserű, sűrű folyadék csordul le a torkomon. Az a hideg, ólmos íz azon nyomban felfedi előttem az akril jellegzetes nyomait. Miért is a tiszta vizet emeltem volna fel az asztalról a festékes helyett?

A dobozban kezdek el keresgélni, kezem a tubus után kutat. Úgy emlékszem, az akril mérgező. Hirtelen megrémülök. Nem attól, ahogyan elképzelem, amint megpillantom a *mérgező* feliratot a címkén. Nem attól a tudattól, melyet a már félig lekopott betűk jelenthetnek, hanem magamtól. A gondolattól. Tudom, mit tennék, ha valóban megpillantanám azt a szót. Nem borzadnék el. A magam egészségére emelném vissza ajkamhoz az üveget, és üríteném ki az utolsó cseppig. Talán még mosolyognék is…

Az üres némaságba szinte idegen, ellenséges behatolóként tör be a telefonom halk rezgése. Komótosan kelek fel a székből, és hagyom el a műhelyt. Az előszobából beáradó tiszta fény és friss levegő életszagot áraszt, mely hirtelen émelyítő érzést kelt bennem. Elhaladok a kisszoba mellett, melynek zárt ajtajára még csak rá sem pillantok. A hallba érek, Jack az ágyon ül, egy fényképalbumot tesz félre.

– Mit akarsz? – kérdezem halkan. Valaha gyengédség sugárzott a hangomból, mikor hozzá beszéltem. Valaha szavak sem kellettek ahhoz, hogy tudjam, mire gondol. Valaha szerettem még ezt a férfit, együtt vágtunk bele az életbe, együtt terveztünk jövőt, együtt fogadtuk meg, hogy jóban és rosszban is kitartunk egymás mellett, de nekem ez már nem megy. Én már nem tudok ígérni, nem tudok szeretni, nem tudok élni sem.

– Talán csak látni akartalak, hallani a hangodat.

Én csak azt hallom a hangján, hogy ivott, és vélhetően hetek óta alig aludt. Ami azt illeti, azóta nem aludt… Jack felejteni próbál, eljár olyan idióta körökbe, kibeszéli magát. Engem is magával próbál hurcolni állandóan, de nem megyek. Nem tudok, nincs hozzá erőm.

– Komolyan azt hiszed, hogy ha kimondom, akkor változik bármi is? Hogy ha beszélek róla, akkor jobb lesz? Sosem lesz már jobb, Jack! Sosem lesz semmi sem rendben! Érted? – Nem kiabálok, bár eleinte úgy tűnhet, a hangom erőteljesebb, a hangsúlyom továbbra is változatlan. Nincs erőm a dühhöz, nincs erőm a félelemhez, a megértéshez. – Mit akarsz tőlem?

– Azt hiszed, nekem könnyebb, mint neked? – kérdi halkan. Szeme sarkában halvány könnycseppek gyülekeznek, ő nem titkolja el az érzéseit, ő erre képtelen. – De könnyebbé tenné az, ha egymást nem veszítenénk el.

– Főzök kávét. Te is kérsz? – kérdezem erőltetett, tettetett félmosollyal az ajkamon, mintha csak pincérnő volnék, miközben szándékosan figyelmen kívül hagyom a számomra érthetetlen kijelentését. Hagyom a levegőben lógni az egészet, mintha így ki nem mondottá tehetném a szavait. Mintha így nem kéne törődnöm azzal, amit valójában jelent.

Jack lehajtja a fejét, némán bólint. Nincs értelme a szónak, hiszen már réges-rég elveszített engem. Kisétálok a szobából, a mosdó felé veszem az irányt. A kezem ragad a festéktől, le akarom mosni magamról. Le akarom mosni magamról a koszt, a fájdalmat, az életet, a múltat... kitörölni elmémből minden emléket.

Elzárom a csapot, a küszöb felé fordulok, de mozdulni nem bírok. Egy pillanatra meg kell kapaszkodnom a csempében, úgy érzem, nem bírom tovább. Nem tudom, nem bírom. Én ehhez kevés vagyok.

Négy éve még hittem a csodában. Hittem a buta mesékben, melyek bárgyú dallamait az orvosok elhitetni igyekeztek velem. Már akkor látnom kellett volna, tudnom kellett volna, hogy sosem gyógyul meg, és hogy én sem leszek sohasem jobban. Ennél több nekem sosem lesz már...

Tekintetem a tükörre téved, torzult, szörnyű arcképem másától azonban görcsbe rándul a gyomrom. Hányingerem támad, hányingerem van saját magamtól. Az arcom vonásai mit sem változtak az elmúlt két év alatt, szemem színe, orrom alakja. Embert próbáló gyötrelmeim nem látszódnak már. Fakó arcomat kellő smink segítségével ugyanolyan rózsássá teremtem, kialvatlan szemeim alól ügyesen tüntetem el a sötét karikákat.

Meglehet, hogy pontosan ez zavar, hogy minden belső háború kínjának ellenére ugyanúgy nézek ki. Nem mutatom a valóság felé a valódi arcomat. Meglehet, hogy ez a túlzó kontraszt rémített el, vagy... Ugyan, magamat is csupán áltatom. Nem ez borzaszt el, hanem a szemem. Mit is takargatok? Semmit. Már nem vívódom, nem gyászolom, nem kell a szenvedéseimet elrejtenem. Mi van bennem? Semmi. Semmi sincsen. Üres vagyok, érzelmek nélkül. Már nem látok magamban fájdalmat, keserűséget vagy kínt, csak a semmit.

Semmit sem érzek! Rózsás színekkel a belsőmet felemésztő ürességet festem ki. Arcom nyugodt, rezdüléstelen, élettelen. A tükörbe nézek és rádöbbenek arra, hogy egy halott emberrel nézek szembe. Egy halottal, akit erőltetetten az élők sorába húznak vissza.

Zokogni akarok, csak egyetlen könnycseppet legalább! Szemem azonban üres, szívem monoton ritmusban dobog, értelmetlenül ver tovább. Könyörgöm! Érezzek fájdalmat, dühöt, hadd szenvedjek! Inkább, inkább, mint ezt. Égjek a fájdalom kínjától minden percben, csak érezzek valamit! Valamit, bármit.

De szívem éppoly gépiesen dobol, nem hallgat rám, süket. Lelkem pedig néma, akárcsak ajkam. Üresség. Semmi mást nem érzek. Semmit sem érzek. A fájdalomról tudod, hogy egyszer alábbhagy majd, hogy egyszer lazít majd a szívedet szorongató köteléken. Tudod, hogy elmúlik, s talán egyszer, évekkel később visszaránthat oda, ahonnan elindultál. A könnyek emlékeket rejtenek, a boldogság egyre halványuló fénye szül nedvességet a szembe. A semmi azonban nem emlékszik arra, hogy volt vidámság. A semmi nem emlékszik a gyászra, csak hagyja, hogy felemésztődj magadban, és őrlődj, vagy talán azt sem. Nem kínoz, csak magadra hagy, és elsétál melletted a remény gondolatával. Elveszi tőled örökre, sosem lesz már a tied sem az emléke, sem a jövő édes reménye.

Egy pillanatra visszatérek Jackhez, ám szinte észre sem veszi, hogy a szobába léptem. Már szinte nem is emlékszem, milyen az érintése, milyen ízű a csókja, milyen az igazi hangja. Két évvel ezelőtt mögé bújtam volna, átöleltem volna, és a fülébe suttogtam volna, hogy együtt megoldjuk. Végigsimítottam volna a fakó arcát, ő megfogta volna a kezemet. Valaha így lett volna, de most már nem azok vagyunk.

Megfordulok, és a bejárati ajtó felé veszem az irányt. Most képtelen vagyok egy légtérben maradni vele. Fuldoklom. Émelygek. Haldoklom. Felkapom a kabátomat és kirohanok a lakásból. Levegőre van szükségem, menekülni akarok innen.

Fél éve nem jártam már a papírboltban, keresek magamnak valamit. Azonban bármit is ajánl nekem Mrs. Whitmore, semmi nem ragadja meg a fantáziámat, semmihez sincs erőm. Ő alkotói válságnak nevezi, azt mondja, pár hónap, és kilábalok a gödörből. Fogalma nincs arról, hogy nem válság szállt meg, hanem a Semmi, és ebből mindössze egyetlen kiút maradt csak.

Az utcán sétálgatok, de mintha nem volnék ura a testemnek, vagy önmagamnak. Nem érzékelem a hangokat, szagokat, alig látok, csak téblábolok az utcán és arra gondolok, hogy meg akarok halni. Arra gondolok, hogy nem lenne olyan nehéz véget vetni ennek az értelmetlen létnek. Csak elkocsikázni a hídig; csak bemenni a gyógyszertárba, és venni pár erős szert, vagy csak hazamenni és kiválasztani az evőeszközökkel teleszórt fiókból a legélesebb kést. Ehhez volna fantáziám, ehhez maradt már csak erőm.

Utam véletlenszerűen a Mean Streetre vezet. A gyermekruhabolt mellett elhaladva hirtelen földbe gyökerezik a lábam. Emlékezni akarok, visszagondolni azokra a percekre, de nem tudok. Képtelen vagyok rá, csak el akarok tűnni, el ebből a világból, meghalni, az sokkal egyszerűbb, könnyebb.

A zúgolódó, ricsajos tömeg kellős közepén egy szívszorító hang üti meg a fülemet. Fogalmam sincs, hogyan hallom ki az éles, apró zajt a zűrzavar közepette, mégis eljut a tudatomig a különös szó jelentése.

– Anya! Anyuci!

Megdermedek. Valami hirtelen hozzám ér, valami puha, bársonyos, valami apró, bőrszerű felület, melyet nagyon, nagyon régóta nem éreztem már. Óvatosan pillantok le. Az értetlenség, meglepetés, és valami különös, megfoghatatlan gondolat keveréke áraszt el, mely összeszorítja a torkomat. Egy öt év körüli gyermek csimpaszkodott belém, apró keze az enyémet szorítja.

– Anya!

Nem tudok megszólalni. Nem tudok megmozdulni. Értetlenül, dermedten állok mellette, a kezem remeg. A kislány felpillant rám, csillogó szemének ezüstös tükrén hirtelen riadalom fut keresztül. Apró tenyerét kihúzza az enyémből, hátrál néhány lépést.

– Te nem Anya vagy – motyogja halkan.

Egy nő rohan felénk, egy fiatal, csinos nő, akinek alakja és kabátja valóban meglehetősen hasonló az enyémhez. A különbség abban áll, hogy én nem vagyok anya – már nem. A nő felém pillant, mosolyog, majd elnézést kér, miközben az ölébe kapja a gyermeket.

Órákon át ácsorgom még az üzlet előtt, tagjaimon reszketés lesz úrrá. Emlékek rohamoznak meg, melyeket ki akartam törölni az elmémből. Egyszer csak hirtelen sarkon fordulok és hazarohanok. Nem vetkőzöm le, nem érdekel, hogy melegem van a kabátban, vagy hogy sáros a cipőm talpa.

Jack felém pillant, finoman felvonja a szemöldökét. Arca holtsápadt és meggyötört, azt kérdi, hogy vagyok.

– Mikor ma elindultam itthonról, úgy terveztem, hogy nem jövök haza. Úgy terveztem, hogy... – Nem kertelek, őszintén, tárgyilagosan ejtem ki a szavakat, mintha csak az időjárásról beszélnék. – Meg akartam ölni magam. Azért, mert nincs már értelme az életnek. Aztán történt valami és rájöttem arra, hogy azért akarok meghalni, mert nélküle nincs értelme. Ha meghalok, akkor talán viszontláthatom őt, mert bármit, érted, bármit megadnék azért, hogy visszakaphassam őt.

Csak úgy ömlenek ki belőlem a szavak. A szavak, melyeket két éven át nem volt erőm kimondani, melyek kimondását feleslegesnek tituláltam, most azonban mégis úgy érzem, hogy felrobban az elmém, ha nem mondom ki őket hangosan neki.

– Magamat hibáztattam. Mit tettem, mit nem tettem. Mivel érdemeltem ezt ki. Négy éve, mióta csak megtudtuk, hogy beteg, azóta azon tépelődöm, hogy mit kellett volna másképpen csinálnom. Korábban észre kellett volna vennem, gyakrabban kellett volna orvoshoz vinnem, másféle gyermekvitaminokat kellett volna vennem... Nem, nem tudom elviselni a tehetetlenséget, hogy nem segíthettem neki.

– Jó anya voltál – töri meg a csendet Jack. – Jó anya voltál, nem tehetett volna senki más sem semmit.

– Azt mondtad, beszéljek, de mit változtat? Mondd meg, min változtat, ha kimondom hangosan, hogy hiányzik? Hogy nem bírom ki? Hogy életem végéig úgy fogok felkelni minden reggel, hogy hallom a gyerekkacajt, majd rádöbbenek arra, hogy sosem fogom már újból hallani a hangját, csak az emlékeimben él? Nem veszek több kisruhát, sem babaházat, nem olvasok fel esti mesét, nem ölelhetem meg többé, nem taníthatom meg már semmire. Nem lesz már min együtt nevetni, nem fogom letörölni a könnyeket az arcáról, nem szólít többé anyának.

Minden percben, minden karácsonyi ebédkor és születésnapon plusz egy széket akarok először az asztalhoz állítani majd, és ha nem mondjuk ki, akkor is arra fogunk csak gondolni, hogy nincs ott, pedig ott kellene lennie. Hogyan, hogyan változtatna ezen bármit is az, hogy kimondom?

Jack nem szól semmit. Reszkető kezét az arcomhoz érinti, egy könnycseppet töröl le róla. A szó nem abban segít, hogy változtassak a múlton, hogy változtassak azon, amit érzek, hanem azon, hogy belássam, érzek. Hirtelen zokogásban török ki. Forró könnyek áztatják el a bőrömet és mossák le a valótlan sminket arcomról. Már nincsen rá szükségem. Jack magához szorít, a válla remegéséből érzem, hogy ő is sír.

A lányra gondolok. A kislányra, aki egyetlen percre véletlen összetévesztett az anyjával. Az ő arcát látom magam előtt. Miután az édesanyja az ölébe kapta és megfordult vele, a válla fölött a lány még egyszer rám nézett. A pufók, édes kis arcára gondolok most, a hatalmas szemeire, melyek egy pillanatra olyanná olvadtak, akár annak a csöppségnek az arca, aki valaha engem szólított anyának. Őt láttam akkor egy pillanatra, ő volt az. Integetett. Olyan volt, akár egy üzenet, egy váratlan vigasz a lányomtól, aki elköszönt tőlem. Elbúcsúzott tőlem, úgy, ahogyan akkor nem tudott.

– Ugye megfested őt? – kérdezi Jack halkan. – Megfested, hogy milyen volt?

Némán bólintok. Még most is hallom a nevetését, látom a mosolyát. Még odaátról is hallom, ahogyan kiejti édes kis ajakain azt a szót, hogy *anya*. Valami szúrást érzek itt mélyen, a szívem tájékán, valami mély fájdalmat. Most már tudom, hogy nem hagyott el minket, mert idebent velünk marad az emléke, a hangja, a szeretete.

Már nem felejteni akarok, már nem küzdök a fájdalom ellen, hagyom, hogy átjárja a testemet. Mert a fájdalom egyszer elmúlik majd, felemésztve a semmit, maga után hagyva azokat az emlékeket, melyekbe kapaszkodom.

Valami furcsa, halk sercegés hangját hallom, a szívem öszszeszorul. Egy kicsit olyan érzés ez, mint mikor egy mély seb egyszer csak elkezd lassan behegedni…

A remény szava

Gabrielle Jordan – 1994. február

Fázom. Egy kihalt épület rothadó fagerendáihoz préselődve vacogom a hóviharban. Újra és újra egymáshoz dörzsölöm a tenyereimet, majd közéjük lehelek. Mindhiába. Az ujjaim percről percre dermedtebbé válnak, a szám már lassan kékülni kezd. Hirtelen egy megnyikorduló bakancs hangja vonja magára a figyelmemet. Fáradt tekintetemet felemelve egy középkorú, magas férfialakot pillantok meg. Rezzenéstelen tekintete semmitmondóan fürkészi sovány arcomat. Lesütöm a szememet, tenyeremet az ég felé fordítva nyújtom felé. Nem várok könyörületet, nem várok megszánást, csak valamennyi pénzt.

Ő megrázza a fejét, majd leguggol hozzám. Megkérdezi, hogyan kerültem oda. Erre én rázom meg a fejemet. Lassan leengedem a karomat az oldalam mellé, és még inkább összehúzom magamat a hideg, fagyos vihar kemény hópelyhei elől bujkálva. Ő némán emelkedik fel; megfogja a kezemet majd a kocsihoz vezet. Nem nézek a szemébe. Nem merek a szemébe nézni. Hangtalanul huppanok le a koszos ülésre. Ő felém fordul párszor, de meg nem szólal. Akkor sem, mikor elhagyjuk az utakat. Akkor sem, mikor kisegít az autóból. Még csak a lélegzetvételének üteme sem jelzi, hogy szólni készült volna.

Egy kis házhoz vezet. Amint átlépem a küszöböt, érzem a fűtött lakás életadó melegét. Rápillantok, de még csak a szeme sem rebben. Nem veszi le a lábáról sáros bakancsát, így én sem bíbelődöm a lábbelivel. Őt nézem. A markáns vonásait, a fakó bőrszínét, a semmit sem mutató, üres tekintetét. Megbont egy konzervet és odalöki elém. Én úgy falom, mint aki soha életében nem evett még ételt. Nem tudok megszólalni. Csak biccentésre jut erőm, és egy halvány, reménykedő mosolyra. Ő leül a székre velem szemben, és hosszú, néma perceken át bámul engem.

Én a doboz legalján maradt morzsákat igyekszem a kanálra helyezni, nem igazán törődöm különös viselkedésével.

– Gabie – suttogom nagy sokára, mikor rádöbbenek arra, hogy ő nem fog beszélgetést kezdeményezni. Megtörlöm a tenyeremet a nadrágom szárában, majd felé nyújtom, hogy kezet rázzunk. Ő azonban figyelmen kívül hagyja a mozdulatot.

– Hol vannak a szüleid? – kérdezi helyette. Hangja mély és határozott.

– Anya meghalt évekkel ezelőtt, az apámat meg nem ismerem.

– Tudtommal létezik intézmény az árvák számára – feleli ridegen.

– Ja. A gáz az, hogy hivatalosan nem árvultam el, anya férje a gyámom.

– Akkor miért nem vagy vele? – kérdezi. Hangja nyers, szinte vallató.

Feltűröm az átázott ruhám ujját. Halvány bőrömön véraláfutások és zúzódások nyoma virít.

– Sosem kedveltük egymást – sóhajtom –, de míg anya vigyázott rám, nem ért hozzám egyszer sem. A gyász óta azonban egyre erőszakosabbá vált. Úgy döntöttem, nem akarok tovább így élni. Nem akartam folytatni – megvonom a vállamat –, hát fogtam magam és megszöktem.

– És mire számítottál? Talán előbb fagytál volna halálra, minthogy éhen pusztulj.

– Nem számít. – Újból megvonom a vállam.

– Éjszakára itt maradsz, rendben?

Leterít magának a földre egy durva szövésű pokrócot, az ágyat átengedi nekem. Nem túl bőbeszédű, egyetlenegyszer nem szól hozzám. Csak lehunyja a szemét és fekszik. Végül én is elhelyezkedem. A fekhely kemény és kényelmetlen, mégis úgy alszom benne, mintha egy kastély szobájában volnék. Ám alig egy óra múlva rémálom riaszt fel békességemből. Ökölbe szoruló karjaimat védekezően magam elé emelve tértek magamhoz. Percekbe, lassú, nehéz percekbe telik, míg már nem kapkodom a levegőt. De úgy tűnhet, legalább őt nem keltettem fel. Visszadőlök az ágyra, lehajtom a párnára a fejemet. Lélegzetem lassan visszalassul, elmém kitisztul teljesen. Tudom, hogy itt biztonságban vagyok, nem kell félnem, de meg kell próbálnom valóban el is hinni. Meg kell próbálnom visszaaludni, azonban nem járok túl sok sikerrel.

Ismeretlen őrangyalom reggel korán fent van már, éber álmomból hamar kirángatva engem is. Egy elnyűtt kabátot dob az ölembe, majd az ajtó felé lép.

– Mit csinál? – kérdem aggodalmasan.

– Elviszlek oda, ahol a helyed van. Haza, ha úgy tetszik.

– De hiszen megmentett – hebegem. – Nem fogok visszamenni. Bármit, csak ne kelljen újra odakerülnöm! Inkább dobom fel a pacskert itt helyben...

– Nem tudtam volna továbbhajtani úgy, hogy tudom, reggelre halálra fagysz. Megtettem, amit tehettem. Most azonban az útjaink elválnak. Indulás!

Az elmúlt évek szenvedésére gondolok. Annak a férfinek az arcára, akit apának kellene akár szólítanom, arra a Troy nevű idiótára, akit szívemből gyűlölök. Csak azt tudom, hogy nem akarok még egyszer rá nézni sem...

– Hazavihet, ha akar, de azzal ugyanannyit ér csak el, mintha otthagyott volna az utcán tegnap is. Az első adandó alkalommal ott hagyom, és spuri!

Remegni kezd a kezem a vele töltött magányos évekre gondolva. A szenvedésre, a félelemre, a bizonytalan ürességre, mely időről időre a szívembe fészkelte magát. Könnyek szöknek a szemembe. Kérlelni kezdem őt, térdre borulva könyörgöm, hogy hadd maradjak még.

– Ha valóban bántalmaz, fordulj a rendőrséghez! Árvaházba visznek, vagy elhelyezhetnek egy másik családnál.

– Azt hiszi, hinnének nekem? Külsőre ártatlan báránynak tűnik, mindenkit megtéveszt a hamis mosolyával és nyájasságával az a... – Inkább nem fejezem be mégsem a mondatot, elég, ha gondolatban szitkozódom. – Anya sem látta, hogy milyen, míg hozzá nem ment. Ha valakinek elmondanám, hogy milyen, körberöhögne csak. Akkor már inkább verjen meg az a szemét, mint hogy emellett még a megaláztatást is el kelljen tűrnöm!

– Megható, de itt akkor sem maradhatsz!

– Maga sem hisz nekem? – kérdezem megvetően. – Mit gondol, az utcán fetrengtem volna, ha van jobb helyem a világban?

– Nem érdekel, hogy van-e otthonod, nem érdekel, hogy milyen a nevelőapád. Nálam nem maradhatsz, ezt értsd meg, és kész.

Mondhatok bármit, könyöröghetek, kérlelhetem napestig, a szíve jégből van. Nem érdeklik a szavaim. Lecibál a lépcsőn és a kijárat felé igyekszik. Nem érdekli, hogy ezután mi lesz velem. Szívtelennek nevezem, ám nem úgy tűnik, mint akit érdekel a véleményem. Letörlöm arcomról a könnyeket, kihúzom magamat, arcomra tettetett elégedettséget varázsolok. Ha már ki leszek dobva néhány percen belül, büszkén távozom a házból, nem pedig lehajtott fejjel és összetörve, ahogyan belül érzem magamat.

Azonban az ajtó nem nyílik. Háromszor, talán négyszer is nekifeszül teljes erejéből, ám az meg sem mozdul. Értetlenül vonom össze a szemöldökömet, szívem mélyén azonban remény ébred egy pillanatra.

A férfi visszarohan a lakásba, én szorosan loholok a nyomában. A rádió irányába kap, azon nyomban a legfrissebb hírekről tájékoztat minket a szerkezet recsegő hangja, ezzel együtt választ is kapunk néma kérdésünkre. A vihar egyetlen éjszaka leforgása alatt olyan hatalmas hótorlaszokat hozott létre, amelyek meggátolták a házból való kijutást. A tudósítók másfél, esetleg két napra becsülik az adódott helyzet teljes megoldását.

– Látja? – suttogom fölényesen. – A sors is azt akarja, hogy ne vigyen oda vissza.

– Két nap – feleli kimérten. – De utána ne számíts semmi másra.

– Tudja, valahol azt olvastam egyszer, hogy nem léteznek véletlenek. – Bizakodva pillantok felé. – Ennek… ennek így kellett történnie. Talán nem hiába sodort ide a sors. – Felvont szemöldökét látva alábbhagyok a lelkesedéssel. – De ha nem, akkor is össze vagyunk zárva. Szívás, de nem tehet ellene semmit. Muszáj eltűrnie maga mellett. És… és még csak a nevét sem tudom!

Nem válaszol. Némán feláll, majd az asztalhoz sétál. Bakancsa egyetlen hangot sem hallat a koszos fapadlóhoz nyomódva. Karja mereven préselődik az oldalához, lélegzetvételét egy pillanatra sem lehet hallani. Halotti csend ereszkedik a békés szobára.

Órák telnek el. Sokszor igyekszem kezdeményezni, de ő mindannyiszor eltaszít. Sok mindent kérdezek, nagyon kevés választ kapok. Ennek ellenére eltökélten igyekszem megtörni a jeget. Többször bekapcsolom a rádiót, hallgatjuk a fejleményeket. A vihar nemigen akar elállni, ez nagyban gátolja a munkafolyamatokat is. Úgy teszek, mintha lesújtana a hír, titkon azonban reménykedni kezdek.

Az órák pedig csak telnek. Puhatolózni kezdek, hogy nem gondolta-e meg magát, hogy segít-e esetleg kiutat találni, vagy legalább befogadni egy-két hétre, míg konkrét tervvel vághatok neki a világnak. Ám sziklaszilárdan tartja magát ahhoz, hogy kiteszi a szűrömet, amint elcsitul a hóvihar.

– Maga érzéketlen! Minek hozott akkor ide? Miért adott reményt, ha rögtön ezután elveszi tőlem? Nem azt kérem, hogy vegyen magához, csak hogy addig hadd húzzam meg magam itt, amíg nem találok ki valamit! Minek mentett meg, ha esélyt sem ad arra, hogy ne kerüljek vissza ugyanoda azonnal? – tör ki belőlem indulatosan.

– Én, érzéketlen? Felszedtelek az utcáról, holott azt sem tudtam, hogy ki, vagy mi vagy! Azt se tudhattam, hogy reggelre nem tűnsz-e el minden értékemmel együtt. Bizalmat előlegeztem, és adtam vacsorát is, de ha ennyi a véleményed, engem aztán pont nem érdekel.

Ezt követően nemigen szólunk egymáshoz. A néma csendet csupán érzéketlen, jéghideg, merev hangja töri meg néha, melyre az én szenvedélyem és indulatom reagál. Szóval inkább hangtalanul várjuk, hogy elüljön a vihar.

Éjjelre ugyanúgy megágyaz nekem, megkérdezi, hogy van-e szükségem még valamire esetleg. Ha csupán ezt a pillanatát látnám, biztosra venném, hogy a legönzetlenebb ember, aki csak létezhet; hogy hatalmas szíve van. Egy-egy pillanatra meglágyul a tekintete, azonban nem tart sokáig, míg újból eljegesedik. Mégis, igyekszem kedvesebbnek tűnni.

– Merci beaucoup! Bonne fin de soirée!

Egy pillanatra megdermed, meglepik őt a szavaim.

– Tanulsz franciául? – kérdi egészen meghökkenve.

– Nem vagyok idióta, sem pedig csavargó. Azt mondtam, hogy a nevelőepém egy erőszakos szemétláda, nem azt, hogy nem járatott iskolába.

Nem felel. Leoltja a villanyt, majd elhelyezkedik a földre terített pokrócon. Úgy érzem, mondanom kellene valamit, azonban nem találom a megfelelő szavakat. Forgolódom egy darabig, végül egy idő után sikerül valahogy elaludnom végre.

Most éjszaka azonban nem tudom elkerülni azt, hogy fel ne riasszam őt. Az elmúlt napok, melyeket a sötét utcán csavarogva töltöttem, a hideg éjszakák, a reménytelenség, a nevelőapám kínzó emléke zaklatott, rémségekkel teli álmokat szülnek bennem.

A sikoltásomra riad fel. Mellém ül az ágyra, csitítani próbál. Nyugtatgat, azt hajtogatja, hogy biztonságban vagyok, hogy már nincs baj. Egész testemben reszketek, hiába próbálom visszafojtani, hiába próbálok uralkodni a testemen. Egy másik takarót terít a hátamra, a remegés azonban nem akar múlni. Nem fázom, csak félek. Ekkor hirtelen átölel. Magához szorítja törékeny testemet. Érzem a teste melegét, érzem a törődését, érzem, hogy biztonságban vagyok. A reszketés hirtelen elmúlik, a lélegzetvételem normális ütemre vált vissza. Megnyugszom mellette. A lelkemben tomboló rémületet lassan remény váltja fel. Felemelem a tekintetemet, az arcát nézem, a tekintetét. Vonásai ellágyultak, tekintete érzelmekkel van teli.

– Joe – motyogja egyszer csak –, a nevem Joe Whitmore.

Már alig hallom a hangját. Ölelő karjai közt lassan elnyom az álom. Fejemet a mellkasán pihentetve hunyom le a szememet; gondolataim messzire visznek a reménykedés tengerén. Csak arra tudok gondolni, hogy bár ismerhettem volna az apámat, ő biztosan jó ember volt, ahogyan Joe.

Egész éjjel vigyáz rám. Szívemet melengető érzés járja át, már-már el is feledtem, milyen is a törődés, milyen a gyengédség, milyen a remény. Nem értem, anyának miért kellett elmennie ilyen hamark, azt azonban egyszerűen tudom, hogy én nem véletlenül kötöttem ki pontosan azon az utcakövön.

Mikor magamhoz térek, friss reggeli hívogató illata csapja meg az orromat. Rántotta csupán és egy kis kenyér mellé, mégis meleg és fűszeres és finom. Elég mindössze néhány napot eltölteni a kietlen sikátorokban, és minden ehhez hasonló úgy hiányzik az embernek, mintha évek óta meg lett volna tőle fosztva.

– Tényleg nem fordulhattál volna senkihez sem? – kérdezi evés közben.

– Nem tudtam, elhinnék-e. Attól tartottam, hogy nincs senki sem, akiben bízhatok. Mindegy, kihez fordultam volna, akit ismerek, visszavitt volna hozzá, és ha megtudja, hogy el akartam szökni, tudom, hogy odafigyelt volna rám, annyira, hogy többé esélyem nem lesz rá.

– Ha legközelebb szökésre adod a fejedet, tervezd meg jobban – figyelmeztet.

– Hirtelen döntés volt. Persze eleinte volt tervem. Hoztam magammal pénzt, de kiskorú nem vehet ki szobát sehol sem egyedül… felháborító! Aztán meg kabátra és néhány alkalmi étkezésre el is ment az egész – magyarázom, miközben beleharapok a kenyérbe. – Annyhira azér nehm készhülthem fel…

– Teli szájjal ne beszélj! – förmed rám. Hangja azonban már feleannyira sem nyers és acélozott, mint egy nappal ezelőtt. – Műveltebb vagy, mint amilyennek tűnsz, és törékenyebb is. Ha kicsivel kedvesebb lennél, máris hamarabb meglátnák benned ezt.

– Kedvességgel eddig nem sokra mentem – felelem, miután lenyeltem a falatot. – Az illedelmesség és a mosolygás nemigen segített. Könnyebb volt indulatok mögé rejtőzni, és eltitkolni azt, hogy érdekel, más mit gondol rólam, vagy azt, hogy menynyire sebezhető vagyok és félek. Nem szívesen mutatom ki.

– És annak ellenére, hogy elbújtál egy férfi elől, aki bántott, beszálltál egy idegen autóba és bíztál abban, hogy én nem leszek olyan? – kérdezi értetlenül.

– Tudtam, hogy nem akar ártani. Látni a szemében. Látni, hogy jólelkű, csak nehezen bízik.

– Honnan...? – kérdi értetlenül.

– Mondom, hogy látszik. Ejtették már át, mi? Csúnya lehetett.

– Nem vagyok hajlandó beszélni róla – szögezi le szárazon.

– Óh, szóval egy nő volt, egy szerelem – állapítom meg. Kikerekedő, hitetlen szemeit és habogását látva most már biztosan állíthatom, hogy jól tippeltem.

– Mihez akarnál kezdeni az életben így? – tereli el gyorsan a szót.

– Érdekel a grafika, egészen jól rajzolok. De lehet, hogy nem is megyek vissza tanulni. Bizonyos tanfolyamokat érettségi nélkül is el lehet végezni. Szívesen elhelyezkednék egy tetoválószalonban. Ott talán amúgy sem kérdeznek sokat.

– Szóval látod a lehetőségeidet – motyogja. – Pedig vissza kellene ülnöd az iskolapadba. Úgy több esélyed lesz bárhol…

– Minek? Ez a szakma megfelel és tetszik is, és… anyára emlékeztet, ha rajzolok.

– Édesanyád művész volt? – kérdezi meglepetten. Hangsúlya bizonytalan, látom, hogy valami eszébe jutott. Látom, hogy van egy emlék, mely egy percre magával ragadta őt, és a múltba hívta vissza. Azonban hamar visszatér hozzám elmélázó tekintete.

– Művészeti iskolába járt, végül mégsem olyan körben helyezkedett el. De hobbiból mindig rajzolgatott nekem, meg festett. – A melankolikus érzések egy percre elhatalmasodnak felettem. – Jóban maradt egyes egyetemi barátaival. Az egyik nő sokat vigyázott rám kiskoromban. Ha évekkel ezelőtt nem költözik el, ő lett volna az egyetlen, akihez mertem volna fordulni.

Erre nem tud mit mondani. A csend azonban hangosabban beszél minden más szónál. A vihar nem akar múlni, kénytelenek vagyunk beszélgetni, történeteket mesélni egymásnak, csak hogy elüssük az időt. A nyelve csak megoldódott két nap után, én magam pedig igyekszem jobban megválogatni a szókincsemet. Egyértelművé vált számomra, hogy előtte nem érdemes az áthatolhatatlan maszkomat viselnem, félig-meddig önmagam lehetek mellette.

Azon töprengem, hogy a nevelőapám miért nem lehet ilyen ember, mint Joe. Azon töprengem, hogy apa miért hagyta el anyát annak idején; hogy anya miért halt meg. Bárcsak maradhatott volna mellettem egy olyan szülő, mint ő!

Annyira vágytam rá mindig is, annyira vágyom rá, hogy bízhassak valakiben, de úgy őszintén, istenigazából. Vágyom a szeretetre, a törődésre, az ilyesfajta, kötetlen, felszabadult beszélgetésekre. Bárcsak tovább maradhatnék itt!

Joe-ra gondolok. Hangja egészen másképpen cseng már, mint két nappal ezelőtt. Kedves, nem pedig vádló. Iszom minden szavát, figyelem a mozdulatait, kérdezgetem őt; egyre több választ kapok. Az általam ismert legfrappánsabb és szórakoztatóbb sztorikat és vicceket szedem elő a gondolataim közül; látni akarom, ahogyan mosolyog. A legjobban akarok tenni mindent, csakhogy bizonyíthassam, érdemes vagyok én is a szeretetre.

Hosszú évek óta ezek a legcsodálatosabb napjaim. Nagyon hosszú idő nem tudtam már így elengedni magamat senki más társaságában, nem mertem így bízni, nem mertem remélni. Megölelem. Egy pillanatra megdermed az érintésemtől, meglepi a mozdulat, azonban nem taszít el. Magamhoz szorítom, és nem is akarom elengedni.

Hirtelen iszonyú hangzavar zökkent ki a felemelő pillanatból. A hókotrók zaja. Elértek a házhoz. Aggodalmas tekintetem reménykedve pillant rá. Ám arca újfent merev és érzelemmentes. Mikor azt mondja, szedjem össze magamat, mert hamarosan elvisz, egy világ omlik össze bennem.

– Itt akarok maradni – suttogom könnyes szemekkel. – Csak egy rövid időre. Kérem! – kezdem újra a könyörgést. Már nem zavar, ha látja, milyen elveszett vagyok, hogy mennyire szétesett, csak azt akarom, hogy hallja meg, amit mondok.

– Itt pedig nem maradhatsz – feleli határozottan, majd a kulcsot kezdi keresni a zsebében. Én viszont lecövekelek az ajtóban.

– Egy tapodtat sem mozdulok innen, míg meg nem mondja, miért küld el azon nyomban! Mit fájna magának, ha maradnék még egy hetet… vagy kettőt?

– Az még, hogy a vihar miatt kénytelenek voltunk összezárva tölteni két napot, nem jelenti azt, hogy megkedveltelek volna, vagy hogy tovább megtűrök egy idegent a házamban!

– Mosolygott! – Könnyek szöknek a szemembe. – Mióta csak anya elment, nem volt senkim sem. Maga volt az egyetlen, aki törődött velem. Megmentett! A két nap alatt megváltozott! Ne tagadja, láttam! Tudom, mit láttam! Nem akarja ezt a magányt, ahogyan én sem.

– Magam választottam a magányt.

– Miután anya meghalt, azt hittem, soha nem fogok tudni újra bízni, mégis sikerült. Hát ilyen érzés újra szeretni? Szenvedni... Mindig vágytam rá, de most jobban éget, mint valaha. Akarni valamit, majd elveszíteni jobban fáj, mint sosem akarni semmit!

– Gabie, kérlek...

– Nem! Végig kell hallgatnia! Nem akar bízni. Valaki egyszer összetörte a szívét és elzárkózott a világtól. Értem én. De én segíthetek újra bízni az életben. Csak egy rövid időt adjon, aztán elmegyek, ígérem. Csak időt kérek még, csak hogy felkészülhessek a világra, hogy legyen valamiféle ötletem arra, hogy mit kezdjek így magammal. Kérem, csak néhány napot legalább.

– Igazad van. Összetörték a szívemet. Elhagyott életem egyetlen szerelme. Feleségül akartam venni, ám ő még azelőtt itt hagyott engem. Nem akartam újra érezni, szeretni, és ez nem változott. Az igazság az, hogy túlzottan emlékeztetsz rá. A mosolyod, a makacsságod, a terveid... csak a fájdalomra emlékeztet a jelenléted, és Lynette-re. Az érzésekre, melyeket el akarok felejteni örökre! Én nem...

– Mit mondott? – szakítom félbe értetlenül.

– Azt, hogy örülj annak, hogy pár napra befogadtalak, de...

– Nem! – kiáltom indulatosan – A név. Azt hiszem, rosszul hallottam...

– Lynette Morris, ha ennyire tudni akarod – veti elém a szavakat.

– Szőke, csillogó kék szemekkel? Balkezes?

– Mire akarsz kilyukadni? – kérdezi hebegve, mikor végre megérti. – Pontosan mennyi idős is vagy?

– Tizennégy. – Szemeim kikerekednek. – Lehetséges, hogy...?

– Azt hiszem... azt hiszem, igen.

Csupán tizennégy évbe telt, de megismertem az apámat. Mintha minden szenvedés és viszontagság, melyen keresztül kellett mennem, csakis azért történt volna meg, hogy eljuthassak ide. Anya hibát követett el annak idején, összetörte őt, majd engem, mikor elhunyt, ám úgy tűnhet, sikerült jóvátennie mindezt. Most már tudom, hogy miért csavarogtam pont ott, pont azon az utcán, pont akkor. Ő vezetett engem. Tudta, hogy egymásra találunk, s a megnyugvás, mely most eltölti a szívemet, enyhít minden kínt, melyet a hiánya okozott.

Joe felé fordulok. Ajkam mosolyra rándul, ő még mindig hebeg-habog csupán. Egyetlen dolgot kérdezek csak tőle, mielőtt újból megölelném.

– Szóval maradhatok?

Bizonytalan ígéret

A vad lángok perzselték a bőrét. Az omladozó falak törmeléke a vállára borult, alig maradt belélegezhető, tiszta oxigén a levegőben; a füsttől már alig látott. Csak a hangját hallotta. A korhadó fagerenda szikrákat szórva csapódott a földnek. Az arca elé emelte a karját, igyekezett megóvni a szemét a portól és a füstöt okádó forróságtól. Nagy nehezen sikerült betörnie az ajtót, megpillantva mögötte az eszméletlen férfit és a sebesült nőt. Letérdelt, megfogta a nő karját. Ki akarta vinni onnan, ám ő erőtlenül rázta meg a fejét.

– A lányom – suttogta. – Én már nem jutok ki innen. – A hangja elcsuklott. – A lányom, őt mentse meg! Vigyázzon rá! – Ellenkezni akart, ki akarta vinni őt a lángok közül. De már ő is tudta, hogy késő. A szeme lecsukódott, falfehér, merev teste tompa puffanással terült el a padlón.

Ott akart maradni, ki akarta vinni őket. Kényszerítenie kellett a lábát arra, hogy lépjen vissza. Homályos gondolatai az elhangzott szavakat próbálták összerakni. Volt ott egy lány is valahol, és meg kellett találnia. Köhögőroham tört rá; fuldoklott. Tudta, hogy alig néhány perce maradt csupán. Egyetlen dologra koncentrálhatott csak: a lányra.

A szemközti szobában lelt rá végül. A gyilkos lángok az ajtófélfát nyaldosták; úgy érezte, a füsttől menten megfullad. A kilincs beragadt; épphogy be tudott jutni. Homályos tekintete egy aprócska kislányt pillantott meg; pufók arcát könnyek áztatták, egy plüssmacit szorongatott apró karjaiban. Nem volt idő gondolkodásra. Az ölébe kapta, és valahogy kivonszolta magukat az épületből; a lány a nyakába csimpaszkodva köhögte a füsttel teli levegőt.

Kiérve a ház romjai közül mohón tüdőzte le a friss, tiszta oxigént. A lányt kivették a kezéből, a hátára egy durva pokrócot terítettek. Tompa tudatáig alig jutott el, hogy mi történt pár perccel azelőtt. Szem elől tévesztette a kislányt a tűzoltók és mentősök tömegében. Maghaltak… a szülei… Nem ért oda időben… Nem tudta megmenteni őket… A szemébe könnyek szöktek, órákon át nem tudott megszólalni sem. A szeme előtt továbbra is a pusztító lángok táncoltak; a fejében a nő szava visszhangzott újból. Kért tőle valamit. Az utolsó szavait áldozta neki, az utolsó gondolatatát; a legdrágább kincsét bízta rá: a lányt.

Tudnia kellett, mi lesz a sorsa az árvának. Útja a kórház fele vitte, mindössze abba a hitbe kapaszkodott, hogy minden bizonynyal ott tartják még a lányt. Azonban már nem találta. A recepción értesült arról, hogy a kislányt már elvitték. A tudat, hogy már jó helyen van, valahol a rokonainál, megnyugtatta őt. Azonban mindezek ellenére is hajtotta valami belső kényszer afelé, hogy megtudja, pontosan mi lett vele. „Vigyázzon rá", hallotta újra és újra a hangot, miközben görcsbe rándult az egész teste.

Hank jó barátom volt, a legjobb barátom. Mikor segítséget kért tőlem, habozás nélkül nyújtottam át neki a kartonokat. Én közöltem vele a hírt, és emlékszem a kétségbeesett tekintetére, mikor elárultam, hogy a gyermeknek nincsenek élő rokonai. Árvaházba került.

Elviharzott, majd azon nyomban elszántan felkereste a címet. A lány pedig azonnal felismerte őt. Odarohant hozzá és megölelte. A megdöbbenés árja söpört végig Hanken; nem hitte volna, hogy ehhez hasonló reakciót képes kiváltani a gyermekből a jelenlétével. Finoman megcirógatta az arcát, miközben az igazgatónak igyekezett elmagyarázni, hogy kicsoda, és miért is van ott.

– Félek – suttogta a kislány, apró kezeivel törölgetve szemeit. – Veled akarok maradni.

Hank nem szólt semmit. Látta az igazgató tekintetét. Valami nem stimmelt, nem vehette magához. De hiszen valahol a szíve mélyén már azelőtt sejtette, hogy elszánta volna magát erre az őrült ötletre. Egyedülálló férfi, túl a negyvenen, kevés fizetéssel, sok túlórával, ráadásképpen pedig tűzoltó… azaz bármelyik nap lehet akár az utolsó… Képtelen lett volna megfelelő életszínvonalat biztosítani neki. Nem tehetett semmit. A lány sírni kezdett. Hank kabátjába kapaszkodva könyörögött, hogy ne menjen el. Hogy ne hagyja őt ott.

Hank tekintete a könnyektől maszatos kis arcát kémlelte. Látta a szemében a mérhetetlen aggodalmat, látta, ahogy reszketett, de nem vihette magával. Talán ha jobb munkát szerzett volna, és hirtelen megnősül, akkor is csak *talán*. Egy ilyen bizonytalan élet nem való egy gyereknek. Az árvaház legalább biztos. És talán mihamarabb örökbe fogadja egy szerető család, akiknél jó helye lesz. Próbált hinni ebben, holott tudta, hogy mindössze zavarodott, nyugtalan elméjét igyekezett csitítani ezzel.

Hallotta, ahogy továbbra is könyörög. Hallotta, ahogy utána akart szaladni. Nem fordulhatott hátra. Nem tehette. Összehúzta magán a kabátot, és kilépett a hideg utcára. Még az ég is könnyekre fakadt. A szurkáló esőcseppek az arcát mardosták; bűntudat és veszteség égette a lelkét. A ki nem mondott ígérete hajtotta, de nem tehetett ennél többet.

Azonban a szürke épület oldala mellett elhaladva egy vékony hang kelltette fel a figyelmét. Ő volt az. A résnyire nyitott ablakon át figyelte, apó teste teljes erőből feszült neki az üvegnek, mely éles nyikorgás közepette nyílt ki. Kidugta rajta a fejét, majd óvatosan kimászott rajta, Hank minden figyelmeztető és tiltakozó szava ellenére. Ujjai elengedték a párkányt, kis híján a járdára bucskázott; a férfi épphogy el tudta kapni.

– Vissza kell menned – hebegte zavarodottan. – Nem vihetlek magammal. – Ő megrázta a fejét, szótlanul bújt hozzá. Nem vihette vissza az intézetbe.

Érthetetlen, felháborodott szavak jutottak el a füléig az épület túloldaláról. Keresték. Énjének egy része azt mondta, hallgasson az eszére, és vigye vissza. Nem az ő lánya. Nem tehet többet. De énje másik része, az, mely ennél jóval empatikusabb, mely a szeretetből és a reményből táplálkozott, mely az ő múltjának kínzó emlékeit visszaidézve próbált érvelni... s noha jóval kevésbé dolgozott együtt a józan ítélőképességgel, Hank mégis leginkább rá hallgatott; ez az érzés azt súgta, hogy maradjon vele. Az ölében tartott, alig négy-öt éves kislány szemébe nézett. Mikor a tekintetük találkozott, mindkettejük ajkán halvány mosoly derült fel. Nem tudta, mi az a halál. Nem tudta, mi a veszély. Nem tudta, mi történt a szüleivel, miért nem mehetett haza, de félt. Mert senki nem mondott neki semmit, csak elvitték, és lerakták egy szürke házba. Senkit nem érdekelt, hogy fáradt, vagy éhes, vagy ha nem tudott aludni.

Viszont Hank Lewist érdekelte. Meglehet, hogy nem vehette volna meg neki a legdrágább ruhákat, nem járathatta volna a legpuccosabb iskolákba, mégis adhatott volna neki valamit, ami ennél jóval ért: törődést és szeretetet.

A lány még a nevét sem tudta. Azt sem, hogy mi történt vele. Mégis látott benne valamit, amit az árvaházban nem. Őt érdekelte a másik sorsa. Nem ismerték egymást, de nem tudott volna éjjel elaludni, ha nem gondoskodott volna arról, hogy a lány jó kezekbe kerüljön. Törődött vele.

Újból meghallotta bentről a hangokat; tudta, hogy nem maradt több idő, indulniuk kellett. Gyorsított a léptein; a lány pedig még szorosabban bújt hozzá. Hank félt attól, hogy követik. Félt, hogy elveszik tőle. Zaklatottsága azonban lassan felengedett; léptei nyugodtabbá váltak, mikor befordultak az ismerős utcába, még a szíve is halkabban dübörgött. Keze a kabátzsebében kutatott a kulcs után. Otthon voltak. Már nem árthattak nekik.

Forró fürdőt vettek és megvacsoráztak. Nem igazán számított társaságra, a hűtő szinte üres volt; de azért egy szerény szendvicset így is össze tudott dobni. Nézte, ahogy a csöppség mosolyogva falatozott, ahogy apró kezei felemelték a poharat. Boldog volt, holott semmi oka nem volt rá, de nem értette, mi zajlik körülötte.

Kopogtatás. Nesztelen léptekkel osont az ajtóhoz. Ez se nem a postás, se nem a főbérlő; az ő hangjukat felismerte volna. Ideges tekintete két alakot pillantott meg a kulcslyukon keresztül. Az egyik rendőr, a másik… talán gyámügyes? Lényegtelen. A lányért jöttek. Nyissa ki az ajtót, magyarázkodjon? Felesleges volna. A lányt visszaviszik, őt meg lecsukják gyerekrablásért. Jogosan vagy sem, az mindegy. Ebben a harcban a hatóság ellen nem győzhetett.

Egyébként is, igazuk lehetett. Elbizonytalanodva gondolt bele abba, hogy sosem volt rendes családja. A szüleit korán elvesztette, a tágasabb rokonságra, már ha létezett, sosem lelt rá. Nem tartozott sehová sem, és fogalma nem volt arról, hogy hogyan is kéne felnevelni egy kislányt. Azon kívül, hogy illegálisan tartózkodott nála, ő maga nem tudta, mit is kezdjen vele pontosan. Hiába szerette volna őt, nem tudta volna megadni neki azt, amit érdemel. Nem lett volna hozzá elég...

Dörömbölés. Azt visszhangozták, hogy ég a villany, tudják, hogy bent vannak. Már épp azon volt, hogy kinyissa az ajtót, mikor megpillantotta a kislány tekintetét. Félt. Az előbb még boldog volt, holott egy hűtőízű szendvicset majszolt csupán egy egyszobás kis poros albérlet ütött-kopott asztalánál. Sivár lakhely, de legalább biztos. Ha hagyja, hogy magukkal vigyék, újfent az árvaház bizonytalansága felé löki, ahol számára minden közömbös, kopár és ijesztő.

Zavarodott lelke végül döntésre bírta az elméjét. Magára kapta a kabátot, a lányt pedig az ölébe. Halkan, de elszántan távoztak az ablakon át. Most az egyszer örült annak, hogy mégis a földszinti lakást vette ki. A másodikról nem jutottak volna le. Viszont fogalma nem volt arról, hogy hová mehetnének. Az a néhány ismerőse, akik a barátai szerény listáját bővítette, mind az őrsön szolgált; nem szegték volna meg érte az esküjüket. Abban reménykedett csak, hogy behúzódhatnak valahová, reggelre pedig eltűnnek a lakásból, és akkor visszamennek. Nem igazán hitt benne, de szüksége volt valamiféle kapaszkodóra. Valamire, amiben hihetett. Nem tudta, van-e esélyük, reményük. Hová mehetnének? Hol nem találnak rájuk? Hol nem fognak megfagyni odakint? Kétségbeesett gondolatai válasz után kutatva kémlelték körbe az ismerős környéket, ismeretlen búvóhelyek után reménykedve.

A híd alatt talált végül egy olyan lyukat, ami alá behúzódhattak az eső elől, és a legkevésbé sem volt feltűnő hely ahhoz, hogy rájuk leljenek. Letelepedett a vizes kövekre, a lány az ölébe kucorodott. Reszketett. Hank kibújt a kabátjából és köré csavarta a puha, meleg anyagot. Letekerte a nyakáról a sálat és igyeke-

zett olyan formára gyűrni és kötni, hogy hasonlítson egy plüss-
macira. A lány hálásan ölelte magához. Hank énekelt neki. Nem
is tudta, hol tanulhatta a dalt; meglehet, hogy még a homályos
gyermekkorának emlékei őrizték meg számára, méghozzá arra
a napra. A kicsi lassan, apró fejét a mellkasára hajtva aludt el. Ő
mellette virrasztott, őt ringatva, ölelve; azért imádkozva, hogy
túléljék az éjszakát.

A dalra gondolt. Az édesanyja emlékére. Meglehet, hogy nem
is csak az ígérete hajtotta, talán az emlékei. A szülei halála után
teljesen összetört. Gyermek volt még akkor, és emlékezett az
árvaház ridegségére. Éveken át élt benne a remény, hogy vala-
ki kiszabadítja majd onnan, magával viszi, magához veszi, de
senkinek sem kellett. Mikor ott, az intézetben a lányra pillan-
tott, önmagát látta, és semmi mást nem tudott, csak azt, hogy
nem engedi, hogy ott maradjon.

Azonban egy óra sem telt bele, nyugtalanul tért magához a
lány. Könnyes szemei az elmúlt órák szülte rémálomról tanús-
kodtak. Hank csitítgatta. Mesélt neki. Érezte, ahogy a lélegzet-
vétele újból egyenletessé válik, halk szuszogása szinte már őt is
megnyugtatta. Egymáshoz dörzsölte a kezeit; jéghideg lehelete
fehér nyomokat hagyott a dermesztő levegőben.

– Nem tudom, mi lesz. Mi lesz ma éjszaka, mi lesz holnap
reggel – kezdte halkan.

– Együtt maradunk – suttogta ő. – Más nem kell.

Hank elmosolyodott a szavain. Semmit sem fogott fel abból,
hogy rendőrök keresték őket; hogy meglehet, hogy halálra fagy-
nak az éjjel. Nem érezte a veszélyt, a sötétet, a hideget. Csak a
szeretetet, és más nem érdekelte. Ő csak egy kislány volt, akit
nem érdekelt, hogy mekkora házban tudta volna őt a férfi fel-
nevelni, hogy nem volt gazdag. Azt sem tudta, mi az a pénz. Ő
csak azt érezte, hogy szeretik. Ő csak annyit tudott, hogy el-
aludt az esti meséin, megnyugtatták a szavai. A sálból össze-
gyűrt plüsst szorongatta, amit neki adott. Nem izgatta, hogy
elázott, hogy koszos, és két helyen lyukas is talán. Úgy ölelte
magához, mintha egy boltban vásárolt, drága ajándékot szoron-
gatna. Neki nem a pénz számított, hanem az, hogy miért adta

neki. Hogyan... Nem egy megtört, elfáradt férfit látott, hanem valakit, akire hősként tekintett. Aki megmentette őt. Aki egy ki nem mondott ígéretet próbált teljesíteni, mindegy, mi az ára.

Vigyáznia kellett rá, ennyit tudott csak. Ezért nem adhatta át az árvaháznak. Mert őket egy papír érdekelte csak. Nekik egy szám lett volna csak az ezer közül, egyetlen kislány csak a tömeg közepéről, de neki nem. Ő látni akarta, ahogy mosolyog. Tudni akarta, hogy mit gondol, mit érez. Szeretni akarta. Bátorítani, vigyázni rá... felnevelni.

Magához ölelte, belenézett abba a gyönyörű, szeretettől sugárzó szemébe. Megsimogatta pufók kis arcát és a vörös haját, mely pont olyan volt, akár az anyjáé. Szeretet sugárzott belőle, és belőle is. Ez a szeretet volt az egyetlen, ami még életben tartotta. A munka volt az egyetlen, ami miatt addig reggelente kivonszolta magát az ágyból. Tudta, hogy attól a perctől kezdve már érte fog mindennap felkelni. Úgy érezte, ha akkor elveszítené, már magát veszítené el. Ha rájuk találtak volna, és elviszik, a lelke egy darabját szakították volna ki belőle.

Nem érdekelte már a holnap. Nem tudta, meddig maradhat nála. Együtt voltak, és ameddig csak tudott, vigyázott rá. Érezte, ahogy a karjaiban tartott gyermek lassan újból elaszik; egyszerre vették a levegőt, a szívük egy ritmusban dobbant meg.

Köhögni kezdett. Ezúttal nem a füsttől, hanem a hidegtől. Az utcai lámpa fénye hirtelen kialudt; a végtelen sötétség ölelésében az ég felé emelte tekintetét. Egy-egy halvány, távoli csillag tündöklése jutott csak el hozzájuk. Lassan Hank is lehunyta a szemét, miközben még szorosabban ölelte magához az ölében összekucorodó kislányt. Érezte, ahogy a jéghideg éjszaka lassan álmot bocsát nehéz pilláira. Imával az ajkán, a szeretetével a szívében, és a távoli csillagok gondolatával az elméjében hajtotta álomra a fejét.

Bárcsak segíthettem volna neki! Bárcsak mellette lehettem volna! Hanknek sosem volt családja. Sosem találta meg azt, amire vágyott. A rendőrség pedig elhamarkodottan döntött. Túl gyorsan vizsgálták át az ügyet, ellenben én alaposabban akartam kutatni. Én válaszokra szomjaztam. Ugyanis Hank meg-

tarthatta volna Pollyt. Visszakaphatta volna a családját a kis-
lányban. Mindössze néhány órával azután döbbentem rá arra,
hogy Hank a gyermek egyetlen élő rokona, miután megtalálták
őket a híd alatt, dermedten, kihűlve… egymást ölelve.

Tekintetemet az ég fele emelem, a csillagokat nézem. A sok
ezer apró fény között két csillag mindnél élesebben tündököl. A
szívemben egy percre alább hagy a gyász, valami különös meleg-
ség tölt el. Csak két dologra tudok gondolni: arra, hogy együtt
vannak, s hogy már senki nem árthat nekik.

Az egyetlen kívánságom

Daniel Bricks – 1972. március

Lehunyom a szememet. Kapkodom a levegőt, úgy érzem, menten megfulladok. Tehetetlenül fekszem a földön, képtelen vagyok megmozdulni is. A bal vállam lüktet a fájdalomtól, a fejem pokolian zúg. Próbálom visszaemelni magamat a székbe, de a végtagjaimból minden maradék erő kiszállt már. A szívem majd' kiugrik a helyéről, olyan erővel dübörög, a mellkasom bal oldalában éles, szúró fájdalmat észlelek.

Homlokomat a hideg padlóhoz szorítom, próbálom elnyomni magamban a kínt, és kizárni a fájdalmat.

Egy pillanatra elsötétül minden. Össze kell szednem magam. A tarkóm tájékán bizsergést észlelek; tudom, hogy mindjárt elájulok. A szívem a szokottnál is gyorsabban kezd el verni; a fájdalomtól összerázkódom, ujjaim körmét a tenyerembe vájom. Visszafojtom a lélegzetvételem, összeszorítom a fogam. A fájdalom túl lassan apad, a látásom homályos, kezdem teljesen feladni.

Kintről mozgolódás hangja tör be a résnyire nyitott külső ajtón át, tudom, hogy valaki jönni fog. Valaki hívni fog, és rám törnek. Felajánlják, hogy segítenek, hogy velem maradnak, megkérdezik, hogy mit tehetnek, és azt hiszik, hogy ezzel jót tehetnek. Azt hiszik, hogy ha segítenek, azzal segítenek nekem. Holott ez tévedés...

Nem akarok kiáltani nekik, nem akarom, hogy felsegítsen innen bárki is, hogy más kaparjon össze a padlóról. Nem akarok a szemükbe nézni, nem akarok így élni nap, mint nap. Úgy érzem, eltört bennem valami; úgy érzem, nem bírom tovább. Azt mondják, mindenkinek megvan a maga keresztje, de mi van akkor, ha valaki nem bírja el a sajátját? Ha valaki összeomlik a teher alatt és feladja?

– Jól vagy? – hallom kintről Nick hangját. Nem felelek, tudja a választ. Ő az egyetlen, aki mindig tudja, mire gondolok. Aki megért, aki az egyetlen igazi barátom. Meglehet, hogy ő az egyetlen, aki miatt még eddig nem adtam fel azt is, amim megmaradt. Ő az a személy, aki képes átérezni azt, amiben élek. Van ugyan, amiben szöges ellentétet alkotunk, de van, amiben meglehetősen hasonlítunk egymásra. Ő is selejtes termék, akárcsak én. Ezt az elsőre sértőnek tűnő jelzőt az egykori felettes tisztem ragasztotta még rám, bár amennyiben a főnökeink adta beceneveket akarnánk végiggondolni, voltunk mi már nyomorultak is.

A legrosszabb az egészben az, hogy emlékszem még arra, milyen volt normálisnak lenni, normális életet élni, normális álmokat dédelgetni. Emlékszem még arra, hogy mit veszítettem.

Összeszorítom a fogamat; nem akarok semmire se gondolni. Nem akarok a célokra emlékezni, melyeket gyermekként tűztem ki magam elé, nem akarok a szenvedéssel és megkülönböztetéssel eltöltött évekre gondolni...

Mégis emlékek rohamoznak meg, nem tudom kizárni őket. A fejem zsong, szédülök. A kezemet a fülemre szorítom, próbálom nyugodtan venni a levegőt, de nem megy. Nem tudom kizárni a szenvedést. Homlokomat a padlóhoz szorítom; hagyom, hogy kicsorduljanak a szememből a könnyek.

Valaha katona voltam még, a hazáért harcoltam, a nemzetért küzdöttem. Tudtam még, hogy ki vagyok, és mik a céljaim. Voltak még lehetőségeim, volt miért szenvednem és élnem. De most? Mi vagyok most?

A padlón fekszem. A fa erezetét tanulmányozom, miközben arra gondolok, hogy néhány évvel ezelőtt még a lövészárokban feküdtem. Még most is érzem a testemen feszülő egyenruhát, még most is emlékszem a hideg földre, és az ereimben vadul lüktető vérre. Emlékszem a pisztoly érintésére...

Emlékszem arra, ahogyan akkor néztek rám. Az emberek szeméből tisztelet sugárzott felém. Olyan ember voltam, aki megérdemelte azt, hogy férfinak tekintsék, aki megérdemelte az elismerést. Mikor tükörbe néztem, egy katonát láttam magam előtt, aki életeket mentett, és akit hősnek neveztek.

Na és most... most már vigyázzba sem tudom vágni magamat. Már arra is képtelen vagyok, hogy leemeljek valamit a polcról, mert ha túl magasra próbálok felnyújtózni, kiborulok a kerekesszékemből – pont, mint most –, és ennél megalázóbb helyzetet elképzelni sem tudok.

Mióta lebénultam deréktól lefelé, nem hős vagyok, nem katona, csak teher. Sosem mondták ki, sosem utaltak rá, mégis tudom, érzem, és nem csak a kollégákon. Minden egyes emberen, aki csak rám néz. Talán az is jobb volna, ha meghaltam volna. De így... mit érek így?! Még egy poharat sem tudok levenni a polcról. Alig tudok az ágyba is befeküdni segítség nélkül.

Valaha besétáltam egy bárba, flörtöltek velem a nők, én pedig vígan és gondtalanul élveztem az éjszakát. Ma, ha rám néz egy nő, az első gondolata nem az már, hogy jó kiállású, sármos fiatalember vagyok, hanem a szánalom. A szánalom az, amit látok rajtuk. Régebben felkértem volna Lucyt táncolni, az ölembe kaptam volna, és úgy viszem be az ágyba. De ő sosem ismerhette azt a Dannyt. Ő már csak abból a selejtes férfiból kaphatott, akinek segítenie kellett a felöltözésben is.

Mindenhol kilógok a sorból. Én nem tudok elbújni, mert a szék mindenhol látszik. Én nem tudok egy buszra sem felszállni, vagy felállva tisztelegni, ahogyan azt kell. Én nem vagyok már katona, férfi is alig. Én csak a kerekesszékes ember vagyok, akit mindenki szán és sajnál.

A pillantásokra gondolok, az állandó aggodalomra és szánakozásra, melyet felém mutatnak az emberek.

Minden egyes nap, minden mozdulatomban akadályoz ez a szék, ez a szörnyeteg. Velem él. Elviselném, ha csak rólam lenne szó, de ez nincsen így! Megnehezítem a dolgát mindenkinek, aki a közvetlen környezetemben él.

Bármit megadnék azért, hogy újból ugyanolyan lehessek. Azért, ha meg nem történtté tehetném azt a balesetet. Bárcsak minden olyan lehetne, mint azelőtt volt! Mindenemet odaadnám érte, ha csak egy napra megint teljes ember lehetnék. Bárcsak semmi nem változott volna, bárcsak minden olyan lehetne, mint azelőtt!

A zaj hirtelen csillapodni látszik, a belsőmet szétfeszítő kín enyhülni kezd. Feladtam a harcot. Nick nevét ordítom, arra várok, hogy belépjen, rémülten kioktasson, majd visszasegítsen a székbe. Azonban senki nem jön. Senki nem nyitja ki az ajtót, senki nem segít fel.

Egymagam kell boldogulnom valahogyan. Megpróbálom karizomból felnyomni magamat, majd az asztalba kapaszkodva felhúzódzkodni. Hirtelen azonban arra leszek figyelmes, hogy nincs szükségem erre. Mikor fel akarok ülni, a lábaim automatikusan felemelik a testemet a koszos padlóról.

Nem akarok hinni a szememnek, sem pedig az érzésnek. A szívem vadul kezd el verni, levegőt nem kapok már… érzem a lábamat! Érzem a lábamat! Érzem a talajt a talpam alatt, érzem a cipő szorítását, érzem, ahogyan a lábszáramban megfeszülnek az izmok!

Az ajtó irányába mozdulok, szépen, lassan, lépést lépés után szedve… A lábam még csak nem is reszket. Járok! Újból járok! Álmodom talán? Nem érdekel… Járok! Felkeltem az átkozott székből!

Kirohanok a raktárból és a folyosóra lépek. Nicket keresem minduntalan, azonban olyan, mintha felszívódott volna. Biztosan kirendelték valahova, míg odabent feküdtem. Nem törődöm vele most, később keresem fel. Körbenézek a kollégákon és az ismeretlen tömegen, azt kiáltozom, hogy csoda történt, hogy járok, hát nem hihetetlen? Jordan felé fordulok ragyogó arccal, és azt kérdezem tőle, hogy nem tudja-e, hol van Nick. Ő a fejét rázza, majd megkérdezi, hogy ki vagyok és mit akarok ott. EZ most komoly? Ennyire tart csak, hogy fel sem ismer?

Mindegy, semmi nem gyengítheti meg azt a csodát és leírhatatlan gyönyört, mely bennem él most. Kisietek a bejárati ajtón át a szabadba, kitárt karral térdelek le a fűbe, és adok hálát Istennek. Imáim meghallgatást nyertek: ugyanolyan vagyok, mint azelőtt, és ezt csakis neki köszönhetem.

Nem szólok senkinek sem, hogy elmegyek, most nem tudok törődni azzal, hogy ki és mit gondolhat. Évek óta először nem érzem magamon a tekinteteket. Nem kell fékeznem a lámpánál, elég lelassítanom, majd megállnom. Nem kell kerülőket tennem azért, mert nem tudok felgurulni a lépcsőn. Ha a járda szélén egy törött üvegdarabot pillantok meg, elég arrébb rúgnom a cipőm orrával, de nem kell azon tűnődnöm, hogy vajon nincs-e több, ami kilyukaszthatja a kerekemet.

Nem függök a széktől, már nem függök mások jóindulatától. A magam ura lehetek, évek óta először. Én irányítom a testemet és az életemet.

Egészen hazáig rohanok. Életemben először teszem meg ezt az utat két lábon. Még sosem jártam itt, még sosem sétáltam erre, csak a székkel együtt, de anélkül sosem. Kezemmel óvatosan megérintem a fákról lenyúló leveles ágakat, az isteni ajándékot csodálom. Át akarom érezni, meg akarom tapintani ezt a varázst.

Elképzelem, hogy Lucy mit fog mondani. Elképzelem, ahogyan a dereka köré fonom a kezemet, és életemben először úgy húzhatom magamhoz és csókolhatom meg, hogy nem lesz útban a szék. Elképzelem, ahogyan az ölembe kapom Georgie-t, ahogyan megölelem... és életemben először kivihetem a parkba és foghatom a kezét, anélkül, hogy akadályozna a szék.

Nem akarok mást, csak újból olyan férfi lenni, akit Lucy érdemel, és egy olyan apa, aki megadhat mindent a gyerekének, anélkül, hogy másnak érezné magát.

Hazaérve a lépcsőn rohanok fel, érezni akarom az erőt a lábaimban. A kulcsokat keresem, miközben csak arra tudok gondolni, hogy ez egész életem legcsodálatosabb napja. Az ajtó elé érek. Különös, de mintha nem ilyen lábtörlőnk volna. Lucy kicserélte volna? Mindegy, nem érdekel.

– Édesem! – kiáltom azon nyomban, hogy belépek a házba. – Drágám, megjöttem!

– Oh, nyuszikám... hát itt is vagy?

Ez nem Lucy hangja! Ez nem... Rossz házba jöttem haza? Az előszobába egy vékony, csinos, szőke hölgy tipeg be. Hozzám rohan, ajkát erőszakosan tapasztja az enyémre. Értetlenül és ingerülten tolom el magamtól.

– Danny... mi a baj? – kérdezi nyávogva.

– Ismerjük egymást? – kérdezem bizonytalanul.

– Te butus – feleli, miközben az arcomat cirógatja. – Az élettársad vagyok, huncut.

Próbálom eltávolítani a kezét az arcomtól, de nem sok sikerrel. Lerúgom a cipőt a lábamról, majd a hálóba sietek. Az éjjeliszekrényre állított fotókat bámulom. Lucyt és Georgie-t keresve rohanok körbe a házban, de nincsenek. Semmi nincs itt belőlük, sem pedig belőlem. Ki ez a lány? Én mit keresek itt? Mi ez az élet?

– Baj van, mókuskám? – cincogja a nő, miközben a nyakamba liheg.

– Mióta élünk itt? – kérdezem rettegve.

– Öt éve? – kérdez vissza meglepődve. – Miért kérdezed? Nem vagy jól?

Öt év? Öt éve itt élek, ezzel a nővel, akit életemben nem láttam még. Hogyan? És miért? Hol van Lucy? Hol vagyok én?

A házban kezdek el kutakodni. Az egyenruhám ott lóg fogason, a szekrény elejében, nem pedig összehajtogatva egy dobozban. A bőröndöm utazásra készen fekszik az ágy lábánál. Katona vagyok, visszatérek Afganisztánba, és nem vagyok beteg. Soha nem is voltam az.

Le kell ülnöm egy percre. Kapkodom a levegőt, a vér kiszállt a fejemből, a szívem vad táncot jár a mellkasom bal oldalában. Pánik lesz úrrá rajtam. Sosem voltam kerekesszékes, sosem szereltem le, sosem ért baleset.

Sosem kötöttem ki a kórházban, vagyis nem ismertem meg Nicket sem. Orvosnak készült, mióta csak megszületett, ám az epilepsziája miatt kockázatot jelentett alkalmazni őt. Tapasztalata és tudása megengedte, hogy ápolóként maradhasson a kórházban, ám sosem érte be ennyivel. Az életében keletkezett űrt azonban egy idő után kiszorította az, ami megadatott neki. Család, szeretet, barátok, küzdés és kitartás.

Ez nekem is megvolt, de nem értékeltem eléggé, holott Nick mindennap ezzel győzködött. Akkor is, mikor először adott nekem fájdalomcsillapítót, de még tegnap is.

De most nincsen itt mellettem, hogy tanácsokkal láthasson el. Most nincs mellettem, és nem is volt sosem. Nem sérültem le, így nem kellett ápolnia, nem ismertem meg, nem lett a barátom. Katona maradtam, nem lett belőlem egészségügyi dolgozó. Sosem ismertem meg ezáltal Nick kishúgát, Lucyt. Nem szerettem bele, nem vele fogadtam el az életemet, nem született fiam.

Végignézek a falakon. A polcokon a kitüntetéseim és a csillagok ragyognak, a dicsőséges képek, melyeken egyenruhában feszítek, beterítik az egész lakást. Azt hittem, ez a mindenem, a hivatásom. Azok a célok, azok az eszmék, és meg is feledkeztem arról, hogy mi az, amim van.

A nő mellém telepszik az ágyra, ujjait a homlokomra szorítja, miközben azt kérdezi, hogy nem vagyok-e lázas. Felé pillantok, csak az jár a fejemben, hogy egy csinos egyenruha- fetisiszta nőcske, akit könnyű lehetett elcsábítani. Elborzadok, mikor végiggondolom, milyen is voltam a baleset előtt.

Hajszoltam az élvezeteket. Felelősségteljes tiszt voltam, de imádtam dicsekedni azzal, hogy hány kitüntetést kaptam már. Szerettem ünnepelni, a pénzt számolgatni, pár havonta leugrani Vegasba, és elverni az egészet.

Mióta a baleset bekövetkezett, meg is feledkeztem minderről, csak arra emlékeztem, hogy mi volt a hivatásom. Csak az maradt meg bennem, hogy mikre voltam képes, hogy milyen nagyszerű dolgokat tettem, de elfelejtettem közben azt, hogy azóta váltam megbocsátó és érző lénnyé. Csak a sérülést követően találtam meg az igaz szerelmet, a családot, a boldogságot.

Felállok, körbekémlelem a házat, keresek valamit – bármit –, ami elárulja nekem azt, hogy ez csupán egy rémálom. Benyitok a kisszobába. A szobába, melyen most nem díszeleg Georgie neve, nincs rajta zsírkrétanyom, sem pedig matricák. A szoba most konditeremnek van átalakítva. Eltűnt a kiságy, a gyerekrajzok, a legók a szőnyegről... az egész élete eltűnt.

A hűtőajtón most nincs bevásárlólista, rizstejszínes cuccokat találok a gyerekmüzli helyén. Ezt kívántam, ezt a konyhát, ezt a nappalit, ahol minden átlagos és normális. Ahová nem kellett alacsony polcokat felszerelni, és egy kerekesszékes embernek átalakítani. Eltűnt a rámpa, eltűntek a gyógyszerek, eltűnt a szék, de vele együtt eltűnt a családi fénykép is, Lucy arckrémei és bútorai. Georgie szanaszét dobált plüssei és ceruzái – az egész életem tűnt el.

Azt hittem, ez minden, amire csak vágyhatok: a szék nélküli életre. Újból olyanná válni, mint azelőtt, erősnek és büszkének érezni magamat. Azt hittem, ez az, ami hiányzik; ez az, ami a teljes élethez kell nekem. Az egyenruha meg a plecsnik, de sosem tévedtem még ennél nagyobbat.

Az esküvőnkre gondolok, az őszinte és tökéletes kapcsolatunkra. A felhőtlen örömre, amikor először a kezemben tarthattam a kisfiamat. Nickre gondolok, akivel bármit megoszthatok, akire számíthatok, és aki segít nekem.

Amíg katona voltam, semmim nem volt. Semmim, ami valóban értékes volt és említésre méltó. Azt hittem, jó emberek közt szolgálok; azt hittem, igazi barátokra tettem szert, de a kórházban is épphogy meglátogattak. Nem voltam jó ember ezelőtt, a szék tett azzá. A szék tanított meg az alázatra és a szeretetre. A szék tette egyesegyedül lehetővé azt, hogy teljes életet élhessek, hogy képes legyek megbecsülni az életemet, az egészséget, az emberi kapcsolatokat, az apró pillanatokat.

Azt hittem, fontos az, hogy ott legyek egy felderítésnél, hogy egy legyek a több száz közül, de a seregben pótolható vagyok. Férjként, barátként, apaként viszont én vagyok, én számítok. Egyetlen győztes ütközet sem jelenthet akkora csodát, mint egy őszinte mosoly, mint egy élet, mint az érzés, hogy tudom, hogy szeretve vagyok.

Könnyek folynak végig az arcomon, a mosdóba menekülök. Kapkodom a levegőt, reszket mindenem, de most először nem a megterheltségtől, hanem a pániktól. Teljesen mindegy, hogy mennyivel lett könnyebb az életem, nélkülük nem tudok boldog lenni. Nélkülük nem...

A csempéhez dőlök, egyetlen mondatot kántálok egyfolytában: *Vissza akarom csinálni... vissza akarom csinálni... vissza akarom csinálni...*

– Hé, Dan... Minden oké odabent?

Nick hangja hirtelen kirángat a kétségbeesésből. Felemelem a fejemet, megpróbálok feltápászkodni. Azonban nem megy...

nem tudok. A padlón fekszem, a lábamat mintha odaszögezték volna. Hátrapillantok, tekintetem csillogva pillantja meg a széket. Nick benyit, majd hozzám rohan, amint megpillant.

– Te jó ég! Nem sérültél meg?! Hadd segítsek!

A hónam alá akar nyúlni, hogy visszasegítsen a székbe, azonban megállítom a mozdulatát. Megszorítom a kezét, könnyes arccal nézek a szemébe.

– Köszönöm, hogy vagy nekem, Nick! Köszönöm neked, köszönöm az életemet.

Ő értetlenül ugyan, de rám vigyorog, majd mellém térdel és átölel.

– Mi bajod van neked?

– Semmi… igazán semmi. – Reszkető, merev végtagjaimra pillantok, majd rá. Ő óvatosan visszatesz a székbe és hagyja, hogy megnyugodjak. Hagyja, hogy lecsillapodjon bennem a lüktetés, a zavarodottság, a képzelgés. Ujjaimat a fémes érintésű kerékhez szorítom, érezni akarom magam alatt a széket. Érezni akarom, hogy ez a valóság, ez az én valóságom. Mosoly fut végig az arcomon. Az elmúlt évekre gondolok, a székre, melyről azt hittem, tönkretette az életemet, holott ez tanított meg valóban élni. Csakis emiatt tudom, hogy milyen a valódi, teljes, boldog élet.

A múlt után kutatva

Robert Bakay — 1887. november

Carol Knight. A harmincas évei elején járhat. Az arca gyönyörű, a mozdulatai kecsesek. Az asztalnál ül, olvas valamit. Mélykék ruhájának szegélyén aranyhímzést pillantok meg; jómódú családja lehet. A kép egyre fakóbbá válik, leheletem elhomályosítja az ablaküveget. Óvatosan előrenyúlok, hogy letöröljem róla a párát, mikor hirtelen egy éles hangra leszek figyelmes.

– Mit keres ott?

Megdermedek. A kezem megáll a levegőben, rebbenő szemekkel tekintek le. Egy fiatal nő áll a ház előtt, gyanakvó tekintettel fürkész engem. Hallom, amint valamit újból kérdez tőlem, de hogy mit, azt már nem értem. Egyetlen dologra összpontosítok csupán: minél kevesebb feltűnés nélkül eltűnni innen.

A párkány lépésről lépésre instabilabbnak tűnik, kezdem elveszíteni az egyensúlyomat. Ujjaim a korlátba csimpaszkodnak, próbálom nyugodtan felmérni a helyzetet. Gyorsan kell leérnem, nincs időm tégláról téglára lemászni. A kezem hirtelen megcsúszik a jégen, a vékony párkány ledobja magáról a lábamat. Zuhanok! A vad szél elzúg a fülem mellett; karjaim kétségbeesetten kapáróznak; sikerül megkapaszkodnom az első emeletben. Az oldalam keményen csapódik neki a falnak, azt hiszem, egy bordám is eltört. Minden erőmet kékülő kezeimbe helyezem, ki kell zárnom a fájdalmat. Valahol fény gyullad ki… azt hiszem, felvertem néhány lakót. Nincs idő gondolkodni, ugrani kell!

A ládák felsértik a testemet, érzem, amint az apró sebekből vér kezd el folyni. A bal bokám kificamodott, de egyelőre még túl tompa a fájdalom. Menekülnöm kell. A hang azonban újból megállít.

– Álljon meg, maga tolvaj! – A kezében tartott lámpás fénye egy pillanatra elvakít. Toporgok. Ha elrohanok, még gyanúsabbá válok... és most nem lehetek valami gyors. – Álljon meg, vagy hívom a csendőrséget!

Viszont ha maradok... Belegondolni se merek, mi lesz velem később.

– Nem vagyok tolvaj! – suttogom. Kezeimet védekezően a magasba emelem.

– Akkor miért menekül? – A házban több lámpa is felvillan, egyre sürgősebben kéne elmennem innen.

– Nem értheti... nem maradhatok. Kérem!

Vádló pillantásokat vet rám, tekintete szúrós, gyanakvó. Lassan mér végig. A kopott, újfent kiszakított és véres öltözékemtől kezdve a koszos arcomon és kékülő kezeimen át minden porcikámat átvizslatja tekintetével.

– Megsebesült – vonja le a hideg következtetést. Én bólintok, és az ablakok felé pillantok. Látja, hogy mennem kell. És azt is tudja, hogy nem tudok futni. A tekintetem őszinte: nem lopni jöttem! Talán hisz nekem. Látok valamit a szemében... talán tényleg hisz nekem.

– Jöjjön! – suttogja, majd karon ragad, és gyorsan a házba vezet. Azt mondja, maradjak a szobában, ő pedig visszasiet az utcára. Néhányan kitekintenek az ablakon, a különös zajok hallatán kíváncsian forgatják a fejüket. – Egy macska ugrott le szerencsétlenül a háztetőről – magyarázza a nő. A gyanakvás nem múlik el, de lassacskán mindenki visszahúzódik.

Közeledő lépéseket hallok, a nő újból visszatér hozzám.

– Mit keresett odakint? – A hangja merev és erőteljes, mégsem mondanám azt, hogy nem nőies. Karját csípőre teszi, bizalmatlanul próbál faggatni.

– Carolt – felelem halkan, lesütött szemekkel.

– Merész és ostoba próbálkozás. Knight kisasszonynak vőlegénye van – szögezi le.

– Tessék? Azt hiszi... jaj, nem erről van szó!

– Az igazat megvallva, magam is úgy véltem, hogy merőben abszurd volna azt feltételezni, hogy egy rongyos utcafiú egy ilyen előkelő, finom nőnek merjen udvarolni.

– Milyen előítéletes... – fintorgok.

– A maga helyében, fiatalember, igyekezném megválogatni a szavaimat, valamint a hangot, melyet megütni készülök a személlyel, akitől a további sorsom függhet.

– Sajnálom – motyogom. Bármit, csak a hatóságoknak ne szóljon.

– Tehát, mit keresett a tetőn, Miss Knight szobájának ablakában?

– Beszéli szerettem volna vele. Személyes ügy.

– Ha a szóban forgó hölgy származása felől nem volnék ilyen biztos, valamint ha maga egy úriember volna, nem pedig egy nemhogy rang, de úgy vélem, otthon és valamirevaló ruházat nélküli fiú, elhinném, hogy beszélni akart Knight kisasszonynyal. De tekintve a tényeket, úgy vélem, maga hazudik.

– Engedjen el, kérem. Én nem keresem a bajt, nem akarok rosszat senkinek.

– Ha ilyesfajta sérülésekkel jár, mikor nem keresi a bajt, mire számíthat legközelebb? – Feláll, és gyors mozdulatokkal kisiet a szobából. Egy pillanatra fellélegzem. Vallatásnak érzem ezt az egészet. Csak remélem, hogy nem kérdezget tovább, mert minél többet tud rólam, annál nagyobb bajba kerülhetek.

A nő hirtelen visszatér egy kis tálcával a kezében. Gyakorlott mozdulatokkal tisztítja ki a sebeimet. Azon töprengek, hogy vajon ápolóként segédkezett-e valahol. Megkér arra, hogy vegyem le a kabátomat, bár vonakodom megtenni. A karomon és az oldalamon sebhelyek virítanak, nem akarom, hogy lássa őket, de erősködik.

– Kérem, látom, hogy a vér átütötte az ingét, hadd segítsek! – Finom kezeivel lehámozza rólam a ruhát, szemei elkerekednek. – Ki tette ezt magával? – Feláll, a tekintete komor. – Válaszoljon!

– Van, amit a lelencházban szereztem, van, amit azután. Egy ideje úton vagyok, bajba kerültem párszor.

– Nagyon fiatal. Szinte még gyermek. Nem utazhatna egyedül.

– Megszöktem, nem egy helyről. Nem értheti. Londonba kellett jutnom.

– Mi az, amiért képes egy ember ennyit kockáztatni? – Egy percre megfeledkezik arról, hogy feljebb való nálam. Egy percre nem beszél velem lekezelően. Pár mondat erejéig elhiszi, hogy valóban igazat mondok.

– Keresek valamit, és Carol Knight-tól reméltem választ. És holnap visszamegyek a tetőre, vagy holnapután, és ha nem sikerül, akkor azután. Egészen addig, amíg nem tudom meg azt, amiért idejöttem.

– Egy nő miatt képes ennyi áldozatot hozni?

– Ne az alapján ítéljen meg, ahogyan kinézek.

– Úgy hiszem, bocsánatkéréssel tartozom, de meg kell értenie. Maga még nem csalódott annyit, mint én. Nem tudja, miken mentem keresztül és miket kellett megtennem azért, hogy eljuthassak idáig. Nem tudja, mennyit szenvedtem azért, mert a családom sosem rendelkezett nemesi címmel. Rá kellett döbbennem arra, hogy ez az egyetlen járható út a világban. A pénz jelenti a hatalmat, és ez az egyetlen mód arra, hogy valaki élhessen.

Feláll, és újból kimegy. Élelemmel és meleg takarókkal tér vissza. Mintha valami ruhafélét is tartana a kezében. Könnyek szöknek a szemembe. Évek óta nem laktam már jól, évek óta nem törődött velem senki. Nem is tudtam, hogy létezik még a világban jóság is.

– Segítek magának. Ellenben tudnom kell, miért keresi fel Knight kisasszonyt.

– Londonban születtem. Innen vittek el oda, ahonnét másfél éve megszöktem. Egy londoni cím mindenem, és egy név. Ennyit őriztem meg az emlékeimben a múltamról. Nincs más, aki segíthet nekem, csak Carol Knight.

– Kívánom, hogy járjon az égiek szerencséjével, mert ehhez a nőhöz arra van szüksége.

– Miért mondja ezt?

– Az én családomat ő tette tönkre. Nem volt elég pénzünk. Szétziláltak a családomat; rabszolgamunkára kényszerítettek minket, melyet mindössze a miatt a kínzó tény miatt vállaltunk, hogy az embertelenül kevés pénz nélkül az éhhalál veszélye fenyegetett volna mindannyiunkat. Én Knight kisasszony apjának segítettem, noha még nagyon fiatal voltam. Ő pedig katonaorvos; mellette tanultam meg bizonyos dolgokat. Darabokra hullott és megalázott családom többi tagja azonban túl sem élte a háború utáni időszakot.

Nem felelek. Nem vagyok rá képes. Azért jöttem el idáig, azért szenvedtem és kockáztattam... Nem, nem lehet így vége! Ugye nem? Ha ő nem az, akinek hittem, engem visszavisznek, örök életem végéig szenvedésre leszek ítélve, és már célom sem lesz. Az elmúlt tizenhat évben csak ez volt nekem. Egy vágy, egy cél, de most hamuvá foszlott előttem az egész. Már nincsen értelme semminek, semminek.

– Ne adja még fel, kérem. Holnap megpróbálja, és meglehet, hogy sikerrel jár. De kérem, igazán nagyon késő van. Tessék, hoztam takarót magának. Majd reggel, napvilágnál folytatjuk tovább a társalgást.

Kibújok teljesen a kabátomból, és megigazítom az ingemet. A fájdalom belenyilall a karomba, egy pillanatra megállok. Ő felém nyújtja finom kezeit, és segít nekem. Megfogja a csuklómat, óvatosan feljebb tűri a ruhát, hogy lássa, melyik vágás okoz nehézséget, mikor ujjai megakadnak a csuklómra tekert anyagon. A tekintete megakad, reszketve bámulja a kezemet. Nem, nem a kezemet, hanem az egyetlen tárgyi bizonyítékot arra, hogy valaha volt családom. Egy gyékényből font karszalagot. Bizonyosan édesanyám adta még nekem.

– Tolvaj! – kiáltja újból. Az arca elfehéredik, le kell ülnie a fölre, különben mindjárt összeesik. – Tolvaj! Honnan szerezte ezt?!

– Nem vagyok tolvaj, mondtam már! Ez az enyém. Ez az egyetlen dolog, ami az enyém.

– Lehetséges volna? Robert?

– Honnan tudja a nevemet?

– Robert, drága Robert! – Magához szorít és zokog. – Ezt a szalagot én adtam az öcsémnek, még tizenhat évvel ezelőtt, és a reményeimben élt csupán a gondolat, hogy viszontlátlak még valaha.

Nehéz lépések

Michael Lawrence – 2011. június

Csengetnek. Morogva kászálódom ki az ágyból, a szememet alig tudom nyitva tartani. Fáradt tekintetem az asztalra állított óra számlapjára téved: mindössze hajnali kettőt mutat.

Újabb csengetés. Az ajtó irányába mozdulok. Halkan szitkozódom, mikor belerúgok az éjjeliszekrénybe – úgy érzem, eltört a kislábujjam. Nem kapcsolhatom fel a villanyt, nem akarom, hogy Sandy felébredjen…

Nagy nehezen eltájékozódom a sötétben a bejárati ajtóig, noha a hallban fekvő fotelen kis híján átestem útközben. Újabb türelmetlen csengetés. Az ajtó elé osonok, lábujjhegyre emelkedve pillantok ki a kukucskálón át. A kinti lámpa még ég, homályos fény öleli körbe az ajtó előtt ácsorgó alakot. Lemondóan csóválom meg a fejemet…

Hátrébb lépek egyet, hogy kinyithassam az ajtót, és azelőtt csendre intem hívatlan vendégemet, még mielőtt az egyáltalán az előszobába léphetne. A férfi azonban nem fogja fel a szavaimat. Hangos puffanás kíséretében ér földet az előszoba kövén, miután figyelmen kívül hagyta a küszöb létezését, jómagam pedig nem rendelkezem hihetetlenül jó reflexekkel ezen hajlani órákban, annak ellenére sem, hogy tudatában vagyok az illető labilis egyensúlyérzékének.

– Jerry! Mit keresel itt ilyenkor? – kérdezem suttogva.

– Gondoltam, beköszönök! – vihogja. Próbálom csendre inteni, de hasztalan, nem figyel rám. A nyakamba kapaszkodik, próbálja felhúzni magát a földről. Hányingerem támad a tömény kocsmaszagtól, melyet magával hozott a házamba.

– Ha nem csapsz zajt, itt aludhatsz a kanapén, de máskülönben, esküszöm, kiraklak innen.

– Nyugi, nyugi, nyugi, csak semmi… – Karja kicsúszik az enyémből, nekiesik a falnak, bal könyökével leverve a polcról egy apró tárgyat. Felszisszenek, minden erőmmel higgadtságra intve önmagam. Egyetlen szót sem szólok, meg se rezzenek. Nem érdekel, ha összetört is valamit, de a zaj… istenem, ricsaj nélkül megmozdulni nem tud! Az emeltről gyermeksírás hangja tör fel. Legszívesebben leütném Jerryt, de nem tehetem. Igaz, hogy úgy kell visszafognom magamat, de nem teszem, akkor sem.

June tipeg le álmosan a lépcsőn, karjaiban ringatva a nyugtalan kis Sandyt. Felrohanok hozzájuk, bocsánatért esdekelve csitítgatom a lányomat. A nejem szeme valósággal szikrákat szór felém, felvont szemöldöke szavak nélkül is erőteljesen számonkérő gesztus. Gombócot érzek a torkomban, nem tudom, mit felelhetnék.

– Aludhat a kanapén?

– Ne csináljon belőle rendszert! – feleli halkan, ám olyan tekintet kíséretében, mely a szememben üvöltő paranccsá dagasztja az elhangzottakat.

June hátat fordít nekem, megpróbálja lefektetni Sandyt, azonban tartok tőle, hogy ez nem megy majd egyhamar. Megígérem neki, hogy sietek vissza a hálóba, ám amint felvillan bennem az iménti pillantása, úgy döntök, lent maradok Jerryvel, míg meg nem nyugszik kicsit.

– Tudod, hogy szívesen látunk, de nem így – kezdek bele. Már nem kell kényszeredetten suttognom, Sandy így is ébren van.

– Bocs, hogy felkeltettem a törpét – motyogja. – Akkor maradhatok?

– Az utcára mégsem dobhatlak ki.

A szekrényhez lépek, takarót meg párnát veszek elő. Ami azt illeti, megvan már nálunk a külön garnitúrája, amit használ. Nem ez az első alkalom, hogy ilyenkor állít be, sem az, hogy ilyen állapotban. Voltaképp, hozzávetőleg két éve nem csinál mást, mint iszik – mióta csak elvált. Tudom, hogy engem is teljesen taccsra vágna, ha June megcsalna a legjobb barátommal, majd elhagyna, főleg, hogy magával vinné Sandyt is. Tudom, mit veszített, de két év telt el, lassan talpra kéne állnia.

Megágyazok neki. Szinte azon nyomban el is alszik, hangosan horkol. Próbálom az oldalára fordítani, de a helyzet nem javul. Végül hagyom, fentről nem hallani úgysem.

Lassan osonok fel a lépcsőn, félek June tekintetétől. Sandy
még mindig nem alszik, befektetem magunk közé, miközben be-
lekezdek egy mesébe. A hangom általában megnyugtatja, néhány
percen belül elcsendesedik a karomban. Visszafektetem a kiságy-
ba, miközben mindvégig azért imádkozom, nehogy megint meg-
ébredjen. Akkor, azt hiszem, egész éjszaka nem fogunk aludni.

– Most épp mi történt? – kérdezi June olyan halkan, hogy már
kis híján azt hiszem, a hang mindössze a fejemben szólalt meg.

– Nem kérdeztem – suttogom...

– Ez így nem mehet tovább, te is tudod. Sandy a szivacskor-
szakában van, nem tetszik, hogy egy részeg mellett nő fel. Ne-
ked három óra múlva kelned kell, dolgozni mész, megint hulla-
fáradt leszel holnap.

– Ő az öcsém. Ha a te testvéred állítana be, hogy segítséget
kérjen, őt is befogadnád.

– Kedvelem Jerryt, te is tudod, és mindig segítettünk neki
mindenben, de van egy határ.

– Mélyponton van, de ki fog lábalni belőle. – Egy gyors csó-
kot nyomok az arcára, nem tudja elfojtani édes mosolyát, noha
nagyon is szeretné. – Aludjunk, drágám!

June sóhajt egyet. Megszorítja a kezemet, tekintete nem vil-
lámlik, bizakodó. Mélyen, belül, én is kételkedem, nem csak ő,
de bármire is gondolok, bármikor, belső harcaim mit sem ér-
nek, a vitát folyton folyvást megnyeri az az egyetlen, minden-
nél erősebb tény, hogy ő az öcsém.

Ahhoz, hogy kitartsak mellette jóban-rosszban, hogy meg-
védjem bármitől; ahhoz, hogy megfogadjam: mindegy, mit hoz
a jövő, törődni fogok vele, nem volt szükség valódi esküre, mint
egy házasságkor. Mint June és énköztem.

Ez a kötelék más, talán erősebb is. Attól a pillanattól ott fe-
szül közöttünk elvághatatlanul, mióta csak megszületett, mi-
óta csak rám nézett, a bátyjának szólított. Vigyáznom kell rá,
mindegy, milyen mélyre süllyed akár. Az öcsém, az én felada-
tom, hogy vigyázzak rá, amíg csak élek.

Talán szemellenzőt viselek – June szerint mindenképpen –,
de nem tudom, mi mást tehetnék. Nem tudom, hogy máshogy

segíthetnék neki. Nyilván nekem sem tetszik, hogy Sandynek
ezt kell látnia, hogy éjjelente erre kell ébrednie, hogy a nagybá-
tyjáról ezek az első emlékei, de mit csinálhatnék?

Mikor reggel megszólal az ébresztő, Jerry még mindig alszik.
Főzök egy erős kávét, és otthagyom neki az asztalon. Visszasie-
tek még az emeletre, összekészítem a táskámat és magamra ka-
pom az inget. Megpuszilom Sandyt és megigazítom a takaróját,
June félénk tekintete egy percre maradásra késztet.

– Olyan jó apa vagy, és jó testvér is.

– Na és férjként? Talán megbuktam volna? – kérdezem hal-
kan, miközben melléhuppanok az ágyra. June megcsókol, apró
keze óvatosan simít végig a mellkasomon. Segít megkötni a nyak-
kendőmet, mely nekem valahogy sosem sikerül úgy, mint neki.

– Na, menj! Nem akarom, hogy elkéss. Jerryt meg bízd csak
rám, gondját viselem. Ha Sandyvel elbírok, még egy gyerek nem
okozhat akkora nagy gondot. – Halkan felnevet hozzá, miköz-
ben feláll, hogy kikísérjen engem.

Én pedig egész úton képtelen vagyok elfelejteni azt, amit
mondott. Jó apa vagyok, odaadó, hűséges férj, de valahogy ez
nem kompatibilis azzal, hogy vigyázom Jerryre. Az a keserű ér-
zésem támad hirtelen, hogy eljön majd az a szörnyű perc, mikor
választanom kell a kettő közül. Ám amilyen hirtelen tört rám,
olyan hirtelen is kergetem el ezt a borzalmas érzést.

Hazafele kis kitérőt teszek az ékszerbolt felé; jövő héten
lesz June születésnapja. Pontosan tudom, hogy mennyire bo-
londul azért a nyakláncért, melyet nemrég megpillantott ab-
ban a prospektusban. Mikor az ajándék után kutatok a sorok
közt, és végignézem az összes drágakővel kirakott csodát, nem
kattog az agyam az öcsémen. Ám mikor hazaérek, újból elfog
az az émelyítő érzés.

Jerry a földön fekszik, a padlón üvegszilánkok hevernek sza-
naszét. Ledobom a táskámat és hozzá rohanok. Kérdezgetem,
hogy hogy van, de szinte nem is reagál. A fejét rázza, Lindát
emlegeti. Próbálom felsegíteni, ellenben a pohárból kiborult al-
kohol csúszóssá változtatta a talajt. Elveszítem az egyensúlyo-
mat, mellé zuhanok. Az egyik szilánk végigvágja a karomat, a

vér halvány sugárban tör elő fakó bőröm alól. Elhaló kiáltásom hallatán June rohan ki a hálóból; a vér láttán hirtelen nagyobb bajra gondol, mint amekkora valójában történt.

Tekintete újból villámokat szór, ám szerencsémre nem felém, hanem Jerry irányába. Van, amitől nem védhetem meg még az öcsémet sem. June azon nyomban az elsősegélyládát kapja elő, anyai gondoskodással látja el a sebet, majd segít feltakarítani a szétszóródott szilánkokat.

– Ez akkor sem mehet a végtelenségig.

– Tudom – felelem halkan. – Tudom, de...

– Tudom, „de az öcséd" szent és sérthetetlen.

– Nem ezt mondtam!

– Mindegy, mindegy.

June vissza akar menni a hálóba megnézni Sandyt, én azonban lefogom a karját. Visszahúzom, és hosszasan szorítom magamhoz törékeny testét. Sosem veszekedünk, csak mikor Jerry bajt kever. Máskor sosem, és ez fáj. Fáj, hogy közénk áll, de... az öcsém. Mindkettőjüket szeretem, nem választhatom szét magamban ezt.

Visszazuhanok a fotelbe, némileg vallató tekintetemet az öcsém kék szemébe mélyesztem. Bocsánatot kér, de igazság szerint azt se tudja, mit beszél. Teljesen el van ázva.

– Munkát keresni nincs erőd, de eljutni egy boltig, úgy látom, van. Itthon ugyanis nem tartunk piát.

Régebben ez nem így volt. Néha megittunk June-nal egy-egy pohár bort vacsora után, kiültünk a teraszra és néztük a naplementetét. De mióta Jerry elvált, nem tarthatunk a házban italt; tudjuk, mi lenne a sorsa. Főleg, hogy a válás után jó fél évig nálunk lakott. Őszinte leszek, nem igazán érzékelem, hogy most már nem itt lakik. Egy-két nap, ha eltelik úgy, hogy nem ront be hozzánk. Vagy a lakótársa nem bírta már, vagy az a nő dobta ki, akihez éppen becuccolt egy időre, vagy a kulcsát nem találja, vagy egyszerűen már olyan részeg, hogy haza sem találna. Nem csak a nejemnek van ebből elege, nekem is, de az öcsém. Nem fordíthatok neki hátat.

Minden egyes nap megígéri nekem, hogy leteszi az alkoholt, hogy összekaparja magát, szerez munkát, de minden másnap ugyanúgy találok rá. Anonim gyűlésekre fuvaroztam, de nem érdekelte egyik sem, egyik fülén be, a másikon ki. Állásinterjúkra jelentkeztem a nevében, de egyikre sem ment el. Idehívtam egyszer Lindát, hogy ő beszéljen vele, de ez az ötletem csak még inkább rontott a helyzeten.

Visszafekszem a hálóban June mellé, mintha mi sem történt volna, de tudom jól, hogy idő kérdése csupán és a mécses darabokra törik: a türelme véges, a teherbíró képességem véges. Van egy határ valahol, amit nem tudom ki és miért húzott meg, de azt érzem, hogy közeledem felé. Nem akarom elérni, de el fogom. És félek attól, hogy mit fogok tenni majd.

A napok keservesen vánszorognak előre, mégis úgy teszek, mint aki megfeledkezett arról, hogy az öccse bajban van. Szerdán lesz June születésnapja, szeretném, ha minden tökéletes lenne.

Egyesek nem jönnek ki valami jól az anyóssal-apóssal, nekünk azonban teljesen harmonikus a kapcsolatunk. Azonban azzal, hogy nincsenek titkaink egymás előtt, az őszinteség néha fájó pontot üthet meg. Az első kérdésük az, hogy meg tudom-e fékezni az öcsémet a rendezvény erejéig. A válaszom természetesen igen, noha magam sem vagyok ebben olyan biztos. Egy elegáns étteremben tartjuk az ünnepséget, ahol meglehetősen sok alkoholtartalmú ital lesz a közelében. Nem döntöttem még el, hogy hova ültessem, ahol nem lehet ebből nagy baj. A nagy nap pedig közeleg.

Már hajnalban talpon vagyok, June-t csókkal ébresztem, majd ágyba viszem neki a reggelit. Azt mondja, ő a legszerencsésebb nő a világon. Nevetek. Bárcsak ilyen tökéletes lehetne minden napunk!

Hagyom, hadd csípje ki magát az étteremhez. Vállalom én, hogy felöltöztetem a lányunkat és fogadom a vendégeinket. Az ajándékokat itt adjuk át, az étteremben olyan kényelmetlen volna ez, szerintem. Lassacskán mindenki betoppan, kivéve Jerryt. Szívemet halvány remény tölti el. Ugyan hetekkel ezelőtt, de említettem neki egy állást, amire a nevében jelentkeztem. Talán most valóban összeszedi magát. Nem haragszom, ha nem lesz jelen June születésnapján, ha végre rendbe szedi az életet, az nekem bármit megér.

June furcsán kacag fel, mikor rádöbben arra, hogy némileg hiányolja őt a partiról, de talán jobb ez így. Én fizetem az italokat, ki tudja, mi lenne a vége.

June valósággal ragyog. Elképesztően csinos. Mindig az, de ma valahogy különösképpen az. Teljesen le van nyűgözve. Imádja a díszítést, az éttermet, a nyakláncot, melyet vettem neki. Ahogyan drága apósom fogalmaz, a fogás is kifogástalan. Sandy ugyan kicsit nyafog, hogy unatkozik, az ölembe ültetem, ringatatom. Azt kéri, hogy lovagoltassam a térdemen, de tapasztalataim, valamint a józan ész azt súgja, hogy evés után ez nem volna a legjobb ötlet. June nevet. Látni az arcán végigterülő mosolyt, a legszebb kincs számomra.

Minden a legnagyobb rendben zajlik, valahogy minden tökéletes. Nyugodt, de vidám. Egészen addig a percig, míg ki nem csapódik az étterem ajtaja, és át nem zuhan rajta egy borostás, zömök alak, dülöngélve, üveggel a kezében. Jerry. Ezt nem hiszem el!

Sandyt azon nyomban June karjaiba fektetem, majd felpattanok a székből. Az öcsémhez rohanok, próbálom kivonszolni őt a helyiségből, azonban erősebb nálam, és makacsabb is. Lerázza magáról a kezemet és a terem közepére rohan. Elvágódik a saját lábában – reménykedem abban, hogy nem is áll fel onnan. Azonban talpra emelkedik, megrázza a fejét és hőbörögni kezd. June-hoz mászik, azt hiszem, boldog születésnapot kíván neki, bár nem igazán érteni a szavait. Sandy az anyjához bújik, a nagybátyja a frászt hozza rá ezzel az idétlen műsorral. Én minden erőmmel azon vagyok, hogy lefogjam őt és kivigyem innen; egyedül azonban nem bírok vele. Apósom siet a segítségemre, együtt próbáljuk a kijárat felé fordítani, Jerry azonban makacsul ellenkezik.

Felháborodottan próbálja kiszabadítani magát a szorításból, ingerülten lódítja meg az egyik karját June édesapja felé. A látása homályos már, ütése célt téveszt ugyan, a karja néhány centivel suhan el apósom feje fölött; a kezében közel vízszintesen tartott üres üveg azonban kupán találja az öreget. A koppanás hallatán eleresztem az öcsémet, és az ő segítségére sietek. June is felénk rohan, bár úgy tűnhet, nem esett nagy baja, inkább csak megrémült kissé. Én az asztalhoz lépek, felkapok egy pohár vizet, és annak a tartalmát fröcskölöm az öcsém arcába, hátha kijózanodik egy percre.

Az egész étteremben mindenki minket bámul. Mindenki feszeng, sugdolózik a megbotránkoztató jelenet láttán. Nem érdekel az, hogy rossz fényt vet rám az öcsém, nem érdekel, hogy mit gondolnak róla vagy rólam. Az érdekel, hogy megijesztette a lányomat, hogy megütötte az apósomat, hogy tönkretette az egész eseményt. Az egyszerű mindennapok kellemes hangulatát is folyton folyvást megöli, de ez most más. Ez June születésnapja, és képtelen volt összekaparni magát egyetlen órácskára sem, még a családjáért sem. Azt hiszem, az a bizonyos határ itt húzódott meg.

Gondolom nem meglepő, hogy ezután nem tudtuk folytatni békésen az ünnepséget, noha sikerült Jerryt eltávolítanom az étteremből. Én magam nem is mentem már vissza, az öcsémet próbáltam józanítani. Aztán hagytam, hadd menjen, amerre akar.

June egész nap nem szólt semmit sem az esetről. Próbált úgy tenni, mintha meg sem történt volna, tekintetében azonban elfojtott düh szikrázott mindvégig. És tudom jól, hogy igaza van.

Mozdulatlanul, némán fekszem mellette az ágyon. Nincs számára mondanivalóm, nincsenek szavaim arra, amit gondolok. Mert a szavak már nem érnek semmit sem, tennem kell valamit. Valamit, amit már hónapokkal ezelőtt meg kellett volna tennem.

A csengő éles hangja töri meg álmatlan éjjelünket. June megszorítja a kezemet, szavak nélkül is tudja jól, mire gondolok. Újabb csengetés. Lassan battyogok le az emeletről. Jerry, ha lehetséges, még részegebb, mint a partin. Azt kérdezi, bejöhet-e. Azonban most, kemény és viszontagságos évtizedek után először mondom neki azt bármilyen kérésére, hogy „nem".

– Figyelj, tud... tudom, ho... szönyű votam... de... de...

– Nem, Jerry. Függő vagy. És amíg ez nem változik, addig ebbe a házba nem engedhetlek be. Mint családapa, már réges-rég ezt kellett volna mondanom.

– De az... öcséd... vagyok.

– És éppen ezért ilyen nehéz. De tudod, rá kellett jönnöm valamire az évek során. Egy testvérnek az a dolga, hogy vigyázzon a másikra. Ám ez nem mindig jelenti azt, hogy folyton kisegítelek, ellátlak, elszállásollak, befogadlak, akárhányszor csak bajba kerülsz. Hanem azt, hogy meg kell tanulnom elengedni a kezed. Mert ha én itt vagyok neked, te sosem fogsz gondoskodni magadról. Ha én megteszek helyetted mindent, sosem szeded össze magad. – A kezébe nyomok egy tárcát. – Ez elég lesz egy darabig. De ha rendes életet akarsz, magadnak kell megpróbálnod felépíteni azt. Meg kell tanulnod magadra is vigyázni.

Egy testvérnek példát kell mutatnia, egy testvérnek néha nehéz döntéseket kell hoznia. Mikor becsukom az ajtót, a szívem darabokra akar hasadni. Úgy érzem, elárultam őt, hátat fordítottam neki. Mégis, ez volt az egyetlen út arra, hogy rákényszerüljön a normális életre, hogy felépüljön, munkát keressen.

Leülök a földre, arcomat a kezembe temetem. Némán zokogok a padlón. Érzem, amint a köztünk húzódó kötelék megfeszül, de el nem szakad. Talán megacélozódik ezáltal, talán meglazul, talán elengedi, nem tudhatom. A lelkemet égető kín minden másnál gyötrőbb, szenvedek a bizonytalanságtól, ám bármennyire fáj is, tudom, hogy megtettem mindent, amit megtehettem. Az, hogy boldogulni fog-e, nem rajtam áll. Csak reménykedhetek benne, de innentől mást nem tehetek.

Keserű döntések

Clare Andrews– 1995. október

Elmélázó tekintetem a cipőm orrára szegezem; unottan rugdalom magam előtt a kavicsokat. Lelassítom a lépteimet, nem akarok még hazamenni. Nincsen hozzá erőm…

De hiába teszek kerülőt a park felé, hiába nézem végig üveges szemekkel bambulva a kirakatok százait, hiába választom minden lehetséges esetben a hosszabbik utat, előbb-utóbb így is eljön a perc, mikor megpillantom a házat. Semmire sem gondolok, miközben előkotrom a táskámból a kulcsokat, semmire sem figyelek, mikor átlépem a küszöböt, semmit sem érzek, mikor megpillantom őt a nappaliba toppanva. Ott ül az ágy szélén, kezében whiskyvel, üres tekintete egy fényképre mered. Anya képe, a nőé, akit én sosem ismerhettem. Meghalt, mikor kétéves voltam. És apa… azt hiszem, belőle egy rész vele együtt eltűnt. Ő a múltba temetkezett, és nem is akar kiszakadni az emlékekből. Nem érdekli, hogy én itt vagyok. Nem érdekli, hogy én még élek. A múlt eltűnt, elhunyt, elment… nem jön vissza már. De ez őt nem érdekli.

Megkérdezem, hogy hozzak-e neki valamit; rám förmed, hogy hagyjam békén. Némán bólintok, majd kisietek a szobából. Leülök tanulni, bár tudom, hogy reménytelen. A betűk öszszefolynak a szemem előtt, képtelen vagyok leírni egy értelmes mondatot. Nem, nem megy, nem tudom. Bámulom a könyvet, noha csak üres lapokat látok magam előtt. Hallgatom az óra halk kattogását, minden egyes perc eltelte újabb fájdalmat okoz csupán. Éveknek érzem az órákat, egy végtelen börtönnek az életet.

Egy arcot látok magam előtt a sötétben. Le sem kell hunynom hozzá a szememet; minden pillanatban őt látom csupán. El akarom kergetni a képet, elűzni örökre nyughatatlan gondolataim közül, még sincs hozzá erőm. Már semmihez sincsen.

Egyszerűen csak ülök az ágyon és várom, hogy este legyen. Csak várok és nézem, ahogy besötétedik. Csak várok és hallgatom, amint a világ lassan nyugovóra tér. De én csak ülök az ágyon és várok. Várom, hogy vége legyen.

Emlékképek rohamoznak meg. Nem akarom hallani, kezemet a fülemre szorítom. De a szavak belülről tombolnak az elmémben; a képek csukott szememen keresztül talán még élesebbek. Üvölteni akarok, de néma sikolyomra senki sem figyel fel. A szívem keserűséggel telik meg, képtelen vagyok másra figyelni.

Sosem kellettem senkinek sem. Valahogy mindig kilógtam a sorból. Valahogy mindig volt velem valami baj. És, ami azt illeti, én teljes mértékben megértem őket, hogy mit gondolnak rólam, hogy mit jelentek nekik. Egy selejtes termék vagyok, célok és lehetőségek nélkül. Egy hatalmas csalódás mindenki számára, egy megoldhatatlan rejtély, mely igazán senkit sem érdekel. Egy probléma, mely csak újabb és újabb gondokat képes okozni.

Megértem. Én megértem, hogy engem sokkal könnyebb gyűlölni, mint szeretni. Gyenge vagyok, megtört, és a természetem sem a legkönnyebben kezelhető. De biztosan van bennem valami jó is, biztosan nem csak ennyi vagyok, de nem látták a másik oldalamat. Nem akarták tudni, hogy mi van még bennem. Senki sem...

Azt mondják, az ember nem maga választja a családját. Hozzá van kötve a szeretteihez. De mi van akkor, ha ez a kötelék elszakad? Vagy egyáltalán nem is fonódik össze soha, egyetlen perc erejéig sem? A rokonaim javarésze él és virul, de egyiküket sem ismerem. Nem akarják tudni, hogy hogy vagyok, nem akarják tudni, hogy mi van velem. Vannak unokatestvéreim, nagynénéim, nagybátyáim. Néhánynak a nevét is tudom. De egy karácsonyra sem jöttek el. Egy születésnapkor sem hívtak fel. Hiába reménykedtem évről évre a csodában. Apa sem akart engem. Kis híján elhagyta anyát, mikor megtudta, hogy meg fogok majd születni. Az érzése felém azóta sem változott.

Nehéz velem, én ezt megértem, de ők nem is akartak megismerni. Eldöntötték, hogy nem kellek nekik, még azelőtt, hogy tudták volna, ki vagyok. Eldöntötték, hogy én nem vagyok értékes, megpecsételték az életemet még azelőtt, hogy az elkezdődött volna. Esélyt sem adtak nekem arra, hogy bizonyíthassak. Hogy bebizonyíthassam azt, hogy én is… én is érdemes lehetek a szeretetre.

Esténként néha anya fényképét nézegettem. Azon tűnődtem, hogy ő vajon szeretett-e engem. Azon töprengtem, hogy miért vagyok elátkozva. Azért imádkoztam, hogy valaki, csak egyszer, csak egyetlenegy valaki, valaha szeressen.

És akkor jött ő. Az első perctől kezdve többet jelentett számomra, mint egy tanár. Az első perctől kezdve máshogy bánt velem, mint a többiek. Olyan volt, akár egy angyal. Kedves volt, és sokszor mosolygott. Szinte ragyogott. Valami különös fényt hozott megsötétedett életembe.

Mikor beteg voltam, egészen másként nézett rám, mint ahogyan azt vártam. A szemében nyoma sem volt haragnak vagy szánakozásnak. Segíteni akart. Mellettem maradt. Vigyázott rám, egész addig, amíg jobban nem lettem.

Az iskola csak azért nem jelentett már kényszert, mert ő ott volt. Reggelente lemondtam a plusz tíz perc alvásról, hogy ha pont akkor érkezik, találkozhassam vele. Már méterekről meghallottam a lépteinek a hangját. Ezer közül is megismertem volna a köhögését. A legnagyobb tömeg közepén is észrevettem az ő kabátját.

Törődött velem. Megkérdezte, jól vagyok-e. Vigasztalni próbált a legnehezebb napjaimon. Végighallgatott. Segíteni akart. Az egyetlen ember, aki nem a problémát látta bennem, hanem az elveszett gyermeket. Én pedig valami olyasmit éreztem, amiben anya fényképének bámulása közben reménykedtem mindig is. Álomnak hittem. Lehetetlennek. Olyan idegen volt, ismeretlen és különleges. Sosem hagytam ki egyetlen alkalmat sem, ha lehetőségem adódott beszélni vele. Megtanultam az órarendjét, délutánonként igyekeztem ugyanakkor távozni, mint ő. És ő sosem utasított vissza. Sosem kért arra, hogy hagyjam békén. Sosem taszított el magától.

Nem bírom tovább. Felpattanok az ágyból. Nem bírom, nem akarok emlékezni, nem akarom újra felidézni, hogy milyen volt, de elmém cserbenhagy, szüntelenül tárja elém fájdalmas múltam összes emlékét. Bárhogy könyörgök, bárhogy ellenkezem, csak ő jár a fejemben. Hallom a hangját, olyan tisztán látom magam előtt, ahogyan egy fénykép sem tudná azt visszaadni. Minden vele töltött másodpercre emlékszem, minden mondata szentírásként égett bele az emlékezetembe.

Ő volt az egyetlen ember egész életem során, aki törődött velem. Az egyetlen, aki azt mondta, aggódik értem. Soha, senki nem akart vigyázni rám azelőtt. Soha, senkit nem érdekelt, hogy milyen is vagyok. Soha, senki nem látta a fényesebbik oldalamat, a kevésbé selejteset. Soha, senki nem akart megismerni. Soha, senki nem adott nekem még esélyt. Kivéve őt. Ő más volt. Valami különös békét adott zaklatott, hányódó lelkemnek. Valami felfoghatatlanul erős érzést keltett életre bennem. Ragaszkodtam hozzá. Vele akartam maradni. Mellette akartam lenni, amikor csak tudtam. Hát mégiscsak létezik a világban jóság! Mégiscsak juthat mindenkinek egy kevés szeretet.

Leckeírás helyett azzal foglalatoskodtam, hogy valami ajándékot készítsek neki. Éjszakánként már nem könyörögtem, már hálát adtam. Egészen addig a percig nem volt az életemben semmi, ami miatt hálás lehettem volna, de kimondhatatlan köszönet lángja égett bennem, mióta csak legelőször megszólított. Talán mégis csak van jövőm nekem is?

Nem, nem, ne tovább! Egy nappal se tovább! Nem akarok... nem akarok emlékezni! Bár visszaforgathatnám az idő kerekét! Bár sose nyitottam volna szóra a számat! Bár képes lennék a boldog, néma tudatlanságban élni!

Egyszer megkérdeztem tőle, hogy miért ilyen kedves velem, hogy miért törődik velem ennyit. Azt felelte mosolyogva, hogy mindenkivel ilyen. Minden diákjával így bánik.

Bólintottam. Nem tudtam volna megszólalni. Mosolyogtam, hátha vissza tudom fojtani a könnyeimet. A szemébe néztem, a különös, szeretettől sugárzó szemébe, miközben lassan öszszeomlottam. Semmi nem volt bennem. Soha. Nem voltam különleges a szemében. Nem voltam neki fontos. Neki sem számítottam. Csak annyi volt a különbség, hogy ő mindenkivel kedves. A baj csakis velem volt. Nekem egy mosoly, egy kedves szó, egy kinyújtott, segítő kéz a világot jelentette, míg másnak talán csak egy megszokott rutint.

Letérdelek a földre, reszkető lábaim nem tartanak meg. Némán zokogok, ajkaimon hang nem jön ki, arcomról csendesen folynak le a könnyek.

Az én világom akkor dőlt össze. Akkor hullottam darabjaimra. Sosem éreztem még magam üresebbnek vagy szürkébbnek, mint akkor. Vágyakozni valamire egy dolog. Elérni azt, majd elveszíteni olyan, mintha az ember szívét tépnék ki. Akarni valamit, majd elveszíteni jobban fáj, mint sosem akarni semmit. A szívemben mindig is űr tátongott, vártam valamire, de a szavai hallatán nem csak az addig betöltött rések lettek újból üresek, hanem a lelkem egy része is vele együtt kiszakadt.

Ki kell mennem a levegőre. Úgy érzem, megfulladok a négy fal közé zárva. Fojtogató az a csend, mely körülvesz, és túl harsogó az emlék, mely betölti darabokra szakadt szívemet.

Nem bírtam. Nem bírtam nap mint nap újra a szemébe nézni, nem bírtam elviselni a tényt, hogy semmit sem jelentek neki. Ő ugyanolyan maradt, ugyanúgy bánt velem. Fogalma sem volt arról, hogy nekem mit jelentett a törődése. Ahogyan azt sem tudta, mit éltem át a szavai hallatán. Számára minden változatlan maradt, míg számomra minden napról napra sötétebbé vált.

Vágytam rá. Vágytam arra, hogy mellette lehessek. Mégis tudtam, hogy neki nem számítok úgy, mint ahogy én néztem rá. Végül döntésre szántam el magam.

Az utcák szinte üresek. Az éj sötét, a magány fojtogatóan szorít a keblére. A falnak dőlök, érzem, amint az apró kavicsok felsértik a bőrömet. Érzem, amint friss, forró vérem vékony sugárban csurog le a kézfejemről. Elmosolyodom. Mindegy, hogy fájdalom… de érzek. Legalább valami, amit érzek. Valami, ami egyetlen röpke perc erejéig elvonja figyelmemet. Valami, ami pár pillanatra visszaránt a valóság határai közé. De nem tart sokáig.

A levélre gondolok. A szörnyű szavakra, melyeket a könnyeimet nyelve fogalmaztam meg. Sosem írtam még ennél rettenetesebbet. Emlékszem minden szavára. Minden egyes sértő, haragos mondatára. Emlékszem a reszkető kezemre, mellyel átnyújtottam neki papírra vetett halálos ítéletemet. Nem akartam volna megbántani, fájdalmat okozni neki, de nem volt választásom. Rosszul döntöttem talán, de tennem kellett valamit – bármit.

Azt akartam, hogy gyűlöljön meg. Azt akartam, hogy soha többé ne mosolyogjon rám, ne törődjön velem. Csak nézzen rajtam keresztül, mint mindenki más. Legyen pont olyan rideg és kimért, mint mások. Mutasson pontosan olyan közömbösséget felém, amit én érdemlek.

Abban hittem, hogy ezáltal enyhül majd egyszer a fájdalom. Hogy így nem kell majd minden egyes nap elsétálnom egy karnyújtásnyira a boldogság lehetősége mellett, melyről tudom, hogy sosem lehet az enyém. Elvágtam magam tőle, eltaszítva magam mindentől és mindenkitől, elérhetetlenné téve magamat az utolsó reménysugár számára is. Úgy hittem, könnyebb lesz olyannak látnom őt, mint másokat. Könnyebb lesz, mint érezni a szeretetét, mely kettőnk közül csupán nekem jelentett valamit.

Úgy hittem, könnyebb lesz, ha eltépem magam tőle, s így kevésbé fáj majd a megkaparinthatatlan boldogság egyre távolodó fénye. De jeges tekintete és tompa szavai nem csak új lyukakat vertek a szívembe, hanem gyökerestül tépték ki azt. Akkor vesztettem el mindent. Nem csak a boldogságot, hanem annak a reményét is. Örökre. Sosem volt senkim se, csak ő. Az egyetlen személy, aki valaha szeretett, az egyetlen, aki nem taszított el magától. Nem, őt én löktem el magamtól.

Lehunyom a szemem. Üres szívem újból megtelik a vérző emlékek fájdalmával. Az elmémet gondolatok özönlik el. Minden egyes keserű emlék egyre közelebb visz az elhatározásomhoz. Minden egyes perc még inkább megszilárdítja bennem a döntést. Nincs senkim… nincs semmim… nincs választásom.

Lelépek a járdáról. Lábaim ólomsúlyúvá dermednek, képtelen vagyok továbbhaladni. Képtelen vagyok bármire is gondolni. Képtelen vagyok tovább élni.

Sötét van. Az éj köpenye beburkolja apró testemet, szinte láthatatlanná válok. Egész életem során sodródtam csak. Egész életem során mások határozták meg, hogy hogyan viselkedjem, éljek, cselekedjem. Másoktól függtem. Nem dönthettem arról, hogy meg akarok-e születni, sem arról, hogy hova, milyen családhoz kerüljek. Nem dönthettem arról, hogy hogy nézek ki, hogy milyen vagyok. Nem dönthettem arról, hogy milyen legyen az életem, de legalább arról én magam dönthetek, hogy hogyan akarom befejezni.

Hirtelen erős fájdalmat észlelek. Tompa érzékeim puffanást, és csikorgó kocsikerekek hangját észlelik. Összezuhanok a földön; a testemet súroló autó elszáguld mellettem. Azt hiszem, ez a végső döfés. Még arra sem méltat, hogy megálljon. Nem mintha bánnám, csupán megerősít abban a hitben, hogy valóban helyesen döntöttem. Nekem nincs helyem a világban. Én nem illek ide. Én nem számítok senkinek sem.

A telefonom mellettem hever a földön, reszkető karom óvatosan húzza vissza magamhoz. Értetlenül, homályos szemekkel szemlélem, hogy rezeg. Az esés során benyomódhatott rajta egy gomb. De miért pont ez?

Felveszi a telefont. Törött bordáimra gondolok, vérző homlokomra, a valószínűleg átlyukasztott tüdőmre. Mit árthat egy újabb tőrdöfés? A fülemhez emelem a telefont, gyenge, elhaló hangom hallatán egy dolgot kérdez csak. Hol vagyok...

Nem tudom, miért mondom el neki. Nem tudom, miért mondok bármit is. A hangja... nem hallom belőle a gyűlölet csengését. Nem hallom belőle a haragot, a megvetést. Miért? Miért nem?

Lehajtom a fejemet a járda szélére. A fejem dübörög, nem kapok levegőt. Érzem a jelenlétét. A sötét angyal jelenlétét, ki közeleg, ki lassan húz magához. Még vár. Még nem visz el. Ott áll a túloldalon. Látom őt. De még vár. Vár valamire.

Nem érzem az időt. Nem érzem a fájdalmat. Az elmém üres, a szívem egyre gyengébben dobog. Nem értem, mi történik körülöttem, és hogy vajon miért. Hallgatom a csendet, nézem az éjszakát. Különös hiányt érzek a lelkemben. Még nincs teljesen vége...

Hirtelen meglátok egy autót közeledni. Méterekről felismerem a rendszámot, holott véresek a szemeim. Hallom a lépteit, hallom, amint egy percre elakad a lélegzete. Lehajol hozzám és magához ölel. Össze vagyok zavarodva. Azt kérdezem, miért. Látom az arcát. A félelmet, a könnyeket, a szeretet. De hiszen nem számítottam neki, de hiszen nem jelentettem neki semmit sem. Miért? Miért néz most így rám, és akar segíteni?

Megrázza a fejét. Zokog. Ő nem tudta. Nem tudta, mit jelentett nekem. Ő nem mondhatta ki, hogy szeret. Ő nem mondhatta ki, hogy mit gondol rólam. Ő nem tudta, hogy nekem csak ő volt. Neki sosem lehetett gyermeke. Mindig vágyott egy kislányra, de nem lehetett neki. Neki én voltam, de nem mondtatta ezt ki, nem merte, mert azt hitte, én csak tanárként tekintek rá.

A túloldalról lassan elindul felém egy alak. Egy sötét, feketeszárnyú angyal. Lehajtom a fejemet és némán tűröm, amint magához szorít. Még egyszer, utoljára a szeretett nő felé fordítom a fejemet. Nézem a könnyes arcát, a gondoskodó vonásait. Olyan boldogság tölti el a szívemet, melyet sosem tapasztalhattam azelőtt. Olyan érzések szabadulnak fel bennem, melyeknek a létezéséről sem tudtam. Lassan elengedem a kezét, nem maradt bennem erő. A sötét angyal felemel, és óvatosan szakítja ki belőlem az életet. Az életet, melynek talán mégis csak volt értelme, mert mégis csak volt egyetlenegy személy, aki szeretett...

Döntés nélkül

Anna Hodge – 1962. november

„Elmesélek neked egy történetet. Csak hogy megérts engem; hogy felfoghasd, miért teszem azt, amit. És… hogy talán egyszer… megbocsáss nekem.

Élt egyszer egy fiatal nő, aki sosem tudta, hogy hová tartozik, honnan jött, hogy kicsoda ő. Az utca volt mindössze az otthona, napról napra élt. Nem volt semmije sem, csupán a kitartása. Munkát próbált találni magának; minden héten végigjárta az üzleteket abban reménykedve, hogy valaki megszánja őt. Sosem akart semmi rosszat sem. Dolgozni vágyott, tisztességes emberré akart válni. Ám mikor az utcán sétálók, a bolti eladók – a világ – rátekintett, egy koszos árvát látott csupán. Egy hajléktalan lányt, akire pillantva szánalom, megbotránkozás, és talán egy cSöppnyi félelem is megszállta a szívüket.

Nem akarta feladni a harcot, de nem tehetett mást. A világ nem fogadta őt be, sehol nem maradt helye. Megismerkedett egy részeg nincstelennel, akitől nem sokkal később már gyermeket várt. Éjjelenként erőt kért az Úrtól, a fényért imádkozott. Sosem tudtam igazán, hogy a megváltás pénzt jelentett volna-e számára, családot, vagy mindössze egy ártatlan, emberi pillantást, melyből nem süt lenézés vagy szánalom. Ám azt tudom, hogy az Ég meghallgatta őt, és átsegítette egy sokkal szebb világ kapuján: belehalt a szülésbe.

A férfi megpróbálta egyedül felnevelni a lányt, de képtelen volt rá. Nem tudta megadni neki azt, amit érdemelt volna. Sötét társaság közé sodródott, sötét ügyletek irányába, csak hogy szerezhessen annyi pénzt, amiből valami garzonfélét megvehet. De aztán, mikor a lány olyan tizenkét éves lehetett, a férfit elkapták az egyik rablás során. Nem tudom, mi lett vele. Talán él még valahol, talán a börtönben van azóta is, vagy már meghalt, de azt kétlem, hogy sikerült neki új életet kezdenie. Egyes embereknek nem jut ki a boldogságból, egyes emberek esélyek nélkül jönnek a világra.

Nem hiszem, hogy ezzel tisztában lett volna a kislány, de ez nem is számított. Fogalma nem volt arról, hogy milyen az élet, mármint, milyen érzés élni. Ő csak létezett. Napról napra nyomorgott, éhezett, fázott, szenvedett. Nem látott mást a világból. Nem tudta, hogy létezik valahol jóság és szeretet, nem látta fényt sohasem.

Azt mondják, az ember a maga életének kovácsa, de ez így nem igaz. Van, amiről dönthetsz, de van, amiről nem. Ez a lány nem döntött arról, hogy ilyen élete legyen, hogy elvigyék az apját, hogy ne ismerhesse az anyját. Nem az ő döntése volt az utca, sem ez az élet. Befolyásolhatta csak a története menetét, de valódi beleszólása nem lehetett. Nem az ő hibája, hogy ez lett belőle.

Egy ember, aki sosem kapott szeretetet… egy ember, akit egész élete során csak bántottak, megaláztak; egy ember, aki csak szenvedett, aki sosem tanulta meg, mit jelent élni, mint jelent kötődni, szeretni. Az ember, aki sosem láthatta a fényt ebben a bűnös világban, ahová lerántották őt, az képtelen mást adni, mint amit kapott. Mert nem is tud annak a létezéséről.

Nem tudott arról, hogy mi a helyes, és mi nem az. Nem tudta, hogy mit jelentenek a szavak valójában, hogy mi az a különös hang, ami valahonnan mélyről, belülről fakad, csak azt tudta, hogy tennie kell valamit, különben nem éri meg a reggelt sem.

Megtanult lopni. Eleinte ez volt a legkézenfekvőbb módja annak, hogy ne haljon éhen. Őt már nem érdekelte, hogy az emberek hogyan néznek rá, hogy melyik üzletből dobják ki csupán már akkor, amikor belép. Nem tudta, mi a normális, nem tudta, hogy az ő élete nem az. Csak figyelt és várt. Valamire; talán arra, hogy egy nap véget érjen a szenvedés.

A sötétségnek egyre mélyebb bugyrai fertőzték meg, kereste a kiutat. Csak azt nem tudta, hogy hogyan. Elvitték valakihez. A férfi azt mondta, hogy megfelelő; alkalmazta őt. A nőt nem érdekelte, hogy a maradék becsületét és leszaggatták róla –

addig sem tudta, hogy létezik önérzet. Addig sem tudta, hogy mi a helyes. Azután sem érdekelte már, hogy mit tesznek vele, hogy tárgyként kezelik, hogy megalázzák és kihasználják... kapott érte pénzt. Másra nem mert gondolni, nem is tudott már talán. Azt sem tudta, hogy mi van azon túl.

Terhes lett. A kislány maga is már a sötétségben fogant, nem ismerte a kinti világot. Hétéves lehetett, mikor az anyja rádöbbent arra, hogy miben élnek. Nem bírta nézni a gyermek tiszta, kék szemeit, azt az ártatlan tekintetet. Nem értette, miért kell szenvednie neki is, mikor ő nem tett soha semmit. Képtelen volt elviselni ezt a világot. A kislány talált rá, azt hiszem, túladagolásban hunyt el; nem bírta tovább.

A lányt azonban megtartották. Egy nap jött egy férfi, aki magával vitte őt az otthonába és ott is tartotta. A többi cseléd megtanította őt főzni, takarítani, eleget tenni a követeléseknek. Az évek kínzó lassúsággal teltek, minden egyes nap szenvedés volt és fájdalom. Mégis otthonának tartotta már ezt a börtönt.

A többi asszony figyelemmel kísérte, ahogyan felcseperedett, ahogyan nővé érett. Féltették őt. Minden alkalommal, mikor a lány képtelen volt eleget tenni a férfi akaratának, az megverte őt. Az egyik nő – az egyik legidősebb – mindig bekötözte a sebeit. Próbált reményt önteni belé. Mikor vele volt, valami különös forróságot érzett a mellkasa tájékán, melyről nem tudta, mi lehet. Eleinte megrémült tőle, aztán később várta már, hogy újból érezhesse. Ez a néhány perc, melyet az asszonnyal tölthetett, mindennél többet ért számára. Ilyenkor úgy érezte, hogy ember. Úgy érezte, hogy még ő is számít.

A nő a túloldalról jött. Ő ismerte a fényt, melyről a lány csupán hallhatott. Pénzszűkében robotolt reggeltől estig, de hétvégenként hazajárhatott. Volt családja, egy férje és két fia. Sokat mesélt a lánynak. Az életéről, a világról.

Könyveket csempészett be neki, éjszakánként olvasni és írni tanította. Az egyik Shakespeare-kötet lapjai közé egy préselt rózsát rejtett el neki. A lány arról álmodozott, hogy egyszer kijut onnan, lefekszik majd a domb tetején a fűbe, a rózsabokrok mellé, és mikor beszívja a levegőt, az életet fogja belélegezni. Hitt a szabadságban, noha nem tudta, mi az. A gondolat, hogy valahol vár rá egy felszabadító érzés, erőt adott neki.

A Bibliát lapozgatta. Lassacskán fejből is megtanulta már a Szentírást, imádkozott minden percben. Gyakran megnevettette a nőt. A legkevésbé sem gondolta volna, hogy a lány hinni fog Istenben egy ilyen világba zárva. Képtelenségnek tartotta, hogy a lány hisz az igazságban és a szeretetben. De ő hitt. Pont ezért hitt. Ez tartotta csupán életben. Hogy valami, valaki vigyáz rá odafentről. Úgy érezte, kell lennie valamiféle fénynek valahol. Ha az élet ilyen szenvedés, annak nincsen értelme, valahol dönteni kell az emberek sorsáról. Valahol ezután valakinek ítélkeznie kell fölöttünk, annak rendje és módja szerint, hogy hogyan is éltünk. Képtelenség, hogy csak ennyi az egész: valaki szenved, valaki pedig gonosz és boldog. Ha csak ez az élet, akkor értelmetlen. De ha létezik Isten, akkor végeredményben megéri minden kín. Ez volt az egyetlen gondolat, ami tartást adott neki.

Még tizenhat éves sem volt azonban, amikor a férfi felfigyelt rá és olyan dolgokra kényszerítette, melyeket nem akart megtenni neki. Azzal ámította magát, hogy egy nap véget ér majd a rémálom, de éjszakánként, mikor lidérces álmaiból magához tért zokogva, még az asszony sem tudta őt mivel vigasztalni. Innen nem volt kiút.

Ha nem beszélt kellő tisztelettel, megverték. Ha ellenállt, szintúgy. Ha meg sem szólalt, akkor is. A nő hiába próbált neki segíteni, már késő volt. Néha már felállni is alig bírt. A teste tele volt hegekkel és vérző sebekkel, a csontjai rosszul forrtak össze, törött bordái átlyukasztották a tüdejét. Egyszer már a férfi barátja könyörgött azért, hogy hívjon hozzá orvost. Már haldokolt...

Haldokolt, annak ellenére, hogy sosem élt. Nap mint nap azt kérdezgette magától, hogy miért. Mit vétett az Ég ellen? Mivel érdemelte ezt ki? Miért érdemes megszületni és igyekezni, ha ez az élet? Ha ez a kínnal és fájdalommal teli sírgödör az élet?

Az orvos gyógyszerekkel tömte, próbálta összevarrni a sebeit és menteni, ami még menthető. Már maga a nő is, aki lányaként szerette őt, azért imádkozott, hogy ne kelljen tovább szenvednie, hanem nyugodtan lehelje ki a lelkét végre. Szenvedett attól, hogy így látta őt. És mikor az orvos azt mondta, hogy állapotos, tudta, hogy meg kell próbálnia tenni valamit.

Néhány héttel később egy újabb könyvet csempészett be neki a szobába. A lány hálás volt érte, de csak mosolyogni tudott, a beszédhez alig maradt ereje. Ám a lélegzete is majdhogynem elakadt, mikor a borítóba rejtve egy köteg pénzt pillantott meg, és egy kereszttel díszített ezüstláncot. A nő a szája elé emelte a mutatóujját, majd hozzáhajolt, és a nyakába borulva kezdett el zokogni. A lány megpillantotta a fényt. A sötét börtön mélyén ez az asszony volt az ő fénye. Az egész világ nem ért oly sokat, mint ő.

A következő pénteken, mikor a cselédek indultak haza, a nő ráaggatta a lányra a saját ruháit, majd ájulást színlelt, hogy az ajtóban állók egy pillanatra rá figyeljenek, ne pedig rám.

Könnyű volt kijutni, de nem tudtam, hogyan tovább. Sosem jártam még odakint. Margaret nélkül fogalmam nem volt arról, hogy mit tehetnék. Egy kis panzióban szálltam meg addig, míg fel nem épültem, és meg nem szültelek téged. Egyedül voltam, a pénzből már alig maradt valami, a tél pedig közeledett.

Rád néztem és tudtam, hogy életem végig szeretni foglak. Sosem láttam még nálad csodálatosabb dolgot, de az is tudtam, hogy nem foglak tudni felnevelni. A szemed pont olyan kék és olyan ártatlan, akárcsak az enyém volt. Tudtam, hogy nem maradhatsz velem, mert neked sem jutna jobb sors, mint nekem. Te ennél többet érdemelsz.

Az élet nem mindenkinek hagy esélyt, nem mindenki kap lehetőséget. Az ember hiába születik jónak, a világ rosszá teszi őt, átformálja, és kiöli a lelkét. Anyámra gondoltam, aztán a sötétségre, amiben élnem kellett. Bármit megtettem volna azért, hogy téged távol tartsalak attól a világtól.

El kellett, hogy hagyjalak téged. Tudtam, hogy vélhetően bele fogok halni a fájdalomba, hogy nem láthatlak felnőni, hogy mikor beteg leszel, nem ápolhatlak majd, nem lehetek melletted; hogy esténként nem én foglak betakargatni és mesét olvasni neked. Nem láthatlak mosolyogni, nem én fogom felszárítani a könnyeidet, soha többé nem szoríthatlak magamhoz, nem nézhetek a szemedbe és mondatom azt, hogy szeretlek.

Nem tudom, hogy hova kerülsz majd, hogy milyen emberré válsz, de azt tudom, hogy vigyázni fognak rád, és neked szebb életed lesz. Te láthatod a fényt. Megélheted az álmaidat, lehetsz szerelmes, lehetsz boldog… élhetsz még! És remélem, egy nap, ha elég idős leszel majd ahhoz, hogy megérts, megbocsátasz majd nekem azért, amiért elhagytalak. De tudnod kell, hogy mindig, mindig szeretni foglak, és egy perc sem fog eltelni anélkül, hogy ne gondolnék rád."

Mary Hodge, 1980. november

Összehajtogatom a levelet, majd a szívemhez szorítom. Ma lettem tizennyolc éves, ma léphettem ki a világba az árvaház vigyázó karjai közül. A fűben lépdelek, az arcom piros a sírástól. Sosem tudtam, hogy hova tartozom, hogy ki vagyok, ma adták oda a levelet először.

– Sosem tudtam, Anya, hogy hogyan nézhetsz ki, hogy milyen vagy, de sosem szerettelek még annál jobban, mint most. Lehetőséget adtál nekem, esélyt arra, hogy én élhessek, hogy nekem lehessen jövőm. Magam dönthessek, és alakíthassam az életemet.

Zokogni kezdek, majd térdre rogyok a kis sírhalom előtt. Egy aprócska kereszt jelzi csupán, hogy hol van, egy aprócska kis sír mutatja, hogy valaha élt. *Anna Hodge.* Ennyi áll csupán a kereszten, még évszámot sem tudtak írni…

Végigsimítok a koszos fán, tekintetem újra és újra végigsiklik a betűkön, aztán a gyepen és azon az apró rózsaszálon, mely a kereszt mellett hajtott ki. A mellkasomhoz kapok, az apró kis ezüstkeresztet szorongatom.

– Már szabad vagy, Anya. Már az vagy, és az életed árán váltottad meg az én szabadságomat is. Remélem, egy nap majd olyan ember válik belőlem, akire büszke lehetsz odafent.

A fényképalbum

Janet Stanley – 1994. január

A fényképalbumokat válogatom. Keresek valamit. Nem tudnám megmondani, hogy pontosan mi az, de tudom, hogy fel fogom ismerni abban a szent pillanatban, hogy meglelem.

Egy forró kéz érintését érzem a vállamon. Elmosolyodom, Alex leül mellém az ágyra. A képekre pillant, majd a távirányító után nyúl. Ő is keres valamit. A különbség az, hogy ő két percben belül képes megtalálni egy olyan műsort, ami leköti addig, amíg végül halkan hortyogva el nem alszik, de én évek óta nem találom meg azt, ami hiányt kelt valahol a szívem tájékán, nagyon mélyen.

Pár perc erejéig én is a képernyőt nézem. Reklám van, de nem hallom, mit akarnak eladni; a gondolataim egészen máshol járnak. Alexre pillantok. Olyan békés, olyan csendes… nem gondol semmi másra most éppen.

– Te sosem vágytál erre? – A tévére mutatok, az irritálóan ideális családképre, amit éppen mutatnak. A mosolygó arcokra, a három generációra, akik képesek együtt lenni, együtt nevetni, élni…

– Új asztalterítőre? – kérdezi fáradtan, vigyorogva. Aztán megpillantja sóvárgó tekintetemet. – Jaj, Janet…

– Kérdeztem – motyogom halkan, miközben kibújok az öleléséből. Sóhajt egyet. Hirtelen rádöbben arra, hogy ezt a feleletet most nem ússza meg néhány poénnal. Most komoly vagyok.

– Nem. Nem vágytam rá, mert nem tudtam, milyen, ahogyan te sem. Miért nem tudod elfelejteni?

– Pontosan azért, mert nem tudom, milyen. Nem is emlékszem arra, hogy valaha is rendes lett volna akár a családom. Csak arra, ahogyan minden a darabjaira hullt. Te sosem vágytál egy közös karácsonyra? Egy hatalmas, családi vacsorára? Te sosem álmodoztál arról, hogy egy nap újra képes leszel megbízni bennük és elhinni azt, hogy megváltozhattak? Hogy valóban szerettek engem?

– Egyszerűbb volna, ha repülni akarnál megtanulni.

Nem hallom már, amit mond. Nem hallom az ironikus hangját. Újból az az ötéves kislány vagyok, aki a telefon mellett áll karácsony este, és órák óta azt várja, hogy megszólaljon a készülék. Emlékezni akarok arra, hogy hogyan néz ki egyáltalán az apám, milyen a hangja, de már nem tudok. Azt ígérte, felhív. Anya felé fordítom arcomat, emlékeztetem arra, hogy mit mondott nekem pár napja, de mélyen belül tudom, hogy ma este sem jön haza, ma este sem vagyok fontos neki.

Ám most egy pillanatra újból gyermek vagyok. Újból emlékszem, milyen volt hinni... Az álmokba kapaszkodtam, az egyre halványodó és távolodó emlékfoszlányokba; az ígéretekbe, melyek túl édesek voltak ahhoz, hogy felnőjek és elhiggyem, hazugságok voltak csupán. Ránéztem a világra, és azt hittem, megváltoztathatom. Láttam a csodákat, képtelen voltam többre tartani a szörnyűségeket azoknál a varázslatos perceknél, melyeket nap mint nap megélhettem. Szerettem élni. Aztán később már átfordult bennem valami; a szeretetért éltem.

– A családod meglehetősen különös, de te képes voltál túlnőni rajtuk. Féltél a házasságtól, éveken át próbáltál kibújni alóla, elvégre a családjainkban még egy sem működött jól. – Megszorítja a kezemet. A hangja szelíd, de komoly. – Aztán nézz csak ránk... mégis csak jól sült el a dolog.

– Tudod, hogy most nem erről beszélek.

– De igen, erről is. Mert nincs olyan a családban, aki ne vált volna el legalább egyszer, de van, aki háromszor is megtette.

– Teljesen szétdarabolódott a család, mindenki elszakadt, mindenki elment... Szinte senkivel sem maradt kapcsolatom.

– Emlékszem, egyszer elmesélted, hogy mikor és hogyan találkoztál először azzal, amibe talán még szerelmesebb vagy, mint belém.

– Igen – motyogom halkan. – Mikor anya megelégelte, hogy az üvöltözést hallgatom a válóperes időszakok közt és átküldött Wendy nénikémhez, ahol megtaláltam a régi hegedűjét...

– A zene a legnagyobb szenvedélyed azóta is – egészít ki Alex. – Igaz, hogy kiútként találtál rá először, mégis... ha nem menekültél volna, sosem lelsz rá.

– Ha nem lett volna okom elbújni a világ elől, hidd el, hogy nem hiányolnám – vetem ellen.

– A ház kis híján elúszott a válás során. Apát jóformán húsz éve nem láttam – mondjuk, egészen addig is annyi emlékem van csak róla, hogy részegen hőbörög, és a hányásából mossuk ki anyával. Mindezek ellenére, még így is vártam rá. Vártam, hogy egyszer utánunk jön, vagy hogy felkeres, de lemondott rólam csak úgy, a húgomról is. Hogy ne éreztük volna azt, hogy mi nem számítunk?

– Wendy nem akarná, hogy ezen emészd magadat.

– Wendy néni? Miatta csinálom! Hát nem érted? – Emlékek rohannak meg. A nénikémről, akit a betegsége ágyba kényszerített annak idején. Tudta, hogy nem maradt sok ideje már. Mindennap ott voltam mellette, vigyáztam rá. Emlékszem az egyre gyengülő hangjára, emlékszem arra, ahogyan megfogta a kezemet és azt suttogta, hogy kérni akar tőlem valamit.

– Ez volt az utolsó kívánsága – magyarázom Alexnek, aki végighallgat, annak ellenére, hogy oly sokszor elmeséltem már neki. – Csak ezt kérte tőlem, hogy tartsam egyben a családot – szemembe halvány könnyek szöknek –, de elbuktam.

Tizenöt éves voltam, mikor először fogadtam meg, hogy kerüljön bármibe is, egyben tartom valamiképpen ezt a családot. És megfogadtam újra és újra, évről évre, remélve csak, hogy változtathatok.

– Meglehet, hogy ha ott, akkor nem így történnek a dolgok, ma nem lennél az, ami vagy. A húgod a festészetbe menekült, te a zene világába, így éltétek ki a fájdalmat és a szenvedélyt. Ha nem mentek át azon, amin, egyikőtök sem talál rá a boldogságra. Ma nem lennél zenetanár, holott mindennél jobban szereted a munkádat.

– Igen, más lennék. Egészen más lennék ma, ha a múltam másképpen alakulhatott volna. Azok a mondatok, a várakozással és kínnal teli évek, évtizedek, Alex!

– Éppen arról beszélek, hogy mi lett volna, ha megtalálod őket; ha megkapod azt az álmot: a családot; hogyha nem sírod végig

azokat az éjszakákat; ha megakadályozhattad volna a tragédiá-
kat... Ha nem hitetik el veled gyerekként, hogy nem érsz semmit
sem, hogy nem számítasz; ha nem bélyegeznek meg... ma nem itt
tartanál. És akkor minden bizonnyal egészen más lennél. Meg-
tanultál küzdeni, igazából sírni, de nevetni is. Nem érhetted el a
boldogságot, nem jutott neked annyi, mint másnak, így te képes
voltál értékelni az apró csodákat is. Ha számíthattál volna a csa-
lád segítségre, ma olyan lennél, mint a másik nagynénéd, nem
Wendy... a... mindegy, nem jut eszembe a neve. Ha nem szűköl-
ködsz és fedezed fel a szeretet értékét, hanem megkapsz minden
csecsebecsét otthonról, jóval többre tartanád a pénzt, és érdekte-
lenné válnál más irányába. – Közbe akarok vágni, de nem enged. –
Mielőtt megismertelek, nem hittem Istenben, de te adtál nekem
valamit, valami különös megnyugvást a lelkemnek a hit segítsé-
gével, melyre mindig is vágytam, de el nem érhettem. De ha nem
keresed olyan kétségbeesetten a válaszokat és a reményt, te sem
találtál volna rá annak idején, és most talán te is megtagadnál
mindent – anyádhoz hasonlóan – azok közül, amiben most hiszel.

– Azt mondod, az összes hiba és rossz döntés, amin változ-
tatni akarnék, valójában úgy volt jó, ahogyan volt?

– Azt mondom csak, hogy nem véletlenül alakultak úgy a
dolgok, ahogyan.

– Akkor miért érzem még mindig azt az űrt? Ha a fogada-
lomra gondolok, csak azt érzem, hogy kevés vagyok, hogy tizeny-
nyolc évnyi küzdelem után sem értem el semmit. Elvesztettem
mindenkit. Apám alkoholista, anyáék elváltak, és azt hittem,
hogy legalább ez segít majd, de csak még jobban tönkretette őt.
Semmit sem tehettem. Mindenki ugyanolyan rideg maradt, és
távolságtartó. Gyerekként legalább reméltem még, de mára azt
is elvesztettem. Nem tudom egyben tartani a családomat. És
néha úgy érzem, mindegy miket teszek, mit érek el, mert min-
den felesleges, minden eltörpül amellett, hogy képtelen voltam
ezt véghezvinni. Még ennyire sem vagyok képes, még ezt sem
tudtam megtenni, látod?

– Alig beszéltem már a húgommal, mikor megismerkedtünk,
emlékszel?

– Persze. De velem annyira jóban volt, hogy majdhogynem minden héten találkoztunk, és...

– És a te jóvoltadból újra testvérek lettünk. – Átkarol engem, – Janet, ahol tudtál, megmozgattál minden szálat.

– Egy-egy darabkája csupán a kirakósnak, de közel sem egy családot tartottam össze.

– Tévedsz, szerelmem.

Alex kikapja a kezemből a fényképalbumot, lapozgatni kezdi. Nem értem, mit akar, hogy mit csinál, de pisszeg csupán, mikor kérdezni akarom. Keze egyszer csak megáll a levegőben, ajka mosolyra rándul. Ujjait a képen pihentetve tartja, miközben lassan felém mutatja az albumot. Mi ketten vagyunk rajta. A ritka alkalmak egyike, mikor kénytelen volt szmokingba öltözni, én pedig hófehérbe. A kényelmetlenség ellenére azonban életem legboldogabb napja volt, sosem voltam felszabadultabb és teljesebb, mint akkor, az esküvőnk napján.

– Aznap, mikor összekötöttük az életünket, neked saját családod alakult – folytatja Alex, miközben felpattan az ágyból. Nem értem, mit csinál, azonban karon ragad, és engem is magával húz.

A kisszoba felé igyekszik, megáll és átkarol. Résnyire kinyitja az ajtót. Lana és Tim a kiságyban alszanak, békések, semmi nem zavarj az álmukat. Az ő szelíd nyugalmuk a legédesebb látvány, amit csak szülő kívánhat. A tudat, hogy biztonságban vannak, az, hogy megadhatom nekik azt a csendes gyermekkort, melyet mi nem kaphattunk meg Stellával.

– Ők a családod, mi vagyunk egy család – suttogja Alex halkan –, és ezt a családot egyben is tartod.

Megszorítom a férjem kezét, ő finoman felém pillant. Szívemet valami különös megnyugvásféle járja át, a lelkemben tomboló űrt meleg szeretet tölti be hirtelen. Talán nem úgy, ahogyan akartam, ahogyan képzeltem, de betartottam a szavamat. Egy pillanatra mintha kívülről látnám önmagamat, a nőt, aki anya, a férjet, akivel összetartoznak, a gyermekeket, akik egy teljes és tökéletes családban nőhetnek fel. A szeretetet látom, mely behálózza az egész szobát. Ez az... Ez a kép, melyet kerestem.

Boldog vagy?

Audrey Williams – 2001. március

Arcomat a rideg ablak falához nyomom; gyors szuszogásom szülte párás leheletem ráolvad a kinti fagyra, a beszűrődő fényt jégvirág takarja el a szemem elől.

Várok, csakúgy, mint mindennap. Izgatottan igazgatom magamon az iskolás-egyenruhát, miközben a megállók számán morfondírozom. Már csak egy van hátra. Még bekanyarodik a kórház mellett, elhalad a kis úton, ott, valahol a régi sétány mellett, aztán megáll.

A busz lefékez egy rövid időre, vele együtt egy végtelen másodpercre a szívem is megáll. Ott áll az ajtóban, rápillant az órájára, sóhajt egyet, majd felszáll. Pedig csak háromperces késésben van a járat, de ő mindig pontos. Órát lehetne igazítani hozzá, én mégis az életemet próbáltam köré fonni, persze sikertelenül.

Abban a minutumban, hogy megpillantom a sötét kabátját és a kalapot, érzem, amint kitágul a pupillám, a forró vér égetően dübörög az ereimben, az arcomból távozik minden szín. Megmozdulok, felé akarok rohanni, de ugyanúgy, mint mindennap, gyomrom görcsbe rándul, a bizonytalanság fojtogat, összekoccanó fogaim azt ordítják némán, hogy *ne*. Visszahuppanok a poros ülésre, a kezem még mindig reszket, de mozdulatlanul várok tovább.

Tudom, hogy ma sem fogom megtenni, ma sem rohanok oda hozzá, csak várok. Ülök szótlanul, figyelve őt, majd négy megállóval később elengedem és tovább várok.

Arca komor, én magam mégis mosolygósnak találom. Nem fordul felém, mégis érzem magamon a tekintetét. Észre sem vesz, azt sem tudja, hogy vagyok. Néhanapján talán magam is csak ezt kívánom, a némaságot. Nem ajkaim szótlanságát, hanem a lelkemét.

A busz újból fékezni készül, ő feláll. A szívem újra gyorsabban kezd el verni, tekintetem azonban lemondóan szemlél tovább. A jármű megáll, a kerekek csikorognak. Az ajtó lassan kinyílik. Eltűnik hirtelen a tömegben, a havas vihar ugyanolyan szürkére festi, mint másokat. Nem bírom tovább! Évek teltek el, s nem mertem a szemébe nézni sem! Fel sem fogom talán, hogy mit cselekszem, sőt, biztosan nem vagyok tudatában annak, ami történik körülöttem, de felpattanok a székből. Egy röpke másodpercre meg is szédülök, a falak látványa összefolyik a szemem előtt, mégis továbbmegyek. Leszállok a buszról, és felé rohanok.

A jég hirtelen instabilabbnak tűnik, mint valaha. Elveszítem az egyensúlyomat, egy pillanatra magával ránt a sötét, beborít mindent körülöttem.

A földön fekszem. A fejem zúg, a kabátom átázott. Fáj mindenem, mégsem érdekel. Egy középkorú, végtelenül kedves hang szólít meg hirtelen.

– Jól vagy? Segíthetek? – Először a bakancsát pillantom meg, majd a sötét kabátot és a kalapot. A szeme még csillogóbb, mint ahogyan arra emlékeztem; a hangja lágyabb, mint hittem. Bólintok, hagyom, hogy talpra segítsen. Az érintésétől kiráz a hideg, érzem, amint égnek mered minden apró kis szőrszál a tarkómon és a hátamon.

– Közel nyolc éve mindennap ezzel a busszal utazom. Ahogyan maga is, de még egyszer sem vett észre, ugye? Még egyszer sem látott, azt sem tudta, hogy létezem, holott nap mint nap együtt utazunk. Mégsem látott sohasem.

– Naponta több ezren szállnak fel egy-egy buszra. Nincsen ebben a megállapításban semmi különös. – Furcsának tart, érzem. Az órájára pillant, távozni akar. Szinte már meg is fordul, ám szavaim gyorsabbak, mint ő.

– Boldog vagy? – Először a tegezésen háborodik fel, aztán a kérdésem döbbenti meg. Hebeg-habog, nem érti, ki vagyok. Közelebb lép egyet, szemében különös fény csillog.

– Az arcod… mintha ismerős lenne.

– Amanda Williams – suttogom elcsukó hangon. Ő hirtelen hátrálni kezd, kesztyűs kezét a szája elé kapja, megszólalni sem bír.

– Legalább emlékszel rá? Na és rám? Mondd, kérlek… boldog vagy? Boldog az életed?

– Audrey… Audrey?

– Igen… – motyogom. – Hát emlékszel ránk.

– Sajnálom, úgy sajnálom!

– Anyának még ennyit sem mondtál. Csak eltűntél egyik percről a másikra. Vagy ez a szó is csak olyasfajta hazugság, mint mikor azt mondtad neki, hogy szereted?

– Bolond voltam, Audrey, és fiatal.

– És ő nem? – Arcomra forró könnyeket szül a bánat. A lelkemből túlságosan mély érzelmek törnek fel. – Hol voltál? Miért nem kerestél sohasem? Gondoltál néha ránk, vagy könnyebb volt nélkülünk? Mikor anya álomba zokogta magát éveken át, te éppen más nők társaságában kerested a vigaszt? Mikor darabjaira hullott az életünk, te épp akkor építettél magadnak újat? Mikor nem volt pénzünk villanyra, te épp valahol külföldön nyaraltál, és mikor a leginkább elhagyatottnak éreztük magunkat, te éppen új családot alapítottál…

– Audrey, én…

– Ne nem fejeztem be! Tönkretetted az életünket. Anya képtelen ragaszkodni, vagy bízni bárkiben is rajtam kívül, mert elhagytad. Alig talált munkát, épphogy meg tudunk élni. Te voltál az egyedüli biztos pont az életében, szeretett téged! Legalább annyit mondhattál volna, hogy viszlát, de csak elhagytad. Várt rád, aggódott és szenvedett. Ott hagytad őt egy motelszobában egy kéthónapos csecsemővel. Azt hiszed, hogy erre létezik még bocsánat?

– Nem, nem hiszem. – Nem néz a szemembe, képtelen rá, én pedig képtelen vagyok abbahagyni. Hallgattam eleget az évek során.

– Gyűlölni akartalak, mert nem kellettem neked. Mert cserbenhagytál, nap mint nap, újra meg újra. Anya megtalált, de nem keresett fel, mert úgy tűnt, boldogan éltél azzal a nővel, akit anya helyett választottál magadnak! Boldogan élsz a két fiaddal, akikkel helyettem élsz, egy olyan házban, melynek egyetlen szobája nagyobb annál a lakásnál, amit mi ketten bérelni tudunk. Nem a pénzed kell, nehogy félreérts, bár nem mondom, hogy télen, mikor örülünk, hogy fűteni tudunk, nem gondolunk arra, hogy ti hogyan éltek. Mert én is élhetnék úgy, mint a fiaid, de nem engem választottál.

– Húsz évesek voltunk, nem gondolkoztunk. Pánikba estem, mert – noha szerettem édesanyádat – az, hogy olyan fiatalon gyerekünk lett…

– Hiba volt?

– Nem ezt akartam mondani.

– De igen. Tudod, mit gondolsz. De nem tudod, milyen érzés leélni az egész életedet úgy, hogy tudod, hogy nem akartak. Hibának tartanak, balesetnek. Tudod, hogy nem kellettél, nem számítasz. Mikor beteg voltam, nem voltál mellettem, hogy ápolj, nem hallottad az első szavaimat, nem láttál sírni, sem pedig nevetni. Nem foghattam a kezedet, nem nézhettem fel rád, nem hallgathattam esténként az esti mesédet. Csak az esőt hallottam és anya elcsukló hangját, de a tiédet sosem. Az iskolai ünnepségeken körbenézve boldog családokat láttam. Anyukákat, apukákat, akik büszkék a gyermekeikre, és csak arra tudtam gondolni, hogy én nem kellettem neked. Elhagytál, eldöntötted, hogy nem vagyok értékes, még azelőtt, hogy tudtad volna, ki vagyok. Mégis milyen jogon döntötted el azt, hogy én nem számítok? Mondd meg nekem, hogy én miért vagyok más, mint a többi gyerek, akit szeretnek a szülei? Én miért nem érdemlem meg a szeretetet? – Fojtogatnak a könnyeim, de tovább folytatom. – Nem vagyok olyan rossz, mint azt te hiszed. Vagyok olyan, mint a többiek. Tudok hallgatni, tudok nevetni, tudok gondolkodni, tudok szeretni.

– Igazad van, nincs bocsánat arra, amit tettem veletek.

– Én mégis megbocsátanám – szakítom félbe. – Megbocsátanám neked, hogy szenvedni hagytál oly sok éven át, csak egyszer hadd szólítsalak apának, csak egyszer hadd öleljelek meg, csak egyszer az életben érezzem azt, hogy nem vagyok egyedül. Hogy talán nekem is lehet életem, jövőm… Csak egyszer, csak egyszer hadd érezzem, hogy érek annyit, mint a többi ember! Mondd, kérlek, lehet… lehet engem is szeretni?

Kedves arcát könnyek nedvesítik, nem képes szólni, de még csak bólintani sem.

– Mindennap, minden éjjel, minden álomban és ébrenlétben, minden betegségben vagy ha jó dolog történt, minden születésnapon csak azt kívántam, hogy bár ott lennél mellettem. Soha, semmi mást nem kértem, csak egy apát, aki vigyáz rám, aki megnevettet, akire felnézhetek, aki szeret. Te boldog vagy?

– Sajnálom, én... úgy sajnálom! – Nem felel még most sem, csak zavarodottan habog. Megértem, én megértem. Mégis, tovább folytatom.

– Anya azt akarta, hogy gyűlöljelek, de én csak szeretni akartalak. Semmi mást nem akartam. Te mit akartál? Neked mást jelent a boldogság, igaz? Gondoltál néha ránk? Emésztett a bűntudat, vagy csak elfelejtettél minket? Kerestél esetleg? Eljátszottál valaha a gondolattal, hogy mi lett volna, ha mellettünk maradsz? Vagy megkönnyebbültél, mikor elszakítottad magad tőlünk? Mondd, boldog vagy?

– Vissza akartam menni, de úgy féltem. Buta voltam és szinte még gyerek, azt sem tudtam, mit teszek. Nem fogtam fel a tetteim súlyát, később pedig szinte megfeledkeztem róla már. De most nem tudom, képes vagyok-e tükörbe nézni még valaha egyáltalán. Hogy boldog vagyok-e? Miért kérdezed ezt egyfolytában?

– Mert tudni akarom, hogy boldog-e az életed úgy, hogy én nem vagyok a részese. Mert ha érzed te is azt az égető űrt a lelkedben, amit én, akkor én odaadom a szívemet neked, felajánlom neked a lelkemet is, minden szeretetemmel együtt, csak hogy boldog légy. De ha nélkülem is az vagy, ha ez a régmúlt emlék neked csak fájó tövisdarab, én elmegyek, és nem zavarlak többé.

– Eddig azt hittem, boldogan élek, de most már tudom, hogy nem is éltem teljes életet. Bár tudnék úgy szeretni, mint te, bár tudnék, bár... bárcsak ismerhetnélek, Audrey! Nem, nem vagyok boldog, mert arra elszalasztottam a lehetőséget tizenkét évvel ezelőtt. Már tudom, hogy mit veszítettem, de boldoggá tesz a tudata annak, hogy tudom, egy nagyszerű lányom van.

Forró könnyeimet nyeldesem, levegőt alig kapok. Nem gondolkodom, csak odalépek hozzá és magamhoz szorítom. Egy pillanatra megdermed, majd hirtelen átölel. Életemben először felenged bennem az a szorító jégszilánk. Életemben először nem érzem azt a tátongó, gyötrő űrt. Nem kívánok mást, csak hogy örökké tartson ez a pillanat. Csak… hogy…

– Jól vagy? – Egy különös, mély hang ránt ki hirtelen az édes sötétségből. A fejem zúg, a látásom még csak most kezd kitisztulni. Ő áll előttem! – Elestél, elvesztetted az eszméletedet pár percre. Hívjak orvost?

– Nem… – Szemembe újból könnyek szöknek, egy egész világ omlik lassan össze bennem. – Nem szükséges, megoldom.

Talpra segít, még egyszer megkérdezi, hogy jól vagyok-e. A szeme közel sem olyan fénylő, a hangja rideg, szinte nyers. Mégis, bármit megadnék azért, hogy újra hallhassam…

Az órájára pillant, távozni készül, ám bátortalanul megszólítom mégis.

– Elnézést, fel szeretnék tenni még egy furcsa kérdést. Boldog az élete?

Meghökken. Összevonja a szemöldökét, majd elmosolyodik.

– Igen, úgy hiszem, az.

Egy pillanatig úgy érzem, meg kell tennem. Elmondom neki, hogy a lánya vagyok, és nyolc éve várom azt, hogy egyszer beszélhessek vele. Utána akarok nyúlni, visszafordítani őt, magam felé, és átölelni, magamhoz szorítani, és el sem engedni… nem akarom elengedni!

Mégsem mozdulok. Mégsem szólalok meg, mégsem teszem meg. Nem akarom felzaklatni, nem akarom tönkretenni az életét egy emlékkel. Nem akarom, hogy érezze azt a kínt, amit én minden egyes nap átélek…

Nagy levegőt veszek, és nem megyek utána. A szívem mélyén a tátongó űr tovább hasad, érzem, amint a forró vér átáztatja a lelkemet. Könnyeim elvakítják a szememet, alig látom már, szinte csak a lépteit hallom.

Boldog, és ha én magam szenvedek is, úgy érzem, nincs jogom elmondani neki azt, hogy ki vagyok. Boldog nélkülem. Valljuk be, mégis mit veszített? Semmit. Semmit nem veszített. Én pedig nem akarom lerombolni az álmait, az életét. Az életét,

melynek én sosem leszek a részese. Ő boldog, és nekem csak ez
számít, mert valahol talán ez egy gyermek feladata, nem? Hogy
boldoggá tegye az édesapját, mindegy, mi az ára...

Némán roskadok le a jégre, és nézem minden reményt el-
vesztve, ahogy lassan eltűnik a ködben. Elengedtem őt, ma is,
és talán örökre. Már nem hallom a lépteit. Már nem hallom a
ricsajt, a tömeg zaját, csak a szívem kondulását, mely túlharsog
minden mást. Egyszerre jajdul fel benne a harag, a fájdalom, a
hiány, de a szeretet is...

Kutyahűség

„Nem minden család érdemel meg egy kutyát,
de minden kutya megérdemel egy családot.”

Bundás – 2001. december

Mikor életemben először kinyíltak a szemeim, egy meglehetősen új világ tárult elém. Minden új volt. A fények, a hangok, az érzések.

Születésem után egy jó darabig egészen kicsi maradtam. És nem csak én; egész sokan voltunk! Ők is olyanok voltak, mint én, de azért nem teljesen ugyanolyanok.

Minden nagy volt és furcsa, de hamar tanultam. Rájöttem, hogy hova kell mennem táplálékért, hogyan viszonyuljak a többiekhez, merre mehetek, merre nem. Eleinte még az is nehéz volt, hogy a lábaimat egyensúlyban tartsam, és folyton akadályozott a kijáratot félig elálló nagy lap is! Jó párszor lefejeltem…

Megtanultam használni a szememet és a fülemet, de az orr volt a legnagyobb segítség! Órák múlva is képes voltam megérezni, ha a… minek is nevezte magát? Igen, az **ember** egy ételdarabot ejtett a földre. Hiába nem volt már ott, hiába volt feltakarítva, a szimatot nehezebb volt átverni.

Jól éreztem magam köztük. Oda tartoztam. A testvérkéimhez, és a szüleimhez. Aztán egy nap beraktak egy nagy dobozba minket – csak a kicsiket –, és jött egy csomó ember. Fogdostak minket, felemeltek, nézegettek, némelyikünket el is vittek. Engem is.

Egy **családhoz**, igen, családhoz kerültem. A testvéreimet soha többé nem láttam, már csak az emberek voltak ott. Két nagy, meg három kisebb. Az egyik, a legapróbb, mikor megpillantott, furcsa szögbe állította a száját. Képtelen voltam értelmezni a gesztust, de éreztem, hogy boldog. Puha, meleg karjai voltak, azzal ölelgetett, simogatott. A másik kettő valamivel nagyobb volt nála; ők folyton ugyanazokat a szavakat ismételgetve elém álltak, kezükben finom falatokat lóbálva. Volt, hogy meguntam az ácsorgást és lefeküdtem a földre. Ilyenkor az egyik odadobta nekem az ételt és megpaskolta a hátamat. El nem tudtam képzelni, mi célja lehetett ennek, de hálás voltam a jutalomért.

Az etetés mellett leginkább azt szerettem, mikor azt a kicsi, pattogós gömböt dobálták. Nem értettem, miért, de nekik is tetszett. Legalábbis hármuknak. A nagyok rám se hederítettek, legfeljebb akkor, ha megkóstoltam azt a különös valamit, amit reggelente a lábukra húztak. Ilyenkor mindig valami olyasmit mondtak, hogy „rossz kutya". Ezt sem értettem, mit jelenthet.

Nem értettem a szavaik jelentésének a nagy részét. Pont úgy, ahogy a mozdulataik, gesztusaik, hangszínváltoztatásuk sem mondott túl sokat kezdetben. De volt valami más… valami, amit éreztem. A rezgéseik, az aurájuk beszélt hozzám, az árulta el, hogy boldogok, csalódottak, mérgesek, lehangoltak… Éreztem, hogy mit éreznek.

Mikor a Kicsi szomorú volt, mindig odabújtam hozzá és megnyaltam az arcát. Ez általában segített. Mindig ő nevetett a legtöbbet, és törődött velem. Kezdtem megszeretni. Sokat simogatott és játszott velem. A többi viszont… kezdett egyre inkább hanyagolni. Értetlenül vettem ezt tudomásul.

Kezdtem felnőni. Kevésbé érdekeltek már a játékok, és továbbra sem értettem, hogy mit is kéne tennem az „Ül" vagy a „Fekszik" szavak hallatán. Egy idő után már egyáltalán nem is foglalkoztak velem. Noha enni adtak mindennap, az étel már nem esett olyan jól. Egyedül a Kicsiben láttam csak reményt.

Aztán egy reggel szörnyen rosszkedvűen elkezdett összepakolni. Bentlakásos iskolába kellett mennie, vagy hova. Úgyhogy beszálltunk a négykerekűbe, hogy elvigyük oda. Olyan szomorú volt a kicsi ember, hogy képtelen voltam arra figyelni, hogy mennyire félek ezektől a hangos, mozgó gépektől. Emellett pedig meglepett, hogy magukkal vittek. Mikor megálltunk egy hatalmas épület előtt, a Kicsi megölelt, majd gyorsan kiszállt. Épphogy felfogtam, hogy az az ölelés búcsúölelés, már el is tűnt a szemem elől.

Elindultunk vissza. Reszkettem a hátsó ülésen. Már csak egyedül azt vártam, hogy visszamenjünk a házba. De mikor kinéztem az ablakon, egészen ismeretlen környék látványa tárult elém. Semmi sem volt ismerős. Semmi. Hirtelen megállt a szörnyű masina és kinyílt az ajtó. A nagy felemelt és lerakott a földre. Öröm töltött el; szerettem sétálni. De nem volt nála póráz. És nem is figyelt rám. Visszaszállt az autóba. Semmit sem értettem. Újból dübörögni kezdett a rémisztő hang és előtört az a szörnyű füst, majd elindult. Nélkülem. Megfeledkeztek rólam!

Rohanni kezdtem, ahogy csak a lábam bírta, utakon keresztül, zsúfolt embertömegeken át, hogy utolérhessem őket. Mindenütt ott voltak azok a hatalmas, négykerekű szörnyek. Féltem tőlük, de semmi nem érdekelt jobban annál, mint hogy megtaláljam őket. Futottam. Keresztül a szürke utakon. Reménytelenül. Elveszítettem őket...

Nem, elhagytak.

Talán valami rosszat tettem? Talán nem tanultam meg, mi az az *ül*, vagy a *fekszik*, a *pacsi*, a *forog*... talán több mókás rágcsálnivalót szedtem szét a kelleténél, ami számukra valamilyen okból kifolyólag értékesnek számíthatott. Talán felugrottam párszor az ágyra engedély nélkül. Talán... túl hamar kinőttem a kölyökkort, holott engem csupán alkalmi ajándéknak, dísznek vettek meg? Nem értem. Mit tettem? Szerettem, én csak ezt tudhatom. Nem értettem az ő világukhoz. Úgy tűnt, nem voltam elég jó nekik.

Kerestem őket. A rémes utakon bolyongtam, rengeteg idegen ember, érdekes állat és szörnyűség kíséretében. Az ég esőt könnyezett; ha én nem is voltam rá képes, ő sírt helyettem is. Egyedül maradtam, egy idegen világba zárva. Féltem. A magánytól, az ismeretlentől, az elhagyatottságtól...

Lefeküdtem egy öreg tölgy alá, hatalmas ágai némileg megvédtek az esőtől. Fáztam. A föld kemény volt és hideg, hiányzott az ágyam. Hiányzott a Kicsi ölelése, hiányzott a ház, a meleg... Éhes voltam, és szomorú. Nem elvesztem. Kiraktak. Nem kellettem senkinek sem. Ez a tudat egyszerűen égette a bensőmet. Nem voltam nekik elég jó, nem szerettek, csak addig kellettem, míg kicsi és aranyos voltam, de aztán kidobtak, mint a szemetet. Hát ennyit érek? Csak ennyi volnék?

Lehunytam a szememet, de képtelen voltam aludni. Csak feküdtem értetlenül, azon tűnődve, hogy mihez kezdjek. Én sosem hagytam volna el őket, én szerettem őket, bíztam bennük, holott nekik semmit sem jelentettem.

Mindössze néhány percre tudtam csak elbóbiskolni, de a nap égető sugarai ki is oltották a szememből a nyugtalan álmot.

Az utak vizesek maradtak, egy tócsa sem száradt fel. Hozzám ragadt a por, a kosz, csurom sár voltam! Kóboroltam a kihalt, ködös vidéken élelem, biztonság után kutatva. Noha ételt találtam azokban a nagy, koszos dobozokban, nyugalmas helyet semmiképpen sem. Lekuporodtam a földre az egyik épület lépcsősora mellett. Üres tekintettel bámultam magam elé, halkan nyüszítve.

Hirtelen különös hang ütötte meg a fülemet. Egy barátságos hang.

– Hát te, hogy kerülsz ide? – Mélabús fejemet oldalra fordítva megpillantottam egy férfiarcot. Piszkos volt, akárcsak az én bundám, és ázott, de a tekintetét látva tudtam, hogy nem akar bántani. Egy szendvicsmaradékot tartott a kezében. Felém nyújtotta, mire én gyanakvóan a levegőbe szimatoltam. Éreztem rajta egy ismerős szagot a kenyéren és a sonkán kívül. Azokét a nagy, koszos dobozokét! Óvatosan kivettem a kezéből és lenyeltem a falatot. Reménykedve pillantottam rá, hátha akad még nála több is.

Mellém húzódott és megsimogatta a fejemet. Felcsillantak a szemeim. Ő valahogy más volt. Nem sok emberrel találkoztam, de ő volt a legkülönb mind közül. Az első, akit ismertem, szétválasztott minket egymástól, hogy pénzhez juthasson. A család pedig csak azért vett meg, hogy pár hónapig legyen mivel játszania a Kicsinek. De neki… neki nem volt szinte semmije sem, de azt megosztotta velem. Neki nem azért kellettem, mert aranyos voltam, vagy mert kereshetett rajtam. Ő olyan volt, mint én. Ő egyszerűen csak szeretett, ha kellett, ok nélkül.

Odasimultam az ázott kabátjához és az ölébe feküdtem. Emberek jöttek-mentek az utcán, de egyik sem érdekelt. Ő az én emberem volt, nem is… a **Gazdám**.

Kóbor kutya lett belőlem. Nem bántam, főleg, hogy igazán most sem tudom, mit jelent. Nem tudom, milyen a normális élet. Csak arról van bármi fogalmam is, amit én éltem meg. Mindig is tudtam, hogy ez korántsem az az igazi – hogy is mondta? – *boldog* élet, de számomra a Gazdám jelentette a mindent.

Kívülállóként szemléltük a világot, melyből kiraktak minket. Nap mint nap láttuk őket a hangosabbnál hangosabb és nagyobb gépeikkel, együtt nevetgélve a hamis barátaikkal, az értelmetlenül csicsás ruháikban, folyamatosan nyomkodva a kicsi, szögletes masinákat, elfeledve azt, hogy mik is az életünk igaz értékei.

– Bizony, egész nap vásárolgatnak, halomra költik a pénzüket újabb és újabb ékszerekre, telefonokra, ruhákra és kacatokra, amikre az életben nem lesz szükségük. Hiába fog ott porosodni a fiókban, a szekrényben évek múltán is, valahogy ez tölti el őket boldogsággal, ha vásárolnak. A mai világ embere számára az érintőképernyős telefon, a számítógép, az ötcsillagos szálloda és a nyaralások ugyanúgy az életük alapfeltételei, mint az, hogy alszanak és esznek. El is felejtik, hogy mindez csupán kiváltság. Mennyien éheznek, mennyien fagyoskodnak az utcákon, mennyien imádkoznak azért, hogy megéljék a következő napot! De a legtöbben nem foglalkoznak velük addig, amíg nekik jó életük van. Amíg az embert nem érik csapások, addig nem törődik azzal, hogy mit veszíthet. Természetesnek hiszi azt, hogy minden nap terített asztal várja, tető van a feje fölött, van, aki gondoskodik róla, és megkap mindent, amit csak szeretne. Hányszor hallom, ahogy a gyerekek nyafognak a szüleiknek, hogy nem veszik meg nekik a legmenőbb technikai kütyüt! Na és mi? Mi örülünk, ha nem fagyunk halálra, ha néhanapján be tudunk húzódni valami fedél alá. A szemétből túrjuk ki a mindennapi betevőnket! Azt az ételt, amit ők dobnak ki, mert ők megtehetik! Mert ők nem tudják, nekik fogalmuk nincs arról, milyen az, mikor az ember mindent elveszít. Igen, akkor értékelődik ki igazán, hogy mi is a fontos. Akkor érzed igazán, hogy mi is a magány, mi az az éhség, mi az a tehetetlenség – tört ki a Gazdámból sokadszorra.

Az emberek rengeteget beszélnek, ha kell, ha nem. Néha úgy érzem, szinte nem is mondanak lényeges dolgokat, csak... beszélnek. Rengeteget tűnődnek a jövőn, a meg nem történteken, vagy olyan eseményeken, amin már képtelenek változtatni. Nem tudnak egyszerűen csak élni, mindig kell, hogy beszéljenek valamiről. Kutyafejjel ezt nehezebb volt megértenem.

Emberem egészen ismerős hangnemben mesélt nekem. Amikor a „más emberek" témán rágódott, mindig így fejezte ki magát. Egyből felismertem. Megváltozott a tekintete, a vonásai keményebbé, az érzései keserűbbé váltak. Ilyenkor mindig okos tekintettel figyelek rá, úgy érzem, a jelenlétem megnyugtatja. Már nem vagyunk magányosak. Már együtt vagyunk, és együtt is maradunk. Mert... számomra ő nem csak egy ember, számára én nem csak egy kutya vagyok. Ő az én Gazdám, én pedig az ő kutyája. Szeretjük egymást. Ezt a szót pontosan értem. **Szeretet**. Egyszerűen érzem, mit jelent, akárhányszor csak kimondja. Ez az, amit éreztem iránta. Ő pedig irántam.

Nem érdekelt, hogy ki ő. Lehetett volna a világ leggazdagabb embere is, lehetett volna hatalmas háza, nagy családja, de ha övé lett volna az egész világ, akkor sem szerettem volna jobban. Engem nem érdekelt, hogy hogyan néz ki, hogy milyen nyúzott és fáradt és öreg, hogy koszos rongyokba burkolózva ücsörgött egész nap, hogy nem volt semmije sem... szerettem, mert az én Gazdim volt. Nekem mindössze ez számított.

Nap mint nap együtt jártuk végig a végtelen hosszú utakat, ebéd után nézve. Ha esett az eső vagy a hó, akkor kerestünk olyan helyet, ami alá behúzódhattunk. A telek voltak a legnehezebbek. A vastag bundám miatt én kevésbé fáztam, de éreztem, ahogy ő reszket a kabátjai alatt. Ilyenkor mindig melléfeküdtem, hogy melegítsem valamelyest.

Hozzá kellett szoknom a hideghez, a viszontagságokhoz, a nem túl jó minőségű ételhez. Nehéz volt, de az emberem ott volt velem. Vigyázott rám. Ő volt az én Gazdám. Nem adott utasításokat, nem kötötte feladatokhoz az élelmet, nem érdekelte, hogy kellően aranyos vagyok-e, vagy ügyes; csak szeretett. Azt a kutyát, aki voltam. Nem kellett semmit se tennem érte.

– Őrült, aki azt mondja, hogy a kutyák vadállatok. Tudod, hogy én mit gondolok? Minden kutya ugyanolyannak születik, és minden kutya pontosan olyan lesz, mint ahogy nevelik. Akárcsak az emberek.

Hideg volt, az égből furcsa, fehér pamacsok hullottak. Ő azt mondta, ez a hó. Sosem láttam még azelőtt havat. Különös volt, de tetszett. Néha a kezébe gyűjtött belőle valamennyit, és azt dobálta nekem. Olyan volt, mint az a kis pattogós gömb, csak fehér. Szerettem vele játszani. És volt még valami minden télen, ha volt hó, ha nem: az embertömeg világító, zajos, nagy holmikat pakolt ki a házaik elé. Mindenhol hasonló hangulatú zenék hallatszottak, és több bevásárlótáskával rohangáltak, mint amennyit addig életemben láttam.

– Nemsokára *karácsony* lesz – motyogta a Gazdám. – Régen nagyon szerettem ezt az ünnepet. Olyan hangulatos, olyan meghitt. A családok összegyűlnek, együtt esznek, nevetnek, de ma… mindössze őrült költekezést látok, és reménytelenül nosztalgiázok az elmúlt évek szép karácsonyain. – Keserűen elmosolyodott, majd magához szorított. – De te itt vagy nekem.

Az emberek énekeltek, a gyerekek fehér, hóból gyúrt labdákkal dobálóztak, mindenki boldognak tűnt. Aztán a Hold felkúszott az égre, és újból sötétség borította el az eget. Az utcák üresedni kezdtek, az emberek hazamentek.

– Ez az, ami nekünk nincs – mutatott a nagy házak felé. – Az otthon.

Otthon. Olyan különös csengése volt a szónak. Olyan távoli, olyan elérhetetlen, olyan tökéletes. Sokszor mesélt nekem erről a helyről. Az otthon az a hely, ahol nem kéne törődnünk azzal, hogy más mit gondol, ott önmagunk lehetnénk. Az otthon nem csak egy ház, a saját házunk. Az otthon az a hely, ahol nem kéne sohasem félnünk, ahol biztonságban élhetnénk, együtt, örökre…

– Egyszer lesz otthonunk. Nekünk is kijár egy hely, ahol nyugodtan élhetünk. – Mindig ezt mondta, és én úgy éreztem, igaza van.

Nagyon szeretett mesélni az életéről. Hogy milyen volt régen. Milyenek voltak a karácsonyok, hogy nézett ki a fenyőfa, milyen volt a családja. Felelevenített régi iskolás emlékeket, az első szerelmét, a horgászatokat a barátaival, a régi munkahelyét, de aztán mindig visszakanyarodott ahhoz a szóhoz. Az otthonhoz.

– A családi fészek... Egyszerűen az érzés, az a meghitt, szerethető, biztonságot nyújtó ház. Nincs még egy olyan, mint az otthon. Ahová minden délután hazamész, ahol azt tehetsz, amit akarsz, akkor, amikor akarod, ahol senki nem lát, nem figyel... A karácsonyfadíszítés, a mézeskalácsillat, a gyerekkacaj, a családi szeretet, a szoba, ami téged tükröz, a képek a falon... De most már csak az utca van. A por és a kosz, a kialvatlan, karikás szemek és az undorító szemét, amit eszünk, azért, hogy életben maradjunk. Nem ezt érdemeltük, de ide kerültünk. Ide taszított ki minket az emberiség. Senkinek sem kellünk, csak egymásnak. De amíg te itt vagy, nekem más nem is számít.

Ha a nagy részét nem is fogtam fel, a lényeget értettem. Együtt. Csak mi. Senki más nem törődött velünk. Pedig annyian voltak! Nap mint nap elsétáltak mellettünk, néhányan motyogtak valamit, egyesek megvetően bámultak, sőt voltak, akik bántották is volna az emberemet. Ilyenkor mindig kivicsorítottam a fogaimat, és védelmezően a gazdám elé álltam. Senki sem érhetett hozzá, amíg én ott voltam mellette. És tudtam, hogy sosem fogom őt elhagyni.

– Sok ember tanulhatna tőletek, kutyáktól – suttogta. – A legtöbben nem hogy feleannyira sem hűségesek, mint ti, de még ha tudnának úgy szeretni! Tudod, csodálatos teremtmények vagytok, de komolyan. Kár, hogy olyanok is tarthatnak kutyát, akik két hét múlva visszaviszik a menhelyre az állatot, vagy egyszerűen az utcára dobják, mint téged. De vannak ennél rosszabbak is. Akiknek elborul az agyuk, és kínozzák a kutyájukat. Sosem mondtam magam kimondottan állatvédőnek, de mikor ilyet hallani a hírekben, újságokban, hát, meg tudnám fojtani az illetőket. Nem szabályoznak semmit sem. Ha minden kutyatartó, aki nem akar kiskutyát, ivartalanítaná az állatát, akkor is könnyebb lenne. Szörnyű, mikor kidobják a vemhes kutyát csak azért, mert nem akarnak kicsiket. Szabad országban élünk, és mégis... van, akit megbüntetnek azért, mert átment véletlen a piroson, és van, hogy rá se hederítnek azokra az őrült bűnözőkre, akik azt hiszik, hogy nekik mindenhez van joguk.

Megsimogatott, majd megigazította magán a kabátot és lefeküdt. Én mellé kuporodtam és az oldalára hajtottam a fejemet, hogy érezze a jelenlétem. Megnyugtatta a társaságom. Sokszor mondta, hogy mennyivel kevesebb rémálma van azóta, mióta rám talált. Tökéletesen összeillettünk. Két magányos lélek voltunk, akik akkor lelték meg az életük értelét, mikor egymásra találtak. Az életünk összefonódott, ahogy a lelkünk is. Képtelen lettem volna nélküle megmaradni.

Teltek a napok, a hetek, az évek. Az idő kezdett jobb lenni, egyre többet sütött a nap. A havat felszárították a sugarai, és a zord tél után lassan beköszöntött a tavasz. A rügyekből bimbók, azokból virágok lettek. Megannyi új élet született. Csodálatos volt. Aztán megérkezett a perzselő nyár, majd az ősz is, mely sárgás-narancsos-vörös árnyalatúra színezte a tájat. Ez egészen mókás évszaknak bizonyult. A szél vígan játszadozott a bundámmal és a Gazdám sáljával; a zörgő levélkupacok pedig puhák és furcsák voltak. Igazán tetszettek. Aztán megint esni kezdett a fehér hó. Minden szüntelenül ismétlődött. De az évszakok váltakozása alatt mi ugyanott, ugyanúgy maradtunk.

A bundám fakulni kezdett ugyan, a lábaim nem bírták már a gyors futást, az emberem rengeteget köhögött, egyre kevesebbet mozgott, érezni lehetett rajta, ahogy gyengül; de ami fontos volt, az egy fikarcnyit sem változott egyikünkben sem.

Továbbra sem leltünk otthonra. Az utakon csatangoltunk, minden reggel a remény gondolatával ébredve. A Gazdám szemmel láthatóan öregedett, bár hozzátenném, már az én szemem sem a régi. Néha muszáj volt magára hagynom, az elmúlt időkben egyre többször egyedül indultam élelem után. Odavittem neki minden reggel, amit találtam, és leültem mellé. Egyre kevesebbet evett és egyre lassabban. És az a szörnyű köhögés!

Nem tehettem semmi mást, mint vigyáztam rá. Ez volt a dolgom. Mellette maradni. Életem végéig vele maradok: ezt az ígéretet tettem. Bármi is lesz a vég, én mellette vagyok, mindig. Nem tudok mást tenni, mint szeretni őt, és kitartani mellette.

Ahogy teltek a napok, egyre gyengébb lett, már felülni sem volt képes. A legvégén már ebédért sem mentem el. Nem mozdultam mellőle. Egy pillanatra sem. Egész nap köhögött, a teste jéghideg volt, a karja remegett. Ott feküdt a földön, engem nézett, a szemébe könnyek gyűltek. Kinyújtotta felém a reszkető kezét, és utoljára megsimogatta fejemet.

– Odaát… majd… találkozunk… én… hűséges… kutyusom.

A szemei lecsukódtak. A keze lecsúszott rólam, és üres koppanással landolt a hideg, téli utca kövein. Felnyüszítettem, és az orrommal megböktem az oldalát. Nem mozdult. Újból nyüszítettem, de még csak a szemét sem nyitotta ki. Lefeküdtem és odamásztam a kinyújtott karja alá, mintha továbbra is ölelne. Nem mozdultam mellőle. Ő az én Gazdám, én pedig az ő Kutyája. Megígértem, hogy életem végéig vigyázok rá.

Ott feküdtem mellette egész nap, nem érdekelt, hogy éhség kínoz vagy a hideg, nem érdekelt az emberek csodálkozó tömege sem. Csak ő. Odaát találkozunk… A különös szó visszhangzott a fejemben. **Odaát**? Vajon mi lehet az? Talán az a mi helyünk ebben a kietlen világban? Talán az lehet az otthon, ahol mi ketten biztonságban együtt lehetünk örökre?

Miért én?

Iris Hooke – 1998. május

Megtántorodom. Éles, maró fájdalom nyilall a mellkasom bal oldalába. Nem kapok levegőt. Hiába próbálok lélegezni valahogy, eljutni a konyha bejáratáig, leemelni a telefont. Reszkető lábaim megadják magukat, az ajtófélfának borulok. Tekintetem homályosulni kezd, érzem, amint elhagy minden maradék erőm. Az utolsó, amire emlékszem, az a padló. Az egyre közeledő padló, majd a sötétség, mely magával ragad és elnyel.

Éles, vakító fény áraszt el mindent. Hangokat hallok, zúg a fejem a sok képtől. Egy arcot látok, egy különös, ismeretlenül ismerős arcot. Hallom a hangját, látom őt, de nem érem el. A fények egyre tompulnak, a sötétség hirtelen újból magával ragad.

Zúg a fejem. A szememet kinyitni is alig van erőm, gyengének érzem magam, a tagjaim akár az élettelen, kiszáradt farönkök. Fehér, vakító falak vesznek körül. Valami halk, monoton pityegés hangja csendül fel mellettem újra és újra és újra, már szinte az őrületbe kerget. Hol vagyok? Fel akarok ülni, de mintha nem volnék ura a saját testemnek, képtelen vagyok mozgásra bírni dermedt tagjaimat. Fázom is… Mi történik velem?

Valaki hirtelen kinyitja az ajtót. Ránézni is elég, tudom, hogy kórházi dolgozó. Most már a szagot is fel tudom ismerni. Az a tipikus irritáló fertőtlenítőszag, mely a kórtermekből árad. De miért vagyok kórházban? A nővérke belevilágít a szemembe, megméri a pulzusomat, kérdez valamit, de nem hallom, mit mond. Egy rövid időre újból magába ölel a sötét.

Újból őt látom, őt hallom. Felém fordul, előrenyújtja a kezét. Hozzá akarok lépni, de valami nem enged. Nem hallom, amit mond! A zúgás minden mást elnyom maga körül.

Felocsúdok hirtelen a különös álomból. Az egész testemet veríték lepi el, nehezen veszem a levegőt. Az éjszakai ügyeletes azonnal a szobába ront, ellenőrzi az értékeimet. Valami áttetsző folyadékot fecskendez az infúziómba, a fájdalom egy rövid időre alábbhagy. De ez most nem elég.

Egész éjszaka nem alszom. Képtelen vagyok másra gondolni, csak arra a tényre, hogy miért vagyok itt. Nem emlékszem semmire, nem tudom, mi történt. Csak a fájdalom lüktet bennem.

A reggeli vizit ideje. Már hajnalban kinyílik az ajtó, szinte várom az orvost. Már van bennem annyi erő, hogy beszélni tudjak. Gondosan rakosgatom magamban egymás után értékes gondolatfoszlányaimat, próbálom észben tartani minden mondandómat, minden kérdésemet, melyeket feltételül szükséges most feltennem. Ám abban a pillanatban, mikor megpillantom, hirtelen mégis csak belém fagy minden szó.

Ő az! Ő az a férfi, akit álmomban láttam! Ezer közül is felismerném ezt az alakot, ezt a borostás állat, ezeket a karikás szemeket, a dióbarna tekintetet. Fény nélkül csillognak a szemei, tompák, fáradtak. Mindez mégsem érdekel, csak azt akarom tudni, hogy ki ő, és hogy mi történt velem.

Objektívan, fásultan, de türelmesen magyarázza, hogy szívrohamom volt. Ő operált, ő hozott vissza, ugyanis két teljes percen át halott voltam.

Hirtelen nem hallom már, hogy ezentúl mit magyaráz, majd elmondja újból, hogy milyen gyógyszerből és mennyit kell beszednem. Csak azt vagyok képes felfogni, hogy élek. Újra élek… Hirtelen egészen mást jelent ez az apró, hétköznapi szó: *élet*.

Nem tudom felfogni. Képtelen vagyok rá. Halott voltam két teljes percig, most mégis itt vagyok. Ver a szívem, fel tudom elemelni a karom, beszélek, lélegzem, élek. Hogyan? Nem, ez nem is érdekel. De miért? Miért élek?

Az orvos szótlan, megvizsgál, biccent, majd távozik. Nem hagy időt a kérdéseimre. Elmém rejtett zugai azonban minduntalan ezt a kérdést visszhangozzák: *miért*. Miért élhettem túl?

Nem tudok aludni, enni is alig. Az orvos keveset beszél, de még a nővérke sem valami segítőkész. Mindig is gyűlöltem a kórházakat, az orvosokat, sosem bíztam bennük! Ám most, mikor az életem a kezükben volt, visszaadták azt nekem ahelyett, hogy eldobták volna, értéktelennek titulálva, ahogyan én tettem azt az összes éves értesítővel, mely figyelmeztetni próbált arra, hogy vizsgáltassam ki magam.

Az orvos arcképe azonban nem hagy nyugodni. Furcsa, őrült gondolat, de meg akarom keresni. Beszélnem kell vele! Nem értem, miért élhettem túl, ahogyan azt sem, hogy miért láttam őt álmomban, és akkor... *odaát* is.

Keresek minden pillanatot, amikor csak megszólíthatom őt, ám a reggeli vizit rettentően rövid, ő pedig a szemembe sem néz, egyszer sem! Néha kiengednek már sétálni egyet, de nyilvánvalóan a folyosón sem botlom bele. Egy nap, és hazaengednek. Még mindig nyomaszt, hogy miért...

Igyekszem megragadni minden lehetőséget, hogy kettesben maradhassak vele, hogy... Nem tudom, nem tudom, mit csinálok, azt sem, hogy miért, csak válaszokat keresek. Egyszerűen csak épkézláb magyarázatot próbálok találni arra, hogy miért nem vagyok méterekkel a föld alatt. Rokonokra gondolok, barátokra, ismerősökre. Betegségekre, balesetekre, halálhírekre. Naponta több ezren veszítik el az életüket. Egyesek pont olyan fiatalon és hirtelen, akárcsak én, de ők nem élték túl, én viszont igen. Miért? Miért?!

Hirtelen mérhetetlen nyomást érzek magamon. Életben maradtam, új esélyt kaptam. Nem tékozolhatom ezt el! A sors fontosnak titulált. Hirtelen hatalmas felelősségnek érzem az életet, mintha nem is a sajátom volna, csak egy ajándék, melyért utólag kell megdolgoznom. De mit tegyek? Hogyan legyek jobb ember? És egyáltalán, miért én?

Nem várom meg a kontrollt, ma bemegyek a kórházba. Válaszok után kutatok, és dr. Bricks az egyetlen, aki segíthet rajtam. Azt hittem, meglepődik majd, de igazság szerint ügyet se vet rám, nem igazán érdekli, hogy ott vagyok-e vagy sem.

– Tudom, hogy sokáig bent marad dolgozni; hoztam kávét! – ajánlom fel rögtön. Többfélét is vettem, valamelyik biztosan megfelel számára. – De ha nem kér, hoztam süteményt is, remélem, szereti.

– Őszintén, hölgyem, mégis mit akar tőlem? – Megrázza a fejét, visszautasítva a kávét és az édességet, majd elfordul és tovább kotorászik az asztalon. Ha zavarnám, bocsánatért esdekelve távoznék, azonban nem dolgozik. Ugyanazt a papírkupacot rakja be most a fiókba, amit az előbb átpakolt az asztalról. Most megint előveszi, majd a tűzőgéppel játszik. Az emberi jelenlétem zavarja, nem pedig a túlóra okozta adminisztráció.

– Emlékszik rám? – kérdezem halkan.

– Nézze... naponta több mint húsz beteget látok el, műtéteket hajtok végre egész nap. Komolyan azt hiszi, hogy emlékszem minden egyes arcra?

– Nem, nem hiszem. Magának egyórás beavatkozás voltam, munka. Nekem viszont ön az egész életemet adta vissza.

– Igen. Nem egyedi eset, és?

Mindegy, mit mondok, a beteget látja bennem. Mindegy, mit kérek, teszek, itt és most ő az orvos marad, én pedig csak egy nő, aki pontosan ugyanannyit jelent számára, mint az összes többi páciense. Ellenben én azt akarom, hogy az embert lássa bennem, ne a kórlapomat, hanem az arcomat. Most nem egy szívbeteg fiatal nő akarok lenni, hanem Iris Hooke. Nem akarok mást.

– Ráér ma este? Szeretném meghívni vacsorára. Nem kérek mást, csak beszélni szeretnék valamiről, csak egy választ várok. Kérem!

– Tegye fel most a kérdését – motyogja, miközben még csak rám sem néz.

Nem, így nem fogom feltenni. Így nem hall engem, csak a szavaimat érti, de a lelkemet nem. Bólintok, majd elindulok az ajtó felé. Finoman utánapillantok, hogy lássam, észreveszi-e egyáltalán, de csalódnom kell.

Csak áll az asztal előtt, kezében a kartonnal, és nem mozdul. Utoljára végigfuttatom tekintetemet az arcán, az üres tekintetén, az orvosi köpenyen, a pillanatra megrezzenő karján, és... Tekintetem megakad az egyik ujján, a tompán fénylő jegygyűrű jelenléte megbabonáz. Tehát nős.

Nem! Hirtelen különös érzés hasít belém. Egy alakot látok magam előtt, egy fiatal, karcsú nőalakot. Valamit mond, de nem hallom tisztán a szavait, dr. Bricksre mutat, majd...

A falak kezdenek egybefolyni a szemem előtt, a sötétség minduntalan próbál megkaparintani. Nem látok mást, csak elúszó foltok tömkelegét, nem hallok mást, mint zakatoló szívem vad dübörgését, mely elnyom minden mást körülöttem. Összeszorítom a fogam, ujjaim ökölbe szorulnak, körmeim olyan erővel mélyednek a tenyerembe, hogy a bőr alól finom sugárban serken elő a vér.

Meglehet, ez a fájdalom az egyetlen, ami ébren tud tartani. Egyetlen másodperc alatt térek vissza a valóságba, a tarkóm lüktet, a szívem tájékán tompa nyomást észlelek. A földön ülök, dr. Bricks épp a pulzusomat méri. Látom, amint összevonja a szemöldökét, ám mégis elengedi a csuklómat.

Szemembe könnyek szöknek, mikor rápillantok. Nem nős, özvegy. Elena mindössze négy hónapja hunyt el, egy karambol áldozatává vált. George ezt képtelen feldolgozni, ezért ennyire rideg és távolságtartó, ezért nem hallgat végig.

Hirtelen riadalom fog el. Honnan tudom mindezt?! Hol vagyok? Miért láttam a nőt? Mi közöm hozzájuk? Dr. Bricks felé fordulok, azonban nem látom őt. Az ajtó nyitva – minden bizonnyal dolga akadt és távozott. Az elmémben zsongó kérdések magyarázatért sikoltanak, a lelkem dübörög a válaszok hiánya okozta kíntól, ám ő itt hagyott szenvedni.

Hazamegyek, de képtelen vagyok gondolkodni. Hallom a hangját… hallom Elena hangját, de bármennyire is koncentrálok, bármennyire is kínoz, nem értem, mit mond. Az itteni világ zaja túl harsogó ahhoz, hogy valóban hallhassam őt, pedig tudom, hogy fontos, amit közölni próbál velem. Nem tudom, talán figyelmeztetni akar? De mire? Csak azt tudom, hogy velem van minden percben, még éjszaka is, de nem értem őt.

Chloe Mortez életrajzi ihletésű regényén töprengek. A nő leírja, hogy hogyan veszített el mindent, hogyan lett alkoholista, meg drogdíler. Elmeséli, hogyan kapott egyetlenegy támpontot ahhoz, hogy kijózanodjon, felelősségteljes, boldog, független nővé érjen. Leírta, hogy hányszor akarta már feladni, de mindig visszatalált a helyes útra. Csak célra volt szüksége.

Az ő küzdelme ad nekem valahogy erőt ezekben a percekben, és vet fel bennem újabb kérdéseket. Nekem mégis mi a célom? Miért teszem, amit teszek? Talán még nem tudom, hogy mi az értelme, de azt tudom, hogy valami fontos. Tudom, hogy meg kell keresnem.

Másnap az első busszal visszaigyekszem a kórházba. Meg kell találnom őt, azonban nincsen bent. Várok, leülök az egyik széksor végére, közvetlenül a recepció közelében. Azt mondja, hogy már órák óta bent kellene lennie. A kedvemért még egyszer ellenőrzi a beosztást, de nem téved. Már itt kellene lennie, és nem vett ki szabadnapot sem. Elena az ajtó felé mutat, tudom, hogy nincs itt.

Nem tudom, mit csinálok. A kocsiban ülök, és csak furikázom. Nem tudom, hova tartok, vagy hogy miért – talán csak ki akarom szellőztetni a fejem! Talán mindez csak hallucináció, vagy még magamhoz sem tértem. Meglehet, hogy a kórházi ágyon fekszem még mindig, talán ilyen átélni a kómás állapotot? Nagy meglepetésemre Elena nem felel. Most nincs itt. Ez részint magyarázat volna iménti téveszmémre, azonban mégis továbbmegyek. Valami hajt… nem tudom hová.

Leparkolom a kocsit a kávézó előtt és kiszállok. Mit keresek itt? Úgy érzem, meg fogok őrülni, mégis tudom, hogy nem adhatom fel.

Végigsétálok az épület melletti kis úton, keresztülmegyek a parton, aztán tovább. Lassacskán azt sem tudom már, hogy a város melyik részére keveredtem, csak csatangolok az utakon és próbálok semmire sem gondolni.

Ekkor hirtelen megpillantok valakit a sarkon. Egy sötét kabátba burkolózó, magas, szemüveges, harmincas évei végéhez közeledő férfit. Nem gondolkozom, csak rohanok felé. A nevét kiáltom, de nem hall engem. Mintha semmit nem hallana vagy látna. A lámpa most vált pirosra, az autósor lassan megindul. Ő pedig éppen ebben a pillanatban akar lelépni a járdáról!

Rohanok. Minden izmom megfeszül, a tüdőmből kiszorul a maradék levegő is, a végső tartalékaimat élem fel, de nem lassíthatok. Hallom, amint a sor legelején haladó autós vadul dudálni kezd. Nem tud lefékezni, ha mégis megteszi, abból baleset lesz – a mögötte levő kocsi túl közel van hozzá. Nekem kell cselekednem.

Az utolsó másodpercben sikerül csak visszarántanom őt a kabátjánál fogva. Hátrazuhanok, de vele együtt. Perceken keresztül képtelen vagyok megszólalni, épp hogy kapok levegőt.

– Nem... látta... a... lámpát?! – förmedek rá lihegve.

– Talán csak nem érdekelt. Mit keres itt? Miért követ engem? – Le akarja rázni magáról a kezemet, azonban nem engedem őt.

– Mit csinál? Miért csinálja? Meg akar halni?! Meg akar halni?! – Durva vagyok és nyers. Muszáj. El kell érnem azt, hogy felfogja azt, amit mondok. – Feleljen!! – kiáltom, miközben egyenesen a szemébe nézek.

– És ha igen? – üvölti. – Mi van, ha igen? Mit érdekli magát az?! Hagyjon békén!

– Komolyan azt hiszi, hogy Elena azt akarná, hogy eldobja magától az életét?

– Ne merje a nevét a szájára venni! – Hirtelen megütközik. – Honnan tudja?

– Mert látom őt! – Szemembe könnyeket csal az a szeretet, melyet a tekintetében látok a nő iránt. – Ő küldött – zokogom.

Itt van. Itt térdel a járdán a férjét ölelve, de csak én láthatom őt. Ő még csak nem is érzi. Most először elvékonyodni érzem a két világ határát. Tisztán hallom Elena szavait.

– Vigyázz rá, kérlek. Mentsd meg őt! Vigyázz rá helyettem. Azon töprengtél, hogy miért élted túl. Úgy érezted, felelősséggel jár, nyomással. Úgy érezted, tökéletesnek kell lenned ahhoz, hogy bebizonyítsd, érdemes vagy az életre. Nem kell. Erős voltál, élni akartál, ezért jöhettél vissza. George visszahozott téged a halálból, te pedig őt mentetted meg. Maradj mellette, kérlek. Senki másra nem bíznám, csak rád.

A különös férfira pillantok, tekintetében könny csillog. Tudom, hogy vigyázni fogok rá, amíg csak szükséges. Elena alakja lassan elhalványodik, majd ködbe vész. Tudom, hogy többé nem látom már. Ő végzett itt, befejezett mindent, amit be kellett ebben a világban, és elindította az én életemet. Mert az én küldetésem most kezdődik még csak.

Megszorítom George karját, próbálom felszárítani a könnyeit. Magamhoz szorítom, hagyom, hogy beszéljen, hogy dühöng-

jön, hogy zokogjon. Hagyom, hogy elteljen az az idő, míg leülep-
szik benne a gyász, míg nem kell már az életét féltenem. Míg
kimondja egyszer azt, hogy bízik bennem. Hát, ez az én célom.

Különös találkozás

Lilly Evans – 2005. július

A parton sétálok. A tükörsima vízfelszín látványa szinte teljesen megbabonáz. A tájat szemlélve valahogyan minden megbocsáthatónak tűnik. A természet gyámoltalan ártatlansága olyan tökéletességet teremt, mely mellett hirtelen minden szenvedés elenyésző apróságnak tűnh…

Hirtelen megbotlom egy kőben, a tökéletesnek tűnő föld egyre közeledik felém. Az arcomhoz tapadó durva homokszemcsék már nem is látszanak oly ártatlannak, a derekamat felsértő kövekről nem is beszélve. Ekkor egy középkorú férfi végtelenül békés hangjára leszek figyelmes. Egy erős kart érzek a vállamon, valaki segít talpra állnom, miközben azt kérdezi, nem esett-e bajom.

Leporolom a ruhámat, mosolyogva rázom meg a fejem. Egy pillanat erejéig képtelen vagyok megszólalni is; felfoghatatlanul őszinte, barátságos tekintete a tengernél is tökéletesebbnek látszik. Egy pillanatra úgy érzem, ismerem őt. Mintha ezerszer láttam volna már ezeket a szemeket. Meghív egy italra. Tudom, hogy nem szabadna elfogadnom, nem is ismerem, ám valahol mélyen, belül egy különös hang azt súgja, hogy bízhatok benne.

Rengeteget nevetünk a vacsora közben. Majdhogynem megfeledkezem arról a tényről, hogy ki vagyok, és hogy haza kell mennem. A távozás ellen azonban minden porcikám teljes erővel hadakozik. Nehezemre esik a búcsú. Mintha csak olvasna a gondolataimban, lassan feláll.

– Későre jár, nyilván indulnod kellene már.

– Igen, azt hiszem, jobb lenne mennem.

– Ugye még látjuk egymást?

– Itt szálltunk meg, kétsaroknyira a kávézótól. Július végéig itt is maradunk anyával, biztosan összefutunk még párszor.

– Egész júliusban itt lesztek? – Arca felderül, tekintete valósággal ragyog.

– Igen. Jó buli lesz. Próbálok valami alkalmi melót is találni magamnak addig.

– A könyvtári kisegítő poszt megfelelne? – kérdezi bizonytalanul.

– Az fantasztikus lenne! – Az egekben érzem magam. – Köszönöm! – Egy pillanatra megfeledkezem magamról, hálálkodva ölelem át. Különös mosoly fut végig az arcán, amit úgy hiszem, nem tudok megfejteni.

Indulnom kell. Muszáj. Anya már biztosan aggódik értem. David azonban még nem enged.

– Sötét van. Egyedül mész vissza?

– Itt van egy köpésnyire. – Vállat vonok, ám ő erősködik. Nyugodtabb lesz, ha ő visz vissza, aggódna értem ilyen időpontban már. Bizalmatlannak kellene lennem, de nem vagyok az. Nem tudok az lenni. Talán magamon is meglepődöm, talán nem, de hagyom, hogy ő vigyen el.

***

Utálok korán kelni, ma mégis megteszem, ráadásul örömmel. Daviddel találkozom a kávézó előtt. Szerintem már vagy egy órája annál az asztalnál szobrozhat, rám vár.

– Lilly! – Már messziről integet. – Szép estéd volt?

– Hát, anya eléggé kiakadt, de csak elengedett ma is – nevetek. – Mikor kezdhetek nálad?

Odavagyok a könyvtárért! David megért engem, egy nyelvet beszélünk. Kedves hozzám, aggódó, és törődik velem. Minden vele töltött perc kincset ér számomra. Együtt ebédelünk, együtt indulunk haza.

Valami mindig is hiányzott az életemből, talán a csonka családunk miatt. Sosem ismertem az apámat, és azt hiszem, jobb neki is, hogy nem találkoztunk még. Elhagyta anyát, és engem is.

Egy éves se voltam, mikor úgy döntött, más életre vágyik. Öszszetörte anyát. Szinte soha nem is beszélt róla nekem, a kínzó gyötrelem, mely benne él miatta tizenöt éve, bennem valami megfoghatatlan gyűlöletet szült. Látni az ő szenvedését, tudni azt, hogy soha egyetlen férfiban sem fog megbízni már, miatta... Csak arra tudok gondolni, hogy képtelenség szeretni egy ilyen embert.

A gyűlölet mellett azonban valami különös hiányt is érzek idebent. Sosem volt mellettem egy apa, aki segített vagy támogatott volna. Nem volt mellettem, mikor biciklizni tanultam, nem takargatott be esténként. Mikor a kosármeccs közepén felpillantottam a széksorok közé, sosem láthattam ott egy örömtől ragyogó arcú apát, aki szívéből szurkol a lányának; nem volt mellettem, hogy arra kérhettem volna, hogy segítsen a házi feladatban, vagy hogy este vigyen haza a barátaim házától. Nem volt ott egy rendezvényen, ünnepen vagy versenyen sem. Míg mások mellett két szülő állt, mellettem csak egy. Míg más gyerekekről fotók és videók százát készítették el az édesapák, büszkék voltak és támogatták a fiaikat, lányaikat, szerették és óvták őket, én csak arra tudtam gondolni, hogy az enyémnek nem kellettem.

Ám mikor David mellett vagyok, mintha nem érezném ezt a kínzó űrt. Mintha most minden olyan lenne pár hét erejéig, ahogyan megálmodtam azt gyerekként. Beszélhetek vele, és ő megért. Tanácsot ad, megnevettet, meghallgat.

Mikor a könyvekről áradoztam otthon, anya csak mosolygott mindig. Hallotta a szavaimat, de meg nem érthette azokat. Szeretem őt mindenestől, ahogy van, de hirtelen mégis úgy érzem, hogy az én világom csak úgy teljes, hogyha ez a különös férfi is a részese. Mindig is úgy képzeltem, hogy egy másik valóságban az apám kedves és megértő. Magas és mosolygós, de ugyanakkor komoly, ha annak kell lennie. Mindig úgy álmodoztam róla, hogy hasonlítok rá. Egyforma arcforma, szemszín, gondolkodás. És noha kinézetre sokban nem is hasonlítunk, de ahogy rám néz, ahogyan törődik velem, ahogyan beszél, mintha visszakaptam volna azt a gyermekkori, dédelgetett álmot. Bár olyan apám lett volna, mint amilyen ő! Ő sosem hagyott volna el, tudom.

– Anya meg akar ismerni – motyogom halkan, miközben a helyére tolom a felső polcon a *Háború és békét*. Lefújom a port egy vaskos Stendhal-kötetről, miközben óvatosan felé pillantok.

– Nem biztos, hogy ez jó ötlet, Lilly.

– Jó fej, meglátod. Csak tudni akarja, hogy kivel lógok egész nap.

Zaklatott. Közel egy hónapja ismerem már, de ezt a tekintetét még nem láthattam eddig. Nem értem, mitől fél. Csak egy vacsora, csak egy egyszerű vacsora. Hadakozik kézzel-lábbal, röhejes érveket sorakoztat fel, de nem engedek. Eljön, még ma este!

Az ajtó előtt várok rá, lassan érkeznie kell. Itt is...

Várjunk csak, alig ismerem hirtelen fel. Hűha! Zakó, virág, kölni?? Mihez öltözött úgy ki? És mintha rettegne valamitől, úgy verejtékezik és köhécsel.

Hirtelen hülyén érzem magam mellette strandpapucsban és rövidujjúban, de megvonom a vállam és beengedem. Anya a konyhában van még, a sütiket helyezgeti a tálra. A haja lisztes még kicsit, a kötényt sem vette le. Nem készültünk nagy fogadásra.

David a csokor mögé igyekszik bújni, de sikertelenül. Amint anya megpillantja őt, ott helyben meg is torpan. Teljesen elfehéredik, mialatt David térde esik, hebeg-habog érthetetlenül...

Majd anya kiáltozni kezd. Semmit nem értek.

– Hogy mertél idejönni?! Hogy mertél Lilly közelébe menni?! Te!

Még soha, soha nem láttam anyát ilyennek, soha. A teljes nevén szólítja Davidet, holott a vezetéknevét sosem említettem előtte. Üvöltözik vele, David pedig zokogni kezd. Mentegetőzik; azt kéri, hogy hallgassa végig, de miért? Mi folyik itt? Mi történik?

– Tessék, Lilly, ismerd meg végre az apádat! – kiáltja anya dühtől eltorzult arccal. – Ő hagyott el téged, neki nem kellettél, hát most sem kap belőled semmit!

Azóta képtelen vagyok felocsúdni ebből a rémálomból, mióta anya szó szerint kidobta Davidet a házból. Két nap telt el, de megszólalni is alig bírok. Hát ő az apám, hát tényleg hasonlítok rá. Pontosan olyan, amilyennek elképzeltem őt, és pontosan olyan álszent és borzalmas, amilyennek anya leírta őt. Hogy volt képes elhagyni egy nőt, és a tíz hónapos kislányát? Hogy volt képes felbukkanni így, ennyi év után? Mégis miben reménykedett?

Anya régi fényképeket nézeget. Képeket, melyeket nekem sosem mutatott meg azelőtt. Egész álló nap csak kérdezgetem őt, de szinte válaszra sem méltat. A szobájában gubbaszt, az ágyon ülve sír, hallom. Be nem enged. Kizár a szobájából, pont ahogyan az életéből. Pont ahogyan kizárt a múltamból, a saját múltamból is! De nekem tudnom kell, tudnom kell, mi az igazság!

Képtelen vagyok elhinni azt, hogy ébren vagyok, és nem lázálomból riadtam fel hirtelen. Rémálom az életem, és benne minden szereplő is.

Térdre rogyok az ajtó előtt, arcomról patakként folynak le a könnyek. Testemet hideg járja át, a fogaim összekoccannak. Az emberek nem változnak, tudom jól. David nem akart engem, most miért kellenék neki? Elhagyott minket.

Mindennap keres. Hívogat, SMS-t ír, leveleket hagy a postaládában. Anya azonnal a szemeteskosárba gyűri őket, bármiféle olvasás, vagy legalább átgondolás nélkül. Azt hiszem, ha rajtam múlna, még megtartanám őket. Hajt valami különös kísértés afelé, hogy kihalásszam legalább az egyik lapot a kukából, kisimítsam és végigolvassam, de nem teszem meg. Mit írhat? Bocsánatot kér esetleg? Hogy lehet megbocsátani azt, hogy elhagyta a családját? Vagy épp erre keres magyarázatot? De hiszen erre a tettre nem lehet mentség.

Alig látom anyát. Bezárkózott, egész nap zokog. Ha egy kicsit is szerette volna, nem teszi ezt vele. Nekem ő a mindenem, és látni a szenvedését egyszerűen mindennél kínzóbb méreg számomra. És tudni azt, hogy David tette ezt vele, megbocsáthatatlanná teszi számomra minden cselekedetét.

Az elmúlt évekre gondolok; a dühre és vágyakozásra, melyeknek kínzó kavalkádja fonta körbe egész gyermekkoromat. Egy névtelen, arctalan alak volt csupán, akit hol tökéletesnek, hol ördög képében képzeltem el. Nem tudtam, ki ő. Néha nem is akartam megtudni, olykor pedig bármit megadtam volna érte.

Most már tudom, és én tényleg tökéletesnek láthattam. Vajon színes, édes máz volt csupán minden szava, tekintete, jósága? Egyszerűen lehetetlen, hogy az legyen. Lehetetlen, hogy mindennap hamis arcot mutasson felém. Miért tette volna?

Vajon megváltozhat az ember? Ha hoz is egy rossz döntést, nem kell, hogy az egész életét beárnyékolja az, vagy tévedek? Egész életem során tévedtem volna? A haragra gondolok, melyet megannyiszor éreztem, mikor rá gondoltam. Nem én voltam. Anya akarta, hogy gyűlöljem őt. Anya nem árulta el nekem sohasem, hogy ki ő, nem akarta, hogy megtaláljam, hogy közöm legyen hozzá. Elzárkózott az egész világtól, eltűnt, elzárt engem is mindentől és mindenkitől. Mi van, ha már régóta keresett minket? Mi van, ha tényleg megbánta azt, amit tett? Mi van, ha valóban oka volt távozni, de vissza akart még jönni?

Felkeresett engem. Nem akart anyával találkozni, tudta, hogy ki ő, nem véletlenül találkoztunk össze. Találkozni akart velem. Ha nem érdekeltem volna sohasem, nem jön utánunk, nem akar megismerni. Ha nem változott volna, ha nem akarna az életem részese lenni, mégis miért keresett volna meg? Nincsen értelme semminek sem akkor.

Persze, igaz az is, hogy tudta, ki vagyok, mégsem mondta el nekem. Nem vagyok már gyerek, megérthettem volna, de a hazugság árnyai közt hagyott, nem volt velem őszinte. Heteken át, nap mint nap úgy nézett a szemembe, hogy eltitkolta ezt: hazudott nekem! Ha képes volt eltitkolni azt, hogy ki ő, honnan tudhatnám, hogy nem volt minden egyes szava ugyanilyen hazugság?

A telefonom rezegni kezd, David az. Nem veszem fel, nincsen hozzá gyomrom. Mégis mit akarhat nekem mondani? Hirtelen arra a töméntelen mennyiségű titokra gondolok, mely végigkísérte az életemet. Anya sosem mondott el semmit, ahogyan most sem fog, tudom. És noha úgy érzem, meg akarom fojtani őt, tudom, hogy David az egyetlen lehetőségem arra, hogy megtudjak bármit is a múltról.

Tudom, hogy anya haragudni fog rám emiatt, de megkeresem. Tudnom kell az igazat! Tizenhat éves vagyok, elég érett ahhoz, hogy felfogjak bármit, amit csak mondani készül majd. Ő pedig elég felnőtt már ahhoz, hogy elfogadja azt, amit én fogok mondani neki.

Anya még mindig a szobájában ücsörög, észre sem veszi, hogy kiosonok a házból. A ház elé érve különös érzés ragad magával. Körbepillantva azt látom, hogy minden pontosan ugyanolyan, mint két nappal ezelőtt volt. Hogyan lehet minden változatlan körülöttem, mikor az egész világom omlott hirtelen össze?

El fogom mondani Davidnek, hogy tönkretette anyát és a gyerekkoromat is. El fogom mondani neki, hogy mennyire gyűlölöm ezért, és hogy soha többé nem akarom látni. El akarom neki mondani, hogy képtelen vagyok a megbocsátásra, és nem akarom, hogy az életem részese legyen. Soha!

Azonban hirtelen megtorpanok. Ahhoz az épülethez érek, melyben David is lakik. A sorház azonban most szalaggal van körbekerítve, mentő- és tűzoltóautók száza állja körbe. A felső emeletek mindegyike leégett, a füsttől még most is alig látni.

Rohanni kezdek. Egy kék egyenruhás férfi lefog, nem enged tovább. Kapálózni kezdek, üvöltözni, kérdezgetni. Elárulja nekem, hogy van, akit súlyos sérülésekkel vittek be a kórházba, valamint van, aki túl sem élte a balesetet. A fejemet rázom. Ökölbe szorítom a kezemet, ujjaim körmei oly erővel vájnak bele a tenyerem húsába, hogy vér serken ki a bőr alól, de nem segít a fájdalom. Nem ébredek fel a rémálomból.

– Hol ütött ki a tűz? – kérdezem szipogva.

– Az ötödiken, a harmadik lakásban.

– Nem! Mondja, hogy ez nem igaz! Nem, nem lehet, nem lehet!

Térdre esem, képtelen vagyok elviselni a fájdalmat, mely a lelkemet égeti. Az David lakása. Nála volt tűz, lehet, hogy...

Egyetlen gondolat zakatol csupán zavarodott elmémben. Az, hogy egész életem során hiányoltam valamit. Anya azt akarta, hogy haragudjak rá, de én mindig is meg akartam keresni. Én be akartam foltozni a lelkemen azt a maró űrt, mely ott tátongott mindig is. És mikor David mellett lehettem, először éreztem azt, hogy teljes az életem. Visszaadott nekem valamit, megmentett. Tudom, hogy ha nem volna jó ember, ez nem sikerülhetett volna. Arra a boldogságra gondolok, ami eltöltött a könyvtárában; arra a felhőtlen mosolyra, mely végigragyogott mindkettőnk arcán, mikor megpillantottuk egymást. Kapocs volt köztünk, és ezt senki kedvéért nem hazudtolnám meg. Életemben először úgy éreztem mellette, hogy megnyugodhatok.

Hirtelen rádöbbentem arra, hogy senki nem fogja pótolni azt, amit ő adott nekem. Vissza akarom kapni őt. Már semmi mást nem akarok. Bármit megadnék azért, ha visszakaphatnám!

Istent átkozom. Miért adott nekem lehetőséget a boldogságra, miért csillantotta meg a reményt, ha még azelőtt el is szakította tőlem, hogy az enyém lehetett volna? A bűntudat valósággal lyukat éget a lelkembe. Végig kellett volna hallgatnom. Nem hagyhattam volna el. Az én hibám, az enyém...

Arcomat forró könnyek mardossák, alig kapok levegőt. A földre borulok, képtelen vagyok elfojtani a zokogást. Valaki hirtelen átkarol, le akarom söpörni magamról az érintését. Azt kiáltom, hogy hagyjanak békén. Aztán egyszer csak a nevemen szólít.

Felpattannak a szemeim. Én ismerem ezt a hangot! Könnyektől homályos tekintetem bizonytalanul pillantja meg őt. Hátrébb húzódom, attól rettegek, hogy hallucinálok csupán.

– Nem... nem voltál otthon? – kérdezem halkan.

– Téged kerestelek, Lilly – suttogja. – Kérlek, hallgass meg, én csak meg akarom magyarázni ami...

Félbeszakítom. Felesleges az ostoba magyarázkodás. Felpattanok a földről és a nyakába vetem magam. Olyan erősen szorítom magamhoz, ahogy csak tudom. Nem akarom elengedni. Soha többé nem akarom elengedni.

– Nem érdekel, hogy mi történt, nem érdekel, hogy miért hagytál el. Csak mostantól maradj velem, Apa!

A túloldal szava

Chloe Mortez – 1995. október

Fázom. A lassanként télbe hajló ősz hozta szél jeges; kiszárítja felrepedezett, fakó kézfejemet és halványkékre színezi ajkamat. A kulcsaimat keresem. A kezem remegni kezd, azonban tudom, hogy ez belülről fakad. Gyomrom görcsbe rándul; tudom, hogy a bizonytalanság szüli a reszketést, nem pedig a hideg.

Visszadobom a kulcsokat a táskám mélyére, az ajtófélfának dőlök. Csak még egy perc. Csak egyetlen perc, és erőt veszek magamon. Ígérem. A sarki kisbolt felé téved a tekintetem, a kísértés egyre gyötrőbb. Sosem akartam még ennyire rágyújtani, soha, vagy inni egy pohár... ugyan már, egy üveg vodkát. Lélegzetem felgyorsul, a torkom összeszorul, a nyál összegyűlik a számban. Elmém szüntelenül azt sikoltja, hogy nem szabad megtennem, de nem vagyok ura a testemnek.

Az éjjel-nappali felé indulok. A piros lámpa vészjelző fénye is alig képes megállásra kényszeríteni. A közeledő kamion már inkább biztosít erős indokot arra, hogy negyvenöt másodperc erejéig a járda szélén ácsorogjak. Sóvárgó tekintetem továbbra is a kivilágított feliratot szuggerálja, mikor is hirtelen egészen másra leszek figyelmes. A túloldalon egy csinos, harmincöt év körüli nőt inzultál egy szakadt, részeges férfi.

Oldalra pillantok. Gyorsabb vagyok annál a Ladánál, legalábbis remélem. Még sosem rohantam ilyen gyorsan. Egy hajszálon múlik csupán, de nem üttetem el magamat. A nő felé sietek. Retteg. Pupillája kitágult, egész testében reszket. Mégsem szól. Meg sem mozdul szinte. Dermedt tagjait a sokktól megmozdítani sem képes.

A férfi nem számít rám. Le is üthetném akár hátulról, de nem ezt akarom tenni. A szemébe akarok nézni. A nő most vesz észre, tekintetében remény ragyog fel. Megragadom a férfi vállát, és magam felé fordítom. Több erő van bennem, mint azt hinné. Kérdezni akar valamit felháborodottan, de nem izgat, mit akar. Az értetlen tekintete mindent elárul. Végre elereszti a nőt, és pedig kitépem a kezéből a hölgy táskáját, majd hátracsavarom a karját, egészen addig a pontig, míg könyörögni nem kezd. Ekkor elengedem. A földre esik, és ott is marad egy ideig. Vállat vonok, majd megkérdezem a nőtől, hogy jól van-e. Még mindig remeg, de azért már lassan meg tud szólalni.

Hálálkodik nekem, pedig semmi értelme. A férfi szinte teljesen részeg volt, ő is el tudott volna bánni vele, ha a félelem nem tompítja el az elméjét.

– Ön, hogyhogy nem félt tőle? – kérdezi remegő hangon.

– Sosem félek.

Nem tudok félni. Vállat vonok, belül mégis éget ez a gondolat. Normális ember retteg egy bűnözőtől, ám én nem. Én a veszély felé rohanok, engem ez doppingol, és ez is nyugtat meg. Mert ezt szoktam meg. A higgadt, józan emberi világ gondolata émelyít, idegennek érzem magamat benne.

Mary megkér arra, hogy kísérjem haza. Örömmel megteszem. Sőt, szinte kicsit csalódott is vagyok amiatt, hogy mindössze itt lakik a sarkon. Egy kicsit még mindig sokkos állapotban van, nem akarom magára hagyni. De azt mondja, jól van. Még egyszer megköszön mindent, és megesket arra, hogy ha valaha segítségre lenne szükségem, azonnal szólok neki. Azt mondja, én egy jó ember vagyok. Különös nő. Őszinte és közvetlen. Segíteni akar. Mintha hallaná néma sikolyomat, melyet soha, senki nem akart meghallani. Megrázom a fejemet. Nem, nem is gondolhatok erre. Hogy milyen is lehet normálisan élni, milyen lehet olyannak lenni, mint amilyen ő. Van, akinek lehet ilyen az élete, de van, akinek nem. Bele kell törődnöm ebbe. Mást nem tehetek.

Végül mégis figyelmen kívül hagyom a sarki kisbolt hívogató szavát és hazamegyek. Troy már az ajtóban áll, idegesnek látszik, de nem izgat. Ma nem érdekel.

– Hol voltál eddig? – kérdezi nyersen.

– Semmi közöd hozzá – morgom. A táskámból előkaparom azt a fehér porral teli kis zacskót, majd a kezébe nyomom. Tovább akarok menni a saját szobám felé, azonban nem enged. Le akarom söpörni magamról a kezét, de túl erősen szorítja a karomat.

– Nincs hozzá kedvem – motyogom erőtlenül, de őt nem érdekli. Magához húz, és vadul tapasztja ajkát az enyémre. Keserű csókjai egyszersmind kínzóak és enyhítőek is.

Gondolkozni akarok. A nő szavai járnak a fejemben, de Troy nem enged. Egyre erősebben szorítja a karomat, a fájdalom egyre élesebb. Elengedem magam. Tudom, hogy előbb vagy utóbb úgyis feladom. Kizárok mindent az elméből – ha nem gondolkozom, semmi nem fáj. Sem kívül, sem pedig belül.

A konyhába húz, egy bontatlan palack bor mellé. Nem kérnék, de tudom, hogy addig úgysem hagy, míg nem iszom vele együtt. Az anyagról viszont már leálltam vagy fél éve, ám egészen eddig ezt nem vallottam még be neki. Most mégis kénytelen vagyok megtenni.

Megüt. Nem fáj annyira, mint régebben. Üvöltözik, de nem hallom. Kizárom őt az elmémből. Csak némán tűrök és várom, várom, hogy vége legyen egyszer.

Elküld. Nem először, vélhetően nem is utoljára; tudom, hogy egy-két nap, és megenyhül. Tudom. Addig megleszek valahogy. Nem érzek fájdalmat, sem félelmet. Az alkohol és a felpezsdülő adrenalin minden mást elnyom bennem.

A ház előtt ülök, a hideg föld nyirkos és koszos. Lassan lehajtom a fejemet egy padon, a fogaim összekoccannak az éjszakai levegő dermedtségétől. A nő szavai járnak a fejemben. Az, amit rólam mondott. Bár igaz lenne, bár jó ember lennék! Bár lett volna esélyem rá...

Összehúzom magamon a vékony pulcsimat, majd lehunyom a szememet. A tompa fájdalom lassan elér a tudatomig – tudom, hogy holnap kutyául fogom érezni magamat. A kínra inni fogok, hogy elnyomjak magamban minden józan gondolatot és érzelmet, hogy aztán attól szenvedjek. Nem akarok így élni, sosem akartam, de nem én döntöttem.

Szívesen lennék olyan, mint az a nő, aki kora reggel elsétál mellettem. A padra pillant, a hajléktalannak kinéző alakomra. Vág egy fintort, majd felemelt fejjel tipeg tovább. Egyeseknek semmit nem kell tenniük azért, hogy puccos egyetemre járhassanak, hogy saját lakásuk legyen, kocsijuk, rendes életük. „Apuci gazdag, szóval megad mindent." Lenézik a magamfajtát, pedig nem kártyáztam el a vagyonomat, nem ittam el a lehetőségeimet, hanem azok nélkül jöttem a világra! Másnak az ölébe hullnak az esélyek, nekem azonban keményen kell megdolgoznom azért is, hogy megtartsam azt a keveset, amim van.

Nem mondom, hogy nem képzeltem el néha, hogy az egyik sikertörténetek egyike legyek majd egy nap; hogy a szegény nincstelenből egyszer majd gazdag ember lesz, azonban nincsen miből félretennem, hogy valaha is új életet kezdhessek. Amim van, azon dohányt vagy piát veszek, arról meg nem tudok lemondani egyszerűen. Troy mellett leszokni? Nem tudnék. Ha iszom, legalább kevesebbet gondolkodom azon, hogy alakulhatott volna másképpen is. Egyszer lottóztam, de hát ilyenekkel mennyi esélyem lehetne? Isten nem néz le a magamfajtára, mi valahol a világ peremén élünk, szavunkat sem hallja az átlagos, rendes ember. Mi élünk úgy, ahogyan…

Nincsen sok választásom. Sosem volt. Visszamegyek Troyhoz, a bocsánatát kérem, számomra nincsen más út. Tekintete eleinte feldúlt, de hirtelen megenyhül. Magához szorít, csókolgatni kezd. Hiányoztam neki. Összeszorítom a fogamat. Egyszerre adja a jelenléte életem egyetlen értelmét, és fullaszt is meg. Nem tudom, mit tegyek, nem tudom…

Beenged a fürdőszobába, hogy rendbe szedjem magamat. A tükörbe nézek, és nem tudom, kit látok magam előtt. A látvány elborzaszt. Egy fiatal nőt látok eltorzult, zúzódásokkal és véraláfutásokkal teli arcot, egy gyenge, céltalan életet. Látok én mindent, csak azt nem, amit a nő állított rólam.

Troy leküld a boltba, azonnal indulok. Próbálok mindent jól tenni, ahogyan azt ő kéri. Azonban a bolt minden egyes sora valósággal kísért engem. A whiskyhez akarok nyúlni, a cigarettához. A józan ész azt diktáltja, hogy nem szabad megtennem, így már csak azért is inni akarok, hogy elűzzek minden nyughatatlan, józan gondolatot.

– Chloe? – Hátraperdülök a nevem hallatán.

– Te jó ég! Mary? Mary Hodge? – Némileg meglepődik, mikor a kisbolt közepén, a zsemlék mellett a nyakába ugrom, és szorosan magamhoz ölelem. Nem akarom elengedni. Pontosan tudom, hogy észreveszi majd a sebeket és kérdezni fog. Arra az elborzadásra és aggodalomra azonban nem számítottam, mint amit valójában kiváltottam belőle.

– Nem maradhatsz vele! Tönkretesz.

– Nincsen más választásom.

– Chloe, hagyd, hogy segítsek!

– Mennem kell!

Kitépem magam az öleléséből, és kirohanok a boltból. Félek. Életemben talán először félek. Megriadok attól, amit Mary mondott. Nem ismertem a fényt, csak hallottam róla, de én a sötétbe születtem, és ott is éltem eddig. Mindig azt tanították, hogy innen nincsen kiút. Ő most mégis lehetőséget ajánl. Mi van akkor, ha van választásom? Ha tehetek valamit?

Hirtelen görcsbe rándul a gyomrom. Életemben először teljes mértékben felelősséget érzek minden iránt, amit csak kezdtem az életemmel.

Mi van akkor, ha alakulhatott volna máshogy is? Mi van akkor, ha még most sem késő változtatni? De mi van akkor, ha megtanulok bízni és remélni, majd elveszítek rögtön ezután mindent? Mi van, ha a változás nem mindenkinek sikerül? Mi van, ha csak még inkább összetör majd? Még sosem éreztem ehhez hasonló bizonytalanságot.

Nem akarok többé inni, nem akarok díler lenni többet, bár meglehet, hogy csak ehhez értek. Nem akarok többé így élni! Van választásom, van választásom! Van saját akaratom.

Megállok az út közepén. Valami hajt belülről, valami késztet. Visszafordulok. Mary ott áll a túlsó oldalon, engem figyel. Tudja, mire gondolok.

Hazavisz magához. Beenged a házába. Főz nekem teát, megágyaz a kanapén. Még éjszakára is magamra hagy a vendégszobában. Nem viszi magával a táskáját, a rádiót, otthagy körülöttem mindent. Foghatnám magam és kirabolhatnám, meg sem állítana. Bízik bennem. Még sosem éreztem ilyet.

Szomjas vagyok, úgy értem, vodkát akarok inni. A kezem remeg, nikotintól sárga körmeimet a tenyerembe mélyesztem. Nem tudom, hogy bírni fogom-e. Nem biztos, hogy elég erős leszek.

– Hiszel Istenben?

– Tessék? – kérdezem halkan, riadtan. Észre sem vettem, hogy visszajött hozzám.

– Isten minden gyermekére egyaránt vigyáz. Mindenkinek lehetőséget ad arra, hogy kiteljesedhessen, hogy élhessen. Van, akinek könnyebb, van, akinek nehezebb, de... – Hirtelen megakad. A nyakához nyúl, és leakasztja magáról az apró láncot. A kezembe adja, azt kéri, hogy hordjam, tartsam magamnál. Egy ezüstkereszt lóg rajta. Tudom, mit jelent ez a szimbólum.

– Nem tudom, anyám honnan jött, de ismerte a Bibliát. Kiskoromban néha még imádkoztam is, aztán anyám öngyilkos lett. Apámat lesittelték, elgázolt egy tizenkilenc éves lányt. A nagybátyám nevelt fel. Ő tanított lopni és árusítani. Ő azt mondta, hogy Isten valaha létezett, de az emberi bűn erősebbnek bizonyult, Ő pedig elfordult a világtól.

Hétéves voltam. Mi okom ne lett volna hinni neki? Mi okom lett volna hinni Istenben, aki elhagyott engem? Nézzen rám, nézze, hova jutottam!

– Édesem! – Mary hozzám hajol, átölel. Karjai forróak, valami megfoghatatlan erőt érzek belőlük. – Isten mindenkire vigyáz. Isten téged is szeret, téged is meg akar menteni, és te a helyes utat választottad. Ha segítek neked, elég akaratod is lesz ahhoz, hogy végigcsináld.

– Azt mondja, van kiút innen?

– Ha hiszed, ha nem, én is hasonló családból jövök, akárcsak te. Az anyámnak sem volt semmije sem, nem tudta, hogy létezik-e a fény, de volt valaki, aki azt mondta, elég. Valaki a tömegből, aki meghallotta őt, nem ment tovább. Nem nézte tovább, amit vele tesznek. Felkarolta őt, és kirángatta a világba. Már nem él egyikük sem. Nem ismerhettem őt személyesen; feladott mindent azért, hogy nekem lehessen életem. Megesküdtem arra a sírjánál, hogy segíteni fogok azoknak, akik rászorulnak arra. – A nyakamba akasztja a keresztet. – Átsegít a vészen, ha hiszel benne és magadban.

Hirtelen reszketés tölti el az egész testemet, fájdalom mar belém, elveszítem az irányítást. A hideg ráz, a torkomat forróság fojtogatja. Összegyűlik a számban, akár a sűrű, olvadt vaj, homályosulni kezd előttem a világ. A felszakadó sötét vér kifolyik az ajkamon, úgy érzem, kést döftek az oldalamba. Mary tartani próbál, mégis érzem, amint zuhanok...

Sötétség, félelem, remény, újból a sötét. Néha felvillanó fények tömkelege, fájdalom mindenütt. Az oldalamban, a tüdőmben, a mellkasomban. Mint egy szívig hatoló tőrdöfés, melynek fájdalma bekerül a véráramba és tovább lüktet.

Nem érzem az időt, csak a fájdalmat és a bizonytalanságot, nem tudom, mi történik. Semmit sem látok, semmit sem, semm...

– Mi történt? – Mary hangja az, tisztán hallom őt.

– Belső vérzés. Bele is halhatott volna akár. – Próbálom kinyitni a szememet, de nincsen hozzá erőm. Mintha nem uralnám a testemet, csak érzékelem még, hogy benne vagyok.

– Rendbe jöhet?

– Az csakis rajta múlik. Megtettük, amit tehettünk. Ha életben akar maradni, ha küzd, van esélye. De ha feladja, nem segíthetek már.

Rajtam áll. Életemben először dönthetek valamiről. Sosem voltam erős, mindig csak úsztam az árral, most miért ne adnám fel? Hiszen mi értelme is van az életemnek? Most komolyan. Értem el bármit is? Nem. Vagyok én bárkinek is a bármije? Troy csak azért tart, mert anyag kell neki, Mary nem is ismer. Mindenki, akihez csak kötődtem volna, kihasznált, ellökött magától, vagy sitten van vagy meghalt. Nem vagyok a világ hasznára.

– Mi atyánk, ki vagy a mennyekben, szenteltessék meg a te neved, jöjjön el a te országod, legyen meg a te akaratod... – Nem értem, Mary miért hisz bennem, mikor én sem hiszek már magamban.

Hirtelen emlékezni kezdek. Arra a régi, kopottas könyvre, melyet egy kabát zsebében találtam ötévesen. A vékony lapokat olvasva elhittem, hogy létezik jóság. Valamit hirtelen érezni kezdek; azt az ártatlan, feltétel nélküli hitet, amit annak az ötéves kislánynak a lelkéből még nem akartak gyökerestül kitépni és porrá égetni.

Olyasmit teszek, amit nagyon rég nem tettem már.

„Édes Jézus, nem tudom, hallasz-e. Nem tudom, nem tudom, hogyan kell ezt."

A torkomat összeszorítja a fájdalom.

„Kérlek téged, Uram, hallgasd meg az imám, és segíts át a Túlvilágra. Hagyd, hogy csendben és gyorsan mehessek el, vegyél magadhoz. Tudom, hogy nem nyerhetek feloldozást, bűneimet mégis megbánom neked. Talán tényleg nem felejtettél el engemet? Mutass nekem utat, vegyél magadhoz! Húsz éve csak szenvedek, vess véget neki, vess véget az életemnek.

Hatévesen loptam először, kenyeret, anyának és magamnak. A bátyám akkor már nem élt. Mike, Mike volt a neve! Mike, hallasz engem? Tisztán látom magam előtt azt a nyolcéves, ártatlan kisfiút, emlékszem a mosolyára, a hangjára. Emlékszem a sápadt arcára, az utolsó szavaira.

Mike, drága Mike, hallasz engem? Emlékszel rám? Emlékszel arra, mikor a kezemet fogtad? Emlékszel arra, hogy a húgodnak hívtál? Történeteket találtál ki, velem maradtál éjszaka. Jó ember voltál, mégis elmentél. Én itt maradtam, miért? Mondd, miért hagytál el?

Anya! Egy anyának vigyáznia kell a gyermekére! Te mégis megölted magad, csak hogy ne halld többé a kínokat! Miért nem vittél magaddal engem is? Mondd, miért? Magamra hagytál, egyedül nőttem fel, szeretet és igazság nélkül.

Kérlek titeket, vegyetek magatokhoz! Kérlek, Istenem, hadd legyek újra velük! Hagyd, hogy elmenjek, és végre a családommal lehessek. Hagyd, hogy hazamehessek... Kérlek, Istenem, engedj hazajutni végre! Kérlek!

Sosem akartam senkinek sem rosszat. Istenem, te, aki mindent látsz, tudod, hogy nem akartam rosszat, de nem voltak lehetőségeim, nem tudtam arról sem, hogy létezik valami ezen túl.

Talán egy másik életben jó ember lehetek még. Talán egy másik valóságban lehetek olyan ember, mint Mary. Segíteni annak, aki csak rászorul, felkarolni a gyengét, megvédeni az elesettet, megmenteni egy életet.

De elbuktam. Ebben az életben elbuktam, és nincs bocsánat. Elpazaroltam életemet, tudom. Egy magamfajta talán változni sem tud, nem érek semmit sem. Kérlek, Istenem, ha hallasz engem, segíts nekem! Vedd magadhoz értéktelen lelkemet, és tégy vele, amit csak akarsz, csak vigyél el innen! Vigyél el, vigyél el innen, könyörgöm neked!

Semmire sem vágyom, csak békére. Semmire sem vágyom, csak arra, hogy hazamehessek. Ötévesen éreztem utoljára otthon magamat, Mike mellett még. Vigyél hozzá, vigyél fel hozzá, Istenem, vigyél haza engemet!”

Lépteket hallok. Teljes szívemből remélem, hogy egy sötét angyal jött el végre értem, de amint megszólal, tudom, hogy csak az orvos az.

– Változott valamit az értéke?

– Csak gyengül, percről percre.

– Attól félek, hogy elveszítjük őket.

– Őket? – Mary nem érti, mit mond az orvos. Ahogyan én sem.

– Nem csak az ő szívhangja gyenge, hanem a kicsié is. Az ötödik hétben van, úgy hiszem, még ő maga sem tudta, hogy várandós.

– Istenem!

Mi? Mi történt? Nem értem, nem. Mély levegőt veszek. A hasamra koncentrálok, a méhemre, mely egy új, ártatlan életet védelmez. Érzem őt. Érzem őt! Gyenge és reszket, fél, még jobban, mint én.

– Könnyezik – suttogja Mary, miközben mellém ül az ágyon és megfogja a kezemet. – Elképzelhető, hogy hall minket?

Az életemnek eddig a percig nem volt értelme, sem pedig értéke. Most mégis úgy érzem, célja van a létezésemnek. Ha más nem is, de az, hogy hogy megszüljem őt, felneveljem, megadhassam neki azt, amit nekem nem adhattak meg, értelmet ad mindennek. Érzem a kereszt húzását nehezen emelkedő mellkasomon. Még nem mehetek el. Még feladatom van.

Hirtelen maradni akarok. Ha én elmegyek, azt ő sem éli túl. Értem nem kár, de ő megérdemli az életet, a lehetőségeket, a boldogságot. Megszorítom Mary kezét. Nincs erőm felülni, nincs erőm kinyitni a szememet.

Mary óvatosan rám borul, érzem, amint forró könnyei eláztatják a nyakamat. Valami különös érzés tölti el a szívemet. Valami, amit ötéves korom óta nem éreztem már.

A haza talán nem egy hely, talán nem csak egy ház; talán egy személy, talán csak maga az a tudat, hogy életemben először biztonságban érzem magam. De azt tudom, hogy neked, Kicsim, mindig lesz otthonod.

Maryre gondolok. Otthagyhatott volna, és hagy meghalni mindkettőnket. Félrenézhetett volna, mint mindenki más is, nem volt értem felelős. Nem volt muszáj megmentenie. Ő mégis értem nyúlt, felhúzott a sötétéből, nem nézett félre, megmentett. Mióta csak anya elhagyott, nem mertem bízni, nem mertem semmit sem. Sosem hittem, hogy valaha fogok még érezni, most mégis... Forró könnyeim eláztatják arcomat, a szívem halk dobbanásai békét fecskendeznek a tagjaimba, megnyugvás tölt el. Úgy érzem, nem kell futnom, nem kell félnem, megállhatok. Bebizonyíthatom, hogy érek valamit, hogy nekem is lehet jövőm.

Bal kezem ujjait a hasamra helyezem; érezni akarom, ahogyan megdobban a szíve, el akarom mondani neki, hogy szeretem, és hogy mellette leszek, míg csak élek.

Már tudom, hogyan kell anyának lenni. Nem attól lesz valaki anya, hogy gyermeket szül – megszorítom Mary kezét –, hanem attól, hogy vigyáz rá, otthont ad, biztonságot, szeretetet, nem hagyja el. Meglehet, hogy elválnak útjaink, meglehet, hogy soha többé nem látom már viszont Maryt, de ő volt az, aki megtanított újra élni...

Az utolsó festmény

Helen Jostern-Reid – 1994. március

A könyvtárszobában ülök, ugyanúgy, mint minden délután. Ugyanoda ülök le, mint mindig; ugyanúgy tartom a kezemben a könyvet. Ujjaimat szórakozottan futtatom végig az érdes lapokon, a kemény borításon, a kidomborodó betűkön, melyek a címet alkotják. És akkor hirtelen meghallom a hangját. Lehunyom a szemem, és halkan elmondok egy fohászt. Nem tudom, hogyan, nem tudom, miért... de még mindig remélek. Hallom, ahogyan a bakancsa alatt megnyikordul a padló, egyre közeledik felém; a szívem gyorsabban kezd el verni. Már látom is. Megigéző kék tekintete a könyvespolcokat mustrálja, bal kezével óvatosan hátrasimítja sötét hajtincseit, melyeket a szél fújhatott az arcába. Képtelen vagyok levenni róla a tekintetem; szemem újra és újra végigpásztázza őt, a feje búbjától a bakancsa legaljáig.

Felém fordul. Ugyanúgy, mint minden nap. Felém néz. De talán ma észre is vesz... Mintha egy másodperccel tovább időzne rajtam a tekintete! Felém közeleg, egyenesen felém! Engem néz, nem a könyveket; engem! Mosolygok, igyekszem minél közönyösebben nézni felé. Látom, hogy szólni készül, feszült figyelemmel várom, mit is mond majd.

– Victor Hugo? – kérdezi a kezemben tartott könyvre mutatva. – Olvas még ilyet valaki manapság? – Elmém legmélyén egy emlékkép villan fel. Igyekszem nem gondolni rá.

– Rajtam kívül? Nem tudom – felelem halkan. Előrenyújtom a karomat, hogy kezet rázzak vele. Az érintésétől végigfut a hideg a hátamon. – Helen.

– Philip. – Figyelme a karomra szegeződik, az olajfestékfoltos bőrömre és ruhámra. – Mivel foglalkozol?

– Művész vagyok. Leginkább festek. Te? – Igyekszem nem sokat beszélni, minél kevésbé mutatni azt a boldogságot, amit a jelenléte jelent nekem.

– Irodalmat tanítok egy gimnáziumban.

– Victor Hugót is?

– Nagy kedvencem, de a diákok többnyire nem kedvelik. – Elmosolyodott. – Te azonban önként olvasod.

– Talán más vagyok, mint a többi. – Erre ő bólint.

– Nem volna kedved meginni velem egy kávét? – Érzem, hogy mennyire zavarban van. – Nem szoktam ilyesmit kérdezni, nem is tudom, mi ütött belém, csak valahogy, mikor megláttalak…

– Szívesen innék valamit – felelem. A szívem, úgy érzem, kiugrik a helyéről, a remény valósággal elárasztja az egész lényemet. Próbálom elkergetni az érzést, próbálok nem reménykedni, de nem én irányítok.

Egy óra múlva a lakásomon vagyunk már; a konyhában ücsörgünk, forró sajtos pizzát majszolva. A remény szavai percről perce hangosabban suttognak a fülembe dolgokat, emlékek törnek fel bennem a régmúltból, de igyekszem nem gondolni rájuk. Igyekszem kordában tartani az érzéseimet.

– Találkoztunk már? – kérdezi halkan.

– Talán láttál párszor a könyvtárban – felelem megfásult hangon. Mosolyogni próbálok, visszafojtani még a lélegzetvételemet is.

– Biztosan? Nem találkoztunk máskor? Máshol? Nem is tudom, furcsa érzésem támad, mikor rád nézek. Mintha ismernélek, holott tudom, hogy nem.

Egyre gyorsabban veszem a levegőt, érzem, hogy egyre tehetetlenebb vagyok. Képtelen vagyok végigcsinálni, képtelen vagyok hinni.

Nem én irányítok. A szívem átvette az agyam fölött az uralmat. Egyre közeledem felé, hiába tudom, hogy nem kellene. A másodpercek órákká nyúlnak számomra, a józan ész véres háborút dúl a bensőmben vad érzelmeimmel. Az érzésekkel, melyek túl erősnek bizonyulnak.

Egyetlen röpke másodperc alatt cselekszem. Megcsókolom, és ő nem ellenkezik. Átkarol, magához húz. El akarok rohanni, és soha többé nem nézni hátra, de képtelen vagyok ezt tenni. Az ész elvesztette a csatát, nem tudok gondolkozni. Lehajtom a fejem; próbálom feltűnés nélkül kitörölni a szememből a könnyeket. Fiatalnak akarom érezni magamat, egy ártatlan, tomboló szerelmesnek, de nem tudom megtenni. Emlékek rohamoznak meg, a kezem ökölbe szorul. A ruhaujjam takarásától láthatatlan gyűrű szinte égeti az ujjamat.

Tom mentegetőzni kezd, de nem megy el. Nekem pedig nincsen erőm elküldeni őt. Elvégre minden vágyam az, hogy velem maradjon. Elhúzódom tőle, de nem elég távolra.

– Tényleg nem tudom, mi történik velem – suttogja. Látom a szemében a harcot, melyet önmagával vív meg, és látom, amint az ész fénye nála is kialszik egy időre. Talán félnem kéne ettől, mégsem teszem. Féltem már eleget. A magánytól, attól, hogy ő sosem vesz majd észre.

Újból Victor Hugo a téma. Érzéseit Marius és Cosette szerelméhez hasonlítja. Hiszen az is csupán egyetlen pillantásból szövődött. Úgy hiszi, vannak, akik egyszerűen összetartoznak; akik rögtön tudják ezt. Bár így lenne! Bár létezne a valóságban a happy end! Bárcsak létezne a valódi, igaz szerelem, és nem csak tündérmese volna, de nem létezik. Ő talán még nem jött rá, de én tudom. Ezért is kell véget vetnem ennek…

Ám a szív és a remény szavai erősebbnek bizonyulnak. Körbevezetem a lakásban. A könyvespolcom lenyűgözi őt, az irodalmi ízlésvilágunk teljesen megegyezik. Aztán megmutatom neki a galériám. Portrék és tájképek százait pillantja meg elképedve. Ő a képeimet, én messzebbről őt csodálom. Óvatosan sétálok felé, lekötve figyelmét, hogy semmiképpen se vegye észre a galériából nyíló másik ajtót. Meglehet, hogy nem tudnék hazudni neki.

Hosszasan beszélgetünk. Minden percért hálás vagyok; minden vele töltött pillanat kincs számomra. Újfent mentegetőzni kezd: ő nem olyanféle ember, mint amilyennek most tűnhet. De nem kell mondania semmit, én pontosan tudom, miféle ember ő.

Egy percre megszédülök. Az ölébe hajtom a fejemet; túl nehéznek érzem a sok gondolattól. Érzem, ahogy nyugtalanul veszi a levegőt, érzem, milyen gyorsan ver a szíve. Bűnösnek érzem magamat, közben tudom, hogy ártatlan is vagyok.

Lassan megfogja a kezemet. Ujjai óvatosan vándorolnak le a karomról a csuklómig, a festékfoltos kézfejemig. Ahogy lejjebb halad, a hideg aranyötvözet nem hagyja magát észrevétlenül maradni. Phil felemeli az oldalam mellől a kezemet, hogy megnézhesse, milyen gyűrűt visel magán egy olyan művész, mint én. Ám a karikagyűrű összetéveszthetetlenül, ridegen adja tudtára kilétemet.

Azon nyomban felpattan a kanapéról, zavarodott tekintete vádlón pillant rám. Nincs erőm ellenkezni. Nincs erőm magyarázkodni. Csak kérlelem, hogy ne menjen el, könyörgök neki, de ő csak azt hajtogatja, hogy átvertem.

– Helen! Házas vagy! Uramisten, hogy nem jöttem rá? Na és hol van?! Hol van ő? Hol a férjed? Elutazott, hm?

Megrázom a fejem. Ő hozzám vágja azt, hogy nem az vagyok, akinek hitt. Összecsuklok a földön, nem bírom tovább a hazugság súlyát. Phil zavarodott, teljesen el van veszve. Hirtelen nem is a nappali felé, hanem a másik ajtó irányába mozdul.

– Ne! – visítom. – Kélek, ne menj be oda!

Szitkokat szór rám, azt kérdezgeti, hogy mi van odabent. Mit rejtegetek ott? Nem tudok válaszolni, nem tudok megszólalni. A földre borulok, nem akarom tudomásul venni azt, ami történik. Zokogok. Hallom, amint Phil lenyomja a kilincset; hallom, ahogy az ajtó megnyikordul. Kapkodom a levegőt, úgy érzem, menten megfulladok. A fejemet rázom, fel akarok ébredni. De tudom, hogy a valódi rémálom a valóság... az életem.

Phil nem érti, az előbb miért volt zavarodott. Most az! Az iménti kérdések sokasága meg sem közelíti a mostani állapotot. Kérdő tekintete olyan ártatlan, olyan félénk, már nyoma sincsen a haragnak, már nem vádol, már csak értetlen.

Felém közeleg. Minden ellenkezésem ellenére felrángat a földről és a szobába vezet. Kérdésekkel halmoz el; körbemutat. Képtelen levenni a tekintetét a falakról, a polcokról, a vásznakról. Általam festett portrék ezrei mintázzák ugyanazt az alakot, ugyanazt az arcot. Philip T. Reid-ét.

– Te vagy az – suttogom. – Fé… férjnél vagyok, igen. Te vagy az… Te vagy a férjem – zokogok. Nem tudom folytatni, nem tudom elmagyarázni. A szekrény tetejére mutatok. A harmadik polc felső sarkára. A dobozra.

Phil az összes képet végignézi. Az összes képünket. Az összes születésnapról, nyaralásról, együtt töltött időről. Az összes képet az esküvőnkről. Tudja, hogy ő van a képeken, tudja, hogy velem van rajta, de nem érti, hogyan.

– Hat éve – felelem. A lábaim reszketnek, de felállok. Megérintem a halántékát. A kezem jéghideg ugyan, de észre sem veszi. A kérdések teljesen eltompították az agyát. A haja szinte teljesen eltakarja; ha nem tudnám, mit keressek, észre sem venném a sebhelyet. – Hat éve történt az autóbaleset.

– Emlékszem rá, de rád… rád miért nem?

– Valami megsérült az agyadban. Mikor magadhoz tértél, már nem ismertél fel. A munkáddal, gyerekkoroddal kapcsolatos emlékek megmaradtak, de engem elfelejtettél. Újra és újra elfelejtettél, mindennap. Minden emlék, amit bizonyos fajta érzelmek irányítottak, elvesztek, és nem maradtak meg az újak sem, egy napnál tovább nem. Éveken… éveken át reméltem és keltem fel minden reggel úgy, hogy te meg sem ismertél. Elmeséltem újra és újra, minden egyes nap, míg végül rájöttem arra, hogy így nem élhetünk. Neked jobb nélkülem, ha nem tudod, hogy van… amire nem emlékszel.

– Mindennap ott ülsz a könyvtárban, minden délután, és én mindennap odamegyek… miért?

– Mindennap eljártunk oda; ott ismerkedtünk meg. Victor Hugót olvastam, te pedig ugyanazt kérdezted, amit ma is. Azonnal beléd szerettem. Aztán egy darabig a könyvtárnál is dolgoztam a suli mellett, és te jöttél értem mindig. Sok időt töltöttünk ott azelőtt. Talán a megszokás vezet oda téged, engem pedig te.

– Hányszor… hányszor történt már meg ez?

– Néha… néha észreveszel, és újra belém szeretsz, nem tudod, miért. Majd másnap folytatod nélkülem az életedet.

– Mindennap látsz engem, de nem jössz oda hozzám, hogy nekem ne kelljen szenvednem ettől, de te…

– Nem számít, hogy nekem hogyan jobb.

Arra kér, hogy meséljek. Az életünkről, még a baleset előtt. A kezem reszket, a szívem kettéhasad már, de mesélek neki. Az életről, mely már sosem lehet az enyém; az életről, mely nap mint nap elsétál mellettem, de nem érhetem el; az életről, melyet egy részeg sofőr okozta baleset vett el tőlem.

Phil arra kér, hogy reméljek. Mi van, ha most máshogy lesz? Mi van, ha emlékezni fog majd? Talán van még miben hinnem?

Megágyazok neki. Nézem, ahogy alszik. A remény szavai valósággal zsonganak a fejemben. Már hat éve nem hiszek a mesékben, de talán mégis létezhet? Mi van, ha gyógyul? Mi van, ha valami más lett azóta? Az elmúlt évekre gondolok. Azokra a napokra, amikor még reméltem. A fájdalomra, ahogy nap mint nap a férjem a szemembe nézett, és megkérdezte, hogy ki vagyok. Nem akarok erre gondolni, nem bírok.

Nem tudom egyedül hagyni. Látnom kell, minden percben. A szívem zakatol, túl hevesen ver. Még mindig reszketek, félelem tölt el. Nem tudok aludni. Virrasztok, egész éjjel. Virrasztok. A nap sugarai beszöknek az ablakon, várom, hogy magához térjen. Nézem, ahogy alszik. És várok…

Mozgolódni kezd, lassan kinyitja a szemét. Látom a zavarodott, kérdésekkel teli tekintetét. Felugrik az ágyból, azt kérdezgeti, hogy ki vagyok. Azt mondom neki, hogy elájult, én találtam meg, és idehoztam, hogy biztonságban legyen. Majd felajánlom, hogy elviszem kocsival a munkahelyére. Mindegy, mit mondok neki, holnap úgysem fog már emlékezni rám.

Megkeresem a kulcsokat. A szemem könnyekkel telik meg, ujjaim körmeit az asztalba vésem. Képtelen vagyok nyugodtan venni a levegőt.

Kiteszem az iskolánál, majd elbúcsúzom tőle. Ő semmit sem ért, de megköszöni a fuvart. Még egyszer ránézek, még egyszer utoljára végigfuttatom rajta tekintetem. Utoljára, majd én is dolgozni megyek. Majd haza. Útközben tekintetem a könyvtár felé réved, a kezem automatikusan el akarja fordítani a kormányt, de nem megyek be. Nem mehetek be. Soha többé nem mehetek be.

A szobába igyekszem. Előveszek egy vásznat, még egyszer, utoljára. Nem remeg a kezem, miközben az ecsetet fogom, nem futamodom meg. Nem kell, hogy lássam őt, nem kell róla kép. Minden mozdulata, tekintete bennem él. Olyannak festem meg, amilyen volt. Olyan pontosan, ahogyan egy fénykép sem adhatná vissza vonásait.

Egész nap nem eszem, nem alszom, csak festek. Csak festek, még egyszer, utoljára, mert nem emlékezhetek rá többé, nem láthatom őt, Nem beszélhetek vele, mert ő már nem az enyém. Az az élet már nem az enyém, már csak az emlékeimben és a képeimen él...

A törvény hatalma felett

Anne d'Eresby — 1913

A terembe lépek. A halk zene mámorítóan ragad magával, lassan teszek meg minden mozdulatot. A hófehér, abroncsos ruhát hirtelen ólomsúlyúnak érzem; az anyag túl nehéz, lehúz, szinte visszatart. Gombócot érzek a torkomban, arcom sápadt, szememben könnyek ülnek, holott ez életem legszebb napja. Ez életem legszebb napja…

Mégis azt kérdezgetem magamtól szüntelenül, hogy helyes-e, hogy szabad-e… biztosan jó döntés-e? Nem tudom.

Felemelem a tekintetem, egyenesen az oltár felé pillanatok, és ebben a minutumban megpillantom őt. Hirtelen minden kérdésről megfeledkezem, csakis őt figyelem. Ragyog a tekintetem, amint összefonódik az övével; szívemben szerelmem kiolthatatlan lángja még erőteljesebben lobog.

Életem eseményei úgy pörögnek le szemem előtt, mintha csak a Halál kapujában állnék. Egy lélegzetvétel, egy szívdobbanás, egy emlék.

A legtöbb ember nem tervez előre, én azonban abban a szent pillanatban tudtam már, hogy a felesége akarok lenni majd egy nap, ahogy megpillantottam őt. Emlékszem arra, ahogy zuhogott az eső aznap, mikor először találkoztam vele. Csizmám talpa minduntalan felkavarta a pocsolyák végtelenének egyikét, a felverődő víz már teljesen átáztatta a lábszáramig a ruhát. Karjaimat a mellkasomra fontam, ernyő híján attól tartottam, hogy képtelen leszek épségben hazajutni. Ideiglenes menedék reményében húzódtam be egy erkély alá. Fogaim egymásnak koccantak a dermesztő hideg ölelésében, nem maradhattam ott sokáig. Az emberek otthonaikba, esetleg valamely üzletbe húzódva várták a zuhatag végét. Az utak kiüresedtek, egyetlen embert sem láttam, kivéve őt.

Pontosan emlékszem. A járda szélén állt, láthatóan csöppet sem zavarta az idő. Sötét haját homlokához tapasztotta a vad víz; kezét szeme fölé emelte, keresett valamit. Nem gondolkoztam, mikor hirtelen újfent kiléptem az esőre, vagy mikor mellé érve megszólítottam őt. Meg is kérdezte, hogy szabad-e egy hölgynek ilyesmit tennie, ám valahogy nem érdekelt akkor az illem.

Az állomásra tartott, de egy kisebb baleset megakadályozta, hogy elérje a vonatot, így szállodát keresett, ahol eltölthette az éjszakát. Felajánlottam a segítségemet, ő pedig kibújt a kabátjából és a hátamra terítette azt. Ahogy a főút végén lekanyarodtunk a kis elágazás előtt, az egyik közeli házból halk harmonikaszó hallatszódott ki. Bólogatni kezdett az ütemre, majd játékosan felém nyújtotta a kezét. Eleinte azt akartam mondani, hogy nem szeretek táncolni, aztán azt, hogy nem tudok. De a kezem gyorsabb volt, mint ahogyan megszólalhattam volna. Felnevetett. Csurom víz voltam, ügyetlen, és talán kicsit őrült, nem tudom, mit látott bennem. Én pedig nem emlékszem sem a lépésekre, sem a zenére, sem a zuhogó esőre vagy a hidegre... Csak a nevetésére, arra a nevetésre, amelybe először lettem ott szerelmes.

Emlékszem a szállodára, a bejáratára, ahol el kellett válnunk. Emlékszem arra, ahogy megcsókolta a kezemet és megesküdött arra, hogy még találkozunk. Emlékszem arra, ahogyan beszöktem egy perce az épületbe, csupán egyetlen apró papírdarabért, hogy gyorsan ráfirkanthassam a címet, majd megeskettem őt arra, hogy írni fog.

És minden héten kaptam tőle levelet. Minden egyes sort a szívembe zártam, és minden egyes lapot legféltettebb kincsemként zártam el. Shakespeare nem tudott olyan szenvedélyes sorokat írni, mint ő! Ám miután ráeszméltem arra, hogy apám jobbnak látja visszatartani e leveleket, új címet írtam neki, és minden péntek reggel a nénikém postája közül túrtam ki az írásait.

Nagyon is jól emlékszem arra, ahogyan szüleim kétségbeesetten igyekeztek újabb és újabb társaságba lökni engem, majd újabb és újabb jóképű, tehetős úriembereket bemutatni nekem; főleg azt követően, hogy nagykorú lettem. Udvarias maradtam és távolságtartó. Ám a hetek csak teltek, hónapokká, évekké nyúltak, de a remény nem kopott ki belőlem.

Emlékszem, esténként az ablakban ülve bámultam a holdat, miközben szívemet melegség töltötte el a tudattól, hogy valahol a világ másik felén ő is ugyanazt azt teszi. Emlékszem, gyakran ábrándoztunk arról, hogy találkozunk, hogy ebédelünk, sétálunk, vagy épp csónakázunk valahol. Elképzeltük, milyen lesz, mikor először csókol majd meg; elképzeltük, hogy egy nap öszszeházasodunk, nagy házunk lesz... Tudtam, hogy álmok voltak csupán, levelek, szerelmes versek egy férfitól, akit egyetlenegyszer láttam csak. Képzelgések egy jövőről, melyről tudtuk, hogy el soha nem érhetjük. Ám ezek az álmok mégis többet értek nekem minden másnál; még ha az valóban valóságos is volt. Hittem ezekben a szavakban; a szavakban, melyek a világot jelentették számomra.

Több mint három év telt el, mire újra találkozhattunk. Emlékszem, mindössze két napig maradhatott csak a városban; és mikor indulnia kellett, csak azért könyörögtem, hogy vigyen magával. Szerettem. Talán még azelőtt, hogy tisztában lettem volna ennek a szónak valódi jelentéséről. Mégis éreztem, minden sejtemben éreztem azt a lüktetést.

Emlékszem arra, mikor betegeskedni kezdtem. Tom próbált meglátogatni, de a munka nem engedte őt. Ápolni akart, mellettem akart maradni, de nem tehette. A levelei kezdtek elmaradozni, majd megírta, hogy véget kell vetnünk ennek. Aznap nem mentem haza, hanem az első vonattal elszöktem otthonról. Személyesen kellett hallanom tőle.

Fél napig keveregtem, míg megtaláltam a gyárat. Meg kellett találnom, beszélnem kellett vele. Egy munkástól kaptam útbaigazítást; a raktár felé biccentett, majd ott is hagyott. Tom egy huszonöt kilós hordót pakolt fel épp a kocsira; inge koszos volt, arcán izzadtság gyöngyözött. Először megrémült, aztán csak értetlenkedett. Nem szabadna itt lennem – ez volt mindenre a válasza. De én nem engedtem.

Pénzt nyomott az egyik kocsis kezébe, aki a lakására vitt, hogy biztonságban várhassam meg őt. Kínszenvedéses órák voltak.

Éjszaka volt már, mikor megérkezett, gesztenyebarna tekintete fáradt volt és zavarodott. Nekem egyetlen kérdésem volt, neki ezernyi válasza. A házra mutatott, a kis lakásra, melyben alig volt bútor. Az órát magyarázta, a késő éjjeli perceket; a hosszas időt, melyet a gyárban kell töltenie, s mely idő alatt nem törődhetne velem. A családra gondolt, mely engem az én városomban tartott, ám mely rokonság rá ott, vidéken számított.

Azt mondta, a családom mellett a helyem egy gazdag férjjel, akinek nem kell napi tizenhat órát dolgoznia; aki tudna velem törődni, ápolni, eltartani… boldoggá tenni. A könnyeimet nyeltem és a fejemet ráztam. Nem döntheti el helyettem, hogy számomra mit jelent a boldogság! Én lemondanék bármi pénzről azért, hogy mellette maradhassak.

– Ha azt mondod, nem szeretsz, az első vonattal elhagyom a várost, de ha csak azért kéred, hogy elmenjek, mert szerinted nem tudnék beilleszkedni, ne is várd, hogy az ajtó felé forduljak.

– Anne…

– Nem, ez egyszerű. Csak egy egyszavas válasz. Érzel még irántam valamit? Vagy már nem? Vagy minden egyes szó, amit csak papírra vetettél, hazugság volt csupán?

Tom leült az ágy szélére, és csak hallgatott. A csend különösképpen nem volt rémisztő, nem volt rideg, sokkal inkább meghitt némaság ölelt minket a keblére, hol a kimondatlan szavak súlya az elhangzottaknál is hangosabb szólalt fel szívünkben.

– Azt hiszed, könnyű? – kérdezte halkan, némi megvetéssel a hangjában. – Nézd a ruhádat! Szerinted én megengedhetek magamnak ilyen varrónőt, ilyen finom anyagot? Nem járnál többet ilyen holmikban, Anne. Nekem nincsen pénzem cselédre. Komolyan főznél, mosnál, és takarítanád a házat? Ez a hely nem felelne meg az igényeidnek. – Megfogta a kezemet, és az övé mellé húzta. – Nézd a finom, hófehér bőrödet, és nézd az én bőrkeményedésektől vastag, száraz, sebes tenyeremet! Akik itt élnek, kétkezi munkával keresik a mindennapi betevőt, nem úgy, mint az apád. Azt hiszed, le tudnál mondani a kényelemről, de nem tudod, mire vállalkoznál. A túloldalról szemlélve nem tűnik nagy áldozatnak, de ha itt élnél, ha megtapasztalnád…

– Meg akarom! Meg akarok tapasztalni mindent. Melletted akarom megtapasztalni, Tom…

– Anne, én szeretlek. Szívemből szeretlek, én csak nem akarom, hogy ne kapj meg mindent, amit más megadhat neked.

De nekem nem kellett más, csak ő. A körülmények azonban kettőnk közé álltak. Apám gyanította az eltűnésemkor, hogy hova tarthattam, és eljött értem. Hazahurcolt, és óvintézkedéseinek hála trükkök árán sem tudtam levelet írni Thomasnak. Csak abban reménykedhettem, hogy tudja, hogy mindössze apánk zsarnoksága gátol meg ebben, és nem az érzéseim.

A családom azonban megfogadta, hogy megakadályozza közös terveinket, ugyanis nem engedhették meg maguknak azt a szégyent, hogy a lányuk egy munkáshoz kösse az életét. Egy házasságot a vagyon határoz meg; az érzések mindössze másodlagos tényezőként megbújnak valahol a háttérben. Nem értettem hát, hogy miért teremttettünk szívvel, miért kapott az emberi lény tiszta érzelmeket, és nem csupán józan észt, ha egyszer illendő, sőt kötelességünk elnyomni magunkban azt, melyet gondolunk, s azt a parancsot, melyet szenvedélyesen dobogó szívünk diktálna.

Az apám egy nap arra kért, vegyem fel az ünneplőmet, majd egy úriembernek mutatott be. Geoffrey bankár, minden tekintetben elismert személynek számít, és meg kell, hogy valljam, kellemes a társasága. Modora kifinomult, roppantmód művelt és udvarias. Nyomát sem találtam annak a fajta vidéki durvaságnak és szeszélyességnek, mely Thomas Coopert jellemezte. Jómódú volt, kényelmet biztosíthatott nekem. Ha a józan eszemre hallgatok, pontosan tudom, hogy Thomast el kell engednem, azonban a szívem mindennél erősebben húzott felé. Akkor is, ha ez az érzés érthetetlen volt, zavaros, és ellentmondott minden józan ítélőképességnek.

Apám meg volt róla győződve, hogy ő lesz a tökéletes férj számomra, és megesküdött arra, hogy ha kell, oltár elé kényszerít engem erőszak árán is, de más férfit nem választhatok. Nem maradt döntési lehetőségem, kivéve, ha megszököm… vele.

Az oltár felé lépkedem. Thomas lesüti a szemét, kerüli a tekintetemet. Tudom, hogy ő sem ezt akarja, nem ennek kellene történnie. Az apám köhint egyet, mintha azt is meg akarná tiltani, hogy vágyakozzam, hogy érezzek, de van, amit nem lehet megfékezni. A szívem azt diktálná, hogy ráncigáljam ki a sorok közül életem szerelmét, csókoljam meg, és rohanjak ki az épületből vele együtt. Azonban nem tehetem. A józan ész a kiábrándító valóság törvényekkel és illemszabályokkal átszőtt vaskalitkája mögé zár; nem fordulhatok vissza.

Annak ellenére, hogy Thomas eljött értem. Úgy terveztem, hogy hazavisz magához, és ha nehezen is, de beleszokom abba az életbe. Lemondanék bármiféle kényelemről és pihenésről, ha nem kell lemondanom a szívemről. Thomas szerelmet vallott nekem, még egyszer, utoljára. Azt akarta, hogy tudjam, szeretni fog, míg csak él, de úgy vélte, többet érdemlek annál, mint amit ő tud nyújtani nekem. Könyörögtem neki, zokogtam, csókolgattam, de nem tágított. Azt mondta, a családom rám találna, bujkálnunk kellene, és egy ilyen életet nem kíván nekem. Azt mondtam, szeretem őt, mire azt felelte, hogy fogok majd valaha mást is szeretni.

Ám tudom, hogy ez nem igaz. Kötelességem kimondani az igent, kötelességem hitvesi csókot váltani Geoffrey-val, ajkam azonban hideg, szívem üres, szememben halvány könny gyűlik fel. Mikor lehunyom a szemem, Thomas Cooper arca jelenik meg előttem. Mikor először mondom ki hangosan, hogy férjnél vagyok, lelki szemeim előtt a Mrs. Cooper nevet pillantom meg. Mert egy másik valóságban, a sajátomban, melyet valahol mélyen, magamban dédelgetek, Tom a férjem, akkor is, ha soha többé nem látom viszont. Az érzéseimet nem irányíthatom, arra senki nem képes.

Hiába uralják a világot törvények, hiába a jog, a szabály, az írás, van, ami efölött áll, amit nem irányíthat semmi sem, ez pedig a szív. Hiszek abban, hogy eljön még az az idő, mikor jelentősége lesz még ennek.

A napló titka

A kapitány üres tekintettel tért vissza dolgozószobája rejtekébe. Kezében egy bőrborítású, gyűrött kis füzetet szorongatott. Egy naplót. Egy fiatal nő naplóját. Fáradtan rogyott le a kandalló előtti kényelmetlen karosszékébe, miközben unottan, meg sem rezdülő tekintettel kezdte el lapozgatni a könyvet.

„Ma újabb ártatlan áldozatokat szedett a harc. Amerre a szem ellát, mindenütt vérben úszik a táj. Nem a békéért küzdünk; az a cél már évszázadok óta elveszettnek bizonyul. Lehetetlenség volna. Hiszen csupán egyetlen eszme ér meg ennyi fáradozást, vért és áldozatot: a szabadság. Más földrészen nőttünk fel, más szokások, más vallások hite irányít minket. Talán alacsonyabb a rangunk is, mint nekik, de az ember ember marad. A bőrszín és a vallás, az anarchikus hierarchia ellenére is mind egyaránt emberek vagyunk, és mindünket egyaránt megillet az emberi szabadság joga!"

A kapitány lángoló tekintettel csapta be a könyvet. Halkan felhorkant, miközben érthetetlenül motyogott valamit maga elé.

– Szabadság? Ugyan!

A fiatal nőre gondolt. Arra a szempárra. Arra, ami az utolsó pillanatban is visszatükröződött elszánt tekintetéből. A „miért"-et keresve kezdte el olvasni a naplótés úgy döntött, akkor is megérti, miért is kockáztatott. Újból a kezébe vette a rongyos könyvet, még ha a hányingerét is kellett leküzdenie, bárhányszor megakadt a tekintete a **szabadság** szón.

„Aggódom Andy miatt. Két napja súlyos sebet kaptam a harcok során. Richard mellettem maradt, hogy ápoljon, hogy vigyázzon rám. De Andy visszament a frontra nélkülünk. Már éjfél is elmúlt. Mégis hol marad? Felállni is nehezen bírok, mégis az ablak mellé költözöm. Tekintetem szüntelenül kémleli a sö-

tét utca véres köveit, hátha megpillantom rajtuk azt az ismerős
bakancsot és a gazdáját."

A kapitány ajkai ördögi vigyorra húzódtak. Nagyon is jól em-
lékezett a fiúra. Emlékezett a lelkében szikrázó haragra, melyet
lassacskán a félelem váltott fel. Emlékezett rá, mikor már a hang-
ja is megremegett. Mikor már az életéért könyörgött. Ugyanúgy,
mint mások. Mint a többi hozzá hasonló, akik a szentnek vélt
szabadságukért küzdöttek. De a nő... az a nő és a tekintete, va-
lahogy nem hagyta őt nyugodni.

„Napok telnek el. Talán hetek is. A félig leégett tákolmány sö-
tétjébe burkolózva aligha maradt meg az időérzékünk. Richard
erősnek mutatja magát, de tudom, hogy retteg. Andyt minden
bizonnyal elkapták vagy megölték. Az oldalam gyorsan gyógyul,
szerencsénkre nem fertőződött el a seb. Van erőm elhagyni a tá-
maszpontunkat. Tekintetem összefonódik az övével, a remény
szikrája ragyog fel a hideg éjszakában. Tudjuk, mit kell tennünk.
Lesz, ami lesz. Szembenézünk a halállal, még ha azt a kapitány
ördögi tekintetén keresztül is kell tennünk. Be fogunk jutni a
börtönbe. Mindegy, mi történik..."

Közel járt hozzá, hogy újfent az asztalra csapja a naplót.
Mégis hogy mertek reményről beszélni? Képtelen volt felfogni
egyáltalán az értelmét is a szónak. Éheztek és szenvedtek, nap
mint nap a halállal néztek szembe, mikor a harcokat segítették.
Mégis reméltek. Miért?

Tudta jól, hogy mi történt ezután. Kimentek a frontvonalra
és harcoltak. Egész a központig eljutottak. Két őrt is megöltek,
majd bejutottak a börtönbe, ahol a társaik egy részét kiszaba-
dították. De észrevétlenek nem maradhattak. Végül a két láza-
dót elfogták. Semmit nem ért a küzdelmük.

„Értelmet adtunk a mai napnak. Tudom, hogy nem volt hiá-
bavaló. Akkor sem, ha a börtön fala lesz is az utolsó, amit még
életemben látok. A bilincs súlya lehúzza gyenge karjaimat, még-
is tovább írok. Mert kimondatlan szavaimnak csakis így adha-
tok örök életet. Az elnyomó hatalom sosem fogja beismerni,
hogy gyenge. Idáig eljutottunk, és közel húsz embernek adtuk
vissza a szabadságát. Megállítottak, igen. De csak másodjára."

A szabadságot... Miért? A saját szabadságuk árán, miért? A kapitány összevont szemöldökkel gondolt vissza a sötét éjszakára. Tudta jól, hogy ő döntött a sorsuk felől, és minden pillanatra jól emlékezett. Ott volt, mikor elővezették a rabokat. Ott volt, mikor kimondták az ítéletét. Ott volt... és rezzenéstelen, üres tekintettel nézte végig. Több száz kivégzés zajlott már le a szeme előtt. Úgy hitte, tudja, mit fog látni: két megtört, könyörgő, névtelen lázadót. Két, számára semmit sem jelentő alakot, akik félnek, akik rádöbbennek arra az utolsó pillanatban, hogy semmi nem volt érdemes, nem érte meg.

De amit aznap éjjel látott, azt képtelen volt elfeledni. Felemelt fejjel, büszkén, elszántan tettek meg minden lépést. Egymás kezét szorítva térdeltek le a Halál lába elé. „Éljen a szabadság!" – Ez volt az utolsó három szó, mely elhagyta fakó ajkaikat. A kapitány mindössze ötméternyi távolságból szemlélte a két halálos lövést. Emlékezett a nő arcára. Vértől és az általuk védett föld sarától szennyes arca dicsőségesen, emelt fővel fordult felé. Őt nézte, miközben eldördült a lövés. Tekintete elszántan ragyogott. Egy szemernyi félelem nélkül lobogott benne a hit, mely idáig juttatta.

Ám az utolsó pillanatban, a legeslegutolsó pillanatában, a kapitány felfedezni vélt még valamit. Bosszú villant keresztül a tekintetén, ahogyan ránézett. Bosszú az iránt, aki elvette a földjét, a rangját, a nevét, aki megölette a szerelme öccsét, sőt, őket magukat is.

Nem tört meg. Az utolsó percben sem. Miért? A kapitány képtelen volt megérteni, hogy mi járhatott a nő fejében. Hiszen mindvégig tudta, hogy meghal. Mégis... mégis elindult. Miért? Miért érte meg neki? Hogyan hihetett egy eszmében annyira? Annyira, hogy feleslegesen feláldozta magát érte. Miért?

Nagyot sóhajtva nézett le újra a füzetre. Ujjai végigsimítottak az érdes lapon. Becsukni készült a vékony naplót, mikor hirtelen feltámadt a szél. Sietősen kezdte lapozni helyette az oldalakat, míg az utolsóhoz nem ért. Az utolsó oldalhoz, melyen írás ragyogott. Értetlenül kezdte átfutni a sorokat.

„Tudom jól, hogy elfognak, tudom jól, mi lesz az ítélet. Tudom jól, hogy a holttestemet is meggyalázva elkobozzák majd tőlem azt, amim még maradt; a naplóm és a gyűrűm. De ezáltal talán eljutnak néma szavaim ahhoz, akinek szánom őket. Hiszen magának fogják átadni a naplómat. Igen, magának, kapitány, aki most ezt olvassa, a miérten gondolkozva."

A kapitány keze megremegett a sorokat megpillantva. Hogyan...?

„Nem feleslegesen halunk meg, hanem azért a szent eszméért, amiben hiszünk. Talán nem nyerjük meg ezt a harcot, talán mind a névtelen tömegsír véráztatta gödreibe hullunk, de akkor sem volt felesleges. Mindig lesznek olyanok, mint mi. Egészen addig a percig, míg a világ rá nem döbben arra, hogy igazunk van. A szabadság megéri a küzdelmet. Nem fogjuk hagyni, hogy szótlanul tűnjünk el a semmibe.

Elhallgatják azt, amit ma elértünk. Senki nem fogja megtudni. A nevünkre se fognak emlékezni. Én mégsem bántam meg, mert én döntöttem! Én döntöttem így! Választás elé állítottak, és én választottam is! Nem fogok rabszolgaként élni. Szenvedni, küzdeni, elnyomottként meghalni! Ha meg is halok, akkor szabadként halljak meg! És ebben még a maga ítélete sem akadályozhat meg. A néma hősök eltűnnek a névtelen sírban, de a lelkük tovább él és harcol. Igen, kapitány, a lelkük. Az ember nem csak por és hamu. Nem csak test. Mert ha a test meg is hal, a remény és a lélek elpusztíthatatlan marad."

A kapitány keze elernyedt, ujjai közül tompa koppanás kíséretében zuhant ki a napló. Már tudta, mit is ér a szabadság. Már tudta, mit jelent, mert önmaga is szolga volt: a saját lelkiismeretének leláncolt foglya. Összeszoruló szíve érezte a fojtogató láncokat a testén, fejében több száz, több ezer lövés és sikoly hangja zendült fel. Ő volt az... ő hozta az ítéletet, ő ölte meg őket.

Látta őket, látta maga előtt az összes arcot, az összes nevet. Hallotta az összes könyörgést, mentegetőzést, látta a tekintetüket, látta a kihűlt testüket. Nem szabadulhatott a képektől, bármennyire is igyekezett.

Az ablak kivágódott a hirtelen feltámadó széltől, leverve az asztalról a homokórát, mely a földhöz csapódva szilánkokra tört. A lágy homok szemcséit felkapta a durva szél, és a férfi lába elé szórta őket. A kapitány térdre rogyott. Elméje legmélyén egy női szempár bosszútól ragyogó, törhetetlen tekintetét látta maga előtt. Reszkető szemekkel pillantott a homok formálta szavakra. Ez a végső bosszúja...

Lentről már csak a lövést hallották. Mire felértek, a kapitány holtan feküdt az öreg fapadló véráztatta deszkáin, pisztolyt tartó keze és a napló mellett egyetlen túlvilági üzenettel. Értetlenül szemlélték a néhány betűt, melyet a homok vésett a szívükbe: „**Éljen a szabadság**"

Karamella és szivárvány

A vonat lassan elhagyja a pályaudvart, izgatottan fészkelődöm az ülésemen. Tankönyvekkel teli táskámat a mellkasomhoz szorítom, miközben az egyre távolodó tájat kémlelem a leheletemtől párás ablaküvegen át.

Az ajtó hirtelen kivágódik – egy fiatal, tagadhatatlanul dekoratív hölgy libben be rajta, és pillant rám. Hatalmas, áthatóan kék szemeit fekete tussal emelte ki, a szemhéja türkiz árnyalatban ragyog, telt ajkain sötét rúzs fénye csillan fel. Eleinte nem szólal meg, mindössze az enyémmel szemben elhelyezkedő ülésre mutat, felhúzza szemöldökét, mintegy felvetve a néma kérdést, melyre pillanatnyi megilletődöttségem után azon nyomban bólintok is. Ő helyet foglal, lábát szorosan keresztbe rakja, a trapéznadrágja szegélyéhez erősített anyagcsíkok szanaszét lengedeznek a gyenge huzatban, melyet a résnyire nyitva felejtett kabinajtó és az egyik ablak eredményez.

A farmerra hasonlító anyag zsebébe nyúl, és néhány apró, papírcsomagolású, cukorkaforma édességet vesz elő, majd felém nyújtja a tenyerét.

– Kérsz karamellát? – kérdezi, miközben még közelebb nyújtja cukorkákkal teli kezét. Hangja édes, de egyben határozott is, szinte már éles. Meglep, sőt, némileg talán meg is ijeszt ez a mindent túlszárnyaló közvetlenség. Zavarodottan ugyan, ám mégis elfogadok egy darabka tejkaramellát.

– Sophie – mutatkozik be ezt követően, majd hevesen megrázza a kezemet. A szeme csillog, a mosolyában van valami varázs.

– Norah – mutatkozom be halkan, majd a helyzethez alkalmazkodva, illendő módon társalgást próbálok kezdeményezni. – Ön is Greenwich Village-be tart?

A hölgy felkacag, majd humorosan, mégis sziklaszilárdan kér arra, hogy többé ne magázzam őt. Noha mindössze néhány évvel tűnik idősebbnek nálam, úgy gondoltam, az illem szabályai azt diktálják, hogy udvariasan indítványozzak beszédhelyzetet, s csakis azután térjek át tegeződésre, amennyiben azt a másik fél saját maga kéri. Mikor erre hagyatkozva szabadkozni kezdek, leint és azt feleli, őt nem izgatják a szabályok.

A táskámra pillant, az egyenruhámra, majd megismétli az iménti helyszínnevet, melyet a hozzá intézett kérdésembe fűztem bele.

– Egyetemista vagy? – vonja le a következtetést. – New York Egyetem?

– Pontosan. Az egyetem nyújtotta orvosi kar tűnik számomra a leginkább vonzónak.

– A Columbiát jobbnak mondják – vonja meg a vállát.

– Azonban a családunk ezt az egyetemet támogatja, és jómagam is hiszek abban, amit az intézmény képvisel. Albert Gallatin szavaival élve: „*Kell ebben az óriási és gyorsan növekedő városban egy rendszer, ami racionális és gyakorlati oktatással látja el diákjait.*" Ez egy olyan egyetem, ahol nem származási, hanem érdemi alapon kapnak képzést a diákok.

– Milyen kis stréber vagy! – nevet fel hangosan. – Még sosem néztem így egyik épületre sem.

– Te hol tanulsz, vagy tanultál? – kérdezem óvatosan. Modora némileg sértő, van benne valami lenéző ritmus, ellenben nem rosszindulatú, egyszerűen csak ösztönös.

– Sehol – hangzik el az egyszerű válasz. – Én nem hagyom, hogy gúzsba kössenek a szabályok, a tanárok, a hierarchia törvényei. Nem horgonyzom le egy városban vagy intézmény mellett sem, nem akarom, hogy átformáljanak, hogy uniformizáljanak engem is, ahogyan azt mindenkivel tenni próbálja a rendszer!

– Hibásnak tartod a rendszert? – kérdem megilletődötten. Az igazság az, hogy nagyon is egyetértek vele, a családom azonban nem erre tanított. A hierarchia felbomlásával anarchia venné kezdetét, mindig ezt mondják. Törvények és szabályok nélkül, meghatározott korlátok nélkül értelmetlenné válna minden. És mivel sosem tapasztaltam az ellenkezőjét, nem hittem volna, hogy van okom kételkedni a szavaikban.

– Akkor… mivel foglalkozol?

– Mindennel. Egyfolytában utazom, néhány hónapot maradok csak egy helyen, kipróbálok ezt-azt. Alkalmi munkákat végzek, mindig más munkakörben. Új és új emberekkel ismerkedem, új és új helyeket, ételeket, szokásokat, nyelveket ismerek meg. Mindent meg akarok tapasztalni, mindent ki akarok próbálni. Az életet tanulom, és a szabadságomat sem kell feladnom hozzá.

Sophie szavai valósággal magukkal ragadnak engem. Teljesen közvetlenül és nyitottan, teljesen őszintén beszélek vele, úgy, ahogyan csak a legközelebbi barátaimmal szoktam, idegennel sohasem. Úgy érzem, kifordított önmagamból a jelenléte. Próbálom csillapítani az elmémet, próbálom visszazárni vasketrecükbe felszabadult, idegen érzéseimet. A szabadság ezen fogalma ábránd csupán, mely olyasfajta luxus, mit én semmiképpen sem engedhetek meg magamnak.

A vonat az utolsó megállóhoz érkezik, lassacskán felkelek az ülésről. Sophie szintén feláll. Mikor felszállt a vonatra, még nem tudta, hol fog kiszállni, de tökéletesen spontán módon most úgy dönt, Greenwich Village-ben próbál szerencsét egy-két hónap erejéig. Aztán továbbáll majd…

Azt kérdi, meghívhat-e valamire az egyik közeli bárban, én azonban megrázom a fejemet. Noha még volna rá időm, azt hazudom, hogy azonnal a campusra kell sietnem. Sophie ekkor közel hajol hozzám, olyannyira, hogy arcunkat mindössze néhány centiméter választja csak el egymástól. Én úgy érzem, évek telnek abban a néhány másodpercben, míg csókol… míg puha ajka finoman az enyémre tapad, s mire felocsúdok meglepetésemből, Sophie már el is tűnt.

Nem tudom, mire gondoljak, nem tudom, mit tegyek. Megmozdulni nem maradt erőm, elmém összezavarodott fogaskerekei kényszeredett lassúsággal forognak. Valami különös érzés dúlja fel egészében a testemet, valami, mi mélyről tör fel, felkavarja a gyomromat, leizzaszt, és olyan hevesen dobogtatja a szívemet, hogy úgy érzem, a mellkasom majd' szétreped. Ismerem ezt az érzést, valami ehhez hasonlót legalábbis: valamit, melyet fiatal tinédzserként éreztem egyszer, s mely érzést olyan tudatosan és erőszakosan próbáltam elnyomni magamban, hogy néha már valóban kétségeim voltak afelől, hogy létezik-e. Most azonban erősebben érzem, mint valaha.

Egész nap nem tudok másra gondolni, csak Sophie-ra, és az érzésre, melyet tudom, nem szabad hagynom, hogy eluralkodjon rajtam. Elhatározom magamat: el kell felejtenem, hogy megtörtént, el kell felejtenem Sophie-t. Azonban ez a cél elérhetetlenebbnek tűnik, mint azt elsőre hiszem. A kérdéses hölgy ugyanis már másnap felkeres a campus előtt. Azt mondja, hiányoztam neki. Én vonakodom tőle, nem akarok tudomást venni arról, amit érzek. Ez nem helyes, ezt nem tehetem.

Sophie megfogja a kezemet, majd egy filctoll segítségével egy házszámot firkant rá. Vagyis, ha pontos akarok lenni, annak a motelnek a címét, ahol ideiglenesen letelepedett. Írása cirádás, kissé szórakozott, művészi. A tenyerem izzad, félek, hogy elmosódnak a betűk, vagy nem félek... miért akarnám felkeresni őt?

Megcsókol. Mozdulata ezúttal nem ér oly váratlanul, mint előzőleg, azonban mégis elhúzódom tőle. Összevonja a szemöldökét, hátrébb lép.

– Ne haragudj, én azt hittem...

– Igen. – Zavarodottan motyogok. – De ezt nem szabad, nekem nem...

– Kit érdekel, hogy más mit gondol? – kérdezi nevetve. – Csak te vagy a fontos, a világ meg forduljon fel, ha baja van azzal, ahogyan érzel.

– Te olyan könnyen vagy, téged nem érdekel semmi, de nekem itt van az egyetem, a tanárok, a családom. Én nem engedhetem meg magamnak, hogy...

Sophie megfogja a karomat és arrébb húz az épülettől, oda, ahol közvetlenül nem láthatnak ránk. Őt nem érdeklik a megvető pillantások, a sugdolózások a hátunk mögött, az ítélkező szavak, rágalmak, ő hisz abban, hogy az ember szabadon dönthet, szabadon választhat, érezhet, szerethet. És semmi mást nem is hall meg, senki más nem érdekli. Ellenben én nem biztos, hogy képes vagyok erre.

Sophie azonban minden délután ott vár rám, és én nem bánom – nem akarom bánni legalábbis. Megnevettet. Olyan dolgokról álmodik, olyan nézeteket vall, melyek egy egészen új világ kapuit tárják fel előttem hirtelen; olyan érzéseket szabadít fel bennem, melyeknek létezésről eddig tudomásom aligha lehetett. Mikor a tükörbe nézek, egy egészen más Norah-t látok, mint amelyet idáig ismertem, vagy mint amit elvártak tőlem. De talán az az énem, mely előtte nyílik meg lassacskán, őszintébb önmagával is, mint egész eddigi élete során bármikor is.

Nem iszom. Sophie meglepődik, azt kérdi, miféle húszéves vagyok én, de beadja a derekát és végül egy cukrászda felé veszszük az irányt. Ő most hostessként dolgozik nem messze az egyetemtől, esténként diszkóba jár, a szabadidejében a thai konyha ízeit eleveníti fel. Számomra túl merész és túl fűszeres, túl vad, pont, mint Sophie. Ellenben ő pont ezt élvezi, hogy kitűnik a tömegből, hogy magával hoz mindenhonnan minden szokást, kifejezést, stílust. Egyszerre tartozik mindenhova, és sehová sem.

– Ha unalmasnak tartod az egyetemet, velem is tarthatsz akár – ajánlja fel egyik este Sophie. – Magammal vinnélek, belekóstolhatnál, amibe csak akarnál, világot láthatnál, nem pedig tespednél itt egyetlen intézmény falai közt ragadva.

– Az egyetem nem unalmas, és jó érzés tartozni valahova. Tudni, hogy biztos talaj van a lábam alatt. Lehetőségem nyílt egy ilyen helyen tanulni, ez visszautasíthatatlan alkalom. Itt olyan példaképek nyomdokaiba léphetek, akikre az egész világ büszke. Egy olyan egyetem hallgatója vagyok, ahol nem egy Oscar-díjas híresség is tanult, de Pulitzer-díjas, sőt Nobel-díjas tudósok is végeztek itt! Tudtad, hogy ide járt Woody Allen? Vagy épp Jonas Edward Salk, aki a járványos gyermekbénulás elleni vakcinát fejlesztette ki.

– Folyton pörögsz, stréberkém – szakít félbe Sophie, és hogy elcsitítson, újból megcsókol.

Folyton beszélek. Leginkább a tanulmányaimról, a céljaimról. Sophie pedig a világról. Most döbbenek rá hirtelen arra, hogy semmit nem is ismerek a világból, csak azt a nagyon vékonyka kis szeletet, melyben én magam élek. Sophie túlzott közvetlensége azonban gyakori tényezője a vitáinknak is, melyek esetenként veszekedésbe torkollanak. Jobbnak látom inkább, ha nem esik szó az egyetemről, az orvostudományról, a valódi terveimről.

Orvos szeretnék lenni majd egyszer. Gyógyítani, embereken segíteni. El tudnám képzelni az egész életemet egyetlen kórház rezidenseként, majd orvosaként. Igenis nem rossz dolog egy helyen megmaradni; alkalmazkodókészségre és hűségre vall a lehorgonyozás. Sophie belekap mindenbe, de semmit sem folytat. Én úgy vélem, nincs értelme kipróbálni mindent, ha egyik mellett sem állapodik meg. Valamiképpen céltalannak tűnik nekem az egész. Évekkel később én felmutathatok majd egy diplomát, egy intézményt, egy szakmát, na és ő? Mit mond? Kalandor, utazó? Ő unalmasnak tart, ellaposodottnak, én az ő tetteit részben értelmetlennek.

Állítása szerint a szüleim karót nyelt sznobok. Ez az a sértés, mely már az én tűrőképességem határát cincálja, mindannak ellenére, hogy magam is találok benne igazságot. Ám Sophie nem tágít, szerinte nem tudok semmit a világról, csupán hangoztatom azokat a nemes célokat, betanult mondatokat, melyeket a családom nevelt belém, és az egyetem.

– Nézz magadra! Uniformizáltak teljesen! Van egyáltalán saját gondolatod? Vagy minden mögött, amit mondasz, tanulmány van csak, vagy a „családom szerint"?

– Nekem legalább van családom! – csattanok fel. – Van, hova tartoznom, van helyem a világban.

– Na és boldog vagy ezzel? Mert én boldog vagyok a szabadságommal! Veled ellentétben én nem nézek mindig a hátam mögé, én nem lesem rettegve, hogy mikor ki láthat meg. Mire jó az, hogy tartozol valahova, ha nem vállalhatod fel magad?

– Az életben nem csak az *én* a fontos! Ha az emberi lény öszszességében olyan önző volna, mint te, nem létezne semmi fontos, semmi jó, semmi hasznos. A közösség, a nemzet… minden épület, technikai újítás, melynek hatását te magad is élvezed, nem létezne, ha az ember csak önmagára gondolt volna. Talán te szabad vagy, de én felelősségteljes állampolgár vagyok, és engem igenis szabályok és illemek kötnek le. Tudod mit? Én boldog vagyok ezzel, mert valami hasznosat tehetek ezáltal a világnak!

Kiviharzom a motelszobából, és visszasétálok az egyetemre. Forró könnyeim patakokban csorognak le az arcomról, olyan érzés, mintha belülről összetört volna bennem valami. Hogyan lehetséges, hogy beleszerettem egy ilyen lányba? Hogyan lehetséges, hogy egyáltalán egy lányba lettem szerelmes? Nem férünk össze egymással, nincs bennünk semmi közös. Ő túlzottan spontán, én túlzottan konzervatív, mégis, ennek ellenére – vagy talán pontosan ezért – kedvelem, és nem akarom elengedni.

De ez nem az én döntésem. Énem egy része legszívesebben visszafordulna hozzá, felszállna vele az első vonatra, és lesz, ami lesz. Énem másik része azonban, melyre leginkább hallgatni szoktam, azt súgja nekem, hogy felesleges elgondolni is, hiszen ez egy olyan kapcsolat, melyet sosem vállalhatnék fel. A szüleim nem fogadnák el, az ismerősem kizárnának köreikből, ha kitudódna; tudom, hogy az egyetemen is lenne, aki rossz szemmel nézne rám. Én nem engedhetnem meg magamnak, hogy kitárulkozzam a világ előtt. Az őszinteség szabadsága tőlem elérhetetlen messzeségben ragyog valahol a távolban, de ha szívem nyughatatlan szenvedés kíséretében is dobog, a józan észre kell hallgatnom, és tennem azt, ami helyes. Mert ez fontosabb annál, mint amit tenni szeretnék.

Sophie már csupán egyetlen hétig marad a városban. Nem akarok vele találkozni; valósággal rettegek attól, hogy felszínre törnek belőlem az érzések, és bevallanám neki, hogy szeretem. Nem akarom hallani tőle, ahogyan kinevet, ahogyan beismeri, hogy számára én is csupán egy kaland voltam ebben a városban, amit elhagy, és néhány nap múlva már mással lesz talán. Talán fél év múlva a nevemre sem fog már emlékezni, míg nekem örökre be nem hegedő hasadás marad a szívemen.

Mégis úgy érzem, el kell tőle búcsúznom. Ezt diktálja a szívem is, valamint az illendőség szabályai is. Így megírok egy levelet, melyet a motel recepciósánál hagyok, aki odaadja majd Sophie-nak. Én magam képtelen lennék találkozni vele. Az én vonatom két óra múlva indul a pályaudvarról, az övé három nap múlva. Mire visszatérek a szünetről, ő már máshol lesz, valahol a nagyvilágban, és soha többé nem találok rá, ezt is tudom.

Mikor a vonat elhagyja Greenwich Village-t, olyan érzésem támad, mintha magamból is ott felejtettem volna egy darabot, és már nem leszek ugyanolyan, ezt is tudom.

Hazaérvén a szüleim semmit nem vesznek észre mindebből. Csakis az egyetem érdekli őket, én nem. A nagymamám azonban egészen más; van valami különös a tekintetében, mikor óvatosan felém pillant. A kora ellenére valamiképpen ő mindig is nyitottabb volt az új irányába, mint a szüleim. Vacsora után feláll az asztaltól és megkérdezi, hogy lenne-e kedvem sétálni vele egyet odakint.

– Ismerem ezt a tekintetet, sajnos – suttogja halkan, miközben lassan végigsétálunk az udvaron. – Egy összetört szívet sugall.

– Honnan tudja? – kérdezem még halkabban.

– Mert valaha én is így éreztem.

Meglepetten pillantok rá. Még sosem mesélt nekem szerelemről, sosem mesélt érzelmekről.

– Nem olyan gyermek voltam, mint te, Norah. Lázadni vágytam, szeretni, szabadnak lenni, de nem volt rá lehetőségem.

– Nem nagyapába volt szerelmes? – kérdezem csodálkozva.

– Nem. Szeretem nagyapádat és szeretem ezt az életemet, de nagyon sokáig vágytam egy másik életre is. Az apám azt mondta, nem egyszer szerelmes az ember, engedjem el őt, de tévedett. Egész életem során egyetlenegyszer voltam csak szerelmes, és az nem a nagyapád volt, hanem az a férfi.

– Tudja, hogy mi lett vele? – kérdezem kíváncsian.

– Megnősült évekkel később. Én Geoffrey mellett nem lehettem önmagam teljesen, nekem szabályokat kellett követnem mindig is, de Thomas nem akarta, hogy az ő gyerekei is ebben éljenek. A fia és a lánya is szerelemből házasodhatott. Úgy vélte, a mi szenvedésünk talán békébe torkollhat, ha továbbadnunk valamit abból a szeretetből, melyet egymás iránt éreztünk. Ha szerelmet hirdetünk, talán a mi szerelmünk is tovább él abban a szabadságban, melyben ti élhettek majd!

– Találkoztak még?

– Igen, találkoztunk még – feleli halkan. Ajkán különös mosoly fut végig, valami ahhoz hasonló, mely az enyémen is felragyog, mikor Sophie-ra gondolok.

– Ma már házasodhat az ember a szívre hallgatva is, de van, amit most sem könnyű felvállalni – motyogom halkan.

– Szereted őt? – kérdezi élesen.

– Igen, azt hiszem, igen. De ha vele akarok lenni, az ellenkezik minden szabállyal, illemmel, a családom nézeteivel.

– Néha önzőnek is kell lenned, Norah, és hagyni, hogy ez irányítson – mutat a szívemre. – Tom meg én hittük azt, hogy eljön az a világ, ahol engedhetünk az érzéseknek és van választásunk. Tedd meg azt, amit én nem tehettem még meg, én pedig megpróbálom elmagyarázni édesanyádnak – teszi hozzá, miközben kacsint hozzá. – Na, menj, és ne add fel az álmaidat! Az élet arra való, hogy éld, és szeretet nélkül mit sem ér az egész.

Megölelem őt, majd bármiféle búcsúszó nélkül az állomásra rohanok. Visszamegyek hozzá és elmondom neki azt, amit eddig nem mertem. Hogy szeretem. Meglehet, hogy nem fogja viszonozni, sőt, meglehet, hogy csupán pár hónapig tart, talán nem ő a nagy Ő, de meg kell próbálnom. Lesz, ami lesz, de belevágok, mert mikor annyi idős leszek majd, mint a nagymamám, nem akarok elszalasztott lehetőségeken morfondírozni. Azt akarom, hogy úgy gondoljak majd vissza magamra, hogy megtettem mindent, és ha nem is sikerült valami, legalább megpróbáltam, de nem hagytam, hogy kicsússzon a kezem közül.

Annie

A lehető legóvatosabban állok fel. Nesztelenül osonok az ajtóhoz, még a lélegzetemet is visszafojtom, miközben az ajtót nyitom. Ajkaimról néma ima száll fel; adja az ég, hogy ne nyikorduljon meg az öreg fa! Átpréselem magamat a résnyire nyitott kijáraton, majd a falhoz lapulva fújom ki magam. Végre elaludt.

Mielőtt becsuknám magam mögött az ajtót, még egyszer visszapillantok rá. Békésen szuszog az aprócska ágyában; egyenletes lélegzetvétele eloszlatja bennem a rémálom kétségét.

Mr. Young a szomszéd szoba küszöbén ácsorog. Még mindig zárkózott. Mellkasa előtt keresztbe font karja és merev tartása legalábbis ezt mutatja. Másfél hét eltelt már, de még mindig nem bízik bennem. Még csak a szemembe sem néz soha. Inkább a padlót bámulja, de tekintetét nem emeli rám. Talán csak idő kell neki, reménykedem.

– Minden rendben volt – suttogom megadóan, látva, hogy ő maga nem fog megszólalni. Tudom, hogy felesleges személyeskednem, kérdeznem őt, vigasztalnom. Így inkább meghátrálok és a munkámra összpontosítok. – Vele minden rendben. – Az órámra pillantok. Eddig nem is éreztem az álmosság bizsergető hatalmát elfáradt elmém és szemem felett, de amint rádöbbenek arra, hogy hajnali egy van, érzem, amint ásítanom kell.

Ő csak bólint, majd visszavonul a szobája mélyére. Én nagyot sóhajtva indulok el a számomra kijelölt hely felé. Kilenc napja vagyok már itt, de még mindig képes magával ragadni a ház varázsa. A csigalépcső, a falon lógó festmények, a szőnyeg, a mennyezetet díszítő aranyozott csillár... Mintha egy kastélyban szállásoltak volna el. Csupán a vendégszoba, melyet ideiglenesen a magaménak mondhatok, majdhogynem akkora, mint az a lakás, amit eddig béreltem.

Pénzszűkében akadtam rá az állásra, de nem bántam meg. Segíteni szeretnék. Igaz, hogy diplomával nem épp a gyerekvigyázás volna a feladatom, de úgy érzem, valahogy itt a helyem. Nem hiába szúrtam ki azt az újságcikket!

Az egy másik tény persze, hogy a szüleim azt hiszik, gyakorlaton vagyok még. Egyszerűen képtelen voltam megmondani nekik, hogy elbizonytalanodtam, hogy meglehet, noha érdekel a pszichológia, mégsem teljesen abban az irányban akarok elhelyezkedni. Szívesen tanítanék, vagy lennék óvónő. Anya megértené, na de apa... Egy cégvezető lányának rendes, tiszteletreméltó szakmát kötelessége űznie...

Én azonban jól érzem magamat a bőrömben, jól érzem magamat itt, és el tudnám képzelni magamat babysitterként is. Csak lenne bátorságom elmondani ezt a szüleimnek! Kathie több mint egy páciens egy pszichológusnak: a kötelék köztünk szorosabb, és nem mondhatnám, hogy kevésbé van rám szüksége...

Azonban abban a pillanatban, mihelyt elterülök az ágyon, elfeledem a munkával kapcsolatos gondolatmenetemet. A párnára hajtva a fejemet azon nyomban átölel az álom. Finom karjai egészen a reggeli ébresztőóra hangjáig nem is engednek el. És akkor is csak alig.

Reggel van, még hat óra sincsen, szívesen aludnék még tovább. De erőt veszek magamon, és lesietek az étkezőbe. Mr. Youngot már friss reggelivel kell várnom. Plusz pénzért persze akár a takarítást is vállalom, nem csak a főzést. Nem mintha otthonról ne kapnék bármennyi pénzt, ha kérnék, de szeretnék megállni a saját lábamon végre.

Valamiért pedig úgy érzem, pontosan itt van most a helyem, tudom, hogy minden úgy alakul, ahogyan kell. Nyilván mikor elkezdtem az egyetemet, nem gondoltam, hogy öt év múlva a Young-rezidencián kötök ki, és tejbegrízt készítek majd, most azonban mégsem bánom egy percre sem.

Előveszem a szekrényből a tányérokat. Mr. Young részére meg is terítek, odateszem a helyére a szalonnás rántottát. Kathie számára epret kezdek el darabolni, hogy egy mosolygós arcot rakjak ki a darabkákból a tejbegríz tetején.

A konyha küszöbe előtti padló halkan nyikordul fel, gyengéd mosollyal igyekszem fogadni a közeledő férfit. Ő azonban újfent hozzám sem szól, csupán biccent, majd komótosan enni kezd. Szénfekete öltözete és tekintete némán hirdeti a gyászt. Én beletörődötten indulok Kathie szobája felé. Már ébren van ugyan, de csak ül, kezeit maga előtt tartva, lassú, ringató mozdulatokat téve, mintha csak egy láthatatlan babát próbálna csitítani.

– Pszt... – szól csendesen – Annie alszik.

– Fektesd le akkor. – Úgy teszek, mintha magam is látnám képzeletbeli barátját, majd kézen fogom és kivezetem reggelizni.

Mr. Young szó nélkül távozik, magára hagyva a hatalmas teremben engem és mosolygós kislányát. Kathie játszani szeretne. Én vele megyek a kertbe, vigyázok rá; igyekszem megtenni mindent azért, hogy a gyermeki mosoly kedves kis arcán maradjon. Az apja egész napra bezárkózik a szobájába, vacsoraidő után tántorog csak ki onnan. Bármennyire is szeretném, mégis türtőztetem magam és nem mondok semmit; felesleges volna. Inkább a gyerekszobába térek vissza.

– Ne! – figyelmeztet Kathie, mikor le akarok ülni az ágy végébe. – Az ott Annie helye.

Bocsánatot kérek, majd halványan mosolyogva elfoglalom az ágy helyett a széket.

– Szeret téged – suttogja a kicsi. – Ha mesélsz, mindig hamar elalszik. Hamarabb, mint én. – Rámosolyog, majd felém fordul. – Ő a testvérkém.

– És most mit csinál? – kérdezem kedvesen. Ötéves; ilyen korban az embernek sok esetben van képzeletbeli barátja. Az édesanyja halála után pedig nem csoda, hogy a számára még teljesen fel sem fogható gyászt és hiányt egy nem létező személy alakjával igyekszik kitölteni. Azzal pedig, hogy néhol még a testvéreként is emlegeti őt, egyértelműen az eltávozott családtag helyébe kívánja állítani az Annie névre hallgató személyt. Főleg, hogy a fájdalomba belebetegedett apja nem törődik vele eleget. Ezért is volt szükség rám.

– Téged néz – feleli halkan, miközben betakargatja Annie-t. Ő maga is bevackolja magát az ágyba, majd nagy, csillogó sze-

meivel az én tekintetemet fürkészi. Én visszamosolygok rá, és a
kezembe veszem a kedvenc könyvét. Az édesanyja is ebből me-
sélt neki mindig; ilyenkor alszik el a legnyugodtabban.

Amint belekezdek, szinte azonnal lehunyja a szemét. Lé-
legzetvétele egyenletes és nyugodt; mélyen alszik már. Ásítok
egyet. Noha kedvelem őt és az ittlétet, nem vagyok hozzászok-
va ahhoz, hogy valakire reggeltől estig vigyázzak. Ez némileg
jobban lefáraszt a kelleténél. Az én szemeim is majdhogynem
lecsukódnak, mire a mese végére érek. Úgy érzem, erőm sincs
felállni a székből, és visszatérni a saját szobámba. Úgy érzem...

Hajnalban pontosan ott térek magamhoz, ahol elnyomott a
mámorító álom: A gyerekszoba közepén. Az ablakon túl szür-
keséget pillantanak meg fáradt szemeim. Még a nap sem kelt
fel, miért vagyok ébren? Tompa gyereksírás hangja visszhang-
zik az elmém rejtett zugaiban. Ijedten pillantok föl a kiságyra,
ellenben nagy meglepetésemre Kathie nem ad ki hangot. Az is
igaz azonban, hogy nem alszik. Annie-t ringatja.

– Fél – mondja halkan, miközben felém néz. – Fél.

Egyértelmű. A gyász hatása szülte benne a kislány képzele-
tét. A saját aggodalmát és félelmeit egy elképzelt alakba vezeti
át, ezzel könnyítve a lelkén. A körülményekhez képest érthető
védekezése az agynak. És mégis miért végeztem pszichológiát,
ha egyszer gyerekcsősz lett belőlem?

Talán átgondolni sem érdemes. Többre megyek azzal, ha fő-
zök magamnak egy jó erős kávét. Betakargatom Kathie-t, majd
halkan elhagyom a szobát. A konyha felé igyekszem. A folyosón
keresztülhaladva azonban fény szűrődik ki Mr. Young szobája
felől. Óvatosan bekopogok, meg akarom kérdezni, hogy nincs-e
szüksége valamire.

Ő a fotelben ül. Merev arcát könnyek áztatják; egyik kezé-
ben egy pohár italt tart, a másikban a felesége fényképét. Alli-
son nevét nyögve kezd el újból zokogni. Egy pillanatig képtelen
vagyok munkaadómként tekinteni rá. Az embert látom benne.

– Ez nem segít – suttogom, miközben finoman kiveszem ke-
zéből a whiskyt. Ő rám néz. Most először. Először azóta, hogy
ebbe a házba betettem a lábamat; a szemembe néz. Könnyes kö-

kényszemiből fáradtság és fájdalom árja árad. – Biztosan jó férj volt. Most is az. De apa is, Nem engedheti meg magának, hogy így összeomoljon.

Lassan feláll. A fényképet bámulja, majd újra felém néz. Megrázza a fejét, miközben nehezen, de mégiscsak szóra nyitja a száját. Mély hangja többször is elcsuklik beszéd közben.

– Aznap nem csak a nejemet vesztettem el, nem csak férjként gyászolok, de apaként is. Senki, senki nem tudta – motyogja alig hallhatóan. Szinte abban sem vagyok biztos, hogy hozzám beszél, nem pedig csak a melankólia hangja tör fel belőle. – Allison terhes volt, mikor a halálos baleset érte. Senki nem tudta, és most is csak magának mondom el...

– Gyereket várt – suttogom dermedten. Ő lassan bólint.

– Annie lett volna a neve...

Áldozat

Felicity Dry – 1984. május

Lassú, darabos mozdulatokkal bújok ki hófehér köpenyemből, és igazítom meg magamon a fekete gyászruhát. Szinte nesztelenül hagyom el a szobát. Képtelen vagyok… nem tudok megszólalni. És nem tudok elsétálni a 12-es mellett csak úgy. Hiába akarok továbbmenni, a lábam nem enged. A kezem önkéntelenül lendül a kilincs felé, a szívem belesajdul az éles, nyikorgó hangjába. Mégis vissza kell mennem.

Semmi mást nem teszek, mint bámulom némán a fehér ágyat, és egyetlen személyre gondolok csupán. A fiatal lányra, aki néhány napja még ott feküdt.

Autóbalesete volt. Teljesen összetörve hozta be a mentő, alig félórával később újra kellett éleszteni. Összefoltoztuk, ahol csak lehetett, megtettük, amit csak tudtunk, de az orvostudomány még manapság sem képes a lehetetlenre.

Egészséges, tizenkilenc éves, viruló gyermek volt. Néhány órával azelőtt előtte állt még az egész élet. Az élet, mely megannyi boldogságot tartogathatott volna neki. Az élet, mely hoszszú lehetett volna, teljes és kínok nélküli. Az élet, melyet egyetlen röpke perc alatt veszített el. Az élet, melyet egy részeg sofőr okozta karambol vett el tőle.

Nekem kellett közölnöm a hírt a családdal. A lányt a gépek tartották életben, tudtuk jól, hogy sosem fog már magához térni. A legtöbb orvos életében nem egyszer eljön az a pillanat, mikor erősnek kell mutatnia magát, és bátorítania kellene a hozzátartozókat, de szörnyen nehéz. A szülők szemébe néztem, láttam, amint összeomlanak; láttam a félelmet és a fájdalmat a tekintetükben. A kislányra néztem, Amy alig kilenc éves kishúgára, és arra gondoltam, hogy nem tettünk meg mindent. Képtelenség, hogy nem létezik megoldás! Hogy ott fekszik eszméletlenül, hogy még él, és azt mondjuk, nincsen már remény. Az ember túl esendő, túl gyenge, túl keveset tehet.

De így volt. Mi már nem tehettünk semmit. Bemehettem hozzá, ellenőrizhettem a nem javuló értékeit, nézhettem az öszszeroncsolódott testét, és legfeljebb imádkozhattam a csodáért. Leülhettem mellé az ágy szélére, és kérdezgethettem magamtól azt, hogy miért. A férfi, aki a balesetet okozta, majdhogynem egy karcolás nélkül megúszta. És hét év múlva, miután kiengedik a börtönből, élheti tovább az életét, mintha meg sem történt volna. De a fiatal lány, aki sosem tett semmi rosszat, akinek a legnagyobb gondja az egyetem volt és a családja; aki sugárzott a boldogságtól és a szeretettől... sosem kel már fel innen.

A szülők teljesen sokkos állapotban voltak. Hoztam le nekik a büféből ételt, és kerítettem nekik takarót. Egy pillanatra megcsillanó, könnyes tekintetük és hálás biccentésük újfent nedvességet szült a szemembe. A kislányra pillantottam. Ott állt az üveg előtt, a testvérét bámulva. Elnéztem a fakó arcát, melegséggel teli, angyali tekintetét, és azon töprengtem, hogy vajon mennyit érthet ebből az egészből.

Megkértem őket, hogy menjenek haza. Úgysem tehetnek semmit. Hívtam nekik egy taxit, amit félórányi könyörgés és jeges szívű érvelés után lassacskán elfogadtak. Ellenben a kislány maradni akart. Azt mondta, semmi mást nem kér, csak aznap éjszakára hadd maradjon a testvére mellett. A szemembe nézett, szavai komolyabban csengtek, mint egy felnőtté. Képtelen voltam azt mondani neki, hogy nem lehet.

A kislány egész éjszaka ott ült a széken, ráborulva a nővérére, és szorítva a kezét. Néztem őket egy darabig, majd lassan, fájó szívvel távolodtam el az üvegtől.

Másnap reggel Amy kórterme volt az első, amit meglátogattam. A kislány még mindig aludt, a nővére értékei pedig este óta folyamatosan íveltek felfele. Remény töltött el. A kicsihez hajoltam, hogy felébresszem, hogy tudassam vele, hogy meglehet, mégiscsak van esély. Azonban nem kelt fel. A teste merev volt és jéghideg. Rémülten hátráltam vissza az érintésétől. Abban a pillanatban Amy hirtelen felnyitotta a szemét és értetlenül te-

kintett körbe. Összerogytam a padlón, könnyes tekintetem el-
mosódottan szemlélte a két alakot. Mi már nem tehettünk sem-
mit, de ő a testvérének adta a maga életét, hogy megmenthesse.

Én nem emlékszem...

Csörög az ébresztő. Unottan nyomom le az órát és kelek ki az ágyból. Egy újabb hétfő reggel veszi kezdetét. Kitámolygok a konyhába és kávét főzök magamnak, miközben azon tűnődöm, hogy lesz-e valamiféle jelentősebb történés a mai nap folyamán. Végül arra a következtetésre jutok, hogy egy átlagos, unott és monoton egyetemi nappal nézek szembe.

Néha magamat sem egészen értem. Mármint... szeretem a sulit. Szeretek tanulni, szeretem a szaktársaimat, de még a kötelezőket is, és mégis, van valami üresség bennem, ami mindenhova elkísér, amit képtelen vagyok magam mögött hagyni.

Néha meg egyszerűen csak magával ragad egy pillantás, egy utcai jelenet, egy érintés, egy különös álom. Egyszerűen csak ledermedek egy percre, a testemet bizsergés járja át, és valami különös, megmagyarázhatatlan érzés. Mintha az, amit látok, emlékeztetne egy rövid időre valamire, vagy valakire. Ilyenkor úgy érzem, mintha keresnék valamit. Mintha egész életem során várnék valamire, fogalmam sincs, mire...

Néha, mikor egy különös álomból magamhoz térek, úgy érzem, igaz volt az, amit zavaros elmém tárt elém alvás közben. Mintha átéltem volna már azokat az eseményeket, jártam volna azokon a helyeken, ismerném azokat az embereket. Aztán elhalványulnak bennem ezek a képek, idővel elfelejtem őket, de az érzést, azt különös bizsergést, ami reggelente átöle, sosem tudom kiverni a fejemből. Ilyenkor úgy érzem, hogy teljes vagyok, hogy megtaláltam azt, amit keresek, de amint a napi rutinom és az életem kiszorítja belőlem az emlékezést, újból érezni kezdem azt az űrt.

Igyekszem nem törődni vele, ám néha valóban reménykedem abban, hogy rálelek majd a kirakós hiányzó darabkájára, hogy egyszer megtalálom a békémet.

Azonban az agyalással sajnos nem keresek pénzt, muszáj bemennem az egyetemre. Másodévesként a kedvenc témám egyelőre az impresszionista festőművészek életútjának tanulmányozása. Voltaképp egész jól megvagyok egymagamban a könyveimmel és az olvasgatásukkal. Vannak persze barátaim, de egyesek inkább magamnak valónak tituláltak, ami meg nem izgat túlzottan. Néhányuk szörnyen idegesítő tud lenni, nincs szükségem a társaságukra!

De aztán néha, mikor kibújok egy tankönyv mögül és körbenézek és látom, milyen jól szórakoznak, hiányzik ez az érzés. A középiskolában még jó voltam, de mióta ideköltöztem, nem igazán érzem jól magamat. Valami annyira hiányzik… Talán ez a fajta emberi kapcsolat az. Az a bizalom és őszinteség, amit a szemükben látok. Főleg a kvartett szokott nagyon idegesíteni. A Stella Mayer, Lynette Morris, Helen Jostern és Christina Delany négyese, akikről tudom, hogy minden létező másodpercben együtt lógnak, és részesei egymás életének. Akikről tudom, hogy milyen szinten megértik egymást, és milyen boldogok.

Csak azt nem értem, hogy ők hogyan lehetnek legjobb barátnők, elvégre annyira különbözőek. Helen egészen átlagos könyvmoly, Stella szörnyen csendes és nagyon félénk, Lynette, azt hiszem, végig fogja flörtölni az egész öt évet, Christina meg rettentően sznob és beképzelt, bár ez inkább a családja hibája, mintsem az övé: az apja valami politikus, az anyja meg egy pocsék, de gazdag színésznő. Mindennek ellenére elválaszthatatlan csapatot alkotnak.

Nem is tudom… Talán az emberi kapcsolatok bonyolultabbak annál is, mint ahogyan azt az ember hinné. Talán az, hogy kik értenek egyet egymással, illetve hogy honnan származnak, milyen az ízlésük, nem befolyásolja annyira azt, hogy kihez kötődünk, mint valami természetfeletti szál, mely odavezet minket valakihez. Kicsit olyan ez, mint a szerelem. Hiába van meg az elképzelés az igaziról, az ideálról, egyszerűen jön valaki és elcsavarja a fejünket, mindannak ellenére is, hogy nem értjük, mi fogott meg benne. Egyszerűen kötődünk egyes emberekhez, akkor is, ha ennek nincsen konkrét magyarázata.

Ám ezt az érzést ilyen vadul és ilyen erősen sosem éltem még át, mint a mai nap során. Az egyik tanárunk szülési szabadságára ment, így egy másik nő veszi most át a helyét. Még sosem láttam eddig, bár elméletileg itt tanít egy ideje. Mindenestre kíváncsian várom, hogy milyen...

Kicsit késik, bár ez sokakat nem érdekel. A kvartett végig dumál mögöttem, nem is tudom, miről lehet egész nap ennyit beszélni, de igyekszem türelemmel maradni az irányukba.

Vissza akarok bújni a tankönyvem mögé, ám ebben a pillanatban kinyílik az ajtó, és betoppan rajta egy csinos, középkor felé haladó nő. Fáradtnak tűnik, de mosolyog; tekintetében valami különös fény ragyog fel. Nem is tudom, de egy pillanatra hevesen kezd el verni a szívem, meg is szédülök. Mintha ismerném őt, holott most látom őt először.

– Szép napot kívánok! A nevem Mauren Hatcher, és a mai naptól fogva én leszek az új *Antik művészetek*-oktatójuk. Reményeim szerint nem lesznek gondjaink egymással, igyekszem kíméletesen leadni az anyagot. – A termet körbepásztázó tekintete hirtelen megakad az én arcomon. Mozdulatai megdermednek, a lélegzete is eláll egy percre. Mindenki felém fordul, felvont szemöldökkel méregetnek. A pad alá akarok süllyedni, érzem, amint az arcom vörös árnyalatot vesz. Miért nem lehetek láthatatlan?

Ms. Hatcher igyekszik folytatni a bemutatkozóját, de néha-néha összefolynak a szavai, belekeveredik a mondandójába. Tekintete minduntalan kerülni próbálja az enyémet – ha össze is találkoznak, akkor azon nyomban elfelejti azt, hogy hol tartott a magyarázásban. Én a jegyzeteim fölé hajolok, az orrom szinte a papírt súrolja, de nem akarok felnézni rá. Mi baja van? Mit néz rajtam így? Van valami az arcomon esetleg? Nem vagyok ufó, nem kell bámulni!

Miután vége az órának, igyekszem olyan láthatatlanul kislisszolni a teremből, ahogyan csak lehet. Ő azonban így is észrevesz. Odaint magához, azt kérdezi, hogy beszélhetünk-e. Patthelyzetet ad! Egy tanáromat nyilván nem koptatom le!

– Jenny? – kérdezi bizonytalanul. – Te vagy az? – Ajkán különös mosoly játszik, tekintetében hirtelen valaki mást vélek felfedezni. Valakit, akit nem ismerek, akit nem is láttam még talán, és mégis, hirtelen külön érzés ragad magával.

– Ne, a nevem Cathleen Simm, nem Jenny – értetlenkedem. – Sajnálom, de összetéveszt valakivel.

– Nem emlékszel rám? – kérdezi, miközben egy kövér könycsepp gördül ki a szeméből.

– Nem, mi nem találkoztunk még – felelem halkan. Noha különös és érthetetlen érzések kavarognak bennem, tudom, hogy most találkozunk először.

– Nem most, hanem régebbről – kezd bele nálam is halkabban. Összehúzott szemöldököm láttán azonban végleg elcsendesedik.

– Mire akar kilyukadni? – teszem fel a kérdést, amire nemigen akar válaszolni.

– Ebben az életben ugyan nem volt még szerencsénk találkozni egymással, de egy korábbiban nagyon is volt közünk egymáshoz. Ami azt illeti, az édesanyád voltam valamikor a múltban. Több életünkben is, és azt hiszem... kerestelek már.

– Nem! – szakítom félbe hirtelen. – Ne haragudjon, de ezzel a zagyvasággal nem tud megetetni. Nem hiszek az ilyesmikben, és nem is fogok – szögezem le, miközben abban reménykedem, hogy nem fog a félévi jegyembe kerülni egy ilyesfajta sértés.

– Kérlek, csak szeretném, ha végighallgatnál.

– De nincsen mit. – Megrémítenek a szavai. Össze vagyok zavarodva!

– A szkepticizmusod teljesen normális, de...

– Sajnálom, sietnem kell a következő órámra.

Nem várom meg, hogy köszönjön, vagy hogy ellenkezzen. Sarkon fordulok és rohanni kezdek. Nem tudom, mit érzek, nem tudom, mit gondolok. Az egyetlen, amit tisztán érzek a kavalkádból, az, hogy túl zavaros ez az egész.

Egész nap nem tudok mit kezdeni magammal. Képtelen vagyok koncentrálni, jegyzetelni, gondolkozni. Csak Ms. Hatcher szavai kattognak a fejemben, és minduntalan azon tűnődöm, hogy álmodom-e vagy megőrült, mert igaz nem lehet az, amiről beszél.

Egyszerűen képtelenség, hogy igaz legyen. Teljes marhaság az egész úgy, ahogy van! Reinkarnáció? Komolyan? Nem vagyok túl zárkózott a spirituális témákban, de ez nekem is sok. Egyszerűen sok...

Csak azt nem tudom, hogy hogyan fogom túlélni vele ezt a félévet így. Minden héten találkozni fogunk, és nyaggatni fog ezzel, én pedig nem akarom megbántan, csak azt akarom, hogy olvadjak bele a padba és maradjak láthatatlan!

És nem változik semmi sem. Hetek telnek el, de hiába is bújok el a hátsó padban, hiába is kerülöm őt, valahogy így is megtalál. Beszélni akar velem, meg akarja magyarázni, én pedig lerázom őt, amilyen gyorsan csak tudom. Üzeneteket hagy a padomban, egy esélyt kér tőlem. Írt egy levelet is, de nem olvastam el.

Bárcsak sose bukkant volna fel! Mióta olyan furcsán néz rám, mióta csak betette a lábát az életembe, a szaktársaim még inkább kinéznek maguk közül, én pedig még inkább elbújok és azért imádkozom, hogy legyen minél hamarabb vége ennek az évnek.

Egyre kínosabbak az órák, a napok, a hetek kínzó lassúsággal telnek. Mígnem az egyik nap hirtelen megállít az ajtóban.

– Kérem, sietek! – szakítom félbe még azelőtt, hogy belekezdhetne.

– Csak két percet kérek, és ha a válaszod nem, ígérem, hogy soha többé nem kell beszélned velem.

– Rendben.

– Ne haragudj, ha kényelmetlen helyzetbe hoztalak, de tudnod kell, hogy nekem az, amire emlékszem, és az, amire emlékeztetsz, milyen sokat jelent. Ezért akartam felnyitni a szemedet, de látom, nem sok sikerrel.

– Értse meg, fogalmam nincs arról, hogy miről beszél.

– Kaptam egy állásajánlatot egy másik intézményből, egy másik városba.

– Elmegy? – kérdezem némi döbbenettel a hangomban.

– Túl sokat jelent nekem az, ami nem lehet az enyém. És túl fájó az, hogy nap mint nap látlak, de te nem emlékszel a múltra, így azt hiszem, mindkettőnknek kényelmesebb, ha elhagyom az egyetemet.

– Biztos benne?

– Nem emlékszel rám? Semmit sem érzel, semmi sem változott? – kérdezi csendesen, mire én megrázom a fejemet. – Ez esetben igen, még most pénteken Halifaxba utazom, így lesz jobb. Sikeres és teljes életet kívánok neked, Cathleen Simm.

Most először ő fordul sarkon és hagy ott engem, és én nem tudok mit kezdeni a feltörő, zavaros érzéseimmel. Nem emlékszem rá, kicsit sem, de valahogy mikor azt mondta, hogy elmegy, hogy soha többé nem látom őt, a szívemben tátongó űr még nagyobbra és még mélyebbre fúrta magát… szinte lüktet a fájdalom.

Próbálok nem törődni ezzel az érzéssel, ezekkel a gondolatokkal. Elmúlik majd. Mégis nehezen hagy nyugodni. Egész nap csak ő jár a fejemben, hiába is akarom elfelejteni. Azt hittem, megkönnyebbülök majd a hír hallatán… miért nincs így? Miért nem örülök, hogy vége lesz ennek?

Valahogy csak az jár a fejemben, hogy elveszítem őt. Megint. Nem tudom, igaz-e, amit mond; nem tudom, hogy bolond-e, vagy valami jósnő… fogalmam sincs. De azt tudom, hogy most rettentően nyomorultul érzem magamat.

Holnap megkeresem. Beszélnem kell vele, akkor is, ha téved, akkor is, ha nem emlékszem rá. Valami hiányzik belőle, és ő talán segíthet megtalálni azt. Azonban a csomagolás miatt az utolsó napra már nem jön be dolgozni. Az egyik kollegája szerint este indul, az állomáson még utolérhetem. És egyedül ebben reménykedem…

Halifax. Felhívom a tudakozót; csak egy járat indul este Halifaxba. Egy órával korábban odasietek már, nehogy elszalasszam őt, azonban sehol nem látom. Tíz perc múlva indul a vonat, de őt nem látom. Talán mégis a délelőttivel ment el? Vagy az útvonalat módosította?

Lehajtom a fejemet, kezemet az arcomra szorítom és olyat teszek, amiről nem gondoltam volna, hogy előtör belőlem: zokogni kezdek. Nem tudom, miért, de úgy hiányzik, mintha az életem értelme hagyott volna el hirtelen.

– Cathleen?

Egy különös hangot hallok magam mögött. Egy gyönyörű nő hangját, aki a poggyászaival a kezében ácsorog mögöttem. A szeme könnyes és kialvatlan, s rajta teljes megdöbbenés ragyog.

– Mit keresel itt? – kérdezi csodálkozva.

– Ne utazzon, kérem!

– Tessék?

Felpattanok a padról és hozzászaladok. Nem tudom, mit kellene tennem; térden állva könyörögnöm, vagy beletörődve elbúcsúznom, de a testem hamarabb cselekedik, mint az elmém fogaskerekei. Hirtelen hozzábújok és átölelem őt. Magamhoz szorítom a törékeny testét, és nem engedem. Valami különös érzés kerít hatalmába, ahogyan ujjaim a kabátja köré fonódnak, ahogyan megérintettem őt: mintha villám csapott volna belém. Könnyeim végigfolynak az arcomon, a szívem egyre hevesebben ver.

– Emlékszel rám, Jenny? – kérdezi reménnyel telve.

– Én... – Azt akarom felelni, hogy nem. Hogy nem tudom, ki ő, de hazudnék, ha kimondanám ezeket a szavakat. Ugyanis emlékszem rá. Nem most, nem ebben a korban és valóságban, régebbről. Látom őt magam előtt. Más színű a haja is, az arcvonásai, alacsonyabb is valamivel, és karcsúbb, de mikor a szemébe nézek, egyszerűen tudom. Tudom, hogy ő az... Anya az. Nem a szülőanyám, nem az a nő, aki huszonegy évvel ezelőtt életet adott nekem, hanem valaki, aki évtizedekkel korábban egy copfos, szeplős, Jennynek keresztelt kislányt nevelt fel. – Én... emlékszem.

Mindenre emlékszem. Az ölelésére, a meséire, a hangjára, a szeretetére. A szemébe nézek és tudom, ő áll velem szemben. Őt kerestem, mióta csak megszülettem. Emlékszem arra, amikor még Jennynek szólított; emlékszem arra az életre; emlékszem a szeretetre, a ragaszkodásra, a törődésre, az egymásnak tett ígéreteinkre. Beteg volt. Tudtam, hogy hamarosan el fogom veszíteni. Megígérte nekem, hogy nem választhat el minket egymástól a sors, hogy mindegy, mi történik, összetartozunk és megtaláljuk egymást, mindegy, mit hoz a jövő, hogy kik leszünk, hogy milyen messzire sodor minket egymástól az ég, fel fogjuk ismeri egymást.

Ki tudja, hány életet éltünk már meg együtt? Ki tudja, hány évtized, évszázad óta kötöttük össze már magunkat? Én csak azt tudom, hogy egészen eddig a percig az én életem nem lehetett teljes. Ő az, akire vártam, mert addig a mi életünk nem lesz sosem teljesen nyugodt, míg rá nem lelünk egymásra. A szívem érzésekkel telik meg, a tátongó űr a lelkemen valahogyan öszszefoltozódik, mintha megtaláltam volna a hiányzó részemet, mely nélkül én csupán félember lehetek…

Mindig velem maradsz...

Hillary Miller – 1998. május

Üres tekintettel fordulok a fal felé. Visszafojtom a lélegzetemet is; hallgatom a szomszéd szobából átszűrődő zajokat. Hallom Bill hangját. Hallom, amint halkan énekel, hallom, amint egy újabb esti mesébe kezd bele. Hallom, ahogy a lányunkhoz beszél.

– Drága Nancy, drága, kicsi lányom! Tudom, hogy hallasz engem. Itt vagyok, ne félj, itt vagyok, sosem hagylak el.

Én is megfogadtam ezt, még évekkel ezelőtt, abban a pillanatban, mikor megtudtam, hogy a világra fog majd jönni egyszer. Megfogadtam, hogy mindig itt leszek neki, hogy sosem hagyom el, most mégis erre készülök, most mégis megteszem...

Bill nevét kiáltom, azt mondom, késő van. Nem felel. Hallom, amint nevet. Nem akarom kiszakítani ebből; ő boldog így, de nekem nem megy. Én nem tudom ezt csinálni. A szívem szinte megszakad, mégis áthívom őt a gyerekszobából. Végül kelletlenül megjelenik az ajtóban; fürkésző, majdhogynem vallató tekintettel.

– Ma is én takargattam be Nancyt és mondtam neki esti mesét. Te hol voltál? – von kérdőre.

– Én már korábban elbúcsúztam tőle. – A hangom megremeg, próbálok erős maradni. Közelebb húzódom hozzá és megölelem. – Mit mondott ma?

– Azt, hogy szeret.

– Én is szeretlek, ugye tudod, Bill? Ugye tudod?

Nem felel. Különös a tekintete. Gyanakvó. Érzi, hogy valami baj van. Szóra akarom nyitni a számat, el akarok mondani neki mindent, de nem tehetem. A fal felé fordulok, és próbálom feltűnés nélkül kitörölni a szememből a könnyeket. A szívem, úgy érzem, darabokra hasad. Úgy érzem, összeomlok, nem bírom. Mégsem mondhatom el. Fenn kell tartanom a látszatot, ha mást nem, legalább a látszatot. Előtte...

Egész éjszaka forgolódom csupán. Két hónapja nem aludtam egy szemhunyásnyit sem, de megtanultam színlelni, így mikor reggel felkel, azt hiszi, hogy én még alszom. Nancy szobájába megy. Hallom. Pontosan ismerem az ajtó nyikorgását, pontosan ismerem Bill csoszogásának a hangját. Arcomat a párnához szorítom, igyekszem visszafojtani a szemembe szökő könnyeket.

Percek telnek el, számomra azonban óráknak tűnik az idő. A telefonom képernyője segítségével meggyőződöm arról, hogy már nem vörösek a szemeim, így bátorkodom kiosonni a konyhába. A gyerekszoba mellett elhaladva a lábam ólomsúlyúvá válik. Egy percre megállok. Fülemet az ajtóhoz tapasztom, minden egyes hangot hallok. A kezem megremeg, mikor előrenyújtom; nem merem lenyomni a kilincset. Nincs jogom belépni oda. Nincs elég erő bennem...

Két pohár kávét is megiszom, és próbálom pár kiló smink segítségével eltüntetni a karikákat a szemem alól. Szinte lehetetlen, mégis... egy jól alakított műmosoly segítségével Bill elhiszi, hogy jól vagyok. Gondosan kiszámolom, hogy mikor érhet haza a munkából, majd megbeszélem a titkos találkozót.

Fájdalmas az a két óra, amit vele töltök; a lopott, önző két óra, melyről Billnek fogalma sincsen, de Roy mellett legalább önmagam lehetek. Mellette nem kell maszkok mögé bújnom. Ő az egyetlen, aki megérthet. Vigasztal, tanácsokkal lát el. Nem kell visszafojtanom a könnyeimet, elmondok neki mindent, ami csak fáj. Azt mondja, várjak még, de nem tudom, meddig bírom. Meddig bírom Billel ezt az egészet...

A helyzet? A helyzet nem javul. Nem tehetek semmit, és a helyzet, úgy hiszem, csak romlik. Nem, nem beszélgetek Billel. Elhidegültünk egymástól, magányosnak érzem magamat. És félek, nagyon félek! Egyesegyedül Roy mellett találok vigaszt.

Egyre nehezebben megy ez az egész. Egyre nehezebben veszem rá magam a hazugságra, de tudom, hogy meg kell tennem. Billért...

Hazaérek. Nancy szobájából fény szűrődik ki; tudom, hogy Bill ott van vele. Nem megyek be hozzá. Képtelen vagyok rá.

Vacsorát készítek, mosolygok, és közben Roy szavaira gondolok. *Tartsd fenn a látszatot.* Mást nem tehetek, de tudom, hogy ez így nem élet. Ennek egyszer véget kell vetni… egyszer előtör majd az igazság, egyszer képtelen leszek majd hazudni Billnek, és akkor mindketten összetörünk.

Úgy érzem, összedől körülöttem a világ. A látszat és a tettetés béklyója fojtogat, fuldoklom. Levegőért kapkodom, de Bill nem hallja néma sikolyomat. Neki nem szólhatok már. Remegő kezem a telefon után kap, dr. Allan számát már szinte ösztönösen ütöm be.

– Roy… segítségre van szükségem – suttogom, meg se várva azt, hogy beleszóljon a készülékbe. – Most értem el arra a pontra.

Azt mondja, találkozzunk a kórházban. Üzenetet hagyok Billnek és autóba szállok. Egy perccel sem bírom tovább. Szédülök, kapkodom a levegőt, alig tudok az ajtóig eltámolyogni. A véghez közeledem, érzem. A tünetek… pont, ahogy Roy megmondta. Igen, nekem ő Roy. Az orvosom, és az egyetlen ember, akiben megbízom, és aki segíteni képes.

Lassan letelik az a bizonyos három hónap, amiről beszélt, de nincs változás. Billnek annyit mondtam csak, hogy vendéget várunk. Az *orvos* szót még nem akarom kimondani. Még várok vele. Egészen addig, míg Roy meg nem jelenik a papírokkal és a táskájával. Látom Bill arcán a rémület jeleit. Mi történik? – hallom néma kérdését felém.

– Hillary hónapok óta tartja velem a kapcsolatot – vág bele azonnal a bemutatkozás után. – Volt egy bizonyos megállapodásunk, miszerint, ha semmi sem változik, vagy ne adj' isten rosszabbodik, három hónap letelte után ide kell jönnöm.

Bill komolyan megrémül. Rám néz, a szemében könny csillog. Azt kérdezi, hogy mi van velem. Azt hiszi, beteg vagyok. Azt hiszi, haldoklom, és én nem tudom elmagyarázni neki. Roy nem miattam van itt, hanem miatta. Miatta és Nancy miatt. Nem érti, üvöltözik, bepánikol. Azt mondja, legalább a lányunkat hagyjam ki ebből.

De nem tehetem, mert ő a mi lányunk. Mi etettük, öltöztettük, neveltük őt. Együtt. Együtt sétáltunk vele, ringattuk őt, meséltünk neki, együtt nevettünk vele, együtt tanítottuk járni, együtt neveltük, szerettük, együtt veszítettük el… És együtt nem bírtuk el ezt a terhet.

Roy tovább magyaráz, de én nem bírom. A gyerekszoba felé indulok. Most először, a kínzóan hosszú hónapok után, mégis csak lenyomom a kilincset. Nézem a hideg, üres szobát. Nézem a kiságyat, a falat, a rajzait a kis, kör alapú asztalon. Mindent így hagytunk, de ő már nincs itt. Lefekszem a földre, nézem a plafonra festett csillagokat. Bill ugyanezt teszi mindennap, minden este. Ő még látja Nancyt, ő még nem fogta fel, ő még nem tudta, neki nem ment.

Drága Nancy! Azt ígértem, mindig itt leszek neked, de te elhagytál. Úgy éreztem, te hagytál el engem, de ez nem igaz. Te most is itt vagy velem, örökre, örökre a szívemben leszel. Beszélek hozzá, akárcsak Bill. Nézem a csillagokat a mennyezeten, és hozzá beszélek. A szívemet emlékek töltik meg, érzem, amint a forró könnyem végigszántja az arcomat. Egy hangot hallok. Egy vékony, ötéves kislány hangját. Oldalra fordulok és nézem őt. Már én is látom…

Az igazság hatalma

Julie Daniels – 2017. április

Ujjaim nesztelenül dobolnak a keményfából faragott íróasztal lapján, tekintetem a távolba réved. Nem nézek rá, nem szólalok meg. Azt hiszem, ha akarnék sem tudnék egyetlen árva szót sem kipréselni fakó ajkaim közül.

Hallom, amint a nevemet suttogja; hallom, amint kétségbeesetten könyörög; minduntalan arra kér, hogy nézzek rá, hogy mondjak valamit. Bármit, csak szólaljak végre meg. Sír. Hallom az elfojtott zokogását, de nem tudok ránézni, még csak felé pillantani sem vagyok képes. Közelebb kúszik hozzám, karcsú, jéghideg kezét az enyémre fekteti, jómagam mégis elhúzódom tőle.

– Kérlek… kérlek, mondj valamit! Dühöngj vagy sírj vagy kérdezz, vagy… vagy bármit, csak szólalj meg kérlek, Julie!

– Felelj, ha az anyád kér rá! – suttogja egy másik hang. – Kicsikém, valamit…

– Nem, nem az anyám, te pedig nem vagy az apám, és hagyjatok magamra!

Mrs. Daniels az arca elé kapja a kezét, most már képtelen elfojtani a szívét szaggató fájdalmat, mely hangos zokogás kíséretében tör fel belőle. A férje átkarolja, próbálja nyugtatni, természetesen sikertelenül. Egyesegyedül én lennék képes csitítani a kínt, ám jelenleg eszem ágában sincsen visszavonni súlyos szavaim egyikét sem.

A férfi támogatásával nagy nehezen elhagyja a szobát Mrs. Daniels is; végre egyedül maradok. Nincs más a szobában, csakis én és összekuszálódott gondolataim, melyeknek frissen kirajzolódott, gubancos szálait igyekszem valamiképpen kibogozni. Sokként ért a mai beszélgetés, úgy érzem, nincs is tovább maradásom. Tekintetem a szobám falára vándorol, a közös képekre, az együtt vásárolt holmik felesleges tömkelegére. Egyikre sem bírok ránézni. Hirtelen minden idegenné vált a szememben, hirtelen émelygés fog el... nekem ez már nem az otthonom.

Tudom, amit tudnom kell, más most nem számít. Egész eddigi életemet hazugságban éltem le, azt sem tudtam, hogy ki vagyok. Megfosztottak az igazság ismeretétől, hagyták, hogy hamis képzetek közt nőjek fel, elhitették velem, hogy az vagyok, aki valójában nem is. Magukhoz akartak láncolni, minden jog, figyelmeztetés vagy magyarázat nélkül.

Persze ők úgy hiszik, jogot formálhattak rám; úgy érzik, helyesen cselekedtek mindvégig, megadtak nekem mindent, amit csak lehetett. De mindaz, amit adtak, csupán színjáték, hazugság. Semmi nem volt valós, semmi, amiben eddig hittem, amiben hinni akartam, amit éreztem.

Pedig észre kellett volna vennem. Nem is hasonlítok rájuk, szinte semmi közös vonásunk nincsen. Látnom kellett volna az egyértelmű jeleket. Legalább a fényképalbumokat, melyekben sosem találtam magamról csecsemőkori emléket... Tudnom kellett volna, de édesebbnek tűnt a látszat, akkor is, ha mélyen legbelül mindig is tudtam, hogy nem tartozom ide. Ők is tudták. Hiszen nem hiába nem merték elmondani nekem mindeddig. Tudták, hogy elveszítenek. Nem is értem, mit akarnak most tőlem.

A gyomrom görcsbe rándul, hirtelen úgy érzem, azt sem tudom, hogy ki vagyok, viszont tudom azt, hogy mit kell tennem most. Összepakolok. Fogom a dossziét, amit Mrs. Daniels nyomott még a kezembe, és a táskámba gyűröm. Jéghidegnek érzem a szövet érintését, a tarkómon égnek mered minden egyes apró szőrszálam. Úgy érzem magam, mint akit bolti lopáson kaptak rajta. Hiába az én táskám, hiába koptatom már három éve és ismerem minden négyzetmilliméterét, tudom, melyik zseben melyik cipzár hol akar néha megakadni, tudom, hogy hol szakítottam ki tavaly, és hogy először el sem akartam mondani... Sőt, még a nevem is bele van varrva, ide, az oldalsó zsebbe. Nem. Nekem nem is ez a nevem, én nem vagyok Daniels. Olyan ez az egész, mintha magammal akarnék rabolni egy darabkát a múltból, holott ez már nem tartozik hozzám.

Tekintetem hirtelen megakad a szoba falára felfüggesztett tükrön. Nem tudom, kit látok magam előtt. Nem változott a szemem, hajam színe, ugyanolyan az arcom, mégsem látom benne magamat. A bőröm viszketni kezd, akár a hüllőnek, mikor kénytelen már levedleni magáról a régi bőrét. Ki kell lépnem ebből, és magam mögött hagyni mindezt. Meg kell őt keresnem.

Felkapom a táskámat és a kulcscsomómat. Még sosem éreztem ilyen nehéznek őket, mégis kilépek az ajtón. Még egyszer visszapillantok, szerintem nem vették észre. Még nem. Énem egy halvány része reménykedett abban, hogy Mrs. Daniels utánam rohan, másfelől azonban pont hogy ebben bíztam: nem gátolnak meg, hogy magamra hagynak. Talán örökre békén hagynak.

Felszállok az első vonatra, ami Londonba tart. Még sosem utaztam ilyen messzire egyedül. Félelem helyett azonban kíváncsiság tölt el, a vérem adrenalint pumpál az ereimbe, szabadnak érzem magam. Nem nehezednek már rám a Daniels házaspár hazugságai, szabályai, tiltásai, már magam mögött hagyhatom őket. Most másra sem tudok gondolni, csak szabadulni akarok minden képzelgéstől és kiszínezett mesétől. Tudni akarom a valóságot, tudni akarom, ki vagyok, és azt, hogy ki az anyám.

Nehezen boldogulok a térképpel, többször is eltévedek. Az elmém képtelen lecsillapodni, megállás nélkül kattog, lehetőségek, végkimenetelek sokaságát sorakoztatja fel előttem az agyam mélyén zakatoló fogaskerekek ezre. Azt a képet nézegetem egész úton, melyet a dossziéhoz csatoltak. Hát ő az… és hasonlítok rá! Már lehunyt szememen keresztül is őt látom csupán. Az emlékezetembe véstem minden vonását, minden egyes hajszálát, a halvány mosolyát, a gesztenyeszín szemét. Vajon most hogyan nézhet ki? Mennyit változtatott rajta az a tizennégy év? Meglehet, hogy nem is fog rajta az idő, szakasztott ugyanilyen, de az is lehet, hogy az évek apró ráncokat hintettek már az arcára azóta. Azt tudom csak, hogy azon nyomban felismerem majd, amint megpillantom őt. Ő az anyám, az igazi, az egyetlen anyám. Tudom jól, hogy amint találkozunk, érezni fogom majd azt a köteléket köztünk, melyet sem a tér, sem pedig az idő nem szaggathatott szét.

Nem tudom pontosan, hogy mit akarok tőle, de meg akarom ismerni, tudni akarom, hogy milyen. Nyilván nem akart elhagyni engem, de valamiért muszáj volt. A képre gondolok, arra az arcra. Nem lehet rossz ember, nem olyan, aki csak úgy eldobná magától a gyerekét. Tudom, hogy örülni fog annak, hogy újra lát. Talán keresett is engem az évek során; talán Danielsék akadályozták meg abban, hogy újra vele lehessek. Elképzelem, ahogyan átölel a forró karjaival és azt mondja, hogy maradjak vele. Teát főz majd, elmeséli, hogy mi történt annak idején. Elmondja majd nekem, hogy ő hogyan akart volna elnevezni engem. Felveszem majd a vezetéknevét, lemosom magamról a Daniels nevet. Jó emberek, nem arról van szó, és köszönöm, hogy vigyáztak rám, míg elég érett nem lettem ahhoz, hogy megkeressem anyát, de megfosztottak az igazságtól. Ha kezdettől fogva elárulják, talán már réges-régen együtt élhetnék újból a vér szerinti családommal. Ők akadályoztak meg abban, hogy megtudjam, ki vagyok pontosan…

A házhoz érek. Hűha! Ellenőrzöm inkább a címet, de nem tévedek, ez az. Az udvar hatalmas, a ház kétemeletes, jómódban él. Egy pillanatra elképzelem, hogy én is itt élek, vele.

Az ajtóhoz lépek. A kezem remeg, alig merek kopogtatni. Milliószor gondoltam el, hogy mit akarok mondani, most mégis úgy érzem, megszólalni sem bírok. Lépteket hallok a bejárat mögül, hirtelen kinyílik az ajtó. Ott áll előttem, ő az! A szívem olyan erővel dobog, hogy úgy érzem, ki fog ugrani a helyéről. Gombócot érzek a torkomban, alig tudok megszólalni is. A szemébe nézek, arról álmodozom, hogy amint jobban megnéz, hirtelen felismer. De semmi ilyesmi nem történik.

– Köszönöm, de nem veszünk sem újságot, sem cserkészsütit – kezd bele hadarva.

– Nem, én… – Mély levegőt veszek. – A nevem Julie, és… – Mit mondjak neki? – Én… most tudtam meg…

– Mégis micsodát? – Az órájára pillant, türelmetlen.

Átnyújtom neki a dossziét, miközben halkan azt motyogom, hogy elvileg ő a szülőanyám. Rápillant a dossziéra, de nem veszi el. Némán megrázza a fejét, a tekintete elsötétül. Közelebb lép hozzám, becsukja az ajtót.

– Mit akarsz tőlem? – kérdezi kimérten.

– Csak megismerni, megtudni, hogy ki vagy, és rájönni arra, hogy én ki vagyok.

– Nekem már más életem van, családom. Ha kérdéseid vannak, fordulj a gyámhivatalhoz, annál többet, amit nekik mondtam akkor, neked sem fogok mondani.

– Nem is érdekli, hogy ki vagyok? Hogy milyen ember, hogy…

– Nem. Fiatal voltam és felelőtlen. Ha akartam volna tőled bármit is, akkor megkereslek. Mint látod, nem tettem. Menj haza szépen, ezt én már lezártam. Nem bolygatom a múltat, te se tedd!

– De te vagy a vér szerinti anyám…

– És az hol számít? – Bentről egy férfi hangja hallatszódik, a nő ideges lesz, sőt, szinte retteg. A tekintete mindent elárul nekem. Volt egy ballépése annak idején: én, és ez belerondítana az idilli képbe, amiben él. Ezt jelentem neki, egy hibát, egy elfeledettnek vélt titkot, valamit, amit az ember csak úgy eldobhat magától, mintha nem is számítana.

– Mennem kell – motyogja egyszerűen, majd sarkon fordul és becsapja előttem az ajtót. Kizár az életéből, a múltból, magamra hagy a lelkemet emésztő kínnal.

Valami megfoghatatlan üresség nehezedik a szívem tájékára. Tegnap még nem gyötört semmiféle vágy, kíváncsiság, nem tudtam semmit, és boldog voltam így. Most azonban semmim sincsen. Nincs hova hazamennem, nincsen otthonom, nincsenek szüleim, azt sem tudom, hogy ki vagyok.

Elindulok valamerre. Nem az állomásra, úgy érzem, nem bírok visszamenni, a szemükbe sem mernék nézni. Az egész világom összeomlott. Nem kellek neki. Mi a baj velem? Mit tettem rosszul? Minden dédelgetett álmom szilánkokra tört, a tátongó lyuk a szívemben egyre csak mélyül.

Nem akarom felfogni, nem tudom elhinni. Talán a vonaton ülök még, alszom, és most mindjárt felébredek a rémálomból. Ám ez nem történik meg. Nem térek magamhoz. Ez a valóságom, csakis ez maradt nekem. Nem érzem a keserűséget, furcsamód nem úgy fáj, mint gondolnám. Egyáltalán nem fáj, nem éget, de az üresség ennél is gyötrelmesebb. A szenvedés egyszer elmúlik majd, de a semmi, a semmi nem változik. A semmi, amely a bensőmet szorongatja, felemészt mindent. Minden gondolatot, emléket, eltompítja az elmémet, megbénít. A semmi az őrületbe kerget, vagy még azt sem teszi – egyszerűen csak reményt sem hagy.

Az utcán kódorgom, fogalmam sincs, hol lehetek. Fogalmam sincs, ki vagyok. A lábaim egy idő után felmondják a szolgálatot, összerogyok valahol. Összébb húzom magamon a pulcsimat, miközben lassan lehunyom a szemem. Nem gondolkozom, nem érzek, nem félek, talán csak el akarok hirtelen tűnni, hamuvá olvadni és hagyni, hogy a szél magával sodorjon, messze innen. Messze mindentől…

Csikorgó kocsikerekek hangja üti meg a fülemet. Egy pillanatra összerázkódom. Valaki üvöltözik… egy fiatal nő hangja az. Kétségbeesett, aggódik. Ilyet csak az érez, aki szeret valakit, aki képes még érezni. Szerencsés nő…

– Julie! Julie, kicsim! – Várjunk egy pillanatot! Ez én vagyok, azt hiszem, és a hang… Mrs. Daniels?

Felemelem a tekintetemet. Két loholó alakot pillantok meg, egy férfit és egy nőt. Mrs. Daniels a gyorsabb, ő ér oda hozzám elsőként. Nem lassít, mikor mellém ér, levetődik a földre. Hallom a puffanást – biztos, hogy felsértették a kövek a térdét, de nem érdekli. Arcát könnyek áztatják, a keze remeg.

– Julie, kicsim, nem esett bajod?

– Hogy találtatok meg? – kérdezem halkan, zavarodottan.

– Tudtuk, hogy idejössz, nem is kerestünk máshol. Drágám, ne haragudj ránk, de nem tudtuk, hogyan vagy mikor lehetne alkalmas…

– Ti nem haragszotok? – vágok azonnal a szavába.

– Julie… – szólal meg Mr. Daniels. – Nem tudunk rád haragudni. Érthető, hogy tudni akarsz mindent, de…

– Nem kell. Talán nem minden az, amit tudok, de minden, ami számít. Tudom, hogy a lányotok vagyok. Nekem elég ennyi.

Mrs. Daniels magához szorít. Forró a karja, biztonságot nyújtó. Mintha a belőle áradó szeretet újból kitöltené a lelkemben a réseket. A tekintete elűzi az ürességet a szívemből. Talán valóban nem számít a vér. Talán az embernek tényleg csak egyetlen édesanyja lehet. Mert gyermeket bárki szülhet, de felnevelni azt, törődni vele, szeretni, arra már nem mindenki képes. Talán Rita Louis adott nekem életet, de az élet önmagában még lehet üres is. Mrs. Daniels, az anyám tanított meg szeretni és kötődni és tudom, hogy erről azután sosem feledkezem már el. Mert csak ez számít.

Mintha most is őt látnám...

Fázom. A durva pokróc képtelen felmelegíteni farönkké dermedt tagjaimat. Tekintetem a távolba réved, képtelen vagyok bármit is észrevenni a hidegen és a sötéten kívül. Lorára gondolok. Még mindig őt várom. Ben, úgy hiszem, harmadszorra suttogja már a nevemet, ezúttal óvatosan meg is érinti a vállamat; azonban képtelen vagyok felé fordítani a fejemet. A hangját sem hallom. Látom, ahogyan ajakai szóra nyílnak, tisztán, érthetően olvasom le szájáról a nevemet, mégsem fogom fel. Nem tudok másra gondolni, csak Lorára.

A tábor szűkös, zsúfoltságig tömve éhséggel, sebekkel és sírással. Nem látok mást, mint vérző férfiakat, nyomorgó asszonyokat, kétségbeesett gyermekeket. Pont, mint akkor. Az az állott, dohos levegő, a kemény föld, a sötét félhomály, szenvedés, a remény egyre halkuló hangja... semmi sem változott. Csak a szívemet hagyta már el a hit utolsó szava is. Lorára várok.

Ben egy féltenyérnyi kenyérszeletet csúsztat a markomba, hálásan pillantok felé. De hiába kérdez, még mindig nem tudok felelni neki. Enni sem bírok. Lora kéken ragyogó tekintete, dallamos, halk hangja és az a felhőtlen, reményt árasztó mosolya tart csak ébren. Az ő gondolata éltet csupán. Tudom, hogy mindjárt kinyílik az ajtó, és ő ott áll majd mögötte. Belép, hozzám rohan és átölel. És soha, soha többé nem engedem el. Azt mondta, visszajön. Azt mondta, mindig visszatalál hozzám, és tudom, hogy így van. Most is őt várom.

Ben minduntalan igyekszik visszarángatni engem a valóság kínzó béklyói közé, de nem haragszom rá. Már arra sem vagyok képes. A szeme csillog, valamit mondani akar. A tömegbe mutat, valahova a síró özvegyek és sebesültek felé. Vagyis... inkább melléjük. Egy kislányra.

Lora! Felpattanok a koszos földről, érzelmektől lángoló szívem majd' szétrepeszti a mellkasomat, oly vadul zakatol. Ám abban a pillanatban meg is állok. Lora idősebb, ez a lány alig négyéves. A haja sem szőke, az alkata is csak hasonló. A szeme téveszt csak meg. A tekintete, az a csillogás, akárcsak Loráé. A fájdalom egy pillanatra megdermeszt, a múlt hangjai közt rekedek.

– Emma! Emma! – Ben a vállamat rázza, azt mondja, holtsápadt az arcom. A kezem is remeg.

– Ki a lány? – kérdezem bátortalanul.

– Egy árva – motyogja hirtelen egy kellemetlen ismerős. Hangja nyers és rideg; hátrafordulnom sem kell ahhoz, hogy tudjam, ki az. A nevére ugyan nem emlékszem, de elfeledni sem tudnám az elméleteit és az érzéketlenségét. – Reggel került ide.

– Hasonlít rá, ugye? – veszi át a szót újból Ben.

– Mi a neve? – kérdezem a másik férfi felé fordulva, szándékosan figyelmen kívül hagyva barátom szavait.

– Tudom is én! – vonja meg a vállát. – És téged sem kéne érdekelnie. Nézz csak rá, egy hetet, ha kihúz. A gyengék elhullnak útközben...

– Egymás nélkül mind gyengék vagyunk! – horkan fel Ben. – Kérlek, ne éltesd a Pusztítót, a Háború gyűlöletet és halált hoz csupán.

– A jenkik nem sokáig bírják már. Apadnak az élelmiszerforrásaik is, fogy a lendületük és az embereik is. Nem kell sok ahhoz már, hogy megnyerjük a döntő csatákat, és véget ér a Háború. Győzni fogunk. Higgyétek el, néhány hónap, és az otthonainkban ücsörgünk majd, teletöltött serleg mellett ünnepelve a...

– Ünnepelni? – Hangom élesebben cseng, mint valaha. – Mégis mit? A nyomorúságot? A halált? Tudod, hány társunk veszett oda? Hány nő maradt férj, mennyi gyerek pedig apa nélkül? Tudod te, hány ezret mészároltak le? Hányan sebesültek meg, vesztették el az otthonukat, hányan tűntek el? – Ben megpróbál arrébb húzni engem, de a földre rogyok. Zokogok.

– Emma, kérlek, kérlek!

– Mit lát ő, amit mi nem? – Szívemben keserűség és harag gyülemlik fel. A háború iránti gyűlöletem még a fájdalomnál is émelyítőbb.

– Az öccse fél éve esett el, ezért élteti a háborút. Hogy ha győzünk, a testvére ne csak egy rothadó holttest legyen egy tömegsír alján, akiről azt sem tudják, hogy élt, hanem egy bátor férfi, aki a hazájáért adta a vérét. Háborús hősként akarja tisztelni, nem pedig egy áldozatként, aki értelmetlenül hagyott itt minket. Ha megnyerjük, akkor ő sem hiába halt meg…

– Pedig mind hiába halnak meg! Az a sok katona, ártatlan asszony és gyermek! És a haza? Miért nem látják be, hogy a haza ellen harcolunk? Az északiak nem az ellenségeink! Mikor látják végre be, hogy magunknak ártunk, ha eltépjük magunkat tőlük? Ezért háború? Ezért meghalni? – Egyre gyorsabban veszem a levegőt, érzem, amint a gyomrom görcsbe rándul. – Te hogy bírod?

– Próbálok segíteni azoknak, akiknek tudok. Éveken át csak gyötrődtem, emésztettem magam a családom halála miatt, de fel kellett ébrednem! Mi életben maradtunk, Emma! Feladatunk van, együtt kell tartanunk a túlélőket.

– Azt mondod, fel tudtad dolgozni a tényt, hogy elvesztetted a nejedet és a fiadat?

– Nem, ebben még csak nem is reménykedem, de hiszek abban, hogy az életnek van valamiféle értelme.

– Nem, nincsen. Egy olyan világban, ahol az ember embert öl; ahol nem számít, hogy az áldozat katona, nő, vagy gyermek-e; ahol nem látsz mást, csak kínt és könnyeket – megrázom a fejem –, nem tudom, hogy te mit látsz, de az életnek már rég nincs értelme.

– Kifordult önmagából a világ. A háború elvette az észt és a szívüket egyaránt. Aki képes gondolkodni, az nem öl, nem bánt, de ők már nem tudnak. Hidd el, Emma, azt sem tudják, hogy mit tesznek. A háború nem tudom miféle szörny vagy méreg, de megfertőzte a világot és próbál kiirtani mindent, ami csak jó. Ha más nem is maradt nekünk, de annyi igen, hogy mi megőrizzük az emlékeket, az érzéseket, a gondolatokat. Van még értelme élnünk, Emma! Ha más nem is, legalább az, hogy akik megmaradtunk, mi, néhányan, emberek maradjunk.

– És… tényleg hiszel ebben?

– Muszáj hinnem. Ez az egyetlen gondolat, ami elválaszt engem attól, hogy megbolonduljak.

– Én nem őrültem meg!

– Nem is állítottam, csak azt mondom, hogy mióta Lora eltűnt, nem aludtál. Éjszakánként felriadsz, sikoltozol...

– Lora vissza fog jönni! – csattanok fel, miközben könnyek szöknek a szemembe.

– Na és addig?

– Azt hiszed, ha azt teszem, mint te, az segítene? Nekem ez nem megy.

– Nekem segít, ha segítek másoknak. Ha rajtuk nem is tudtam annak idején, az itt maradottakon igyekszem. Takarókat osztok, élelmet szerzek, ellátom a sérülések egy részét... most ennyit tudok tenni. Ez segít nekem abban, hogy másképp nézzek magamra. Teszem, amit tehetek, és ez, nem is tudom, értelmet ad valahogy annak, hogy én nem haltam meg.

– Nekem nem menne.

– Hat éve... Nem temetheted el magad vele együtt.

– Lora nem halt meg! – csattanok fel kétségbeesetten. – Eltűnt, és azt mondta, mindig visszatalál hozzám. Vissza fog jönni hozzám!

– Emma! Emma, nézz rám! – Magához ölel, próbál nyugtatni.

Hat éve... hat éve elengedtem őt. Megsebesültem. Lora azt mondta, hoz kötszert valahonnan, csak a támaszpontig megy el. Nem akartam engedni, de úgy győzködött. Azt mondta, hozzám mindig visszatalál. Mindenki azt hiszi, őrült vagyok, de tudom, hogy visszajön. Visszatalál hozzám.

Ben a lányra mutat. Felém nyújt egy pokrócot és egy kis kenyeret.

– Menj oda hozzá. Kérlek! Nagy szüksége van most valakire. Egy nőre, egy anyá...

– Ne! – szakítom azonnal félbe.

Erőteljes unszolására végül is elveszem tőle a falatnyi kenyeret és a durva pokrócot. A lány messziről figyel engem, közeledtemre halvány mosoly derül fel az arcán, szívemet azonban keserűség tölti el. Vajon meghaltak a szülei? Vagy épp úgy várják őt haza, mint én Lorát?

Letérdelek mellé, óvatosan átnyújtva Ben küldeményét. Úgy szorítja magához a bogáncsos anyagot, akár a friss, puha selymet. A kenyérhez még nem nyúl… reszkető tekintete a lelkembe mar.

Lorára gondolok. Talán őt is megtalálta egy másik támaszpont. Tudom, hogy életben van, és azt is, hogy biztonságban, és vissza fog jönni, visszatalál hozzám. Tudom…

A kislányra pillantok, tekintete összezavar bennem mindent. Mosolyogva néz rám. Olyan őszinte, olyan ártatlan, fogalma sincs arról, hogy mi történik. Lorának sem volt. Nem volt még hétéves sem, amikor… eltűnt.

Letörlöm az arcomról a könnyeket és a lányhoz hajolok. Próbálom őt látni, nem pedig Lorát, és próbálok kedvesnek tűnni, ahogyan Ben kért rá.

– Hogy hívnak? – kérdezem halkan, szinte fásultan.

– Donna – suttogja. Nem hasonlít Lorára, de ahogyan a szeme csillog…

– A szüleid?

– Nem tudom… – Összehúzza magán a pokrócot, egyenesen engem néz. – Nem emlékszem rájuk, csak az ilyen helyekre, meg az utcára…

Reménykedve pillant rám. Azt hiszem, meg kellene ölelnem, vagy legalább valamivel bátorítani, megnyugtatni, de gombócot érzek a torkomban. Képtelen vagyok bárkihez is úgy szólni, úgy nézni. Lora jut eszembe minden egyes percben; úgy érzem, nem bírom tovább.

– És hogy kerültél ide? Megtaláltak? – próbálom elterelni a figyelmemet.

– Nem. Csak jöttem. Éreztem valamit… Azt hiszem, keresek valamit.

– Úgy hiszem, mind keresünk valamit, de te pontosan mire gondolsz?

– Már nem keresem. Megtaláltalak. – A hangja egészen másképp cseng, mint eddig. Egy hat és féléves, szőke kislány hangját hallom benne. – Megígértem, anya. Megmondtam, hogy mindig visszatalálok hozzád.

A válasz

Thomas Cooper – 1959. december

A tábort kétségbeesett katonák és sebesültek százainak jajszava járja át. Tekintetem üres szempárokat, reményvesztett arcokat és szenvedést talál. Már magam sem hiszek a csodákban. A remény meghalt, mikor egyenruhát öltöttem, mikor eltéptek az otthontól és Melissától.

Egy sebesült férfit hoznak be. Vagyis… inkább fiú még, mint férfi. Csak egy fiatal katona ő is, akit hazavárnak, szülők, gyermekek, szerelmek. Csak egy egyszerű ember, akit a frontra vonszoltak és arra kényszerítették, hogy adjon fel mindent egy harcért, melyben nem is hisz, és melynek nem látja értelmét.

– Tíz hónappal ezelőtt még sajnáltam volna. Még odafúrtam volna magam az orvosokhoz, és reménykedem abban, hogy azt mondják, menthető. – Charley hangja egy pillanatra visszaránt a valóság határai közé. A sebesült katonát figyeli, amint a műtőbe viszik. – Ma már egy ugyanolyan embert látok csak, mint a többi. Mindannyian élünk, harcolunk, és egyszer meghalunk. Már nem látom értelmét semminek sem. A háború közönyössé tett minden létező irányába, mely valaha még felkavart volna.

– Valami értelme mégis csak van az egésznek. Kell lennie valamiféle értelmének, hallod?!

– Legfeljebb a whisky – feleli nevetve. – Karácsony van, gyere, meghívlak.

A szobánk kopár és hideg, még az alkohol sem képes felmelegíteni. Charley a lemezjátszóhoz biceg, valami lassú darabot indít el.

– Bocsáss meg, Tom, de túl abszurdnak tartanám a karácsonyi zenét. A sikolyok és az értelmetlen vérontás közepette nincsen helye valódi ünnepnek.

Nem hallom a hangját. Nem értem, mit mond. Teljesen elveszek a szonett édes melankóliájában. Erre a dalra táncoltunk először. Ez volt az a dal, melynek hallatán volt végre bátorságom odasétálni hozzá és megszólítani őt. Még most is pontosan emlékszem bátortalan mosolyára, a nevetésére, a kecses mozdulataira. Már akkor tudtam, már akkor, abban a percben tudtam, hogy életem végégig szeretni fogom őt.

– Már megint rá gondolsz, igaz? – Charley felkacag, és tölt magának még egy pohárral. Engem is kínál, de nem kérek többet. A kínzó szerelem kellőképp részegíti meg az embert, felesleges hozzá a szeszes ital pusztító hatása.

– Te ezt nem érted, sosem voltál valóban szerelmes.

– Hidd el, barátom, ez a szerencsésebbik út! Nekem nincs senkim sem, de boldogabb vagyok, mint te. Tom, engem nem várnak haza. Nem kell félnem attól, hogy csalódást vagy fájdalmat okozok, hiszen nincs is kinek! Nem tépi ketté a lelkemet a szerelem sem: nincsen, aki után epekedjek, és fuldokoljak a szenvedésben!

– De a háborúban sem hiszel...

– Egyikünk sem azért van itt, mert jelentkeztünk, hanem mert elhurcoltak minket, hogy küzdjünk a céljaikért, és haljunk meg helyettük, ha kell!

– Ha nem tudnám, hogy Betty hazavár engem, akár ki is mehetnék a golyózápor közepébe. Kell, hogy valami éltesse az embert.

– Én csak azt látom, hogy míg én megpróbálom kiélvezni az életet addig, míg ránk nem törik az ajtót, te emészted magad egy nő miatt, és több ezer levelet írsz neki, noha elküldeni nem tudod. Bármelyik nap meghalhatunk. Ha van egy csöppnyi esze a lánynak, továbblépett már, és neked is ezt ajánlom!

Nem érti, egyszerűen nem érti. Elmagyarázni neki azt, hogy mi a szeretet, majdnem olyan képtelenség, mint színekről mesélni egy vaknak. Csak őrültnek néz, de soha nem értheti meg, holott látom magam előtt Betty arcát. Élesebben és tisztábban, mint ahogyan akár egy fénykép visszaadhatná azt. Látom magam előtt a haját, ahogyan selyemként omlik le a vállára, gesztenyebarna szemét, és azt a tökéletes mosolyát. Hallom a hangját, a szavait, melyeket hallva mindig tudtam, hogy nem érhet minket baj. Ő volt a fény az életemben, ő mutatott utat, ő tartotta bennem a lelket.

– Tudod, hogy mit mondott volna – motyogja együttérzően Charley. – Tudod, Tom, tudod. Nincs kérdés afelől, hogy igennel felelt volna…

– De nem hallottam. Érted, nem hallottam őt! Csak az ágyúdörejt és a durva parancsszót, de az ő szavát már nem. Az egyik pillanatban még az állomáson állt, a következőben pedig eltűnt a füst mögött. Kitört a háború, engem elvittek, ő ott maradt, és nem hallottam őt. Nem hallottam, hogy mit mondott, ha mondott egyáltalán… – Úgy döntök, mégiscsak szükségem van még egy pohár italra, most azonban Charley fogja le a kezemet.

– Más lányt talán csak egy gyűrű érdekelt volna, neki azonban csak te kellettél. Te, meg az a hatalmas szíved. Szeretett téged, Tom, úgy, ahogy egy nő nem képes szeretni a férjét. Igent mondott volna, tudod, hogy azt mondott, és tudod, hogy még mindig szeret. És vár rád valahol…

Talán igaza van. Talán egy nap hazatérek még, és újból letérdelhetek elé, és hallhatom a szavát, hallhatom azt a bizonyos szót, melyet nem hallhattam már az állomáson. Talán ezúttal gyűrűt is vihetek majd neki, nem csak a lelkemet.

Az ablakhoz osonok, a csillagokat figyelem, tekintetem a Holdra szegeződik. Régebben, mikor kibambultam az üvegen át a sötétébe, úgy éreztem, a végtelen ég összeköt vele. Tudtam, hogy valahol a világ másik felén ő is ugyanúgy fürkészi a csillagokat, engem keresve bennük. Most azonban nem érzem őt. Tudom, hogy most nem teszi ezt. Egy ideje már nem…

Egy tiszt toppan be hirtelen az ajtón, mindenféle kopogás nélkül. Időnk sincs elrejteni az üveget, vigyázzba vágjuk magunkat, parancsra készen.

– Cooper! Várják a parancsnoki fülkében.

– Igenis, uram. Azonnal indulok.

Még hallom az ajtó halk koppanását, amint a tiszt elhagyja a szobát, de elmém fogaskerekei már réges-rég máshol zakatolnak. Szabályt nem sértettem, levelem nem érkezhetett, mit akarhatnak tőlem? Charley felajánlja, hogy elkísér. Bármit is mond, bármit is hisz, tudom, hogy nem kedveli a magányt.

Kérdezget. Minduntalan, de nem tudok felelni. Nem tudom, miért hívatnak. Sejtelmem sincsen; csak azt tudom, hogy fáradt vagyok, és nincsen már erőm ehhez. A parancsnok arról kérdezget, hogy ismerem-e a fiút, akit reggel behoztak. Nevet is mond hozzá, de nem tudok róla semmit. Ma láttam életemben először. Még akkor is, ha az egyetlen dolog, amit reggel óta képes volt kipréselni sápadt ajkai közül, az az én nevem volt.

Leküld a gyengélkedőre, nem mintha nem rohannék oda azonnal magamtól is. Tudnom kell, hogy mi folyik itt! Az ajtó előtt azonban megállítanak. Még tart a műtét. Leülök az egyik székre, oldalamon a hűséges társammal, az ő oldalán meg a hűséges, enyhítő itallal, és várunk. A percek évek lassúságával telnek, a végtelen idő kínzó módon vánszorog. Egy orvos közeleg felénk a folyosó végéről, megállítom, igyekszem megtudni valamiféle konkrétumot a fiúról.

– Charlestonban sérült meg, de azt állítják, egészen észak felől érkezett. Városról városra helyezték át, mindenáron ide akart eljutni. Hogy mégis miért, azt ne kérdezze tőlem, uram.

– Megsebesült?

– Meglőtték – feleli egyszerűen. – Csoda, hogy nem halt bele ott rögtön, de eljutott idáig. Hogy mi dolga, én azt nem tudom, de emelem a kalapomat előtte! Ilyen kitartást, uraim! Ilyen kitartást nem gyakran lát az ember. Lehet vagy tizenkilenc éves, több biztosan nincs, de harcolt, és túlélt két ütközetet is.

Felénk biccent az öreg, majd fogja a kartonokat és továbbsétál. Értetlenül rogyok vissza a székbe. Semmivel sem jutottam előrébb. Nem tudom, ki lehet ő, és hogy honnan kéne ismernem. De lenyűgöz a bátorsága és a kitartása.

– Mibe fogadunk, Charley, hogy szerelmes? – motyogom halkan.

– Mi bajod van?

– Ez az egyetlen érzés, mely képes ilyen erőt adni gyarló, törékeny emberi életünknek. Higgy nekem, nincs más. Nincs más, ami ilyen sziklaszilárdan vezethet egy férfit! A szeretet az egyetlen érzés, mely képes értelmet adni az életnek, csak ez mozgathatta őt is.

– És mi közöd hozzá? Valami biztosan van, elvégre más Thomas Coopert nem ismerek errefelé. Hacsak nem rossz nevet motyogott. – Úgy vélem, Charley elméjét jócskán befolyásolta már az alkohol, kezd valóban félrebeszélni. – Lehet, hogy valóban szerelmes. Mit gondolsz, elképzelhető, hogy a csinos húgocskád udvarlója? – Nevetni kezd, bár én nem találom mulatságosnak. A helyzet komolym; nem értem ugyan, de tudom, hogy komoly.

A főorvos végre kilép a műtőből, arcáról zavartságot olvasok le, de hiába kérdezek, nem felel, csak a fejét rázza. Valami olyasfélét motyog, hogy ő ilyet még nem látott. Képtelenség kihúzni belőle bármit is, én pedig nem bírom tovább tartóztatni magamat. Feltépem az ajtót és berontok a szobába.

A fiú a helyiség végében fekszik, egy nővérke törölgeti le az arcáról a vért, a koszt, a fájdalmat. Megdermedek. Az ajtóban toporgok földbegyökerezett lábbal, és képtelen vagyok megszólalni is.

Tudom, ki ő. Pontosan tudom. Igaz, hogy sosem láttam még ilyen sápadtnak, ilyen rövid hajjal, és ilyen ruhákban, de ő az. Betty az! Képes volt férfiruhába bújni, fegyvert ragadni, harcolni, kis híján meghalni azért, hogy…

– Igen – suttogja rekedten. – Igen…

– Nem értem. – Odarohanok hozzá, térden csúszva lapulok az ágy széléhez. Nem tudom, mit mondjak, mit tegyek. Óvatosan magamhoz ölelem, a kezét csókolgatom. Könnyeim a párnájára folynak, tekintetünk egymásba olvad. – Mi igen, Szerelmem?

– Igen, Tom, a feleséged leszek.

A távolság oka

Bridget Maud-Walker – 1994. október

Luisa megállás nélkül izeg-mozog a széken. Játékos, félénk tekintete egyfolytában az apjáét keresi, próbálja elkapni; majd egyszerre mosolyodnak el, mikor végre összefonódik egy röpke pillanat erejéig a pillantásuk.

Ilyenkor mindig magával ragad egy kicsit a nosztalgia. Midig szerettem volna egy kislányt. Rózsaszín kisruhákat vásárolni, babázni, gyöngyöt fűzni, kibeszélni a fiúkat, popcornt majszolva sorozatokat nézni, továbbörökíteni az apró kis hagyományokat, melyeket a Maud család nőtagjai adnak tovább egymásnak. Noha Luisával mindezt ugyanúgy megteszem, és teljes szívvel-lélekkel szeretem a tündéri kis unokahúgomat, azért mégsem ugyanaz.

– Hogy van Carlos? – kérdezi hirtelen az öcsém, kiszakítva engem édes elmélkedésemből.

– Mindig talál valamit, amit meg kell szerelni. Elmatatgat a kacatjaival, de még nem tudjuk, mihez is kezdjünk. Huszonegy éve nem voltunk már egyedül. Azt még elfogadtam, hogy Jack egyetemre ment, na de hogy most az ikrek is… Olyan üres lett a ház…

– Ezért is jövünk ilyen gyakran! – feleli mosolyogva Monty.

Képtelen vagyok szavakba önteni azt a hiányt, amit érzek most a csendes falak közt. Luisára pillantok, miközben vicces arcot vágok, csak hogy halljam, amint felkacag. Valaha a fiúk is itt rohangáltak, ennél az aszatnál, itt hülyéskedtek, itt nevetgéltek. De egy fiúgyermek nem alakít ki olyan bensőséges, őszinte kapcsolatot az anyával, mint egy lány.

Mikor a fiaim tizenévesek lettek, elkezdtek váll-rángatva kódolt nyelven beszélni, eljárni itthonról, a haverokkal lógni. Carlos mindig szót értett velük, az apjukkal szinte erősebbé vált a kötelék. Egyszer meg is kértem Carlost, hogy oktasson engem is, hadd értsem én is a sok műszaki halandzsát, a szlenget... azt a számomra ismeretlen nyelvet, melyet a férfiak egymás közt használnak, de ez sem javított sokat a dolgokon.

Hiányzik, mikor még az *anya* szót kedvesen ejtették ki ajkukon; valami halvány szeretet sugárzott olyankor belőlük, még ha leplezni próbálták is. Ma már elhúzzák a szájukat, apró sóhajtás kíséretében préselnek ki magukból egy-egy őszinte megszólalást is. Mióta pedig egyetemre mentek, tényleg alig látni őket. Carlos hiába van itt, néha rendkívül magányosnak érzem magam nélkülük.

Monty sosem talált kivetnivalót a viselkedésükben; de hiszen tudom, emlékszem rá, pontosan ilyen kiskölyök volt ő is egykor még. A sors nevetséges fordulata, hogy neki lánya született. És mióta Jill elment, tényleg csak rám számíthat. Én mindig itt vagyok neki, és ezt Luisa is tudja. Még csak nyolc éves, de tudom, hogy mindössze néhány év, és Monty teljesen el fog veszni, ellenben én mindig itt leszek, ha körömlakkot kell venni, ha összetört tiniszívet kell begyógyítani, ha szalagavatós ruhát kell próbálgatni. Bár néha úgy érzem, nincsen jogom ehhez. Az anyja dolga volna, az ő kiváltságának kellene lennie az összes ehhez hasonló különleges, megismételhetetlen pillanatnak, de talán mire elérkezik ez a perc, mindhárman elfogadjuk majd, hogy a szerepet egy odaadó nagynéni is átveheti.

– Itt vagy, Bridget? – kérdezi Monty halkan.

– Csak egy másodpercre Jill jutott az eszembe.

Monty némán hajtja le a fejét egy pillanatra. Nincs olyan nap, hogy ne jutna eszébe, nincs olyan nap, hogy ne gyászolná, de Luisa előtt nem mutatja a fájdalmát. Előlem is titkolná, ha képes lenne rá, de én túl jól ismerem ahhoz, hogy tudjam, mikor titkol valamit.

Lassacskán felállok, Monty nem néz rám. Az unkahúgomhoz lépek, megkérdezem, hogy segít-e behozni a desszertet. Luisa felpattan, és a karomba kapaszkodva csoszog ki velem a konyhába. Már azelőtt nyalogatja a saját adagja tetejéről a tejszínhabot, mielőtt még visszaérnénk az étkezőbe.

Ebéd után Monty előreküldi a kocsihoz Luisát, négyszemközt akar velem beszélni. Arra kér, hogy Luisa hadd maradjon nálam jövő hétvégére; neki konferenciautazásra kell mennie, nem mondhatja le. Csak azt nem értem, hogy mit kell ezen egyáltalán kérdezni. Tudja jól, hogy bármikor szívesen látjuk őket. Olyan érzésem támad, mintha nem mondana el valamit.

Mindennap beszélünk telefonon, de a kérdés elől valahogy minden létező helyzetben olyan ügyességgel bújik ki, hogy lassacskán belátom, fel kell adnom. Meg kell várnom, míg végre megnyílik előttem. Régen is ezt csinálta, azóta sem változott.

Luisa nagyszerűen érzi magát nálunk. Kuktáskodik, csurom liszt az egész gyerek már. Meg kell fürdetnem utána, de jó mulatság, ilyen élményeim nem voltak a fiúkkal. Kiveszünk egy filmet, és vásárolgatunk a hétvégén. Egy új, rózsaszínes árnyalatú, csillogó-villogó sapkát könyörgött ki magának. David felnevetett, mikor meglátta.

Egyre több időt tölt nálunk, amit – őszintén megvallom – roppantmód élvezek. Az üres házat gyermekkacaj édes szimfóniája tölti meg, a levegőben huncutság és vidámság édes ötvözete vegyül el. Van azonban valami, ami mégis nyugtalanít.

Ma én viszem suliba is, Montynak korán kellett bemennie az irodába. Elvileg... Nem okoz egyébként gondot, ugyanoda jár a kis angyalka, ahol jómagam is tanítok. Ámbár meglepően különös végigsétálni a pavilonok közt; gimnáziumi angoltanárként ritkán fordulok meg a másodikosok közt. Az osztályfőnökük épp a teremben van, egy pillanatra kisiet hozzánk, míg búcsúzkodom a picitől. Még sosem látta, hogy én hoztam volna Luisát, egy pillanatra azt hiszi, hogy az új anyukája vagyok. Meghökkenek a feltételezésen, noha nem tart sokáig, mikor ugyanis közelebbről megnéz, felismer. Minden karácsonyi műsoron és évnyitón-évzárón stb. itt toporgom Monty mellett. Csak emlékszik rám!

A gondolat azonban máris bogarat ültetett a fülembe. Amint beérek a tanáriba, azonnal el is kell újságolnom Hope-nak. Martha Hope a legrendesebb és legbizalmasabb barátom, valamint emellett a kollégám is. Nem pletykás, neki bármit elmondhatok, ami nagy szerencse, mert bizonyos sztorikat, felfedezéseket, híreket képtelenség, hogy magamban tudjak tartani, és neki bármikor kiönthetem a szívemet.

– Azt hiszem, Montynak barátnője van – vágok bele minden bevezetés nélkül, miközben ledobom a székem támlájára a kabátomat, majd lehuppanok a kollegámmal szemben.

– Hűha! Ezt nem mondod… na és ki az? – kapja fel azonnal a fejét.

– Azt még nem tudom, de minden jel erre utal. Fogyott, nyilván kondizni jár. Valamiképpen más a tekintete, mikor Jillt említem – mintha úgy érezné, hogy megszegett valamit, amit ígért neki. Mert… azt hiszem, szerelmes lett. Eddig az iroda sosem rendelte még be hétvégére vagy kora reggelre a műszakja előtt, sosem kellett elutaznia a munkája miatt, az elmúlt hetek folyamán azonban ez szinte mindennapossá vált. Kizártnak tartom, hogy valóban csak a munkáról lenne szó.

– Úgy véled, nőügy?

– Miért? Mit véljek? Nem találok más magyarázatot, pedig valaminek történnie kellett. Már Luisa is érzi.

A csengő szakít félbe: két perc, és jelenésem van a tizedikeseknél. Philip nyit be hirtelen a tanáriba, a dugóra panaszkodik, majd kapkodva pillant az asztalra állított órarendjére, hogy tudja, melyik anyagot kell ma leadnia. Martha is előkészíti a szükséges feladatgyűjteményt és jegyzeteket, majd az utolsó percben, Phillel együtt lépünk ki a folyosóra. Egy kislány siet vissza épp a terembe még a csengő kiábrándító hangja előtt. A terem felé pillant, kételyek öntik el. Ismerem ezt a pillantást. Nem a következő óra miatt aggódik, a teremben rejlő kiszámíthatatlan, kegyetlen gyermeki csínyektől retteg. Tudom, ki ő, Martha mesélt már róla, azonban most mérem őt végig először. Az arca kedves, van benne valami különleges, pislákoló fény, tekintete azonban tele van fájdalommal. Mikor egy pillanatra felénk fordul, ajka mosolyra rándul, valósággal ragyogni kezd.

– Ms. Hope! – kiáltja édesen.

Martha megkérdezi, hogy hogy van, ő pedig mindig azt feleli, hogy jól, akkor is, mikor ez a legszembetűnőbb hazugság, amely csak létezik. A csengő azonban félbeszakítja őket újfent. Mennünk kell, ahogy neki is...

– Odavan érted – suttogja Phil halkan, mikor folytatjuk utunkat a többi terem irányába.

– Ugyan... csak én tanítom a kedvenc tárgyát.

– De te odavagy érte – veszem át a szót –, nem tudod tagadni, belopta magát a szívedbe. – A lányra gondolok. A vonásaira. – Tudod, mi a különös? Hogy hasonlít is rád...

– Ne élcelődj, kérlek!

– Nem teszem.

Martha sosem vallaná be, de így igaz. A kislányra pillantva az volt az első gondolatom, hogy Luisa vidám nyughatatlansága biztosan jó társaság volna számára. Luo mindenkivel jóban van. Ha Monty akár valóban szerelmes lett, miatta nem kell aggódnia majd, abban biztos vagyok. Ha Montyhoz való, Luisa kedvelni fogja. Szüksége lenne már valóban egy anyára. Jillre talán már nem is emlékszik, annyira kicsi volt még.

Monty azonban csendes, csendesebb, mint valaha, és titokzatosabb. Mikor gyerekek voltunk, elmondta minden titkát, beavatott mindenbe, és úgy hittem, ha sok minden meg is változott azóta, ez ugyanaz maradt. Meglehet, tévedtem.

– Mostanában többet vagyok veled, mint otthon – jegyzi meg egyik este Luisa csendesen.

– Tudom, angyalom – motyogom, miközben megölelgetem.

– Apa nem akarja, hogy vele legyek?

– Jaj, ne butáskodj, kicsikém! Apa imád tégedm, imádja, ha ott vagy vele, csak most elfoglalt.

– Sosem ér rám... – Durcásan ül le az ágy szélére. – Tegnap a jó éjt puszit is elfelejtette.

Ez a kijelentés valósággal szíven üt. Meglepetten pillantok az unokahúgomra, azt várva, hogy azt mondja, viccel. Monty az a férfi, aki megvette és el is olvasta a létező összes, gyermeknevelési tippekről szóló kézikönyvet; aki mióta csak Luisa megszületett, kihagyott bármilyen meccset vagy haveri sörözést, ha a lányának szüksége volt rá. Ott volt vele minden percben, megtett érte bármit. Ha szétszórt volt, ha fáradt, ha nehéz volt a napja, a lánya volt az első. A gyász szinte elvette az eszét, de Luo miatt kitartott. Még a leggyötrőbb időszakokban sem hanyagolta el a lányát. Mi történik akkor most?

Carlos is aggódik. Azt mondja, fogadjak fel magánnyomozót. Nevetséges ötlet, le is hordom érte, azonban nyomot hagy bennem a gondolat. Mi lenne, ha mégis? Ah, hülyeség! Elvetem az ötletet. Nem bízom senkiben sem annyira, mint magamban. Odaállok elé, ha akarok, és megkérdem tőle magam. Vagy kinyomozom... Még eldöntöm.

Azonban nem szükséges felkeresnem, reggel ő maga állít be hozzánk. Azt kéri, hogy néhány hétre hadd költözzön hozzám Luisa. Köpni-nyelni nem tudok. Nekiszegezem a kérdést, hogy hova megy és mit akar csinálni; hogy mi történik vele, de azt mondja, hogy nem árulhatja el még nekem sem. Nem hagy időt nekem a kérdésekre, becsukja az ajtót, hátat fordít nekem. Délután áthozza Luisát, mindvégig őt használja pajzsként. Tudja, hogy előtte nem mondhatok semmit, nem támadhatom le az elméleteimmel, nem emelhetem fel a hangom. Odafigyel arra, hogy ne maradjunk kettesben, elköszön Luisától, és csak annyit súg nekem, hogy mennie kell.

Megszorítja a kezemet. Egy pillanatra úgy érzem, mégis kimondja, mi az, mi súlyos sziklaként nehezedik a szívére, azonban néma marad. Ajka vonallá préselődik, a szeme megremeg. Úgy néz ki, mint aki alól ki akar csúszni a talaj.

Hova megy? Mit csinál? A tekintete... láttam már ezt korában. Mint kiskorunkban, mikor rábíztam a kedvenc nyakláncomat, amit anyutól kaptam, hogy vigyázzon rá. Heteken át bolondított, hogy hol van az ékszer, miután végre elkészült az új íróasztalom és biztos helyre tehettem már a dobozát. Elvesztette, de nem merte megmondani, mert általánosan betart mindent, amit csak megígér. Most is ezt látom rajta: tett valamit, amit nem mer elmondani. Szerencsejáték? Csődbe megy a cége, és a kölcsönökön elúszhat a háza? Már nem vagyunk gyerekek, nem tudom, miben gondolkozzam. Hirtelen úgy érzem, már nem is ismerem őt.

Luisa is ehhez hasonlót érez. Ma nem ugrál, ma nem mesél nekem arról, mi történt a suliban, ma nem kér desszertet, csak az apját akarja. És most először nem tudom, mit tegyek. Ez nem egy kirakatban megpillantott játék baba, amit az ártól és a helyzettől függően vagy megvehetek neki, vagy nem. Ez bonyolultabb ennél. Monty nem veszi fel a telefont és nincsen otthon sem, próbáltam keresni. A villany nem ég, a függöny behúzva, a szomszéd szerint egy ideje nem járt otthon.

Ha baj van, mindig szól nekem. Együtt mindent megoldottunk eddig, de ez most más. Luo azt kéri, hogy aludjak mellette ma éjszaka, de bárhogy próbálkozom, nem tudom pótolni Montyt. Az én hangom nem olyan, mint az övé, a történeteim mások. A napi rutinom, a tenyerem érintése, az énáltalam készített reggeli, a mód, ahogyan segítek a háziban... Luo szeret engem, szeret itt lenni, velem lenni, de a mindennapokban az, amit én nyújthatok, nem elég. Neki Montyra van szüksége, mert senki nem pótolhat egy apát. Senki, és ezt az öcsém is tudja.

– Apa nem szeret engem? – kérdezi könnyektől nedves szemmel.

– Dehogynem, kicsim! Apa nagyon szeret téged. Pár hét csupán, és minden olyan lesz, mint azelőtt. Minden.

Sosem hittem volna, hogy ilyen kérdést fogok hallani a szájából, de azt sem hittem volna, hogy valaha elbizonytalanodom abban a válaszban, hogy szereti-e őt az apja. Itt hagyta őt, szinte minden szó nélkül. Egy tény az, hogy tudja, jó helyen van itt. Egy másik tény az, hogy elhagyta őt. Mert bárhogyan is próbálom tagadni, ez történt. Már két hét eltelt, de nem is hallok felőle. Mintha eltűnt volna mindenestül.

Én pedig döntöttem. Luo-t Davidre bízom, én pedig elmegyek a lakására. Eddig még sosem jártam nála így, hogy nem volt otthon, hogy nem hívott meg. A kulcs maga is mindössze a biztonság kedvéért van nálam, alig használtam az évek során. Most nem hagyott számomra más választást. Mi az, ami miatt lemond a lányáról? Mi az, ami miatt hagyja, hogy Luisa így elvesszen? Teljesen maga alatt van, és az a Monty, akit én ismerek, nem engedné ezt.

A ház valóban üres, ahogyan sejtettem. De... még üresebb, mint emlékeztem arra. A mahagóni asztal a szőnyeg közepéről hova a fenébe tűnt? És a festmény a falról? A kedvenc reneszánsz festőjétől volt, egy aukción kaparintotta meg, egy vagyont ér. Eladta volna? Most már biztos, hogy hirtelen volt szüksége pénzre, de miért? Mi történt? Úgy érzem, kétlépésnyire vagyok mindössze egy pánikrohamtól. A kezem remeg, a szívem egyre vadabbul ver. Mi az, amit nekem sem mond el? Elhidegültünk volna? Megrémülök a gondolattól, hogy bajban van, hogy nem tudom, hol van, hogy nem tudok semmit sem.

Kétségbeesetten rogyok össze a szőnyegen, arcomat a kezembe temetem. A tehetetlenség a legszörnyűbb, legkínzóbb érzés, mely csak megmérgezheti az embert, de nem hagyhatom, hogy maga alá gyűrjön. Nem engedhetem, nem...

Fel kell kaparnom magamat a földről. Próbálok nem összetörni, próbálok körülnézni, találni bármit, ami csak a segítségemre lehet abban, hogy megtudjam, hol keressem őt. A gépe elé ülök, a jelszót a legegyszerűbb kitalálnom. Luo a mindene, a születési számaival és a beceneveivel variálva egy perc alatt megvagyok vele. Az internetes böngészési előzményeket nyitom meg. Bűntudat mardos, nem szeretek turkálni ennyire a magánéletében, ellenben nincs más választásom. Azonban a címkék, a nevek, a keresések, melyeket találok... Úgy érzem, a tudat szétcincál belülről. Jobban fáj, mint ezer gyomros, éget, úgy, mintha fel akarna emészteni. Megdermeszt, és nem is akar elengedni. Szétzúzza a világomat úgy, hogy tudom, sosem építhetem újjá már.

A kórházba rohanok. Zokogva hajtogatom Monty nevét a recepciós hölgynek, a lábam reszket, úgy érzem, össze fogok esni bármelyik pillanatban. De bármilyen szaggatott és összeszedetlen is a motyogásom, egyszer csak megért engem. Megadja a kórterem számát, megkérdi, hogy elkísérhet-e, de a fejemet rázom. Ezt az utat nekem kell megtennem.

Monty szörnyen fest. Az arca beesett, holtsápadt, zihálva veszi a levegőt, a karjából csövek lógnak ki. Túl sok a gép, az infúziók, a zsinórok – túl sok az, amit nem értek. Mikor meglát, arcán riadt kétségbeesés fut át.

– Nem... nem akartam, hogy így láss.

Nem tudok szólni, nem tudok megszólalni. Megszorítom a kezét, száraz tenyerét az arcomhoz nyomom, csókolgatom, arra kérem, hogy mondja, nem igaz az, amit hiszek, hogy igaz.

– Csak aggódtál volna, csak féltél volna, és Luo is... Reméltem, hogy feleslegesen. – Szemébe könnyek gyűlnek. – De nem sikerült, a műtét nem javított az állapotomon.

– Mennyi? – kérdezem zokogva.

– Néhány hét...

– Nem... nem... Monty... nem...

Csak ezt tudom hajtogatni, nem tudom felfogni, nem akarom felfogni. Nem tudom elengedni.

– Ugye vigyázol majd rá? – kérdi halkan, olyan rémisztően fájdalmas hangsúllyal, ahogyan azok beszélnek, akik beletörődtek már a halálba. De én nem felelek. Én félek, én nem akarom feladni, én nem akarom felfogni, elfogadni. Nem, nem, nem! Ez volt az a tekintet, ez volt az a megbánás. Megígérte Jillnek, hogy felneveli Luo-t, hogy vigyáz rá, de nem tudja betartani az ígéretét, nem tud vele maradni.

– Mindig is akartál egy lányt... Ugye vigyázol rá helyettem?

– Nem, ez a te dolgod. – Próbálom kitörölni szememből a könnyeket, szipogva borulok a mellkasára. – Te vagy az apja, neked kell óvnod őt, neked kell felnevelned őt!

– De nekem nincs több időm.

– Monty, kérlek, könyörgöm neked, maradj! Maradj velem, maradj velünk! Gyere vissza, gyere haza! Luo-nak rád van szüksége, ne hagyd el! Nem tűnhetsz így el, nem teheted ezt vele! Azt hiszi, nem szereted már...

– Nem tudtam, hogyan mondjam el...

– Csak gyere haza, hogy... – Hatalmas gombócot érzek a torkomban, alig tudok megszólalni. – Jillnek nem volt lehetősége elbúcsúzni tőle, neked muszáj.

– Lesz ideje felkészülni.

– Nem – suttogom. – Erre nem lehet, erre nem.

– Legalább nem maradsz egyedül a házban, újra anyáskodhatsz majd.

A könnyeimet nyelem. A mellkasára borulva zokogok, könnyeim átáztatják a kötését. Mit érek azzal, ha élet tölti meg a házat, ha Monty nélkül a lelkem örökre üres marad?

A múlt emlékei

Jamie Clarke – 1998. szeptember

A buszmegállóban ácsorgom. Pontosan ugyanúgy, mint minden reggel. Nehéz iskolatáskám pántja folyton folyvást le akar csúszni a bal vállamról, ideje lenne megigazítanom. Tekintetem azonban nyughatatlanul fürkészi az úttestet, az elszáguldó autók százai közt igyekszik megpillantani azt az egyet.

Minden egyes nap őt keresem a pillantásommal. Azt a fekete Fordot, mely hétfőtől péntekig minden reggel hét óra tizenkettő és tizenkilenc között elszáguld a buszmegállótól néhány méternyire. Érthetetlenül kíváncsi tekintetem azon nyomban a sofőrre téved, ha végre megpillantom azt a bizonyos autót. Van valami azokban a kék szemeiben, a vonásaiban, a kormánykerékre fonódó fakó ujjaiban…

Néha abban reménykedem, hogy egyszer, csak egyszer, mikor megállásra készteti őt a lámpa piros ragyogása, oldalra fordítja majd a fejét míg várakozik, s tekintete egy pillanat erejéig összetalálkozik az enyémmel. Abban reménykedtem mindig is, hogy ha egyszer rám nézne, bevallaná, hogy ugyanazt érzi, amit én is, és talán megmagyarázná, hogy miért. Ott vártam a buszra minden reggel, és kerestem őt. És minden egyes nap, mikor megláttam, különös bizsergés kerített hatalmába. Ismerem azt a férfit, egyszerűen tudom. Érzek valamit idebent, mely teljes valójában súgja azt nekem, hogy ismerem őt. Ellenben még a nevét sem tudom.

Ma is megpillantom azt a fekete Fordot. A szívem egy pillanatra gyorsabban kezd el verni, a tenyerem izzad. Kiáltani akarok, megállítani őt, kérdőre vonni. Magyarázatra szomjazom, de be kell érnem annyival, hogy látom őt elsuhanni mellettem egy autóban. Követem őt a tekintetemmel, pontosan ugyanúgy, mint mindennap eddig, már évek óta. Ugyanakkor érkezett, ugyanúgy néz ki, ugyanúgy kanyarodik be a kereszteződésnél. Azonban ma... valami megváltozott.

Már épp vissza akarom fordítani a tekintetemet a másik irányba, hogy ellenőrizzem, melyik busz közeledik a megálló felé, mikor hirtelen hatalmas csattanás és csikorgó kocsikerekek hangjának émelyítő egyvelege hallatán kapom vissza a fejemet a kereszteződés irányába. Két autó egymásba rohant. Innen nem lehet látni, hogy mekkora a baj, egy dolgot látok csupán, mégpedig azt, hogy a két jármű közül az egyik az a bizonyos autó.

Azon kapom magamat, hogy a roncsok felé rohanok; tudnom kell, hogy mi történt vele. Ledobom magamról a táskámat, reszkető ujjaim a zsebem mélyén kotorásznak a telefonom után. Valami leírhatatlan higgadtság uralkodik el rajtam, miközben a fülemhez emelem a készüléket, bejelentem a balesetet, és kérek egy gyors mentőautót a King Streetre.

A karambolt okozó autó az árokba fordult, a sofőr nincs eszméleténél. Ebből a szögből nem látszik rajta külső sérülés nyoma, remélhetően csak elájult. A másik kocsihoz sietek, mely keresztbefordult az út közepén, egyszersmind gátolva a közlekedést, valamint aggodalmat szülve a munkába siető járókelők tömegében.

Ismerem magamat. Bármi történik, távol maradok a bajtól, biztonságos távolból megfigyelve az eseményeket, vagy éppen pánikolva iszkolok el minél messzebbre. A buszmegállóban kellene dermedten ácsorognom, vagy szédelegve felszállnom épp a buszra, de nem kellene itt lennem. Egyáltalán... mit csinálok?

A kocsihoz sietek, feltépem az ajtaját, és ellenőrzöm a férfi pulzusát. A szívhangja gyenge ugyan, de életben van. Homlokáról vékony sugárban csorog le a friss vér, a válla, úgy hiszem, kificamodott, mégis... maradandó károsodás nyomait nem fedezem fel, mely tudat megengedélyezi számomra azt, hogy fellélegezzem némileg.

Sziréna hangja töri meg a néma feszültséget, két mentős azonnal felénk rohan és kérdezni kezdenek, miközben a férfit emelik ki az ülésről.

– Martin Craig, harminckilenc éves férfi. Röntgen alatt elváltozást fognak észlelni a kulcscsontnál, ne foglalkozzanak vele, tizenhat éves kora óta látszódik, egy apróbb balesett következménye. AB-s vércsoportú, tudtommal megfelelően reagál a szervezete az összes mostani gyógyszerre.

– Közeli hozzátartozó? – kérdezi az egyik férfi, miközben Martint hordágyra emelik.

Nem felelek. Nem tudok mit. Ezek után nem mondatom egyszerűen azt, hogy sosem találkoztunk még és a nevét sem tudom, mert tudom. Fogalmam sincs arról, hogy hogyan, de tudom.

Mikor felajánlják, hogy bekísérhetem Martint a kórházba, képtelen vagyok nemet mondani, ám megállás nélkül hajtogatom magamban azt a mindent eldöntő kérdést. Hogyan? Most már teljes bizonyossággal állíthatom, hogy bármire képes lennék azért, ha valaki ésszerű magyarázattal szolgálna arra, hogy mégis mi közöm ehhez a férfihoz.

Felhívom útközben az egyik barátnőmet, Lana Stanleyt, hogy bejelentsem, ha ma el is jutok az iskoláig, tuti, hogy késék néhány órát. Nem magyarázkodom, vélhetően nem is tudnék mit mondani, csak leteszem a telefont és várok. Várok arra, hogy felébredjek ebből az érthetetlen álomból.

A váróteremben ücsörgök, míg vizsgálják őt, és összevarrják a homlokán keletkezett sebet. Egyfolytában azon gondolkozom, amit tettem, ahogy tettem, amiket mondtam. Az nem én voltam! Mintha valaki rajtam keresztül beszélt volna, vagy... vagy csak túl sok sci-fit nézek. Hagyjuk!

Egy fiatal, zaklatott nő ront be a kórházba, hosszú szalmaszőke haja a vállára omlik, kedves arcát aggodalom torzítja el. Valami különös bizsergés lesz úrrá rajtam. Látok valamit, valami apró villanást, mint mikor az ember elméjébe hasít egy emlékkép. Egy lányt látok magam előtt, diplomasapkával a fején, ragyogva a boldogságtól. Megölel engem, majd a fiúhoz rohan, aki kétségkívül Martin.

Hirtelen visszatérek a valóság határai közé, a különös kép darabokra foszlik. A nőre pillantok. Idősebb, mint emlékeztem, és teltebb is lett azóta, de ő az. Miranda!

Megrémülök magamtól. Honnan tudom ezt? A székbe süllyedek, próbálok szinte levegőt sem venni. Mi volt ez az előbb? Mi történik velem? Zavarodottságomban úgy döntök, most azonnal hazasietek, és magam mögött hagyok minden érthetetlen kérdést és történést. A hölgy azonban egyenesen felém közeleg.

– Szervusz. Tudsz valamit arról, hogy mi folyik odabent?

– Én… ööö, nem, ne haragudjon.

– A recepción mondták, hogy te azonosítottad Martint. – Felém nyújtja a kezét. – Miranda Craig. Ha jól tudom, még nem találkoztunk.

– Jamie – mutatkozom be halkan motyogva, miközben megrázom a kezét. Tetszik a karikagyűrűje, de hát Martin mindig is remekül tudott választani. Te jó ég! Mi történik velem? És mégis mit mondhatnék neki, ki vagyok?

Kétségbeesett gondolatfoszlányaimat azonban az orvos szakítja félbe, aki jókedvűen közli velünk, hogy a beteg magához tért, és fogadhat már látogatókat. Mirandával egyszerre lélegzünk fel és mozdulunk az ajtó irányába, én azonban még időben észbe kapok és visszaülök a székbe. A nő felém pillant, megkérdi, hogy nem jövök-e be. Közvetlen és kedves, bizalmat előlegez. Miért? Nem is ismer engem. Mikor finoman puhatolózni kezdek, különös választ kapok cserébe. „Mert… emlékeztetsz valakire.”

Bólintok. Úgy hiszem, ez az egyetlen esélyem arra, hogy megtudjam, mi történik velem valójában, adnom kell neki egy esélyt.

Martin arca holtsápadt és nyúzott, de mosolyog, vélhetően nincs komoly baja. Mikor Miranda melléér, finoman maga mellé húzza a nőt és megcsókolja a kezét. Diego iránt érdeklődik, a nő azt feleli, hogy minden rendben. A név azonban nem mond nekem semmit, most normálisan, kívülállóként szemlélem az eseményeket. Óvatosan közeledem felé, még nem vett észre engem. Miranda azonban, amint megpillantja, hogy valóban követtem őt, fejével felém biccent, jelezve férje számára is, hogy van még egy látogatója.

Martin rám néz, tekintete megakad különös vonásaimon, arca megkeményedik. Szinte innen hallom, amint nyel egyet, résnyire nyitott ajkán át egy kérdést próbál megfogalmazni, ellenben hang nem jön ki a torkán. Hátrébb lépek egyet, megrémít a tekintete. Olyan ismeretlenül ismerős, olyan különös.

Valami bizsergetni kezd újból, megszédülök. A szoba forog körülöttem, fényeket látok mindenütt. Hirtelen kitisztul a látásom, felismerem magam előtt a fiút. Martin az. Egy lepedőkből és kartonokból összetákolt sátorban fekszem, a kezemben szorongatott zseblámpa fénye vakít el.

– Apa elmegy? – kérdezem halkan.

Martin felém néz; lemondóan bólint.

– Te is elmész majd? – faggatom tovább.

– Nem. Én itt maradok. Én mindig melletted maradok. A bátyád vagyok! Míg csak élek, vigyázni fogok rád.

Hirtelen semmivé olvad a látomás, újból visszatérek a valóságba. Martin azt kérdezi, hogy ki vagyok. Bemutatkozom, mire megkérdezi, hogy valójában ki vagyok. Nem értem, mit akar tőlem.

Miranda megkér arra, hogy ha nem okoz gondot, látogassam meg másnap is őket. Holnap még biztosan a kórházban lesz. Persze, hogy vissza akarok menni; egyszerűen látnom kell őt, de nem értem, miért. Egyikünk sem érti, zavarodottságunkban azonban egy kérdést, ha képesek vagyunk megfogalmazni egymásnak. Miranda a leginkább higgadt, ám ő sem tud véleményt fogalmazni a kialakult helyzetről.

Kezdem úgy érezni, hogy meg fogok bolondulni, feltéve persze, hogy még nem őrültem meg teljesen. Gondolkozni akarok, értelmes magyarázatot keresni. Mikor láttam őt először életem során? Pontosan emlékszem... Emlékszem arra a különös álomra, ahol először szólított meg; az érzésre, a vágyakozásra, hogy beszélni akarok vele, hogy a közelében akarok maradni. Buta álomnak hittem először, a képzeletem szülte fantazmagóriának, mindannak ellenére, hogy a különös kép napokkal később is kísértett még. Még azután sem mertem elhinni, hogy létezik, miután először pillantottam őt meg a buszmegállóból.

Most azonban pontosan tudom, hogy van valamiféle közünk egymáshoz, hogy tartozom hozzá, a kérdés talán az, hogy miért.

Másnap képtelen vagyok megállni azt, hogy iskola után az első utam a kórházhoz vezessen. Úgy rohanok fel hozzá az emeletre, úgy keresi tekintetem a kórteremének a számát, mintha csak vonzana magával valami megfoghatatlan erő. Az ő szívét valami hasonló várakozás gyűri le, s ugyanaz a megkönnyebbülés és béke öleli át a lelkét, akárcsak az enyémet, mihelyst végre megpillantjuk egymást.

– Szia Jamie! – üdvözöl lelkesen.

– Martin! – biccentek felé, miközben leülök egy székre.

– Kérdezni szeretnék valamit, valami furcsát, és arra kérlek, hogy ne riadj el tőle – motyogja szelíden. Hangján érezni a zavartságot, tekintetében a múlt fájdalma tündököl.

Egy fotót nyújt át nekem. Egy tizenkilenc év körüli lány képét. Hasonlít Martinra, rám egy kicsit sem. Más még a hajunk és szemünk színe is, s az én arcom jóval oválisabb az övénél. Egyetlen vonásunk sem egyezik, mégis úgy érzem, tükörbe pillantok éppen.

– Cora – suttogom fásultan. – Cora az.

– Ismered őt? – kérdezi halkan, dermedten.

– Igen – motyogom. Most látom őt életemben először, mégsem tudom azt hazudni, hogy nem ismerem őt, mert tudom, ki ő. – Hogy honnan, azt nem tudom, de ismerem őt.

– Nekem van egy őrült elméletem arról, hogy honnan. – A mellkasához nyúl, finoman lehúzza a póló nyakát, egészen addig, míg elő nem bukkan a halvány heg a kulcscsontja alatt kicsivel. – Tizenhat évesen szereztem, felborultam a motorral. Azonban nem egyedül utaztam...

– A hibás persze sosem te vagy – veszem át a szót ironikus hangnemben. – Bár arra valóban nem igazán emlékszem, hogy hogyan történt, csak arra, hogy kificamodott a bokám.

– Neked? – kérdez vissza remegő ajkakkal Martin.

– Ki másnak, te lüke? – kérdezek vissza nevetve. Majd abban a pillanatban el is csendesedek. Összevissza hebegek-habogok, szabadkozni kezdek; fogalmam sincs arról, hogy mit mondtam az imént, és miért. Olyan, mintha én mondtam volna, olyan, mintha én emlékeznék, közben mégsem: az emlék valahonnan még mélyebbről tör fel, még messzebbről.

– Cora? – kérdezi halkan Martin. Tekintetét könnyek homályosítják el, a keze remeg, szemében a remény lángja gyúl fel. – Hogyan lehetséges ez?

– Nem tudom – felelem egyre gyorsabban dobogó szívvel. –
Fogalmam sincs, de mintha én egyszerre lennék én és ő is, va-
lahogyan.

Arra kérem, hogy meséljen. Arról, hogy Cora kicsoda, ő azon
nyomban kiegészíti szavaimat múlt idővel. Ebben a megvilágí-
tásban pedig egyetlen értelmes magyarázat jut csupán az eszem-
be, ám kimondani még nem merem azt sem.

– Cora a húgom volt – kezd bele halkan. Mesél nekem a szü-
leikről, az édesanyjáról, aki túl korán ment el; az apjáról, akivel
viharos kapcsolata sosem rendeződött, ehelyett inkább megsza-
kadt teljesen. – Sosem jöttünk ki jól, emlékszel talán? Emlék-
szel arra, amikor összekaptunk, amikor az utolsó szava az volt
hozzám, hogy nem akar többet látni? Azóta sem beszéltünk
egymással, még a... még... még Cora temetésén is keresztül-
néztünk egymáson.

Kérdezni akarok, hogy mi történt, hogy mi szította a szit-
kozódást és a haragot, ám ő gyorsabb nálam, folytatja a törté-
netet, én pedig nem szeretném félbeszakítani.

– Cora volt a mindenem, ő volt az életem értelme, a kishú-
gom, akiért bármit megtettem volna; akit védtem, amitől csak
tudtam, akit teljes szívemből szerettem.

Cora mellett maradt mindvégig, az utolsó percig ápolta őt,
vigyázta minden lépését, támogatta őt, átsegítette a legnehe-
zebb napokon. A kór azonban, mely az édesanyjukkal végzett,
Corát sem kímélte. Martin semmi mást nem kívánt, csak hogy
bár ő örökölte volna a betegséget. Ha tehette volna, a szenve-
dést is átvállalta volna tőle, ám az egyetlen, amit tehetett, az
volt, hogy mellette maradt, míg csak lehetett.

– Tizenöt évvel ezelőtt szólította magához őt az Úr, de azóta
sem voltam képes elengedni őt. Én voltam vele az utolsó percek-
ben, én öleltem őt magamhoz utoljára, ám mikor elengedtem,
már csak a törékeny, élettelen testet fektettem vissza az ágy-
ra. – Arcát könnyek barázdálják keresztül, míg mesél. – Sosem
leszek képes elfeledni azokat a kék, kihűlt szemeit, még mindig
látom őket. Cora túl fiatal volt, élettel teli, nem szabadott vol-
na elmennie még, de nem tudtam megmenteni.

– Mi van akkor, ha én vagyok Cora? Ha a lelke reinkarnálódott? Mi van... ha én ő vagyok?

Nem értem, mi történik velem. Miranda azonban hamar talál egy megoldást: beszélnünk kell valakivel. Amint terítékre kerül az ötletelés folyamán Cathleen Simm neve, azonnal tudom, hogy ő a mi emberünk. Nem egy cikkét olvastam magam is a szellemvilágról, a reinkarnációról; egy regénye is megjelent már a saját történetéről, mely sokakat magával ragadott az évek során. Miranda szerint ha valaki meg tudja mondani, hogy mi történik velünk, akkor az ő. Ha kamunak is tartotta eddig a percig a nő szavait, most már kétsége sincs afelől, hogy létezik ilyesmi – elég csak ránk néznie.

Időpontot kérünk tőle. Fogalmunk sincs, hogy fogad-e eseteket, vagy csak ír, ám Miranda megtalálta az elérhetőségét és meggyőzte, hogy segítsen nekünk. Ő készségesen vállalta az ügyet, feltéve persze, hogy írhat rólunk egy cikket. Az összes újságíró keselyű, de beleegyezünk – nincs nagyon sok választásunk.

Kérdezget minket az érzésről, az emlékeinkről, arról, hogy hogyan látom az emlékfoszlányokat. Martin szörnyen ódzkodik a hipnózistól, ellenben én bevállalom. Minél tovább beszélünk erről az egészről, annál erősebb lesz bennem ez az... akármi is ez. Tudnom kell, hogy mi folyik körülöttünk.

Cathleen megkér arra, hogy feküdjek le, hunyjam le a szemem. Folyamatosan beszél, ellazít, arra kér, hogy képzeljek el egy lépcsőt, és kezdjek el lesétálni rajta lassan... Ettől a perctől kezdve nem hallom már, hogy mit mond. Egy ajtót látok magam előtt. Fény szűrődik ki mögüle, résnyire nyitva áll. Lenyomom a kilincset. A fény elvakít, egy alakot látok magam előtt.

Minden elhomályosodik körülöttem, mintha az eszméletlenség ködéből rángatnának éppen ki. Martin szólítgat minduntalan, azt kérdezi, hogy jól vagyok-e, Cathleen azt, hogy mit láttam. Azt hazudom, hogy semmit sem, legalábbis nem emlékszem, holott valamire emlékszem, láttam valamit... csak még nem értem.

Martin arra kér, hogy még maradjak. Nem tudja, elhiheti-e azt, hogy én vagyok Cora, vagy csupán egy álom az egész, de nem érdekli. Emlékeztetem rá, olyan, mintha részben visszakapta volna őt, és nem képes még elengedni ezt az érzést. Ahogyan én sem akarom elengedni őt. Egész életem során őt kerestem, és végre megtaláltam, miért hagynám el? Az ő lelkében űr tátongott, mióta csak elvesztette Corát. Meglehet, hogy összetartozunk, és emellett nem számít sem az, hogy mi a valóság, sem pedig az, hogy nem értjük ezt az egészet.

A kép azonban, melyet láttam, nem hagy nyugodni. Tudom, hogy ez nem állhat csak ennyiből. Megbeszéljük, hogy este találkozunk, szeretne bemutatni a fiának és megköszönni azt, hogy segítek neki, hogy vigyáztam rá, hogy visszaadtam neki egy olyan érzést, melynek a létezését is elfeledte már. Bólintok, este hatkor ott leszek. Megkérdezi, hogy elhozzon-e, de megrázom a fejemet: ismerem azt a környéket.

Ám estefelé mégis a másik irányba indulok el. Tudom, hogy hova kell mennem, tudom, hogy hol laknak, de máshol van dolgom. Nem ellenkezem, hagyom, hogy magával sodorjon az érzés, hogy vezessen, hogy irányítsa utamat. Bízom benne, mégis megrémít a tudat, hogy errefelé már nem igazán ismerem a várost. Őrültnek hiszem magam néhány pillanatra. Nekivágtam az ismeretlennek, a hold sápadt fényénél az árnyékok hátborzongatóan festenek. Fázom is. Nem tudom, mit keresek, mégis céltudatosan kanyarodom és gyorsítok lépteimen. Bízom benne, csak remélem, tudja, hogy mit csinál.

Hirtelen megtorpanok. A házszám nem ismerős ugyan, mégis tudom, ki lakik itt. Kopogtatok, bár fogalmam sincs, mit akarok még mondani. Egy nyúzott, mogorva öregember nyit ajtót, arcom mégis halvány mosolyra derül a látványtól.

– Charley Craig? – kérdem félénken, mire rávágja, hogy nem akar venni semmit, hagyjam békén. Orromat facsarja a szájából kiömlő whiskyszag, a hangja nyers, mégis halk, beteges. Már épp be akarja csukni az ajtót, mikor hirtelen valami folytatásra késztet. – Mennyi időd van még hátra?

Megbotránkoztatja őt a tegeződés, ahogyan engem is meglep, mégsem érdekel. Az érdekli őt is, hogy honnan tudom, hogy beteg, azonban nem felelhetek – még nem.

Arra kérem, hogy jöjjön velem. Megemlítem Cora nevét, vonásai hirtelen ellágyulnak. Felé nyújtom a kezemet, azt suttogom, hogy jót akarok, hogy egy ki nem mondott kérést teljesítek csupán.

Nem tudom, miért gyűlölte meg egymást a két férfi, azt azonban tudom, hogy Charley haldoklik, és ez lehet az egyik utolsó alkalom arra, hogy elfeledjék a múltat és kibéküljenek. Én nem Cora reinkarnációja vagyok, én csupán egy kívülálló kislány, aki meghallotta őt. Egyes lelkek képtelenek a fénybe távozni azonnal, mert még dolgunk van itt. Cora nem azért ragadt itt, mert a bátyja képtelen elengedni őt, hanem mert rádöbbent arra, hogy Martin szívében az űr nem az ő elvesztése, hanem az a szörnyű veszekedés. Corát elvesztette, mikor meghalt, az apját azonban még azelőtt, hogy itt hagyta volna ezt a világot, és ez így nincsen rendjén.

Cora azért tolmácsol nekem, azért irányít és vezet, hogy ráébressze a két férfit arra, hogy a ki nem mondott szavak, bocsánatkérések és megbánások semmivé foszlanak, ha letelik az idő. El akarta mondani azt, hogy ki kell használniuk a lehetőségeiket; el akarta mondani nekik, hogy mennyire szereti őket, és hogy mindig vigyázni fog rájuk odaátról...

A barátság ereje

Kelly Smith – 2001. április

Pontosan emlékszem arra az éjjelre, arra az álomra. Gyakran láttam már őt magam előtt éjszaka, azonnal felismerem. Valami azonban ma más; most először szólít meg. Még sohasem láttam az arcát, és bármit is mond, a hangját most sem hallani. Ellenben érzem őt, és azt a különös fényt, mely körülöleli őt.

Most is ő jár a fejemben. Látókörömet beszűkülni érzem, egyre tompább; épphogy beszűrődő zajként jut el hozzám a matematikatanárnő hangja is. Exponenciális egyenlet, függvények… ah! Szabadítson ki valaki ebből az unalomból!

Fáradt tekintetemet az ablak irányába fordítom. Hirtelen semmi nem tűnik fontosabbnak vagy érdekesebbnek a fák gyenge szellő által mozgatott ágainál, melyek mintha integetnének, hívnának maguk közé. Ám rá kell döbbennem arra, hogy nem a kopaszodó lombkoronák tengerét vizslatom valójában, hanem azt a kedves kis szőrpamacsot, aki alattuk ücsörög. Engem néz. Pontosan engem.

A csengő éles hangja hirtelen kiránt ebből az ábrándozásból, bioszra kell sietnem. Ellenben képtelen vagyok elfeledni annak a kis spánielnek a tekintetét. Az utolsó óra végén felcsendülő jelző a megváltás édes szimfóniáját szimbolizálja a diákság számára; tömegesen tódulunk kifelé az ajtón. Én azonban még nem hazafele igyekszem, hanem a kerítés mögötti füves területre.

Szinte teljesen kihalt. Nem uralja más, mint a zöld és a végtelen ég. Nem egészen értem önmagamat, hogy miért és mit teszek, de őt keresem. Azt a kiskutyát.

Végtelen éveknek tűnnek a percek, míg körbefuttatom tekintetemet a tájon, ám minden fáradtságomat félretéve ott maradok. Várom őt. Ne kérdezd, miért, de várom őt. Hanyatt vágom magam a fűben, újabb és újabb percek telnek el, a szemem szinte már lecsukódik. Ekkor hirtelen halk léptek hangja üti meg a fülemet.

Finoman lehunyom a szemem, igyekszem egyhelyben maradni, meg sem moccanni; nem akarom, hogy észrevegye, hogy figyelem. Hallom, amint közeledik felém, én nesztelenül lapulok a fűben. Hirtelen valami nedvességet érzek az arcomon, mely kétségkívül, egyértelműen egy kutyaorr érintése lehet csupán. A hideg érintés csiklandozni kezd, felkacagok. Egy pillanatra megrémít a hirtelen mozdulatom; attól tartok, ezzel el is riasztom magam mellől, ő azonban nem rohan el. Mintha csak egymást vártuk volna, leül mellém és hagyja, hogy simogassam. Olyan nyugodt minden mozdulata, pillantása, levegővétele, mintha nem is egy idegen személy mellett foglalt volna helyet.

Melegség tölt el, olyasfajta, melyet réges-rég nem éreztem már, melyről azt hittem, sosem lesz már újra az enyém, s melyre jó ideje vágyakoztam már. Megölelem a törékeny kis lényt. Úgy szorítom magamhoz szinte, mintha az életem függne tőle. Ő kedves csaholásba kezd, mintha a gondolataimat is értené. És a szeme! Rám néz, konkrétan rám néz, mintha csak azt akarná mondani, hogy nem lesz semmi baj.

Magammal akarom őt vinni, ám tudom, hogy nem szabad. Évek óta könyörgöm egy kutyáért, de anya úgysem engedné meg. Apára emlékezteti őt, és a gyászra. Noha ezt sohasem érthettem meg teljesen, beletörődtem egy idő után. Én már alig emlékszem rá, nem tudhatom, hogy anya mit élt át, min megy keresztül, így kénytelen voltam elfogadni ezt a tényt. De akkor most mégis mit csináljak?

Megvakargatom a fülét, majd engedem, hogy hazáig kísérjen. Tovább azonban nem jöhet, ezzel magam is tisztában vagyok. De biztos nem lehetek abban, hogy ő meg is értette a szavaimat.

Éjszaka képtelen vagyok nyugodtan aludni, kíváncsian nyitom ki az ablakot és dugom ki rajta a fejemet. Ő ott fekszik a kapu előtt, engem vár. Csoda, hogy anya nem vette még észre! Óvatosan, minden zajt és nyikorgó lépcsőfokot kikerülve átpréselem magam a bejárati ajtón. Előtte persze meglátogattam a konyhát is, hogy kicsempésszek Pamacsnak néhány finom falatot.

Csaholni kezd, mikor megpillant, ám próbálom finoman csitítani őt. A rántott húst az utolsó morzsáig elpusztította, még a kezemet is tisztára nyalogatja. Valahogyan sikerül a járda egy odébb eső részére irányítanom, ahol majd reggel fogad engem. Már reménykednem sem szükséges, pontosan tudom, hogy érti minden szavamat.

Fél hétkor általában karikás szemekkel, ásítozva, kávé után imádkozva tántorgom ki a szobámból, ma azonban valahogy egyszerűen kipattanok az ágyból. Még anya is csodálkozik a hirtelen változáson: így legfeljebb gyerekként viselkedtem, karácsony reggelente.

Ám az az ajándék, aki a ház mellett vár rám, ezer karácsonynál is értékesebb. Odaadom neki a reggelimaradékomat, majd megölelgetem. Elkísér az iskolába, majd haza. Megnevettet... arcom abban a pillanatban mosolyra húzódik, ha csak eszembe jut is.

Sohasem éreztem magányt, nem tudtam eddig, nem is éreztem, hogy hiányozna valami az életemből. Most azonban érzem ezt az űrt minden egyes percben, mikor nem vele vagyok.

Hirtelen elfelejtem, hogy milyen túlélni valahogy minden vánszorgó órát, hogy milyen fáradtnak lenni. A tény, hogy Pamacs odakint vár rám, értelmet ad a szenvedésnek még a legértelmetlenebb óra közepette is. Bátrabbnak érzem magam a jelenlétében, reménytelibbnek, és valami másnak is talán. Mikor meglátom őt, a szívem hatalmasat dobban, ereimben a vér felpezsdül, nem gondolok se a matekra, se fájdalomra, se gondokra. Eddig nem kerestem ezt az érzést. A néhai fellángolásokban, pillanatnyi örömöt adó mozifilmekről és ajándéktárgyakról hittem azt, hogy elértem már mindent, amit csak lehet. És most, csakis most, miatta érzem igazán, hogy mit is jelent a boldogság. Most először tudatosul bennem, hogy milyen is az őszinte szeretet és a boldogság mámorító egyvelege.

Már sosem szomorkodom, nem számít már számomra egy sértő megjegyzés, vagy egy kellemetlen pillanat. Mert pillanatok csupán, ám Pamacs örök. Ő mindig itt van mellettem, és itt is maradunk egymásnak, míg csak tehetjük.

Mindig is lusta embernek vallottam magamat. Jól elvoltam magamban, a négy fal között lapulva. Most azonban hirtelen minden szabad percemet a szabadban akarom tölteni, labdákat és frizbit dobálva, majd nevetne nézni azt, ahogyan visszarohan velük.

Most valahogy tökéletesnek érzem az életemet. Szavakra sincsen szükségünk ahhoz, hogy megértsük egymást. Nem veszekszik velem, nem sérteget, nem hagy el. Semmi mást nem tesz, csak szeret. Erre egy ember képtelen, erre a feltétel nélküli, őszinte szeretetre. De Pamacs szerencsére kutya, s ezáltal így tökéletes.

Ám tudom azt is, hogy nem titkolhatom el örökké a létezését. El kell mondanom anyának. Azonban ezt a beszélgetést igyekszem halogatni, ameddig csak képes vagyok rá. Kertelek, folyton-folyvást füllentek, hirtelen sokkal többen járok el otthonról. Sejt valamit, tudom, hogy így van, azonban nem kérdez. Csak vár.

És én is várnék. Éveket, ha kell, de nem tehetem. A körülmények nem engedik meg nekem a titoktartás szabadságát. Anya egy ideje új munkát keres, nem egy állásinterjúra be is hívták már. Az egyik azonban mindnél jobban érdekelte, és roppantmód kedvezőnek is tűnt. És ami azt illeti, meg is kapta az állást. Ám életemben először képtelen vagyok örülni a sikerének, mert abban a pillanatban, hogy aláírja a szerződést, azzal ott helyben fel is bontja az enyémet és Pamacsét. Nem költözhetek másik városba! Semmiképpen sem!

Nekem soha nem volt senkim, akihez így kötődtem volna. Apát elveszítettem… Én nehezen illeszkedtem be, főleg, hogy folyton költöztünk. Se rendes család, se barátok, se állandó otthon. Anya megfásulttá vált az évek során. Nem hibáztatom érte nyilván, csak nekem szükségem van valami másra is. Valamire, ami változatlan, örök, és boldoggá tesz. Ez Pamacs. Az ő szeretete. Nagy levegőt veszek. Reszketek, de a szemébe nézek, és mindenféle mellébeszélés nélkül, határozottan közlöm vele: vagy maradok, vagy a kutyámmal együtt költözöm. Más út nincsen.

Arcára teljes megdöbbenés ül ki, először nem is ért engem. Nemet akar mondani, nemet akar mondani arra a lényre, aki színt vitt az életembe, aki megtanított érezni, aki miatt ételme lett a szürke életemnek! Szóra nyitja ajkait, azonban hang nem jön ki rajtuk. Megpillantja Pamacsot az ablak üvegén keresztül, meglátja a tekintetét, azt, ahogyan engem néz, és hirtelen elhallgat. Hirtelen eszébe jut minden, amit csak feledni akart.

Még a születésem előtt egy ugyanilyen kiskutyát akart venni nekem apa. Még a világra sem jöttem, de ő már tudta, hogy mire van szükségem. Egy kölyökkutyát akart, akivel együtt nőhettem volna fel, anya azonban még nem akarta. Apa halála után pedig már nem...

Most azonban olyan a tekintete, mint aki hirtelen mégis elfogadja őt. Remény tölti el a szívemet. Sosem jelentett még nekem semmi sem ilyen sokat. Anya bólint. Rábólint! Arcomon forró könnyek folynak végig, a szám nevet. Anya karjaiba vetem magam, majd kirohanok a ház elé. Felnyalábolom a járdáról Pamacsot, és a meleg házba cipelem. Most már teljes a családunk. Vele együtt már nem hiányzik semmi sem az életemből.

Az ágyban fekszem, ő mellettem fekszik a takarón, érzem, ahogyan békésen szuszog. Hirtelen valami megfoghatatlan békét és teljességet érzek magamban. Érzem azt a fényt és szeretetet, mely belőle árad, és mely különös nyugalmat ad a szívemnek. Ma éjjel nem forgolódom. Most először nyugodtan alszom el.

Megint ugyanazt álmodom. Megint ugyanott vagyok, és ő áll előttem. Azonban ma, először, már az arcát is tisztán kivehetően láthatom. Apa az. Azonnal felismerem. Halványan elmosolyodik, amikor megpillant, majd óvatosan átölel. Búcsúzni jött, de nem hagy egyedül, nem hagy magamra sohasem. Mielőtt felébrednék, még pont hallom az utolsó szavait: „Küldtem hozzád valakit, aki helyettem vigyázza minden lépésedet. Egymásra találatok már, ugye?"

Egy másfajta segélykérés

Kate Craig – 2017. április

Az orvosi titoktartás roppantmód megnehezítheti az ember életét. Itt van például Jerry, az egyik hétfőnkénti és péntek délutáni páciensem. Általában rögtön az AA meeting után látogat meg, és a barátnőjéről mesél. Nem a leszokásban segítek neki, arra ott vannak a gyűlések; nem a testvérével való kapcsolatában kell megerősítenem, sem pedig a válásának a feldolgozásában segítenem... a gondja a szerelem.

A gyűlések egyikén ismerte meg a nőt és szeretett bele. A mentora azonban azt javasolja, hogy amíg nem szerzi meg az egyéves érmét, ne bonyolódjon kapcsolatba. Jerry viszont attól fél, hogy ha most elengedi a lányt, örökre elveszítheti őt. Párterápiát tanácsoltam neki már az első alkalommal, ám nem meri meglépni, mert attól fél, hogy lányt megriasztja a bizonytalansága.

Már két hete járt hozzám, mikor rádöbbentem arra, hogy a barátnőjét is kezelem. Noha neveket nem említettek nekem, kizártnak tartom, hogy van még egy kisgyermekes anyuka a brightoni anonim alkoholisták között, aki beleszeretett egy pasasba, aki ugyanarra a meetingre jár, és aki a bátyja bizalmát próbálja meg újból elnyerni.

Jerry attól fél, hogy elbaltázza a kapcsolatukat, ezért nem kezdeményez. Chloe azt hiszi, hogy a férfi a tinédzser lánya miatt ódzkodik a közeledéstől. Neki is a párterápiát ajánlottam, de úgy véli, hogy Jerry nem hisz az ilyen pszicho-mókusoknak. Mivel az orvosi titoktartás nem engedélyezi azt, hogy eláruljam nekik, hogy mit is gondol valójában a másik, így az időpontjaikkal kezdtem el variálni, hátha összefutnak. Naná, hogy mikor végre sikerült egymás utáni órára tenném őket, Jerry pont aznap mondta le a terápiát egy állásinterjú miatt! Én feladom, oldják meg maguk. Isten látja lelkemet, én megpróbáltam.

Nagyot sóhajtva teszem félre a kartonjaikat. Ma új pácienst fogadok; egy hete telefonált hozzám először. Kicsit izgatott vagyok, mert nem árult el semmit sem arról, hogy mi a problémája; így nem tudtam semmiféle témával sem készülni. A hangja nagyon remegett, vélhetően zokogott is előtte nem sokkal. Gyászra vagy összetört szívre fogadok, de biztosat csak másfél óra múlva tudok majd megállapítani.

Mindig ideges vagyok az új kliensek bemutatkozása előtt. Mindig tartok egy kicsit attól, hogy nem tudok majd segíteni, mert volt, hogy semmit nem használt a terápia. Volt, hogy nem tudtam tenni semmit sem. Ez mindig azon a félen is múlik, aki vagy befogadja, vagy kizárja a szavaimat. Képes voltam segíteni azon a fiatal nőn, akit gyermekkora óta bűntudat mérgezett. Az édesanyja az egész életét arra áldozta, hogy megtudja, hogy kik adták őt örökbe. Akkor, amikor teherbe esett a lányával, már közel volt ahhoz, hogy rájuk leljen, ám a koraszülött csecsemő ápolása és nevelése minden maradék idejét felemésztette. Mikor a lány öt-hat éves körülivé cseperedett, újból nekilendült a kutatásnak, ám az igazság, mellyel szembe kellett néznie, az volt, hogy az igazi szülei három évvel korábban elhunytak egy természeti katasztrófa során. A lány képtelen volt feldolgozni a tényt, hogy édesanyja ismerhette volna a szüleit, ha ő nincsen.

Együtt feloldottuk ezt a kínt, együtt elfogadtuk és helyre tettük az érzéseket. Ám képtelen voltam megoldani azt, amikor egy nő azzal jött hozzám, hogy üres az élete. Megvolt mindene, amiről csak álmodhat az ember; nagy család, szerető, dúsgazdag férj, hatalmas ház és minden... de ürességet érzett. Hónapokon át jött hozzám, de nem tudtam még mélyebbre túrni, nem tudtam fellelni az okot és segíteni rajta.

Megrémített az az érzés, ami akkor kerített a hatalmába. Az a bűntudat és tehetetlenség... Nem tudom, hogy mit kezdjek azzal, ha nem tudok segíteni.

Hirtelen léptek hangja üti meg a fülemet. Hm... tíz perccel korábban. Már ha valóban ő az. Felpattanok a székből és kinyitom az ajtót. A váróban egy zaklatott nő ácsorog, rémülten pillant felém.

– Mrs. Louis? – kérdezem bátorítóan, mire ő bólint egyet. Én az ajtó irányába mutatok, ám ő nem mozdul. Hátrapillant a válla fölött, idegesen tekint körbe, mintha rettegne attól, hogy valaki követte őt. Csupán azt követően lépi át a küszöböt, hogy meggyőződött afelől, biztosan nincs itt rajtunk kívül senki.

– Foglaljon helyet, kérem. – Az egyik fotelre mutatok, ő azonban kelletlenül huppan le rá. A keze remeg, a tekintete folyton-folyvást kikerül. Ez a nő valósággal retteg.

– Kér egy csésze teát esetleg? – kérdezem halkan. Nem lesz vele könnyű dolgom, tartok attól, hogy nehezen nyílik meg. Hirtelen elfejtem azt, hogy hogyan is szoktam kezdeni az ilyen eseteket, de próbálok a barátjának tűnni, nem pedig a terapeutájának.

– Nem, köszönöm – feleli halkan. A hangja remeg, a kezét tördeli.

Leülök vele szemben, próbálom elkapni a tekintetét. Kérdezgetem; igyekszem kiszedni belőle azt, hogy miért is jött el hozzám.

– A lányom, akit örökbe adtam, a minap felkeresett engem.

Arcát könnyek barázdálják; mindegy, mit teszek, mit mondok, ennél többet egyelőre lehetetlenség kihúzni belőle. Hozok neki teát, átkarolom, csitítgatom, igyekszem megtudni azt, hogy mi váltja ki belőle ezt a zokogást. Volt már dolgom nem egyszer ehhez hasonló esetekkel; ez mindig másképpen zajlik le. Az embert megviseli egy ilyen helyzet. Nyilván nem önszántából mondott le a kicsiről, ez egyszerűen látszik rajta. Ismerem azt a fajta tekintetet már: a bűntudatot, az emlékekbe merült, elrévedő tekintetet, de a rettegés, ez a félelem nem megszokott a hozzá hasonló anyák körében.

– Most lett nagykorú?

Kérdéseket teszek fel. Nem is kell, hogy mindre válaszoljon, a testbeszéde, a tekintete, az arcizmainak gyengéd rándulásai, a pillanatnyi csend, vagy a könnyek áradata bőven elég válasz nekem. Talán észre sem veszi, de finoman oldalirányba csapja a fejét: a válasza a kérdésemre egy *nem*. Ösztönösen reagál a teste akkor is, ha az ajka képtelen szóra nyílni előttem.

A lány tehát kiskorú, a nevelőszülők vélhetően most magyarázták el neki. Ez felboríthatta a gyermek egész életét. Kiszámíthatatlan az, hogy hogyan reagálnak erre a hírre, és nincs alternatív módszer arra, hogy hogyan kellene kezelni a helyzetet. Valaki eleve úgy neveli fel a gyermeket, hogy tisztában legyen azzal, hogy ő fogadott gyermek. Valaki patthelyzetbe kerül egy óvatlan kérdés által, vagy a kórházban akár, mikor kiderül, hogy két ilyen szülőnek lehetetlenség, hogy olyan vércsoportú csemetéje szülessen. A szülők éveken át rágódnak azon, hogy hogyan kellene lezajlania ennek a beszélgetésnek. Nem egy pár megfordult már nálam ezzel a problémával, de még ha fel is vázolják előttem a gyermek természetét, viselkedését és érzelmi világát, akkor sem lehet megjósolni, hogy hogyan is fog viselkedni ezután.

Nem tudom, hogy ez a lány milyen lehetett. Nem tudhatom, hogy rátört-e esetleg az anyjára, számon kérte őt, és gyűlölködve kérdezte-e tőle azt, hogy miért dobta el magától. Egy ilyesfajta reakció kiválthat a nőből ehhez hasonló érzelmi válságot. Mert egyértelmű, hogy szereti a lányt, a szeme mindent elárul nekem; mióta csak lemondott róla, nem telt el úgy nap, hogy ne gondolt volna rá.

A gond azonban minden esetben a miértben gyökerezik: hogy miért nem tartotta meg. Nem tűnik olyannak, mint aki nehéz körülmények közt van: a táskája, a ruhái mind márkásak, a haja, a körme mind arról árulkodik, hogy meglehetősen jól megy a sora. Voltaképp, akinek van pénze pszichológushoz járni, az már nem lehet annyira szegény.

Próbálom kipuhatolni az okot. Az okot, amiért örökbe adta a kislányt. A karriert választotta, vagy fiatalkorú volt még, vagy akkor még nem akart gyereket? Ezer és egy oka lehetett. Kizártnak tartom, hogy ráhibázom valamiképpen, ezért próbálom másfelől megvilágítani a helyzetet.

– A seb még friss, nagyon friss. Mégis azonnal hozzám fordult. Nincs olyan ember az életében, akinek elmondhatná, aki segíthetne? A családja, egy bizalmas kolléga, barát – tekintetem a jegygyűrűjére téved –, a férje esetleg?

A nő testén remegés lesz úrrá; a tekintete valósággal megdermed. Kapkodja a levegőt, fel akar kelni a székből, én azonban nem engedem.

– Bocsásson meg! – motyogja. – Hiba volt eljönnöm, nem
lett volna...

– Az a hiba, ha elmegy innen – vágok hirtelen a szavába.

Segítségre van szüksége, és most már azt is tudom, hogy
miben. A kicsi elvesztése egy dolog, de a férje az, akitől retteg.

– Nem beszélhet neki a lányról, igaz? – Bólint egyet, így to-
vább kérdezem. – Ő nem engedte, hogy megtartsa a gyerme-
ket? – Újabb bólintás. – Rita... Mr. Louis bántja önt?

Újból rátör a zokogás, ellenben a fejét rázza. El akarja hitet-
ni velem azt, hogy nem árt neki a férfi, vagy talán már önmaga
is azt hiszi, hogy ez a valóság. Nem látok rajta zúzódásokat, se-
beket, nyilván nem fizikai a bántalmazás. A törött csont azon-
ban hamarabb gyógyul, mint a darabokra tördelt lélek.

– Nekem csak ő van, nekem csak ő maradt – dadogja ösz-
szetörten.

– Ezért megtesz bármit, amit csak akar öntől? – kérdezem
halkan.

Ismerem a hozzá hasonló, kétségbeesett nőket. Képtelenek
otthagyni a férfit, függetlenül attól, hogy testileg vagy lelkileg
bántalmazza őket. Ragaszodnak hozzá akkor is, ha tönkremen-
nek mellette. Volt már dolgom hasonló nőkkel, akiket családta-
gok vagy barátok rángattak el hozzám, és sajnos kevesekkel jár-
tam sikerrel. Olyannyira biztosak abban, hogy ha borzalmas is a
kapcsolatuk, de legalább ez megvan nekik, a biztonsága annak,
hogy van egy kapcsolatuk, egy otthonuk, hogy egy idő után ma-
guk is természetesnek vallják már azt a kegyetlen életformát,
melybe kényszerültek.

Félek, hogy most sem leszek képes segíteni. Félek attól, hogy
túl sok a gát és az elfojtott érzelem. Ő csak a lánya miatt vette
rá magát erre, nem akar segítséget kérni tőlem, és tartok attól,
hogy el sem fogadja, bárhogyan is próbálkozom.

– Eljött ide. Mondja el, miért.

– Mert ismeri Julie-t – kezd bele.

– Julie Daniels? – kérdezem döbbenten. Jules a húgom leg-
jobb barátnője! Tizennégy éves, imádnivaló kislány, némi beil-
leszkedési problémával. Gyakran találkozom vele: olyan, mintha

Candy árnyéka volna. A szülei kissé paranoiások, mert Julie-t babaként fogadták örökbe, és tőlem kértek tanácsot, hogy hogyan kellene… Atyaúristen!

– Ön Julie valódi édesanyja, igaz? De – töprengeni kezdek – honnan tudta, hogy ki vagyok?

Azt hiszem, jelen esetben kezdek én magam paranoiássá válni. Konkrétan hozzám jött, mert tudta, hogy ki vagyok. Honnan? És mit akar tőlem pontosan?

– Hillary Miller a kollégám. Nem tudom, emlékszik-e rá.

– Hill… igen, igen, emlékszem. Egy ideje már nem láttam őt, de emlékszem rá. Persze, hogy emlékszem, de mi köze ehhez az egészhez?!

– Ő adta oda nekem a névjegyét, azt mondta, neki sokat segített. Nem… nem akartam eljönni, de elraktam a kártyát. – Nehezen jönnek a szájára a szavak, zaklatott és reszket. Egy pillanatra azonban elfelejtek betegemként tekinteni rá, csak az a kérdés dübörög az elmémben, hogy mi folyik itt. – Miután a lányom megkereset, miután újra… – Arcát elöntik a könnyek, hiába próbálom nyugtatgatni őt. – Kíváncsi lettem. Rákerestem a neten, és megláttam… magát azon a képen.

Nem kell folytatnia, már értem a dolgokat. Candy Jules legjobb barátja, folyton felraknak magukról közös fotókat a közösségi oldalakra, egy-kettőn én is rajta vagyok. A képem rajta van a névjegykártyámon is, felismerhetett róla és eljött. De mit akar tőlem?

– Szükségem volt… valakire, aki… aki… – próbál mély levegőket venni – aki ismeri őt.

– Azt mondta, Jules megkereste önt. Nem beszélhetett vele, igaz?

Zokogás lesz úrrá rajta; a vállamra borulva ontja a könnyeit. Én hirtelen a számhoz kapom a kezemet; egy halvány emlék villan fel bennem. Mikor megismerkedtem Amy Danielsszel és először kért tőlem tanácsot azzal kapcsolatban, hogy hogyan is kellene kezelnie a kialakult helyzetet, elmesélte nekem azt, amit tudott. Elmondta nekem, hogy milyen is volt a nő, aki lemondott a saját csecsemőjéről, és nevelőszülőket keresett neki.

Elmondta nekem, hogy milyen is volt az a nő, aki a bejárati ajtajuk küszöbe előtt reszketve és zokogva ölelgette a kisbabáját és búcsúzkodott tőle. Amy megkérdezte tőle, hogy miért bízza rájuk, mikor a lelke hasad ketté attól, hogy elválik tőle.

Emlékszem, nagyon is jól emlékszem arra, hogy Amy mit mondott nekem, hogy mit felelt a szegény nő. A férje nem akart gyereket. Mikor állapotos lett, nem vallotta be egészen addig, míg nem ért el ahhoz a hónaphoz, mikor már nem végeznek az orvosok abortuszt. Abban reménykedett, hogy a férfi ezáltal meggondolja majd magát, az azonban ultimátumot adott neki. Vagy elhagyja őt, vagy a gyermeket adja örökbe. Nem maradt választása, nem volt hova mennie. A férfi nélkül nem tudta volna felnevelni a gyermeket és megadni neki azt, amit meg akart volna adni számára.

Ez a nő ül most itt mellettem. Ez a nő az, aki a világra hozta Julie-t; ez a nő az, aki lehetővé tette Amy számára, hogy gyermeke lehessen. Ez a nő az, aki boldogságot adott egy családnak, a saját lelke árán is.

Képtelen vagyok megszólalni. Nem nem egyedülálló az esete, hallgattam már sokkalta borzalmasabb élettörténeteket is, de azok közül egyik sem érintett engem. Ám őt, őt nem tudom közömbösen és általános empátiával kezelni.

– Gyöngyű kislány lett belőle – folytatja sírva. – De nem… nem mondhattam el… neki. – Megfogom a kezét, biztatom arra, hogy elmondja, miért van itt. – Szeretettel jött el hozzám, ragyogott, de én… én el kellett, hogy lökjem magamtól.

Nem beszélhetett vele. A férfi nem engedte volna, hogy kapcsolata legyen a lánnyal, nem találkozhatott volna vele, nem ölelhette volna magához, így azt akarta, hogy a lány ne is keresse őt többé.

– Milyen ember… lett belőle? – kérdezi halkan.

Azt akarom mondani, hogy makacs, hogy gondjai vannak a beilleszkedéssel, de ha közel kerül valakihez, akkor az örökre a barátja marad, mint a húgom is. Azt akarom mondani, hogy kézilabdázik, és hogy elhányja magát, ha felül az óriáskerékre. Mégsem vagyok képes ezt mind elsorolni.

– Tüneményes gyerek lett belőle, aki ha tudná az igazat, ha tudná, hogy mennyire szereti őt az anyja, büszke lenne arra, hogy milyen nőnek a lánya. Büszke lenne önre és az áldozataira, megértené a döntéseit. Megértené, hogy miért döntött így.

Nem tudok többet mondani ennél. Nem vagyok képes ennél többre. Rita felé fordulok, és megölelem őt. Érzem, ahogyan remeg, érzem, ahogyan a mellkasa szaporán emelkedik és süllyed, ahogyan a könnyei végigcsorognak a hátamon. Érzem azt, hogy mennyi szeretet és elfojtott jóakarat van benne, mennyi érzelem és gondolat, melyet nem hallhat a világ.

– Egy szívességet… szeretnék kérni – suttogja. – Megtenné, hogy mikor… legközelebb látja Julie-t – nyelnie kell egyet –, megmondja neki az igazat? Megmondja neki… azt, hogy szeretem őt?

Nem marad erőm a szavakhoz. Bólintok, ő pedig tudja, hogy megtartom a szavamat. Az arcához kap, kitörli a szeméből a könnyeket és feláll. Nem engedi, hogy kérdezzek, nem engedi, hogy segítsek neki. Ő csak ennyit akart. Elmondani az igazságot, és ennél többet nem, és én tiszteletben tartom a döntését, akkor is, ha nehezemre esik. Nem köszön el, csupán kisétál az ajtón, és tudom, hogy soha többé nem látom őt viszont. Jelenlétének bizonyossága mindössze vadul zakatoló szívem és könnyes arcom… az érzés, mely képtelen nyugton hagyni zavaros lelkemet.

Kezemet a zsebembe csúsztatom, ujjaim remegve nyomják le a gombokat. Amyt hívom. Próbálok tisztán és érthetően beszélni, hogy minél kevésbé érezze a hangomon azt, hogy sírtam.

– Halló, tessék – szól bele.

– Szia Amy, itt Kate.

– Kate, de jó, hogy hívsz! Már akartam is beszélni veled valamiről. – A hangja valósággal sugárzik, hirtelen azt hiszem, várnom kellene még ezzel. – Elmondtuk Julie-nak…

– Valóban? – kérdezem tettetett meglepéssel. – És, hogyan fogadta? – Úgy gondolom, mégis megfelel az alkalom arra, hogy megtartsam az ígértemet.

– Eleinte nagyon nehezen. Megrémültem, hogy elveszíthetem. Elszökött, hogy megkeresse a nőt, aki örökbe adta. De aztán az, hogy a vér szerinti anyja elutasította őt, visszavezette hozzám. Valahogy ez kellett ahhoz, hogy most még annál is jobban ragaszkodjon, mint addig. Kate, megoldódott hirtelen minden gondunk. Jules már nem érzi másnak vagy idegennek magát.

– Ez remek, ez igazán...

Leteszem a telefont és összeroskadok a padlón. Nem tudom magamba fojtani a sírást, sem pedig a tehetetlenség mindennél kínzóbb fájdalmát. Nem mondhatom el neki. Nem tarthatom meg az ígéretemet, nem mondhatom meg neki, hogy mit üzent neki az édesanyja, mert akkor újból összetörném. Ha szereti őt a nő, akkor azt ő sem akarhatja.

A padlón ülök összegörnyedve és azon töprengem, hogy hogyan leszek képes Julie szemébe nézni, mégis tudom, hogy nem volt választásom. A döntéseinkkel pedig együtt kell élnünk, és elfogadnunk őket...

Két hónap

Az ajtó halk nyikorgás kíséretében adja a nejem tudtára a megérkezésem. Nem várok üdvözlést, tudom, hogy felesleges volna. Lassan, komótosan a fogasra akasztom a kabátomat, elbíbelődöm a sáros bakancsom megtisztításával; minden pillanatot igyekszem hosszú percekké nyújtani. Azt hittem, készen állok, de valami érthetetlen okból kifolyólag mégis csak félek.

Nagyot sóhajtva folytatom utam a konyha felé, Susanne-t keresve. Az asztal megterítve, egyetlenegy személyre. Azt sem érzem, hogy milyen falatot gyűrök le éppen a torkomon, zavaros gondolataim az előttem álló beszélgetésre összpontosulnak. Ha most nem teszem meg, holnap még kevesebb bátorságom lesz hozzá.

A hálószoba küszöbén megtorpanok. Nagy levegőt veszek, a szemébe nézek. Halvány tekintete üres, fogalmam sincs arról, hogy mire gondol. Látja, hogy nehezen találom a szavakat, kérdezni kezd. A hangja tompán jut csak el tudatomig, nem akarok rágondolni sem. Odahúzom elé a széket és komor, jeges hangon suttogom a nevét. Valaha érzelmek törtek fel bennem, a szívem vadul kezdett kalapálni, akárhányszor csak a nevét kimondtam. Mára ez a tűz végleg kialudt.

Válni akarok. Olyan könnyű lenne ridegen és bármiféle érzés nélkül kimondani ezt. Ám mikor felé pillantok, s belenézek az ártatlan, mit sem sejtő tekintetébe, rádöbbenek arra, hogy huszonnégy évnyi házasság után egyszerűen kötelességem tapintatosabban közölni.

– Látom, nehezen jönnek a szádra a szavak – motyogja halkan. – Talán kezdem inkább én – vág bele a mondandójába. Nagy levegőt vesz, úgy érzem hirtelen, hogy súlyos dologról van szó. – Az öcséd hívott ma délután. Visszaköltöznek Bristolba…

– Ennyi év után? Minek? – értetlenkedem.

– Talán, hogy a lánya megismerje a családját? – Eltöpreng egy percre. – Egy darabig nálunk laknának, míg meg nem szokják újból a várost, és míg találnak egy jó helyet.

– Meddig? – kérdezem fáradtan, körülbelül, mintha az anyósomról lenne szó.

– Azt hittem, örülni fogsz neki. Elvégre nem is ismered a lányát – feleli Susanne értetlenül.

– Persze, örülök… – Én tényleg örülök Joe-nak, csak nem most. Nem most…

Susanne megkérdezi, hogy mit is akartam mondani ezelőtt. Zavarodottan terelem félre a szót, csak arról hebegek valamit, hogy mennyire lefárasztott az iroda. Nem mondhatok semmit sem Albáról, sem pedig a válásról; ma nem lehet.

Nyilván nem fogadhatom úgy az öcsémet, hogy éppen szétmegyünk. Évek óta alig láttam, kötelességem illendően fogadni őt, azaz őket. Egy ideje nem volt már gyerekzaj a házban, de úgy tűnhet, továbbra sincsen nyugtunk.

Még este felhívom Albát, titokban értesítem arról, hogy Joe hozzánk költözik egy rövid időre, addig még ritkábban találkozhatunk, de utána… utána együtt lehetünk már. Türelmetlen és értetlen, végül rábólint. Mit is tehetne mást? Susanne szerint körülbelül két hónapról lehet szó, annyit ki tudunk bírni így is.

Annyit muszáj lesz kibírnom még a feleségem mellett. Kénytelen leszek eljátszani azt, hogy minden rendben van köztünk. Példát kell mutatnom az öcsémnek: egy szerető, összetartó család képét kell nyújtanunk. Tettetni kényszerülök azt, hogy még mindig szeretem őt, és hogy a házasságunk boldog. Játékként tekintek rá, melynek végén, ha jól játszom a szerepemet, megkaphatom végre Albát.

Mikor este befekszem a feleségem mellé az ágyba, felém fordul és azt kérdezi, hogy menni fog-e. Nem értem, mire gondol. Még csak a szeme se rebben, tekintete sehogyan sem akar a segítségemre lenni. Vajon sejti, hogy miről akartam ma valójában beszélni? Kizártnak tartom, hogy tudna Albáról, vagy mégis? Esetleg mindent tud? Nem, ahhoz túlságosan nyugodt. Ha tud is valamit, nem árulja el, én pedig nem kérdezek, mert már nem érdekel. Új életet akarok kezdeni, méghozzá nélküle. Annyi éven át voltunk együtt, és valaha teljes szívemből szerettem, de ez már mind a múlté. Már Alba mellett érzem azt a boldogságot, amit valaha vele éltem át. A boldogságot pedig mindenki megérdemli. Örülnöm kéne, mégis aggályok láncolnak le. Helyesen döntöttem?

– Két hónap – feleli határozottan. – Felkészültél arra, hogy ismét élet fogja megtölteni a házat? – hangja elcsendesedik. – És arra, hogy Joe abban a reményben él, hogy megmutatjuk nekik, milyen egy valódi, összetartó család?

Nem felelek. Egyértelművé tette számomra, hogy nem tud Albáról, csupán a ridegséget észleli, mely, hogy is fogalmazzak, túlzottan egyértelmű már közöttünk nagyon is régóta. Azonban felkészültünk arra, hogy önmagunk fiatalkori alakjait alakítsuk, kik úgy vágtak bele az életbe, a házasságba, hogy hittek abban, ez örökre így marad. A boldogság azonban múlandó, ezt ma már tudom.

Reggel én megyek ki az állomásra, hogy hazahozzam őket. Joe sokkal fiatalabbnak néz ki, mint mikor legutóbb találkoztunk, teljesen kivirult, mióta a lány mellette van. Gabie elsőre kedves lánynak tűnik, ám némileg kihívóbb az öltözete és viselkedése, mint ahogyan mi neveltük például Alice-t. Susanne és én is visszafogottabbak voltunk mindig is, ahogyan a lányunk is ehhez hasonló rendes ember lett. Persze, Gabie-t nem az öcsém nevelte, én meg még mindig nem fogtam fel, hogy egyik napról a másikra hirtelen nagybácsi lettem.

Joe átölel, bemutat az unokahúgomnak. Nem tudom, hogyan is viszonyuljak hozzá, egészen ismeretlen a helyzet. Kezet rázok vele; szorítása jóval erősebb, mint azt az ember hinné.

Susanne közvetlenebb vele, jobban tudja kezelni a frissen kialakult helyzetet. Noha már nem nézek rá szerelemmel, tisztelni tisztelem benne a finomságát, a türelmét, az alkalmazkodókészségét. Gabie ideiglenesen megkapja Alice szobáját, Joe a vendégszobában alszik.

Reggel igyekszem teljesíteni a fogadalmamat. Susanne szendvicseket készít, mikor kiérek a konyhába, Joe és Gabie a falra kiakasztott képet nézegetik.

– Bárcsak nekünk is lett volna esélyünk egy ilyen családra! – motyogja az öcsém. A kép több mint tíz éves már. Alice kisgyerek még rajta, én átkarolom a nejem derekát.

Évek teltek el. Joe ezt nem lenne képes megérteni. A szerelem elmúlik, a gyerekek felnőnek. Gabie most kapta vissza az apját, persze, hogy odáig van érte. Aztán egyetemre megy majd, elköltözik, dolgozni indul, és alig néz vissza már. A pillanatok értéke felbecsülhetetlen, mert nem tartanak örökké. Bár megértené ezt, akkor nem kellene tettetnem azt, hogy minden olyan még most is, mint annak idején.

Azonban igyekszem megtartani a fogadalmunkat Susanne-nel. Felajánlom, hogy főzöm én a kávét, ő megkérdezi, hogy jól aludtam-e. Mosolygok, a hangom azonban üres, mozdulataim gépiesek. Ezt nem lehet tettetni! Amilyen gyorsan csak tudok, összepakolok, és már szállok is be a kocsiba. Kemény két hónap elé nézek, de megnyugtat a tudat, hogy délután láthatom Albát.

Sokáig azonban nem maradhatok vele, megígértem az öcsémnek, hogy az elkövetkező délutánokat azzal töltjük, hogy körbevezetjük őket a városban. Sokat változott a hely, mióta utoljára itt járt hosszabb időre. Talán még Gabie születése előtt lehetett az még, azóta legfeljebb karácsonykor látogatott meg minket. Mióta Lynette elhagyta őt, teljesen magába fordult és elzárkózott azt követően. A lánya azonban visszaadta az életbe vetett hitét, ezért nagyon is hálás vagyok neki.

Azonban mégis nehezen kommunikálok vele. Nincs akkora korkülönbség közte és Alice között, ő azonban mégis annyival másabb. Susanne viszont vele is ugyanígy szót ért. Úgy tűnik, nagyon jól kijönnek egymással, mégis egészen korán távozik a vacsoraasztaltól – arra hivatkozik, hogy mennyire fáradt. Különös, régebben ő volt az éberebb kettőnk közül. Vagy mégsem? Rosszul emlékszem? Gondolkozni kezdek. Valóban annyira elhidegültünk volna egymástól, hogy erre sem emlékszem? Tudok egyáltalán róla bármit is? Tudom, milyen volt, mikor beleszerettem; tudom, milyen volt eleinte. Na de most? Fogalmam sincs. Mi történt? Miért? Töprengeni akarok, mégis kényszerítem magam arra, hogy lehiggadjak. Csak két hónap, és már nem kell ezzel foglalkoznom.

Ma délután egy cukrászdába ülünk be négyesben, sok emléket idéz fel a hely. Alice-szel igen gyakorta jöttünk el ide annak idején, odavolt az itt kapható legcsokisabb csokis süteményért, persze egy falatnyi tejszínhabbal a tetején. Gabie is kipróbálja a hagyomány kedvéért; majd mi is rendelünk. Hirtelen gondolkodóba esem. Valaha pontosan tudtam az időjárástól és a kedvétől függően, hogy Susanne pontosan mit fog kérni, ahogyan ő is olvasott a gondolataimban. Most azonban azt sem tudnám már megmondani, hogy hány cukorral issza a kávét, ha egyáltalán tesz bele cukrot még.

Gabie-t kérdezgetem. Meglep a komolysága. Noha már nem kisgyerek, Alice sokkal bolondosabb maradt, felszabadultabb. Igaz azonban, hogy neki rendes élete lehetett, nyilván a szenvedés megváltoztatta a lányt.

Nehéz vele beszélgetnem. Hálás vagyok neki azért, amiért újból kirángatta a fénybe az öcsémet, azonban néha alig tudok másképpen tekinteni rá, mint annak a nőnek a gyermekére, aki összetörte Joe szívét. Mégis igyekszem valahogyan az unokahúgomat látni benne, nem pedig Lynette-et.

– Az apád mesélte, hogy szeretsz rajzolni – igyekszem beszélgetést kezdeményezni. – Grafikusnak készülsz esetleg? Vagy művészettanárnak? Lenne hozzá tehetséged.

– Egy tetoválószalonban akarok dolgozni – feleli határozottan. A válasz meglep. Abban reménykedtem, hogy Joe rendes egyetemre akarja járattatni. Én nem fogadtam volna el, ha Alice ilyen ostobaságokkal jött volna a pszichológia szak helyett, Susanne azonban leint.

– Mindegy, hogy milyen szintű képzés szükséges hozzá, ha ott fogja jólérezni magát, tökéletes lesz. A legfontosabb az, hogy szeresd a szakmádat – magyarázza, biztatva Gabie-t.

Mióta lett ilyen nyugodt és elfogadó? Vagy én változtam és lettem mogorvább? Már arra sem emlékszem, hogy milyenek voltunk egykor?

Azt tudom csak, hogy hiányzik. Ahogyan elnézem magunkat, az unokahúgomat, csak az jut eszembe, hogy hiányzik az az időszak, mikor Alice kicsi volt még, mikor együtt mentünk hárman mindenhova, mikor még valóban egy mindennél boldogabb, minden akadályt legyűrő, valódi család voltunk. Hiányzik a nevetés, az esti filmnézések házi popcorn majszolás közben, hiányoznak a túráink...

Hirtelen úgy érzem, csakis Alice tartott egybe minket. Talán csak megöregedtünk, és ennyi, kihunyt a szenvedély. Albára gondolok, a szívem zakatolni kezd. A szívem választott. Így is túl régóta reménykedtem már abban, hogy változhat a helyzet. Csak két hónap, és elmondom Susanne-nak is. Joe-nak nem kell azonnal megtudnia, egy darabig még nem, de mi már külön élhetünk utána.

Másnap azonban már felszabadultabban vágok bele az elkövetkezendő napba. Az öcsémre gondolok, arra, hogy szüksége van arra, hogy biztatást lásson tőlem abban az irányban, hogy össze lehet tartani egy családot hosszútávon is. Ki tudja, talán egyszer megnősül – nem én akarom elriasztani azzal, hogy a lobogó tűz egyszer jégcsappá változhat.

Elhatározom, hogy olyan leszek, mint évekkel ezelőtt; olyan szenvedélyes, olyan boldog, olyan odaadó. Susanne kitesz magért, rengeteget mosolyog, a Patrick megszólítást esetenként „szívem"-re változtatja, a kávém tetejére a tejszínhabot szívecske formában nyomja rá, pont, mint a házasságunk első éveiben. Eltökéltsége arra ösztönöz engem is, hogy próbálkozzam.

Idővel könnyebben megy a szerep. A napok múlásával lassan felenged bennem a feszültség. Elmosogatok helyette, megdicsérem a ruháját. Egyik reggel magam is elmosolyodom, amint magamhoz ölelem. Voltaképp egészen mókás ez a játék. Valahogyan újra megismerjük egymást hirtelen. Tudom még, hogy melyik virág a kedvence, tudom, melyik bonbonnal nyerhetem meg, melyik szavakra fog elmosolyodni. Ismerem őt; ismerem minden mozdulatát. A régi évekre gondolok: tudom, hogyan kell viselkednem ahhoz, hogy úgy tűnjön, szeretem.

Joe házat nézeget. Valami hozzánk közelit szeretne, ami megfizethető, kényelmes, és ami azért annyira mégsem teljesen mellettünk van, hogy úgy érezzük, ránk akarnak akaszkodni. Mégis, szüksége van most a családra. Nem tudja, hogy hogyan neveljen gyereket, hogy hogyan csináljon bármit is. A tanácsainkat kéri folyamatosan, biztonságban érzi magát mellettünk. Arról ábrándozik, hogy bár olyan örök lehetett volna a kapcsolata Lynette-tel, mint amilyen a miénk. Nekem pedig nincs szívem kiábrándítani őt.

Susanne az egész péntek délutánt Gabriellel tölti, shoppingolni vannak, csajos témákról beszélgetnek. Mi az öcsémmel titokban bedobunk egy pofa sört. Este, mikor ágyba bújunk, hosszasan beszélgetünk még a nejemmel a helyzetről, az eddig megnézett házakról. Hosszú ideje egy szót sem váltottunk már ilyenkor egymással, most azonban Joe okot adott arra, hogy kommunikáljunk egymással, hogy újra odafigyeljünk egymásra. Be kell, hogy valljam magamnak, élvezem a társaságát, újra élvezem az együtt töltött időt.

Másnap felhívom Albát, hogy egy ideig ne találkozzunk most, nem tudom úgy játszani a szerepemet, ha közben rá gondolok. Így most jobb lesz, alig néhány hét. Elviselhető a hiány, ha utána bujkálás nélkül lehetünk már együtt.

Azonban mikor vele beszélek, egy percre el is bizonytalanodom abban, hogy valóban ezt akarom-e; nem érné-e meg küzdeni Susanne-ért. Mikor arra gondolok, hogy eltávolodtunk, az jut eszembe, hogy elsősorban az én hibám: nem figyeltem rá eleget, nem voltam mellette, mikor kellett.

Joe megtalálta a tökéletes házat. A jövő héten el is költözik tőlünk. El kell ismernem, hiányozni fog. Gabie is, annak ellenére, hogy egy csöppet furcsának találom őt, és túlzottan szabadszájúnak esetenként. Jó volt újra a nyüzsgés a házban, kellemes volt négyesben ebédelni hétvégenként, tartozni valahova, érezni, hogy egy család vagyunk. Mondtam egyáltalán Gabie-nak, hogy örülök, hogy a családunk tagja? Mondtam Joe-nak, hogy mennyire hálás vagyok azért, hogy visszatért az élők sorába, hogy a lánya kirángatta őt a magányból, és hogy újra láthatom? Nem. Én sok mindent érzek és gondolok, de nem mondtam ki egyiket sem, és talán ez a legnagyobb hiba, amit elkövettem, ideje lesz orvosolnom.

Ma este Joe elviszi Gabie-t valami különleges kiállításra, későn jönnek haza. Minket is hívott, azonban azt mondtam, hogy ez apás program legyen, mi mást tervezünk kettesben. Nevetett, majd rám kacsintott: a mondatomba többet gondolt bele, mint ami.

Susie-nak azonban nem szóltam még. Susie? Évek óta nem hívtam így, nem is tudom miért. Mára azonban valami különlegeset terveztem. Visszagondolok rá, hogy milyen is volt régen. Miket csináltunk, mivel fejeztem ki a szerelmem. Ma a kedvenc éttermébdl rendeltem, az asztalra gyertyákat állítottam. Várom, hogy hazaérkezzen. Meglepődik, mikor bepillant a konyhába, nem számított meglepetésre.

Kér tőlem néhány percet, mielőtt kijönne hozzám: úgy dönt, hogy az alkalomhoz öltözik. Leülök addig, várom, hogy végezzen. Azt hiszem, hosszasan fog tollászkodni, azonban hamar visszatér hozzám. A fekete koktélruha, mely a testére simul, csodálatosan emeli ki vonzó alakját. Nyelek egyet, mikor belibben a helyiségbe, és csak arra tudok gondolni, hogy milyen gyönyörű. Felpattanok hirtelen és hozzá sietek, kihúzom a székét, ő hálásan biccent felém.

Mielőtt találkoznánk, Alba órákon át készül. Hosszas munkával és sminkkel készíti elő legtökéletesebb arcát. Susie azonban máz nélkül is tökéletes. Elnézem az ajkait, a mosolyát, figyelem őt. Rádöbbenek arra, hogy évekkel ezelőtt ebbe a nőbe szerettem bele. Ezt a mosolyt akartam nap mint nap látni. Egy idő után mégsem tettem eleget ahhoz, hogy mosolyt csaljak az arcára.

Vacsora után, mikor feláll, hogy elmosogasson, önkéntelenül is a keze után nyúlok. Felállok, hosszasan nézek a szemébe. Felvonja a szemöldökét, nem érti, mit akarok tőle. Ahogyan én sem, azonban egyszer csak azt veszem észre, hogy kezem önkéntelenül is a derekára fonódik, közelebb húzom magamhoz, majd megcsókolom. Meglepődik, egy pillanatra megdermed, azonban érzem, amint a következő pillanatban visszacsókol; keze a tarkómra kulcsolódik, magához szorít. Úgy érzem, nem akarom elengedni ezt a pillanatot.

Ám ahogyan elhúzódom tőle, a csodás pillanat hirtelen zavarodottságba és mentegetőzésbe fullad: nem tudom hova tenni a mozdulatomat, nem tudom hova tenni a gondolataimat, ezért igyekszünk általánosan viselkedni utána. Vacsora után bekapcsolom a tévét. Nem érdekel, mi megy. A tekintetem unos-untalan Susie alakját kémleli. Átkarolom törékeny testét, ő a karjaimban alszik el. Különféle érzések közt őrlődöm, fogalmam sincs arról, hogy mit teszek.

Reggel elugrom a közeli pékségbe, hogy megvegyem a kedvencét. Még azelőtt hazaérek, hogy ő felébredne. Megterítek. Susie kitipeg a konyhába a halk neszek hallatán. Elnézem az arcát. A hálás, szelíd tekintetét. Ugyanarra gondol, amire én: ilyenkor még aludni szoktam. Az elmúlt évek során egyszer sem keltem fel pár perccel korábban azért, hogy láthassam őt, hogy válthassunk néhány szót vagy egy csókot. Legtöbbször csak felöltözöm, majd egy gyors kávé után sietek is az irodába. Ma mégsem rohanok, kiélvezem a lassú perceket, melyek mosolyra késztetik ajkaimat.

Joe megköszöni azt, hogy velünk lehettek; megköszöni azt, hogy biztos alapot biztosítunk nekik, hogy számíthatnak ránk. Azt mondja, holnapután elköltöznek. Valami megfoghatatlan csend ereszkedik a házra a kijelentést követően. Susanne hirtelen újból hallgatag lesz. Tudja, hogy pár nap, és letelik a határidő. Tudja jól, hogy amint Joe elköltözik, köztünk újból kihűl minden. Tudja, hogy az öcsém miatt tettem mindent, amit tettem; nem is reménykedik abban, hogy esetleg újból érezni kezdtem valamit. Mégis kedves és nyugodt. Néha pár pillanat erejéig meglátom benne azt, amit régen, s olyankor úgy érezem, hibát követek el.

Lassan érkezik el az utolsó nap. Már hajnalban ébren vagyok. Tudom, néhány óra, és megszűnik ez az idill. Kicsoszogok a konyhába, tekintetem elmélázva söpör végig a szobán. Együtt választottuk ki az összes bútort, a szekrényt együtt szereltük össze. Együtt festettük ki a falat, együtt nevettünk. Minden asztalban, függönyben, pohárban őt látom. Az ő türelmét, gondosságát, mosolyát. Magunkat látom. Itt semmi nincs, ami az enyém vagy az övé. Mindenünk közös. Minden a „mi" része. Felidézem magamban az első találkozásunkat. Azt hiszem, már akkor tudtam, hogy szeretem. Lehunyom a szemem. Látom az alakját magam előtt, hallom, ahogyan nevet. Mikor megkértem a kezét, tudtam, hogy ez az a nevetés, ez az a mosoly, amit mindennap látni akarok. Az ő csillogó kék szeme volt az, amibe bele akartam nézni minden percben. Azt akartam, hogy minden reggel mellette ébredjek, az évek múlásával mégis rideggé és megszokottá vált ez a varázsos pillanat. És nem miatta, miattam. Én nem voltam elég...

Az elmúlt napokra gondolok. A szívem hevesen kezd verni, a lelkemben az a tűz lobog, melyet elveszettnek hittem. Magamra kapom a kabátom és kitámolygok az ajtón. „Szeretem." Ez az egyetlen szó, amit ki tudok mondani. Ez az egyetlen dolog, amire gondolni tudok. Szeretem!

A zsebemben turkálok a tárcámat keresve. A rózsa a kedvenc virága. Emlékszem, hányszor leptem meg vele. Ő mindig közel emelte magához, lehunyta a szemét, miközben megszagolta, majd átölelt. Semmi mást nem akarok, csak ezt. Csak őt. Rájöttem arra, hogy nélküle nincsen életem. Nélküle legfeljebb félember lehetek.

Egy egész csokorral a kezemben rohanok hazáig. Kettesével veszem a lépcsőfokokat, alig várom, hogy láthassam az arcát. Azonban a hálószoba üres. Lefektetem a csokrot a konyhaasztalra és a telefonomhoz nyúlok. Egy hang azonban hirtelen megakadályoz abban, hogy felhívjam őt.

– Anya úriembernek nevelt minket.

Hátraperdülök. Joe az ajtóban áll, kezében egy ismerős csomaggal. A szekrényben tartottam, és még Albának szántam. Pezsgőt tartalmaz a díszdoboz és bonbont, az általam megírt kártya pedig nem is magyarázhatná egyértelműben a házasságtörést.

– Joe, én... – magyarázkodni próbálok valahogy. – Nem kellett volna meglátnod.

– Édesmindegy, hogy én mit látok. Nem én találtam, Pat, hanem Sue.

– Tessék? – Ereimben megfagy a vér, szívemet jeges fájdalom járja át.

– Nem olyannak képzeltelek, aki képes ilyesmire – veti elém a szavakat az öcsém.

Két hónappal ezelőtt a házasságról kezdtem volna magyarázni, hogy nem értheti, milyen is az, hogy milyen sok küzdelemmel és elfogadással jár, és hogy egy idő után mennyire nehézkessé válhat. Most azonban nem erről hebegek-habogok, hanem arról, hogy már vége, hogy szakítottam Albával, bár ez még csak terv, neki máris múlt időben beszélek róla.

– El akartam hagyni Susie-t, de már megváltozott minden. Mikor idejöttetek, arra kényszerültem, hogy eljátsszam, szeretem őt, de aztán valóban újból beleszerettem. – Mikor arra gondolok, hogy megtalálta, hogy megtudta... Az egész világom omlik darabokra. – El kell hinned, Joe! Én nem akarom elveszíteni őt. Szeretem őt, Joe, vissza akarom szerezni. Szeretem őt! Bármire... bármire képes lennék érte.

– Ez a beszéd! – feleli mosolyogva az öcsém. Értetlenül vonom össze a szemöldökömet, nem értem, hogy képes mosolyogni akkor, mikor a nejem éppen elhagyni készül, mert megcsaltam őt, pont, mikor vissza akartam hódítani már.

– Parancsolsz? – kérdezem értetlenül.

– Nem akarunk Bristolba visszaköltözni, megvan a magunk élete Londonban.

– Mi van? – Most már valóban nem értek semmit sem.

– Sue tudta, hogy mi a helyzet a csinos titkárnőddel. Egy nő azt hiszed, nem érzi meg? Tudta, hogy idő kérdése és bejelented. Én azonban tudtam, hogy ez múló elmezavar csupán az agyadban, ezért azt mondtam Susie-nak, hogy visszajövünk ide, és itt laknánk egy darabig. Tudtam, hogy előttem megjátszod majd magad, és abban reménykedtem, hogy rádöbbensz majd arra, hogy hülyeséget szándékozol elkövetni!

– Átverés volt? – kérdezem hitetlenkedve.

– Színjáték csak, a jó ügy érdekében.

– Mióta szólsz bele a szerelmi életembe is? – hitetlenkedem.

– Mióta hagytam elmenni életem szerelmét! Csak azon rágom magam azóta is, hogy nem voltam elég figyelmes, hogy nem küzdöttem érte, hogy miután elment, vissza kellett volna hódítanom! Ismerem a szenvedést, és nem akartam, hogy te is ezt éld át. Megbántad volna, ha elengeded Sue-t, hidd el nekem.

– De… hol van most? – kérdezem kétségbeesetten.

– A piacra ment, a kedvencedet akarja főzni, ahhoz pedig be kell vásárolnia. Alig várja, hogy újra lásson. Nem is tud arról, hogy a lökött sógora rendezett mindent.

Joe nyakába borulok. Susi nem akar elhagyni! Megkönnyebbülten sóhajtok fel; sosem örültem még ennyire annak, ha hülyeséget csinál az öcsém. Néha azonban, pont hogy arra van szükségem, hogy ő rázzon helyre.

Nélküle nem döbbenek rá arra, hogy mi az, ami valóban fontos az életben; hogy mire van szükségem. Nélküle sosem jövök rá arra, hogy Susie az egyetlen, akit valóban szeretek. Hogy ő az, akit halálomig szeretni fogok, minden hibájával és kiállhatatlanságával együtt. Szerelmes sokszor lehet az ember, de egy életen át egyetlen embert képes csak igazán szeretni.

A döntések súlya

Chris Elseth — 1998. április

Az asztalra dobom a reggeli újságot. Kapkodom a levegőt, a szemem könnyektől homályosodik el. Tekintetemet még egyszer végigfuttatom a címlap feliratán, a nevére pillantva újból reszketni kezdek. Zavartság lesz úrrá rajtam, kétségbeesés, fájdalom, s olyan bűntudat, mely semmilyen kínhoz nem lenne fogható. Hatalmas hibát követtem el, melyet már nem lehet helyrehozni.

Ha valaki megkérdezte volna valaha, hogy szeretem-e, attól tartok, kipirult arcom és reszkető ajkam magáért beszélt volna, a hazug „nem" szócska ellenére is. Azonban soha senki nem kérdezett ilyesmit, soha senkinek nem árultam el, hogy mit érzek iránta, hogy mi közöm hozzá. Egy jó barát volt csupán, és semmi több, legalábbis ezt a látszatot olyan tökéletesen ültettük el minden ismerősünk elméjében, hogy egy beismerő vallomás meghökkentő ereje is alig lehetne képes gyökerestül kiirtani belőlük ezt a meggyőződést.

A cikk olvasása óta azonban egyre inkább úgy érzem, fel kellett volna vállalnom őt. Ám ő is osztotta a nézeteimet: nem lett volna esélyünk. Mégis tudom, ha elmondta volna valakinek, ha megtudták volna, talán nem visszakozom. Ellenben ilyesmi sohasem történt. Ő még nálam is jobban félt az igazságtól.

Már az is különösnek hatott eleinte, hogy barátok lettünk. Hiába nem abban a korban élünk már, ahol a származás számít, a megkülönböztetés egy másfajta módon a mai világban is erőteljes hátrányhelyzetet jelent. Másfajta körökben mozogtunk, más helyen éltünk, tanultunk, dolgoztunk.

Valami azonban az első perctől fogva megragadott benne. Tetszett a félénksége; ahogyan szabadkozott, mikor először találkoztunk azon a szórakozóhelyen. Ő nem szokott ilyen helyekre járni. El is akart menni, azonban nem engedtem. Azt kér-

deztem, hogy a kíváncsiság hozta-e oda, vagy a szíve, mert csak
az számít. Ha az ember érzi a szerelmet, ha érzi a lüktető vért
az ereiben, semmi másra nem szabadna gondolnia! Bolond vol-
tam, hogy ezt korábban nem láttam, de már késő helyrehozni is.

Eleinte nem akartam tőle semmi mást, mint megismerni őt.
Volt valami a szemében, a félénk mosolyában, valami, ami von-
zott engem. Még az elején tisztáztuk, hogy nem akarja, hogy
bárki is tudja, ott járt, azon a helyen.

– Én… én nem olyanfajta lány vagyok – magyarázkodott. Arca
szóról szóra vörösebbé színeződött, a látvány megmosolyogta-
tó volt, azonban igyekeztem visszafogni a kuncogást. Hangja
komoly maradt. – Színházba szoktam járni, kocsmákba sosem,
főleg nem ide. Én… én tényleg nem is tudom, mi ütött belém.

Pontosan tudtam, mire akar kilyukadni. Tudtam, miről van
szó, hogy mit érez, hogy mit titkol. Ujjamat finoman az ajkához
érintettem, csendre intve őt, majd megragadtam a kezét és ki-
húztam magammal a friss levegőre.

– Nem kell, hogy odabent lássanak minket. Jó nekem má-
sutt is, ha neked megfelel.

Nekem volt valakim, ő nem mert szeretni: tudtuk, hogy nem
lehet köztünk semmi más. Tudtuk az eleső perctől fogva, hogy ez
egy tiltott szenvedély, de tudod mit? Nem bántam meg! Egyet-
len vele töltött, lopott percet sem bántam meg!

Életemben először voltam szerelmes, és azóta sem szeret-
tem senki mást, csakis őt. Ám ő nem akarta, hogy bárki is tud-
ja, a szikra, mely köztünk gyúlt, lángra kapott, és képzeletben
felégetett köztünk minden akadályt. Megváltoztatta az élete-
met az az érzés.

Egy történetre gondolok. Egy kötetben olvastam valamikor,
amit még Wandától kaptam. Hogy igaz-e, vagy mese csupán,
arról fogalmam sincs, mégis megragadt az elmém fogaskerekei
közt a mondanivalója. Egy háborúról szól, és egy nőről, aki a
szabadságáért harcol. Különös szó ez a szabadság. Ő fizikailag
értelmezte, hadifogolyként gondolta át a szabadság fogalmát,
valamint lelkileg, a hazájáért küzdve. Ám a szabadság sokféle-
képpen értelmezhető eszme… Engemet nem fenyeget börtön,

van otthonom, családom, vannak jogaim, van saját akaratom, s úgy tűnhet, szabadon dönthetek az életemről, holott ugyanúgy fogoly vagyok csupán, mert nem szerethetek szabadon. Az érzéseimet nem hozhatom nyilvánosságra, nem engedhetek nekik, nem dönthetek arról, hogy kit választok magam mellé társul.

Wanda sosem gondolta volna, hogy a dolog valaha is komolyabbra fordul. Én kalandnak hívtam, ő az önmegismerés útján egy jelentős mérföldkőnek azt az érthetetlen érzést, mely lassacskán kibontakozott köztünk. Talán tudtam, hogy szeretem, de nem mertem kimondani, mert rettegtem attól, hogy megriad tőle és elveszítem ezáltal, így hallgattam arról, hogy a szívem mily vadul dübörgött, akárhányszor csak rágondoltam. Ő talán egészen sokáig maga sem volt tisztában azzal, hogy mit is jelentek neki. Míg én a világ elől menekültem el, ő addig saját magával szemben sem volt képes az őszinteségre.

Titokban találkozgattunk, titokban jöttünk rá mindenre, és tapostuk ki magunknak az ösvényt a beláthatatlanság dzsungelében. Néhanapján, otthon ücsörögve, mikor rá gondoltam és a tömérdek titokra, úgy éreztem, nem is létezik igazán ez a kapcsolat. Minden erőnket arra fecséreltük, hogy leplezzük a szerelmünket, olyannyira, hogy olykor úgy hittem, nincs is már mit. Nem sétálhattunk végig az utcán egymás kezét fogva, nem csókolhattam meg őt nyilvánosan, de még csak nem is flörtölhettem vele. Nem nézhettem rá úgy, ahogyan a páromra nézek, nem nevethettem vele úgy, nem érinthettem meg, nem hívhattam szerelmemnek, sem kedvesemnek. Nem mondhattam ki azt, hogy szeretem…

Néha azon gondolkoztam, hogy van-e valami, amit tehetünk egyáltalán. Azon gondolkoztam az olyan nagyon titkos és alibikkel alátámasztott légyottok után, hogy egyáltalán van-e bármi, amit takargatunk, vagy a megannyi éjsötét lepel, mely-lyel letakargattuk, meg is fojtotta az érzést, mely még maga is csírázóban volt? Ám akkor, azokban a percekben és lopott órákban, mikor vele lehettem, igazibbnak tűnt mindennél, melyet csak valaha a világ szemébe nézve felvállalhattam. Valódibb érzés volt mindennél, melyet csak valaha is éreztem. A szívem dü-

börgésére gondolok, az ereimben lüktető vérre, a kusza gondolatokra és a vágyra; az érintésére, a csókjára, a mézédes, gyengéd
szavaira. Igazi volt! Igazibb volt mindennél!

Egyfajta játékként kezeltük aztán. Mit tehetünk meg nyilvánosan, meddig mehetünk el úgy, hogy nem veszik észre. Még a
szüleimnek is bemutattam őt. A világ szemében két külön személy voltunk, akik megismerkedtek, és hasonló körökben, társaságokban múlatták az időt. Barátok voltunk, ismerősök, semmi több, holott egy pár voltunk: egyetlen szív és egyetlen lélek.
Mi egyek voltunk, de ezt senki nem látta.

És jól játszottuk, jól alakítottuk a szerepeinket. Megölelhettem őt, rámosolyoghattam akár az utcán is, de egyszer sem tűnt
fel senkinek sem, hogy hogyan nézünk egymásra, hogy a fény,
mely felcsillan a szemünkben, nem csupán baráti kedvelés, hanem a szenvedély tükröződése. Még a partnerem sem féltékenykedett, nem gyanakodott. Olyannyira nem hitte senki sem, hogy
lehet közünk egymáshoz, hogy nála is aludhattam akár, és senki nem kérdezett semmit. Két jó barát voltunk csupán, akikről
nem is mert többet feltételezni a világ.

Tökéletesen alakítottuk ki az alibiket, a magyarázatokat,
az indokokat az együtt töltött időkre, programokra. Mindenre
volt előre meghatározott válaszunk és tervünk. Arra, ha netán
valaki meglátott volna virágot vásárolni; arra, hogy miért nem
csoportosan szeretünk moziba járni, hanem kizárólag kettesben; de még arra is, ha valaki rajtakapott volna azon, hogy hogyan becézem őt.

Egyre gyakrabban gondolkoztam el azon, hogy miért is nem
merjük felvállalni azt, hogy együtt vagyunk. Persze nyilván
tudtam a választ, mégis, a mindent elnyomó érvek ellenére is
arról ábrándoztam, hogy a világba üvöltsem azt, hogy Wandát
szeretem. Hogy a szemébe nézek majd azoknak, akik megvetnek emiatt, és vigyorogva közlöm velük, hogy boldog vagyok!
De nem tehettem meg, nem tehetem meg.

Ha valaha is felvállaltam volna a kapcsolatomat Wandával,
az a karrierembe került volna, neki pedig az életébe. A családja
kitagadta volna… Vannak dolgok, amiket az ember tud. Nyilán

nem kérdeztem meg én sem a szüleimet arról, hogy mit szólnának ehhez, mégis tudom a választ. Hátat fordítanának nekem, mert nem értenék meg, hogy nem én választottam, hanem a szívem. Az ember az ilyesmit szavak nélkül is kitapasztalja az évek folyamán; az apró rezdüléseket, a téma kerülését, a reakciókat. Tudom, hogy soha többé nem néznének rám ugyanúgy, soha nem lehetnék ugyanaz, aki most vagyok.

A romantikus történetekkel és harmonikus, pozitív gondolatokkal teli cikkekkel ellentétben a boldogság nem pont az, amit el akarnak hitetni az emberrel. Azt mondják, hogy ha az ember igazán szeret valakit, akkor képes felégetni maga mögött a hidakat; hogy ha valóban érez, akkor semmi más nem számíthat. Hogy az ember, ha boldog vele, akkor mindegy, ha a világ ezt nem fogadja el, de ez így nem igaz – bár igaz lenne! A mi esetünkben nem az. Ha felvállalnánk a szerelmünket, életünkben először, megnyernénk magunknak a felhőtlen boldogságot, és végre egyszer őszinték lennénk a világgal, és ami még fontosabb, önmagunkkal. Viszont minden mást elveszítenénk. Ezek a cikkek arról zagyválnak, hogy nincs rosszabb annál, ha az ember hazugságban kénytelen leélni az életét, holott az édes, szenvedélyes hazugságok nekünk többet értek annál, minthogy az igazság érdekében leromboljuk az addig felépített világunkat.

Nem hagyhattam, hogy miattam elveszítse a családját. Szerette a szüleit, teljes szívből, ahogyan ők is őt, de ha tudtak volna rólam, nem tudtak volna már ugyanúgy ránézni sem. Engem kirúgtak volna, az egyszer biztos. Nem lehetett volna olyan életünk, amilyent elképzeltünk magunknak. Ám így, ezzel a döntéssel, amit meghoztunk, megtarthattunk mindent: a családot, a karriert, a barátokat, a hírnevet. Talán nem élhettünk őszintén együtt, mégis, ezt a döntést hoztuk meg. Az, hogy ne bélyegezzenek meg minket, többet ért nekünk az igazságnál.

Úgy éreztem, mindegy, hogy nem vállalhatom őt fel, hogy a világ nem tud rólunk, mert nekem ő volt a világom. Úgy gondoltam, ha a szerelmünk igazi, akkor mindegy, hogy csak számunkra létezik, és nekem ez elég lett volna így, neki azonban... neki egy idő után másra volt szüksége.

Az első perctől fogva tudta, hogy én hivatalos kapcsolatban állok egy másik személlyel. Számomra nem jelentett sokat az, hogy gyűrűvel kössem hozzá magamat, nem érdekelt az esküvő gondolata, Wandát azonban megriasztotta, amit nem értettem eleinte.

Azt mondta, hogy ő ezt nem akarja tovább. Egy dolog az, hogy a viszonyunkat eltitkoltuk, de a házasságot szent köteléknek érezte, és nem akart részt venni annak a megtörésében, nem akart élete végéig a harmadik fél lenni. Hiába magyaráztam neki, hogy az esküvő csupán színjáték, hogy tudja, mit érzek, hajthatatlan maradt. Azt mondta, mi választottuk azt, hogy nem bújunk elő a fényre, mi döntöttünk. Így döntöttünk! Ezzel kell együtt élnünk, és elfogadnunk mindazt, ami vele jár. Lemondtunk a kényelem érdekében a boldogságunkról, lemondtunk a szerelemről az életünkért cserébe. Ultimátumot adott nekem. Még volt esélyem másképpen dönteni, de én képtelen voltam rá.

Arra kért közvetlenül az esküvő előtt, hogy ne menjek hozzá a jegyesemhez. Arra kért, hogy hagyjam el őt, és éljünk így örökre, ahogyan addig tettük. Azt kérdeztem, hogy felvállalná-e, hogy ha megteszem, akkor elfogadná-e, hogy kitaszít minket a világ. Elviselné-e, hogy hogyan néznek ránk? Nem tudott felelni. Azt suttogta, hogy egy nap, talán. A talán azonban nekem nem volt elég. Gyávának neveztem őt, mert nem volt képes vállalni a kapcsolatunkat így, de felvállalni sem akarta volna. Azt vágtam hozzá, hogy ha képtelen bevallani azt, hogy szeret, akkor talán a szó mögött nem is húzódott sohasem valódi érzelem. Meglehet, hogy csupán egy kaland volt mindez és felnőttünk. Döntöttünk és elbúcsúzunk.

Ekkor láttam Wandát utoljára. Elváltunk, felbontottuk azt a jegyességet, melyet mi ketten kötöttünk egymással, és beletörődtünk abba, hogy elfogadjuk a következményeket. Bár ne lettem volna ilyen bolond, bár másképpen döntöttem volna, bár kitartottam volna a szívem mellett!

– Te sírsz?

Mich lép be a szobába, finoman átölel, azt kérdezi, hogy mi a baj. Igyekszem kitörölgetni a könnyeket a szememből, igyekszem ugyanúgy és örökre titkolni az érzéseimet, ahogyan azt tettem egész életem során. Idegesen kezdek el magyarázni neki, próbálom visszaszorítani kezem erőteljes reszketését, próbálok levegőt venni, próbálom nem érezni azt, ahogyan a vérző szívem darabokra hasogatja a lelkemet. Nem akarok többé megszólalni, nem akarok többé levegőt venni, nem akarok érezni, nem akarok élni. Ám mihelyt Mich szemébe nézek, hirtelen összeszorul a torkom, tudom, hogy ezt nem engedhetem meg magamnak.

– Christina, baj van? – kérdezi újból, valamivel lágyabban.

– Csak… – kezdek bele vörös szemekkel – olvastad már? – bökök rá az egyik cikkre, melyről már korábban is hallottam.

– Cathleen Simm legújabb cikkére gondolsz? A megható történet az apáról és a fiúról, akik közel húszévnyi megvetés után újra kibékültek és megtalálták a békét, köszönhetően az elhunyt kishúg szellemének, aki a térítő igét közvetítette egy kiscsajon keresztül? Szép és megható történet, már, ha igaz egyáltalán, de ennyire nem érinti meg az embert – ellenkezik.

– Biztosan a hormonok – egészítem ki. – Tudod, olyankor érzékenyebb vagyok.

– Hát jó. A szobában leszek, majd gyere, ha végeztél a reggelivel.

– Mindjárt.

– Szeretlek, Christina, ugye tudod?

Biccentek, próbálom tartani a szökőárként feltörő könnyeket a torkomban, legalább addig, míg hátat nem fordít nekem. Bűntudat éget belülről, úgy érzem, a gyász önmagában felemészti a lényemet. Úgy érzem, képtelen vagyok folytatni nélküle az életet.

Az újságra borulok, ujjaim az érdes lapot simogatják, Cathleen Simm címlapsztorija alatt egy kicsivel a címet bámulom, a nevet. Kétségbeesetten keresem azt az adatot, melynek helytelenségéből rájöhetek arra, hogy nem arról van szó, mint azt hiszem. Fel akarok ébredni ebből a rémálomból.

„A fiatal nő öngyilkosságot követett el – a névtelen búcsúlevélben vall őszintén a másságáról.”

Bármit megadnék azért, ha még egyszer láthatnám az arcát, ha hallhatnám, csak egyszer, utoljára, ahogyan Chrisnek szólít, ahogyan nevet. Felvállalnám, szembefordulnék a világgal érte. A világgal, melynek nélküle nem maradt értelme.

A megváltoztathatatlan múlt

Peter Mayer – 1996. április

– Üdv mindenkinek! A nevem Peter, és alkoholista vagyok. Ma vagyok tizenkét éve józan. – Ujjaim közt az érmét szorongatva nézek körbe a helyiségben. Látok ismerős, de ismeretlen arcokat is. Van, aki viszonylag nyugodt, van, aki mosolyog; van, aki hátul bujkál, és van, aki reszket. – Kínszenvedéses évek voltak ezek, és szörnyen hosszúak. Mégis emlékszem, milyen volt először idejönni. Először azt mondani az italra, hogy nem. – A hátsó sorokban kuporgó, kétségbeesett emberek tekintetét próbálom elkapni. – Az első alkalommal azt mondtam magamnak, hogy nincs is semmi bajom. Hogy én nem vagyok alkoholista, nekem nem erre van szükségem. Én is ugyanúgy kételkedtem és ódzkodtam ettől az egésztől, mint mások.

Azt hinnétek, elfelejtettem már, hogy milyen elkezdeni, de nem így van. Pontosan emlékszem, milyen az az égető kín, az a vágyakozás, milyen a kényszeredett reszketés, a viszketés a bőr alatt, mintha férgek futkosnának alatta. Emlékszem a félelemre is. Azt hittem, hogy nekem ez nem fog menni, de a gyűlések szép lassan visszaadták az életemet. A józanság csak egyetlen dolog, de vele együtt visszaszerezheti az ember az önbecsülését, az életbe vetett hitét, és az értelmét.

Mikor tizenkét éve idekerültem, nem gondoltam, hogy az alkoholon kívül lenne más gondom. De mikor elkezdtem kijózanodni, rádöbbentem arra, hogy elveszítettem a munkámat, a házra a harmadik jelzálogot vettem már fel, a nejem elhagyott, és nem maradt olyan barátom, aki mellettem állt volna, csak olyan, akit a kocsmából ismertem. Reggel felkeltem, és beszélni akartam a feleségemmel. Aztán eszembe jutott, hogy elhagyott. Aztán az is, hogy a jogsimat is elvették már, és isten tudja, hány éjszakát töltöttem már el börtönben. Az emberek undorral néztek rám, a szemükből megvetés sütött felém. Nem maradt semmim. Először újra inni akartam, de aztán a mentorom meggyőzött arról, hogy ha iszom, a helyzet nem fog változni, de ha kijózanodom, még esélyem lehet arra, hogy visszakapjam az életemet.

Nem azt kaptam vissza, amim volt, de visszaszereztem egy életet, egy lehetőséget. Szereztem állást, újra képes vagyok emberi kapcsolatok teremtésére, visszanyertem az önbecsülésemet, és az emberek irántam való tiszteletét. Mikor arra gondolok, hogy tizenkét évvel ezelőtt ilyenkor a saját hányásomban fetrengve ébredtem, és arra sem emlékeztem, hogy jó lakásba másztam-e haza, csak az jár a fejemben, hogy még időben józanodtam ki. – Az újak felé pillantok – Hatalmas lépés, és áldozatokkal jár, és úgy érezheti az ember, hogy széthullik az élete, de megéri. Mert a józanság nélkül nem tudom, hol lennék ma. Köszönöm.

A csapat tapsolni kezd, Beverly feláll a székéről és a pulpitushoz lép.

– Köszönjük, Peter. – Szétnéz a tömegben, a hátul idegeskedők felé pillant. – Az újak közül van, aki szeretne megosztani velünk valamit?

Nehezen bár, de végül ketten is bemutatkoznak. Nagy erő kell hozzá, tudom, emlékszem. Elismerni egyáltalán azt, hogy baj van; kimondani először, hogy „alkoholista vagyok". De ha kitartanak, mi segítünk nekik, és megváltozhatnak.

A meeting után beülünk egy kávézóba; jómagam, és néhány barát. Még Beverly, a mentorom vezette be azt, hogy néhanapján a gyűléseken kívül is találkozunk; mindegy, hogy gyorsbüfé, kávézó, vagy bowlingpálya, a lényeg, hogy hétköznapibb körülmények közt beszélhessünk; de aztán hagyománnyá vált. Én is el szoktam vinni Simont, az egyik saját mentoráltamat is; akkor is, ha szüksége van rám, és akkor is, ha mindössze barátként akarunk találkozni. Tizenkét év hosszú idő, de még mindig szükségem van erre. A mentori szerep csupán egy plusz; egy új lépcsőfok, de Beverlyre is szükségem van még mindig. Kellenek a meetingek, kell, hogy újra és újra felszólaljak, hogy megosszam másokkal, hogy hányadán állok. Folytatnom kell, mert alkoholista vagyok, és a csapat nélkül, a gyűlések nélkül még ma is elveszett lennék.

– Tizenkét év… – motyogja Simon félhangosan. – Gratulálok, haver.

– Ha kitartó leszel, egy nap te is elmondhatod majd ezt.

– Mennyivel érzed hosszabbnak a józan éveket a részeg éveknél? – kérdezi Chloe, miközben egy falat angol muffint gyűr a szájába. Szerintem jobban meg kellene fontolnia, hogy milyen minőségű és tápértékű ételeket fogyaszt, így egy-két hónappal a szülés előtt, de kifakad, ha az alkoholizmuson kívül is bele akarok szólni az életébe. Hisztis kismama, de kedvelem a csajt.

– Sokkal hosszabbnak, főként, hogy a részeg éveket konkrétan elittam. Egyes évekre nem is emlékszem, szóval igen, állati hosszú tizenkét…

Tekintetem hirtelen megakad a fiatal nőn, aki épp most nyitja ki a kávézó ajtaját. A húszas évei végén járhat, vagy a harmincasok elején? Kétségbeesetten igyekszem kiszámolni azt, hogy pontosan hány éves is, de nem tudom. Nem emlékszem a számokra, nem emlékszem az évekre, mindössze egy fájdalmas szorítást érzek a mellkasomban, mely eltompítja minden gondolatomat.

– Jól vagy, Pete? – kérdi Chloe halkan, miközben a nő irányába pillant. – Ismered?

– A lányom az – felelem nála is halkabban, miközben görcsbe rándul a gyomrom.

Észre sem veszem, amint felkelek a székről; észre sem veszem, ahogy reszkető lábakkal elindulok az irányába. Tekintetem az arcát mustrálja, az arcot, mely egy felnőtt, érett nő arca. én azonban ugyanazt a kerek, pufók kislányarcot látom magam előtt, amelyre emlékszem még.

Lassan lépkedem felé. Ő a pultnál áll, keze a kabát zsebében kotorászik, vélhetően a tárcája után. Nevetve fordul a pultos sráchoz, miközben egy rizstejszínes kávét rendel.

– Ma este biztosan ráérsz? – kérdezi a fiú, miközben felírja a nevét az egyik pohárra.

– Jack, szívesen vigyázom Millie-re! – Az arca valósággal ragyog, boldognak látszik.

– Janet? – kérdezem bártalanul, mikor mellé érek. – Te vagy
az? – A szemem könnyekkel telik meg, képtelen vagyok magam-
ba fojtani az érzést.

Felém fordul. Sugárzó tekintete hirtelen jegessé dermed, ele-
inte hitetlenkedve pislog felém. A melankóliát lassacskán un-
dor váltja fel; megrázza a fejét.

– Janet, kérlek, én csak...

– Menj innen! – suttogja, majd lesüti a tekintetét.

A pultos srác értetlenül fordul felém, majd vezeti vissza te-
kintetét a lányomra. Mozdulatai megfeszülnek, mint aki kész
arra, hogy Janetet védve felpattanjon.

– Honnan ismered? – kérdezi halkan.

– Nem ismerem – szögezi le sziklaszilárdan Janet. – Nin-
csen hozzá közöm.

– Kérlek... – kezdem ismét. – Kérlek... – Úgy érzem, ketté-
hasad a szívem a szavai hallatán. Teljesen összetör és megsem-
misít. Rideg tekintetét kémlelem, keresem bene a szeretet vagy
a megbocsátás jelének a halvány lenyomatait, de nem találom.
Végleg elfelejtett engem, elfelejtette azt, hogy voltak jó napja-
ink, elfelejtette, hogy szerettem őt.

– Hé, kell segítség? Lekoptassam az öreget? – kérdezi a fiú,
miközben kilép a pult mögül.

– Lehetne, hogy nem avatkozik közbe? – fordulok a srác felé
némi indulattal a hangomban, mire Janet elcsitít.

– Csak hogy tudd – kezdi remegő hangon –, ő a legkisebb unokád
édesapja. Családtag. De te, te nem vagy az. És most kérlek, menj el.

– Hogyan? – kérdezi a fiú döbbenten. – Ő? Ő az apátok?

– Csak vér szerint – veti elém a szavakat Janet. Ám én nem
hallom, hogy mit mond. Nagyapa vagyok, unokáim vannak, de
nem is tudok róluk, ahogyan ők sem rólam. Ezt... ezt nem tu-
dom ilyen hirtelen felfogni.

– Menj el! – suttogja újra Janet, miközben hátrébb lép egyet.

– Kérlek! – Arcomon végigfolynak a könnyeim. – Tudom,
hogy nem voltam jó apa, tudom, hogy milyen szörnyű ember
voltam, de megváltoztam! Ma más ember vagyok már. Kérlek,
én csak azt szeretném, ha végighallgatnál.

– Nincs számodra mondandóm, és nem érdekel az sem, amit te akarsz mondani.

– Janet, csak...

– Menj el – kér meg újból. Hangja elutasító, és a végletekig rideg, érzelemmentes.

– A West Streeten lakom, a hármas szám alatt. Ha úgy döntesz, hogy adsz nekem egy esélyt, keress fel.

– Kérlek, menj, menj már! – fakad ki, miközben elfordul tőlem. A fiú felé nyújtja a karját, Janet átöleli őt.

Mondani akarok valamit, de összeszoruló torkom képtelen szavakat kipréselni magából. Nincs mit tenni, nincs mit mondani. Hátat fordítok neki és kisétálok az ajtón. Hallom, amint Beverly valamit utánam kiált, de nem állok meg. Nem fordulok vissza.

Várok. Napok telnek el, és én csak várok. Nem voltam jó apa, pontosan tudom. A nejem sokkal jobb férjet érdemelt volna, a lányaim pedig sokkal jobb apát. Egy példaképet, aminek én nem vagyok nevezhető. Nehéz évek voltak, amit talán jobban szeretnének elfelejteni, én azonban bármit megadnék azért, ha emlékezhetnék rájuk, de nem tudok. A folytonos képszakadások és hallucinációk, melyeket a pia és a drog okozott, őszintén, nem is emlékszem szinte arra, hogy milyen volt.

Csak utólag tudtam már értékelni azt, hogy mim volt, mikor elveszítettem őket. A nejem nem engedte, hogy lássam őket. Nem érdekelte, hogy meetingekre kezdtem el járni, sem pedig az, mikor új munkám lett. Nem tudtam bebizonyítani neki azt, hogy felelősségteljes lettem, nem hitte el, hogy változhatok. Azt mondta, nem akar többé látni. Én pedig, életemben először, tiszteletben akartam tartani a döntését. Hagytam, hogy elmenjen, hagytam, hogy nélkülem nevelje a lányokat, hagytam, hogy nélkülem folytassák az életüket.

Ezerszer megbántam azt, hogy hagytam, hogy így történjen, de utána ha akartam sem lettem volna képes újból az életük részévé válni. Elköltöztek, isten tudja hová, megváltoztatta a telefonszámát, elvágott minden hozzá vezető szálat. Soha többé nem láttam, és eleinte talán örültem is ennek. Megkönynyebbültem a tudattól, hogy nem nehezedik rám felelősség. Egy másik utat választottam, egy új életet kezdtem, nem húzott viszsza már a régi énem. Megfelelt nekem a döntése, megfelelt nekem az, ami történt.

De ahogy múlt az idő, úgy fájt egyre jobban az, hogy hagytam őket elmenni. És most, most, hogy láttam őt, csak arra tudok gondolni, hogy mit veszítettem.

Valaki kopog. A szívem őrületes sebességgel kezd el dobogni, a szememben remény csillan fel. Az ajtóban azonban mindössze Chloe vár rám. Némileg csalódottan kérdem tőle, hogy mi járatban van, miközben beinvitálom.

– Tudom, hogy mást vártál, de ő nem fog jönni.

– Azt nem tudhatod – vágok a szavába. – Nem tudhatod…

Chloe kényelembe helyezi magát a kanapén, aztán újból megigazítja magát, hogy a pocakjának is megfelelő legyen. Meg akarom kérdezni tőle, hogy mi volt a legutóbbi ultrahangvizsgálaton, de ekkor hirtelen egy levelet nyújt át nekem.

– Mi ez? – kérdezem, miközben kelletlenül kikapom a kezéből.

– Beszéltem vele.

– Hogy? – Nem értem, semmit nem értek.

– Mondtam, hogy babysitterkedem. Néha vigyázok Millie-re is.

– Millie? Az kicsoda?

– Stella és Jack kisbabája – suttogja elfojtottan. – Fogalmam nem volt arról, hogy az unokád az. Janetet is ismerem, azt kértem tőle, hogy adjon neked esélyt. Ennyit értem el.

– De mi ez?

Széthajtom a sima papírt és olvasni kezdem. Chloe nem felel. Tudja, hogy már tudom, mi ez. Bár az írását sem ismerem fel, de ő írta – már tudom, hogy ez a búcsú.

„Kedves Peter!

Először is köszönd meg Chloe-nak, hogy felemeltem miattad a tollat, mert ő próbált meg rábeszélni arra, hogy hallgassalak végig. Elmondta nekem, hogy milyen remek embernek tart, és hogy milyen kitartó mentora vagy. Elmondta, hogy mennyi embernek se-

gítesz, hogy mennyi alkoholistának segítesz a talpra állásban, és hogy hétvégenként az ingyenkonyhán önkénteskedsz. Szívből örülök annak, hogy ilyen ember lett belőled, és hogy képes vagy másokat is támogatni.

De az sem érdekelne, ha te volnál Teréz anya, mert elvetted a gyerekkoromat. Elvetted a gondtalan, boldog éveket az életemből. Fel kellett nőnöm ahhoz, hogy melletted élhessek! Anyával esténként a hányásodból mostunk ki, éjjeleket virrasztottunk miattad, mikor nem jöttél haza. Nem tudtuk, hogy élsz-e még, vagy bevittek-e. Nem hívhattam át a barátaimat, mert sosem tudhattam, hogy mikor esel haza holtrészegen és mocskosan. Rettegtem egész gyerekkoromban attól, hogy mire érek haza, hogy hogyan találunk rád. Belefáradtam az aggódásba, abba, hogy téged a padlóról kellett összekaparnom, anyát meg a depresszió széléről, miközben Stellát próbáltam megvédeni az egésztől. Belefáradtam, hogy azt hallgassam, ahogyan hőbörögsz és részegen üvöltözöl. Belefáradtam abba, hogy a lányodnak születtem. Mikor anya otthagyott téged és elköltöztünk, nem hiányoztál. Nem hiányzott semmi sem abból, ami voltál, mert ha éreztél is irántunk bármit, mi csak a rosszat kaptuk: a szenvedést és a kivárást, az állandó aggódást és sírást. El akartalak felejteni örökre, és ez nekem megfelelt így. Boldog házasságban élek, és van két kisfiam. Az életem teljes és tökéletes, és azt akarom, hogy így is maradjon. Nem hiányoztál eddig sem, és ezután sem fogsz. Nem akarom, hogy a gyerekeim megismerjék a nagyapjukat, ahogyan Stellát se keresd. Továbbléptünk, ahogyan te is.

Meghoztuk a magunk döntéseit. Mi elmentünk, te pedig nem kerestél minket. Nem tud érdekelni az, ha feltámadtak is benned az apai érzések, mert akkor, amikor nekünk volt szükségünk rád, nem voltál apa. Mikor a családnak kellett segítség, te nem voltál ott. Örülök, hogy másnak most ott vagy, hogy mást támogatsz, de mi jól megvoltunk eddig nélküled, és jobb, ha ez így marad.

Büszke vagyok arra, mit elértél, és minden jót kívánok az életben, de ne keress fel többet. Egyikünket sem. A sebek begyógyultak, ha jót akarsz nekünk, ne szakítsd fel újra.

Üdvözlettel:
Janet Stanley"

A szemem könnybe lábad, nem tudom, mit tehetnék. Remegő ujjaim az asztalra helyezik a levelet. Nem kapok levegőt. Minden összefolyik a szemem előtt, minden homályos és zavaros. Minden fá.

A kabátom után nyúlok és kiviharzok a házból. Levegőre van szükségem, friss, hideg oxigénre, térre, gondolatokra.

Kezemet a fejemhez szorítom, dübörög a homályos emlékektől és a levélben olvasott szavaktól. Hiába csitítom, hiába akarom megállítani, nem megy. Nem megy. Azt akarom, hogy hallgasson el minden, hogy álljon meg idő, hogy ne érezzem ezt a kínt, ezt a gyötrődést, ezt a sok zavaros és érthetetlen képet. Mind ki akarom űzni a gondolataim közül, és ennek csak egyetlen módját ismerem.

Azt sem tudom, hogy kerülök ide, hogy melyik úton jöttem, hogy hány perce ücsörgöm itt, de a bárban vagyok. A pult előtt ülök, és egy üveg gint szorongatok a kezemben. A dögös pincérnő engem bámul, azt kérdezi, hogy jó ötlet-e. Azt felelem, hogy fogalmam sincs, de nem tudok jobb módszert a felejtésre.

Valaki hirtelen levágódik mellém a székre. Egy fiatal, terhes nő az.

– Menj el, Chloe, ne keveredj jobban bele.

– Pedig muszáj lesz.

– Menj haza, ne kísértsd magadat.

– Na és te? Csak akkor megyek, ha velem jössz.

– Tizenkét éven át voltam józan – magyarázom, miközben kitöltöm magamnak a gint –, és mit értem el? Mire megyek azzal, ha öt mentoráltat is támogatok? Ha rendbe szedem az életemet és másokét, ha egyszer cserbenhagytam a családomat. Mi a fene értelme van az életemnek? Azt hittem, hogy a józansággal együtt azt is megtalálom majd, de most rájöttem arra, hogy tévedtem. Még most sincs semmim sem.

– Tudod, az én apám nem volt sokkal jobb, mint te – kezd bele Chloe. – Nem tudnám elhinni azt, hogy megváltozott, ha térden csúszva kérne is bocsánatot, elküldeném. Mert az, akire emlékszem, egy olyan ember, akit gyűlölök.

– Ugye tudod, hogy nem segítesz?

– Azt akarom mondani, hogy a józansággal egy esélyt kaptál. Ha nem is tőle, de az élettől.

– Csakhogy nem igazán látom, hogy mi értelme van.

Felemelem a poharat. Nézem az üveget, az alkohol megigéző állagát és színét. Elképzelem, ahogyan a számhoz emelem, ahogyan lecsúszik a folyadék a torkomon, és ahogyan eltompul a zaj körülöttem. Mint egy elromlott, zúgó televízió, mikor kikapcsolja az ember.

– Menj haza. Éld az életedet, és felejts el te is.

– Szóval nem érdekel már az, aki lettél? – kérdezi halkan.

– Nem igazán – felelem őszintén.

– Tehát így állunk – válaszolja, miközben a csaposhoz fordul. – Ugyanezt nekem is!

– Mi? Mit csinálsz? Eszednél vagy?! – kérdezem döbbenten és aggódva, miközben a nő kitölti neki az italt.

– Tessék. Nem érdekel téged az, hogy ki lettél, vagyis nem érdekel, hogy mentor vagy. – Felemeli a poharat. A keze remeg, a tekintete megdermedt, látni, ahogyan nyel, ahogyan gyorsabban veszi a levegőt, ahogyan úrrá lesz rajta a kísértés. – Hát rajta! Ha te lehúzod, akkor én is.

A kezéhez kapok, és letetetem vele a gint.

– Neked elment az eszed! Héthónapos terhes vagy!

– Pontosan. Mindketten tudjuk, hogy ha most megiszom ezt, újra nem mászom már ki a gödörből, vagyis ugyanazt fogja átélni az én kölyköm, mint a tied.

– Menj haza, Chloe! – förmedek rá. Nincs erőm most vele is foglalkozni.

– Hajrá, gyerünk! Idd csak meg, és temesd el azt a férfit, akivé váltál. Régen nem érdekelt, hogy kit rántasz magaddal, most miért? – Újból felemeli a poharat, koccintó mozdulattal int felém. – Na, gyere, ugorjunk együtt a mélybe!

Felpattanok a székről és elhúzom őt a pulttól. Teljesen megbolondult. Még csak fél éve józan, nemsokára szülni fog, nem kockáztathatom, hogy valami oltári nagy hülyeséget műveljen. Kézen ragadom őt, és kivonszolom a bárból.

– Mondd, tisztában vagy azzal, hogy milyen közel voltál ahhoz, hogy elveszítsd a józanságodat?

– Tehát mégis csak érdekel – feleli elmosolyodva.

– Tessék? – kérdezem összehúzott szemöldökkel.

– Nem vesztettél el mindent. Józan maradtál. A mentorom vagy, a családom. Fél éve ismerlek, de jobban szeretlek, mint a saját öregemet. Jó ember vagy, Peter, ne akard eldobni ezt. Akkor sem, ha Janet nem ad még egy esélyt, mi itt vagyunk neked. Van, akinek sokat jelentesz; van itt egy olyan családod, akiknek szüksége van rád.

A könnyeim vadul törnek elő a szememből, magamhoz ölelem őt. Nem tudom, mit érzek – fájdalmat, hálát, gyászt és boldogságot –, össze vagyok zavarodva.

– Ha valaki alkoholista, akkor az is marad. Minden nap egy újabb kihívás, minden nap egy újabb esély. Hiába a tizenkét év, még ma is visszaesnék, ha nem lennétek nekem. Tudod, ez a mentor–mentorált dolog gyakran cserél szerepet. Köszönöm, hogy ma megmentettél.

– Azt hiszed, hogy nem nagy dolog, hogy az vagy, aki; hogy józan vagy, és hogy mentor. Holott mégis csak egy dolog volt az, ami visszahúzott: nem hagytad, hogy tönkretegyem magamat. Jó ember vagy, ezt ne felejtsd el.

Boldog karácsonyt!

William Young – 2003. december

Óvatosan pillantok be a résnyire nyitott ajtón át a műhelyszobába. Épp fest. Lenyűgöző, ahogyan végigvezeti az ecsetet a vásznon, ahogyan egybefolyatja a pacákat, majd formákat alakít ki belőlük. Elképesztő aprólékossággal teremti meg az arcok halvány vonásait, vagy éppen a fák leveleinek különféle tónusait.

Nincs szüksége képre vagy modellekre, emlékszik mindenre. Néha megkérdezem tőle, hogy honnan merít ihletet, amire azt szokta felelni, hogy az életből. Meglát az utcán egy hajléktalan férfit a kutyájával; ad neki valami aprót, majd hazajön és megfesti. Meglát egy édesanyát a kislányával, vagy éppen egy vitatkozó párt a híd lábánál, és megalkot magában egy képet. Nem tudja, hogy kiket fest le, nem tudja, hogy milyen az életük, vagy épp miért olyanok, amilyenek – őt csupán megragadta egy érzés, egy jelenet, és színpompázó képeket teremt belőlük.

Imádom nézni azt, ahogyan fest, ahogyan dolgozik. Nem veszi észre, hogy itt vagyok, teljesen belefeledkezik abba, amit csinál, azokba az érzésekbe és gondolatokba. Én pedig a képeibe.

Becsukom az ajtót, majd az étkezőbe sietek. Kathie ellenőrzi a hidegtálakat meg a süteményes tálcákat.

– Szia, kicsim – búgom, miközben átölelem.

– Apa! Helent hol hagytad?

– Hadd dolgozzon, estére úgyis lejön majd. – Végigmérem őt, a csinos fekete estélyi ruhájától kezdve, a kontyán át a sminkjéig. – Te nem csípted túlságosan ki magadat? – Hirtelen gondolkozni kezdek. – Ugye nem Diego miatt?

– Apa! – förmed rám. – Tizenöt vagyok! Nem szólhatsz már bele mindenbe! És ha már egyszer bemutatsz valakinek, vállald a felelősséget, hogy összejövök esetleg a fiával.

Erre inkább nem is válaszolok. Tudom, hogy kellemetlenül érinti őt ez az egész. Reményeim szerint azonban minden tökéletes lesz ma. A családomban mindig is nagy hagyománya volt a karácsonyi fogadásoknak, melyet jómagam is továbbörökítettem. Kathie csupán egy bulit lát benne, én azonban azt, hogy évente egyszer viszontláthatom azokat a szeretteimet, akikkel régóta nem találkoztam már. Az idei ünneplés ezen felül is különleges, hiszen ez az első parti, melyet Helennel együtt terveztem meg.

– Az én barátaimon kívül lesz egyáltalán olyan, akit nem az önsegítő körből ismersz? – kérdezi fintorogva Kathie, miközben a névsort tanulmányozza. – Komolyan nincs jobb hobbid?

Mióta csak kamaszodni kezdett, egyre nehezebb vele, de igaza van. Mióta elvesztettem az anyját és a húgát, nem volt más, ahova eljártam, csak az önsegítő körök. Ott ismertem meg Helent is. De én boldog vagyok ezzel, és ezekkel a barátokkal.

– Legalább szerzek neked előre is potenciális pácienseket – felelem nevetve, mikor arra gondolok, hogy jelenleg reggeltől estig biológiát tanul, annak a reményében, hogy három év múlva pszichológia szakra jelentkezhet majd. Persze ez Alice hatása; tudom, hogy ő volt neki az a példakép, aki az édesanyja helyett állt előtte, de azt hiszem, valóban boldog ezzel.

– Nem vagy vicces, és tök ciki ez az egész, ha nem vennéd észre! – vág egy grimaszt, majd leemel egy sütit a tálról és bevonul a szobájába.

Magamra maradok a töprengéssel és a terveimmel. Végül felmegyek inkább átöltözni az emeletre, hogy legyen még időm lepihenni a vendégek érkezése előtt. Egyeseket közülük évek óta nem is láttam. Izgatottan várom már, hogy újból találkozzunk.

Jack, illetve a neje az első, aki becsenget hozzánk. Helen még fésülködik, én rohanok le ajtót nyitni. Stellát, azt hiszem egyszer, ha láttam, a párját sokkal jobban ismerem. Ahogyan a lányom is felhívta rá a figyelmemet, az önsegítő körben találkoztunk először. Kezet ráz velem, majd egy üveg bort nyújt át. Stella csendesen köszön, majd átlépi a küszöböt és a társalgó felé veszi az irányt. Felvont szemöldökkel pillantok Jackre, aki megcsóválja a fejét.

– Napok óta ilyen feszült, nem tudom, mi van vele – motyogja, majd megvonja a vállát és elmosolyodik. – Köszönjük a meghívást.

Megérkezik a Bricks házaspár is, nem sokkal utána Bridget, Jerryék, majd Donovanék. Hosszasan beszélgetek Mitch Elsteh-vel, mialatt a neje épp a bárpultot támadja le, ezt követően pedig beengedem Milleréket.

Lassan befut Joe is, aki annak idején sok kérdéssel látott el engem azt illetően, hogy egyedülálló apaként mit lehet kezdeni egy tinédzserrel. Elképesztő gyorsasággal repül az idő; már Gabie is az egyetemen koptatja a padokat, és a szárnyait próbálgatja, Joe pedig nem tudja, hogy hogyan is fogja ezt feldolgozni. Egy nagy családként vigyázunk egymásra, legalábbis igyekszünk. Nagyon igyekszünk.

Helen is csatlakozik hozzánk; a lélegzetem is eláll attól, hogy milyen csodásan fest. Valami kvartettet említ nekem, majd a régi, egyetemi barátaihoz siet csevegni. Én Joe társaságát választom, miközben felbontok egy pezsgőt.

– Alice sajnálja, hogy nem tudott eljönni – folytatja a férfi, miközben minduntalan a lányát tartja szemmel.

– Nászúton van, mit sajnál? – kérdezem mosolyogva. Mikor megismertem Joe-t, még nem tudtam, hogy Alice az unokahúga. Teljes meglepetésként ért a tény, hogy rokoni szál fűzi Kathie nevelőjéhez.

– Neked sem ártana.

– Hagyd ezt, voltam nős, és nem állok még készen arra, hogy újfent megtegyem.

– Csak tudod, ketyeg az óra, pajtás. Helen jó nő és megérdemled, de ne szalaszd el a lehetőséget.

– Ha eljön az ideje – felelem higgadtan –, megteszem. De addig is...

Helen siet felénk, két másik hölgy társaságában. Az arca valósággal ragyog; a testőreit pedig azon nyomban felismerem. Az egyikük Stella, a másik pedig egy olyan nő, akit fényképek százán láttam már mellettük. Igaz, hogy akkor, azokon a fotókon, négyen voltak...

– Will, be szeretném mutatni neked a legjobb barátaimat. Az egyetemen, és utána is még sokáig, mindenhol együtt lógtunk. Stellát ismered, ő pedig Christina Delany.

A nő felém nyújtja a kezét; én arisztokrata úriember módja megcsókolom, majd fejet hajtok.

– Douglas Delany lánya, ha nem tévedek. – A nő bólint, kérdezni akar. – Társak voltunk, még fiatal koromban egy multi-vállalatnál. Mind a mai napig felnézek rá.

– Átadom az üdvözletét – feleli csengő hangon.

Ismerem a férjét; nagykutya egy hasonló cégnél, mint amelyet Douglasszel együtt alapítottunk évtizedekkel ezelőtt. Az esküvőjük még az újságokba is bekerült, és a nevét is felvette. Azonban most mégis az volt az első számára, hogy a férjét hátrahagyva régi barátok után kutat, és úgy mutatkozik be, akárcsak öt évvel ezelőtt. A modorom azonban megfoszt a kérdezés jogától, nem lehetek indiszkrét. Inkább Joe felé fordulok, hogy őt mutassam be a hölgyeknek, Stella azonban halkan leint.

– Oh, ismerjük őt, mindannyian jól ismerjük.

– A kvartett negyedik tagja Lynette volt – magyarázza Joe, miközben lopva pillant Helenre. – Veletek nem szakította meg a kapcsolatot. Évek teltek el, most már elmondhatnátok, hogy mégis mi történt.

– Nem tudjuk, Joe, mi sem tudjuk – feleli Stella, miközben lesüti a szemét.

– Az az igazság – kezdi Delany –, hogy… – Hirtelen megakad a tekintete Gabie arcán. – Picúr? – kérdezi döbbenten.

A rég nem hallott becenévre Gabie felkapja a fejét, majd eszeveszett tempóban rohan hozzánk, és veti bele magát a nő karjaiba. Mint kiderül, ő Gabie keresztanyja; ám miután elköltöztek, sosem látta már többé. És miután Lynette új férjéhez került a lány, nem is reménykedett abban, hogy valaha viszontláthatja még.

– Hogyhogy veled van? – kérdezi értetlenül. – Te nem is tudhattál róla.

– Találkoztunk, teljesen véletlenül – vonja meg a vállát Joe –, és tudtuk, hogy összetartozunk.

Egy percre magára hagyom az összeboruló családtagokat; Kathie hív magához a terem másik szegletéből. Lillynek haza kell mennie, csak beköszönni jött át hozzánk, Kathie pedig oda akarja adni neki az ajándékát, ellenben a parti szülte kavarodás közepette fogalma nincs arról, hogy hol van.

– Azonnal, kicsim.

Biztos ugyan nem lehetek benne, de a második emeleti raktárban keresem először. Miközben keresztülszelem a termet, elhaladok a Lawrence házaspár mellett, és önkéntelenül is belehallgatok a beszélgetésükbe – illetve vitájukba.

– Te mondtad, hogy Sophie teljesen lökött – sivítja Jerry olyan halkan, amennyire csak képes rá. – Idézlek: „Nulla felelősségtudata van, és hozzá teljesen bolond. Elhagyta a családját."

– Tudod mit? – feleli kihívóan Linda. – Lehet, hogy egy idióta a nagynéném, de ha egy házasság, sőt maga a család is csak ezzel a hercehurcával meg a szenvedéssel jár, talán igaza van.

– Igen? Így gondolod? Menj csak utána nyugodtan! Ja, várj… Hova is? Nem tudod… Mexikóból küldte a lapo, de ma már Lappföldön is lehet akár! Sosem tudhatod, mert csak két hónapig szeret egy helyet, vagy épp egy embert. Ez nem élet, ez egoizmus.

– De legalább nem olyan sznob, mint te meg a hülye családod!

– Szóval sznob volnék? Komolyan? Ez a véleményed?

– A bátyád rontott el, nem téged hibáztatlak, de fogalmad sincs arról, hogy mit jelent a szabadság meg az élet. Melletted csak megfulladni lehet!

Sosem illettek össze valójában. Noha én voltam Jerry tanúja, és tiszta szívből kívántam azt, hogy megtalálja Linda mellett a boldogságot, tudtam, hogy ez nem neki való. Kevesek számára adatik meg az, hogy olyan harmonikus és szenvedélyes kapcsolatban élhessenek, mint amilyen Allisoné és az enyém volt. Hirtelen megtorpanok a küszöb előtt, eltölt az érzés, a hiánya, a szeretete. Még mindig nem telt el nap úgy, hogy ne gondolnék rá, hogy ne az ő arcképével a szemem előtt ébredjek, és hajtsam álomra a fejemet.

Négy éve hívtam el először vacsorázni Helent. Másfél éve kértem arra, hogy költözzön ide, de még most sem vagyok képes feleségül kérni őt. Ha házasságra gondolok, csak Allisonra gondolok, nem tudom elengedni őt, és attól félek, hogy soha nem is fogom tudni.

Mély levegőt veszek. Az égiek segítségét kérem, és a feladatomra összpontosítok. Lilly ajándéktáskája! Meg is van, a rózsaszín, angyalkás doboz lesz az, már emlékszem. Kikapom a többi csomag közül, majd Kathie felé sietek vele. Ő megköszöni, hogy megtaláltam neki, majd visszarohan Lillyhez, aki az ajándékozást követően máris a kabátja után nyúl. Megemlíti az apját is: egy újabb karácsony nélküle, egy újabb év ért véget, úgy, hogy nem tudja, ki ő, hogy nem ment el értük.

Hirtelen úgy érzem, hogy a mi családunk még így is szerencsés. Kathie hiába veszítette el olyan korán az édesanyját, tudja, hogy Allison mennyire szerette őt. A mi családunk nem szétszakadt, kérdéseket és haragos fájdalmat hagyva maga után, csupán csendes gyászt, mely begyógyulhat egyszer.

De ez, ez a nyitott kérdés, a miért, hogy miért hagyta el őket, nem hagyja őt nyugodni, és nem is akarja feladni sosem ezt a harcot. Minden évben újra és újra eldönti, hogy megkeresi őt, és én hiszek abban, hogy egy nap sikerülhet.

– Boldog karácsonyt, Mr. Young! – búcsúzik el tőlem Lilly, miközben megigazítja a nyakára fonódó sálat.

– Boldog karácsonyt, és üdvözlöm az édesanyádat is!

Kilép az ajtón, kis híján felöklelve az éppen betoppanni készülő Iant. A férfi még időben lép hátra, de kis híján így is felborul a hirtelen irányváltoztatástól. Lilly bocsánatot kér tőle, megkérdezi, hogy jól van-e, a férfi azonban nem szólal meg. Felé nyújtom a karomat, behúzom a meleg szobába, miközben mélyen a szemébe nézve vizslatom a tekintetében keletkezett zavartságot.

– Mi történt?

– Ki ez a lány? – kérdezi halkan. – Valami... emlékeztetett benne valamire.

– Visszajött valami konkrét? – kérdezem izgatottan. Ian hosszú évek óta nagyon kedves ismerősöm, ám nem tudok róla többet, mint amennyit ő maga tud önmagáról. Tizennégy évvel ezelőtt egy kórházban tért magához, valahol a tengerpart közelében, és fogalma nem volt arról, hogy hol lehet, vagy hogy ki is ő. Bejárta a fél világot az emlékei után kutatva, mégis, mindössze annyit sikerült elérnie, hogy érez dolgokat. Érzi azt, hogy apa volt, és azt, hogy boldog, de nem tudja, hogyan kaphatná ezt vissza. Nem voltak nála iratok, mikor rátaláltak; a saját nevére sem emlékszik. Iannek nevezte el magát, és azóta is várja a csodát, hogy egy nap hirtelen eszébe jusson valami. Bármi.

– Nem, most sem, még most sem – feleli halkan. – Van puncs?

– Hátul – mutatok Michael Elsteh irányába. – Ott találsz mindent.

– Köszi – feleli, miközben a tenyerébe lehel. – De jó bent lenni! – Körbenéz a társaságon, hogy lássa, kikkel lesz összezárva ma estére. Tekintete hirtelen megakad Lawrence-éken, majd felfigyel Bricksék állandó morgolódására, Michal Elseth italba fojtott bánatára, vagy éppen Mrs. Miller zaklatottságára. Mindenki feszült, mindenki sértődött és kapkod. – Mindig ilyenek a karácsonyi partik? – kérdezi hitetlenkedve.

– Nem attól lesz meghitt egy ünnep, hogy puncsot iszogatunk, karácsonyi dalokat zengünk, és a feldíszített fát álljuk körbe – kezdem halkan. – Van egy titkos összetevő ebben a receptben, ami vagy megvan, vagy nincs, de nem lehet tettetni.

– Mire gondolsz pontosan? – kérdezi felvont szemöldökkel, mikor hirtelen újból kinyílik az ajtó. A vendégünk azonban egy olyan személy, aki nem volt rajta a meghívottak listáján.

Egy kék egyenruhás rendőrtiszt lép be a terembe és fordul felém.

– Melyikük a tulaj? – Hangja dermedt és monoton, rossz előérzetem támad.

– Én vagyok az, William Young. – Felé nyújtom a kezemet, ő emberesen megszorítja, majd összeszorítja a fogát.

– Egy szökött fegyencet üldözünk. Egészen az utcáig egyértelmű nyomokat hagyott maga után, azonban a környéken elvesztettük őt. – Egy házkutatási parancsot nyújt át nekem. – Meg kell kérnem arra önöket, hogy maradjanak ebben a teremben. A többi szobát, illetve kijáratot ideiglenesen le kell, hogy zárjuk.

– Esélyt lát arra, hogy – a lélegzetem is elakad –, hogy… hogy az épületben bujkál valahol?

– Mivel a kiadott szobák lakói nem tartózkodnak itthon, megfelelő búvóhelyet biztosít számára a ház.

– És mi? Velünk mi lesz?

Mindenkit leellenőriznek. Minden iratot és személyi igazolványt úgy néznek sorra, mintha gyanúsítottak volnánk, nem pedig kertvárosi lakók csupán. A téli éjszaka jeges hangulatot szül a teremben, mindenki szíve reszketni kezd a tudattól. A rendőrök a biztonság kedvéért bezárják a termet, ahol jelenleg tartózkodunk, addig, míg átkutatják az egész épületet.

Mindenki szemében látni a félelmet. Mindenki aggódik és feszeng. A bezártság egyszerre szül megnyugvást, és görcsöt is a testünkben.

A terem közepére sietek, és a figyelmüket kérem. Azt akarom, hogy az én hangomra összpontosítsanak, és zárják ki a rettegést. Azt akarom, hogy mindenki körém gyűljön, hogy együtt maradjunk. Kört alkotunk, majd leülünk a földre, és mindenki megfogja a mellette levők kezét. Arra törekszem, hogy az erőt adjuk át egymásnak, és ne a félelmeinket.

– Ha együtt maradunk, együtt képesek leszünk átvészelni ezt. – A hangom nyugodt. Bár belül reszketek, igyekszem nem kimutatni ezt. – Mind itt vagyunk. Együtt kell megnyugtatnunk egymást. Legyen ez most egy meeting. Mindenki mondja el, hogy ma, a szeretet ünnepén, miért adhat hálát. Mi az, amiért hálás lehet. – Egy másfajta, de ugyanolyan mély érzésre akarom összpontosítani a figyelmüket.

– Én nem is akartam ma itt lenni! – csattan fel Linda, miközben idegesen támadja le Jerryt. – Te rágattál el ide! Ha nem erősködsz, most otthon ücsöröghetnék, és nem lennénk életveszélyben sem!

– Nekem is otthon kellene lennem! – pattan fel megtörve a kört Amanda. – A lányom mellett van a helyem, vele kellene most is lennem. Vele kellene lennem… – Lelkén a pánik lesz úrrá. – Mi van, ha soha többé nem látom őt? Mi van akkor, ha…? – Elkezdi gyorsabban venni a levegőt, elkezd a kijárat felé rohanni, és a bezárt ajtót rángatni. George utánarohan, próbálja lefogni, de hasztalanul.

– Azt hittem, a gazdagok tök boldogok – kezd bele Kelly is, Kathie legjobb barátnője –, de ez nem igaz. Mit ér egy ilyen helyzetben a pénz? – Szemébe könnyek szöknek. – Haza akarok menni!

– Mi van, ha tényleg itt van? Mi van, ha megöl minket? – Hillary hangja már-már teljes mértékben hisztérikussá változik.

Hirtelen sötétség ereszkedik a teremre. Valaki halkan felsikolt, hallani a feszült rémületet, a reszkető lélegzetvételeket.

– Áramkimaradás? – kérdezi Stella kétségbeesetten.

– Inkább elvágták a vezetékeket – suttogja Bridget halkan.

Az emberek az ajtóhoz akarnak rohanni; hallom a koppanást, amint valaki elborul. Tömegpánik kezd kitörni, és nem tudom, mit tegyek, nem tudom, mit kellene…

– Hálás vagyok azért, hogy még ha a félelem lett is úrrá rajtam, azok mellett lehetek, akiket szeretek. A családommal, a barátaimmal. Hálás vagyok azért, hogy ők vesznek most körül.

Helen nyugodt, halkan reszkető, csendes hangja egy percre megtöri a kétségbeesést. Hálásan szorítom meg a kezét.

– Hálás vagyok azért, hogy ma sem adtam fel a küzdelmet. Hálás vagyok azért, hogy az élet megtanított a reményre és a hitre. Hálás vagyok azért, hogy ma már nem veszek el azonnal, ha történik valami számomra ismeretlen dolog.

– Töksötét van, senki nem is venné észre, ha most hátraosonnék a piákhoz – kezdi halkan Chloe –, de hála az AA meetingeknek, nem akarom megtenni. Nem mondom, hogy nem gondolok rá, vagy arra, hogy most szívesebben lennék otthon Daphne és Mary mellett, de ma el akartam jönni ide. Azokkal akartam ünnepelni, akik fontosak nekem. És én most is, még így is, közöttük vagyok.

A pánikszerű hangulat csillapodni látszik, a higgadt jóakarat láncreakcióként terjed tovább közöttünk. Chloe a zsebébe nyúl, az öngyújtója segítségével gyújt világosságot. Én egy percre elengedem Helen kezét, a bárpult melletti asztal fiókjából kapok elő néhány hangulatgyertyát. A sötétben tapogatózó reményvesztettség hirtelen meghitt, táborozásra emlékeztető baráti társasággá változik.

– Szeretlek, apa – suttogja Kathie. – Tudom, hogy nem könynyű velem, de tudnod kell...

– Tudom. Mindig tudom – felelem mosolyogva. – És tudod, hogy én is.

– Bill – suttogja halkan Hillary –, nem tudhatom, hogy túléljük-e a mai estét...

– Szívem, nem lesz baj!

– De igen – feleli könnyes szemmel. – Terhes vagyok.

– Tessék? – kérdezi hebegve. – Ho...? Mióta tu...?

– Három hete – suttogja. – Én nem tudom, nem tudom, hogy készen állok-e elengedni Nancyt; nem tudom, hogy képes vagyok-e erre.

– Én csak azt tudom – Bill megszorítja a neje kezét –, hogy együtt megoldjuk. Akkor is megoldottuk. Idő kellett hozzá, de együtt maradtunk, és ha bízunk egymásban, most is sikerülhet.

– Fel akarom keresni az apámat – jelenti ki hirtelen Stella. Mindenki felé fordítja a tekintetét, egy percre megilletődik. – Rám tört az őszinteségi roham – mentegetőzik.

– Azt hittem, gyűlölöd őt – motyogja Jack meglepetten.

– Janet gyűlöli, én nem is emlékszem rá. Chloe viszont ismeri, és tudja azt is, hogy haldoklik. Én nem akartam ezzel foglalkozni, mert Janet szerint nem változhatott meg, de most hirtelen csak arra tudok gondolni, hogy ha bennem csak az tartja a lelket, hogy veletek vagyok, ő egyedül mennyire el lehet veszve. Nem tudom... nem tudom, milyen anya lehettem volna, ha megadja nekem ezt a lehetőséget az ég – Jack magához szorítja a zokogó Stellát –, de én belehalnék abba, ha Millie elutasítana, és nem akarom... nem akarok még valakit elveszíteni, anélkül, hogy elbúcsúzhatnék tőle.

– Huh – sóhajt egyet Chloe. – Ez kicsit felnyitotta az én szememet is. – Tekintete Gabie-t keresi: a bírósági hercehurcák óta tudja, hogy az egykori élettársa fogadott lánya ő. – Senkinek sem mondtam még el, de Troy kapcsolatot szeretne a lányával. Féltettem Daphnét, el sem tudtam képzelni, hogy ahhoz a szörnyeteghez engedjem, de ahogy Stella is mondta, ismerem Petert, és hirtelen rájöttem arra, hogy adnom kell neki egy esélyt.

– Sosem éreztem még ilyen múlandónak az életet – szögezi le Linda –, de a nagynéném látni akar. És ha ezt túlélem, meg fogom látogatni. De csak akkor, ha te is velem jössz. – Jerryre pillant. – Szeretlek, jobban, mint bárkit. Bocsáss meg nekem!

– Nem, én voltam idióta. Szeretlek, Linda.

– Ha már kiteregetjük a szennyest – kezdi Amanda –, azt hiszem, én is vallomást teszek. A halálfélelem az én szememet is felnyitotta. El akarok válni.

Döbbent csend ereszkedik a teremre. Mindenki azt várja, hogy a férj kiboruljon vagy heves tiltakozásba kezdjen, de George mintha fellélegzett volna.

– Nem akartalak megbántani, nem akartam, hogy úgy érzed, én is elhagylak. Szeretlek, Mandy, de nem szerelemmel. A nejemet akartam elfelejteni, de nem biztos, hogy a jó úton járok. Ne haragudj rám!

– Te ne haragudj, Georgie! Kedvellek, de azért akartam hozzád menni, hogy Audrey végre kaphasson egy példaképet, hogy legyen mellette egy apa.

George hirtelen nevetni kezd. – Vagyis mindketten ugyanúgy érzünk, de ha a félelem nem vált ki radikális őszinteséget belőlünk, éveken át élünk még így, igaz?

– Ki tudja, meglehet. – Amanda felszabadultan öleli át a férjét. – Hálás vagyok azért, hogy őszinte lehettem veled.

– Te jó ég, azt hittem sok gondom van Carlosszal – motyogja maga elé Bridget –, de most csak azt akarom, hogy itt legyen velem. Két év terápia nem segített, de ez az egy éjszaka elég volt.

– Cathleen – szólal fel Christina is –, tartozunk egy bocsánatkéréssel. Te közeledni próbáltál felénk annak idején, de kitaszítottunk magunk közül.

– Régen volt az – feleli legyintve a nő.

– De engem bánt. Túl sok volt a sérülés, és ez részben a mi hibánk.

– Ha kötődtem volna hozzátok, vagy bárkihez is abban a városban, akkor nem utazom el Halifaxba Maurennal. Nem váltok irányt, és nem fordulok az írás felé, és akkor ma Henryt sem ismerném. – Belekarol a férjébe, miközben tovább magyaráz. – Nem tudok haragudni rátok, mert végső soron pontosan arra volt akkor szükségem.

– Valaki másnak azonban tényleg tartozunk egy vallomással – szólal meg Helen. – Joe... – Mély levegőt vesz, nem tudja folytatni.

– Lynette beteg volt – veszi át a szót Stella. – Mikor diagnosztizálták nála a rákot, tudta, hogy évei vannak már csak hátra. Te kaptál egy lehetőséget annál a cégnél, és sosem látott boldogabbnak. Nem akarta ezt elvenni tőled, mert tudta, hogy vele maradnál mindenképpen. Nem akarta, hogy az ő ápolásával teljenek el az éveid, és miatta ne valósíthasd meg az álmaidat. Gabie-ről ugyan még nem tudott akkor, de így látta a legjobbnak és arra kért minket, hogy soha ne mondjuk el neked.

– Szóval azt mondod, hogy...?

Joe kérdését hirtelen egy lövés hangja szakítja félbe. A társaság egy emberként rezdül össze, az elfojtott, néma sikolyok és kétségbeesett pillantások ezúttal dermedt mozdulatlansággal párosulnak. Levegőt sem merünk venni. A felső szintről dulakodás hangja tör be hozzánk – hallani, amint új helyre kerül egy bútor, vagy ha eldördül egy lövés. Most már kétség sem maradt afelől, hogy itt van a keresett gyilkos.

Az ajtó hirtelen megmozdul, hallani, amint valaki kívül kezdi el rángatni. Egy pillanatra lehunyom a szememet. Mély levegőt veszek, próbálom nem feladni, próbálom nem elhagyni önmagamat.

Megpróbálja berúgni az ajtót, hallani a próbálkozások hangját, ahogyan a bakancs nekifeszül az öreg fának. Hirtelen durva reccsenés kíséretében adja meg magát a zár. A kezében fegyvert tartó férfi ott áll előttünk, a haja csapzott, a szemei kidülledtek, és idegesen ugrál körbe a tekintete a teremben.

– Mindenki húzzon hátra, és emelje fel a kezét! – ordítja, miközben elkezd közeledni felénk. – Lássam a kezeiteket! – üvölti, majd hirtelen elkapja Stella karját, és maga felé kezdi el húzni. – Szükségem van egy túszra.

– De nem rá! – kiáltom, miközben előrelépek.

– Nem pofázni! Vissza! – sivítja, azonban én nem mozdulok.

– Ez az én házam. Nálam vannak a kulcsok, ismerem az épület minden zugát, azokat is, ahova el lehet rejtőzni. Higgye el, több hasznomat veszi, mint a lánynak.

– Will, ne csináld! – figyelmeztet Martin, de figyelmen kívül hagyom azt, amit mond.

A fegyveres felé közeledem, felemelt kézzel sétálok mellé. Arra kérem, hogy engedje el Stellát, és akkor segítek neki. Ő a földre taszítja a nőt, majd a kulcscsomómat követeli. A zsebembe nyúlok, miközben finoman hátrapillantok a vállam fölött. Michael veszi át gyorsan a vezetőszerepet: biztonságban hátratereli a csapatot, és próbálja lecsillapítani őket.

Mindeközben a rendőröknek sikerül végre reagálniuk, és követniük a hangok forrását. Ketten közülük hirtelen megjelennek az ajtóban, a fegyveres férfi ebben a pillanatban felém kap, és a tarkómhoz szegezi a pisztolyát.

– Még egy lépés, és meghal!

Erős, sebhelyes karját a mellkasom elé fonja, a szorítása kipréseli belőlem a levegőt is. Érzem a koponyámhoz tartott fegyver érintését, érzem a pánik jeges karmait, melyek a torkomat fojtogatják. Kezdek elveszni, kezdem elveszíteni önmagamat.

A férfi végigvonszol a termen, alig tudom egymás után emelni a lábamat is. Helen halkan felsikolt, a levegőben megfagyott feszültség jégszilánkjai a szívemet mardossák. A rendőrök egymásra pillantgatnak, szemük sarkából valami titkos, nonverbális szakzsargont látok kibontakozni és kívánom, hogy ne a remény hitesse ezt velem. Hiszek abban, hogy van valami tervük.

A kulcsokat kéri a férfi. A zsebemben kotorászok, dermedt tagjaim mozgásra képtelenül ejtik ki fakó ujjaim közül a tárgyat. Egyre gyorsabban veszem a levegőt, nem is fogom fel, hogy mi történik körülöttem.

A szemem sarkából mintha azt látnám, hogy az egyik rendőr megmozdul, érezni azonban csak a reszkető lábaimat érzem, majd a lövést hallom.

A tompa fájdalom a földre kényszerít. Látom magam körül a vért, érzem a bőrömbe fúródott ólomdarabot, érzem, ahogyan lassan elsötétül előttem a világ, ahogyan elborít a homály.

Allisont látom magam előtt. Fehér ruhában, angyalszárnyakkal közeledik felém. Fel akarok kelni, hozzá akarok szaladni, de a kín nem enged, foglyul ejtett, és nem tudom lerázni a láncaimat. A nejemre pillantok, azt kérdezem tőle, hogy magával visz-e, hogy ezért jött-e el.

– Nem, Will – felhő-finom ujjai végigsimítanak az arcomon. – Nem ezért jöttem, hanem hogy elmondjam azt, a szíved elég hatalmas ahhoz, hogy ketten is elférjenek benne. Neked még itt van dolgod.

– William! William! William, kérlek, válaszolj! – Egy másik hang tör be kettőnk közé, a feleségem alakja homályosulni kezd. – Könyörgöm neked, térj magadhoz!

Allison? Ne! Hova mész, Allison? Ne hagyj itt, ne hagyj magamra!

– De hiszen nem vagy egyedül.

Felpattannak a szemeim. Helen csodaszép gesztenyebarna szemei könnyekkel áztatják az arcomat. Ahogy magamhoz térek, a nyakamba borul, úgy zokog tovább. George nyomókötést igyekszik tenni a sebre, a lövés mindössze a vállamat érte.

– Megmaradsz – nyugtatgat, miközben leitatja a nyakamról a vért. – Öt percen belül kiérnek a mentők.

– Mi… mi történt? – kérdezem halkan és gyengén.

– Elég sok minden.

– Meddig voltam…?

– Csak két perc volt – suttogja Helen –, de elég hosszú két perc. Röviden, meglőttek. A rendőrség elkapta a fickót. Senki másnak nem esett baja, mind élünk. Cathleen hősnek tartja a férjét, amilyen higgadtan kezelte a helyzetet, és ahogyan védte őket. Azt hiszem, beleszeretett. Nem fogod elhinni, de ahogy eldördült a lövés, Ian – azaz David – hirtelen visszaemlékezett a nevére. Nem tudni, hogy mit fog ezzel kezdeni, de már el tud indulni.

– Hosszú két perc volt – helyesel Kathie is. Oldalra hajtom a fejemet, hogy jobban láthassam őt és a kezét is, mely Diego Craig kezét szorongatja.

– Inkább lőjetek le még egyszer.

– Ne butáskodj! – suttogja Helen, miközben megcsókol. – Felépülsz, és minden rendben lesz.

– Helen...

– Ne, ne beszélj ilyen sokat, pihenned kell.

– Csak ha hozzám jössz. – Tekintete megakad, megütközik a kijelentésemen. – Nem tudok most letérdelni – suttogom, miközben a keze után nyúlok –, de azt szeretném, ha a feleségem lennél. Szeretlek. Szeretlek, Helen.

És már azt is tudom, hogy nem kell elengednem Allisont, nem kell, hogy örökkön-örökké bűntudatot érezzek, mert mindkettőjüket szerethetem.

– Nos, mi a válaszod?

– Igen. – Szeméből örömkönnyek törnek elő. – Mi más lehetne? Igen!

Hirtelen egy történet jut eszembe. Egy fiúról, aki mindent megtett azért, hogy megtalálja a családját, ám minduntalan falakba ütközött. Londonba szökött, ide jött annak a reményében, hogy válaszokra lelhet. Végül kiderült a nőről, aki segítséget ajánlott neki, hogy a nővére, és végre újból együtt lehettek.

Mikor először hallottam ezt a legendát, már akkor tudtam, hogy nekem itt van a helyem, hogy nekem erre a csodára van szükségem, és annak az éltetésére. Ezért is vettem meg az egész házat, minden emeletével és szobájával együtt. Azt hiszem, már akkor tudtam, hogy a ház szelleme fáradhatatlanul segít abban, hogy akik összetartoznak, azok összetartozhassanak.

A ház minden emelete, fala és szőnyege ezt a rég kimúltnak titulált, ám máig itt kísértő és lobogó békét hordozza magában. Én ebbe a reményb, a lehetőség reményébe szerettem bele évekkel ezelőtt. A legendába, abba a történetbe, abba a leírhatatlan érzésbe. Az érzésbe, mely, ha most körbepillantok rokonokon és rég nem látott barátokon, kik egymás nyakába borulva könnyeznek vagy nevetnek, eltölti a szívemet és az egész lelkemet, kitölti az üres réseket a fénye. Betölti a házat, átjárja az embereket.

Ott lapul a tekintetekben, az érintésekben, megbújik a halk szavak mögött és a hétköznapi mozdulatok közé rejtőzik, de ott van. Én minduntalan ott látom a Szeretetet az emberi szívekben akkor is, ha olykor nehéz észrevenni azt, akkor is, ha képtelen a felszínre törni és előbújni, akkor is, ha nem tesz csodákat, egyszerűen csak jelen van önmagában.

A szeretet sokszínű lehet, de a maga lecsupaszított pompájában a legnagyobb sötétségben is mécsesként tart fényt elénk. Ez a valódi karácsnyi csoda, ha ezt megértjük és átérezzük. Ez az a hiányzó adalékanyag, amely az embert emberivé teszi, és ami nélkül az élet maga is értelmetlenné válik. Apróságnak tűnhet, holott mindennek ez ad értelmet.

Boldog Karácsonyt!

A szerző

N. Jessy Blake 1999.11.18-án született. Elsőéves
magyar szakos egyetemista, mellette pedagógiai
és családsegítő asszisztens egy Montessori
Bölcsődében. Olyan emberek életébe pillanthatott
be, akiknek élettörténetei arra inspirálták őt,
hogy megírja ezeket. Személyes célja pedagógiai
asszisztensként és leendő tanárként, hogy átadja
a fiatalságnak azokat a gondolatokat, melyeket
értékesnek tart. A történetek által szeretné
megmutatni az embereknek azt, hogy ő hogyan
látja a világot. Hobbijai a szobrászkodás, a grafika,
valamint minden, ami irodalom.

A kiadó

Aki feladja,
hogy jobbá váljon,
feladta,
hogy jobb legyen!

E mottó alapján a novum publishing kiadó célja
az új kéziratok felkutatása, megjelentetése,
és szerzőik hosszútávú segítése. Az 1997-ben
alapított, többszörösen kitüntetett kiadó az egyik
legjelentősebb, újdonsült szerzőkre specializálódott
kiadónak számít többek között Ausztriában,
Németországban és Svájcban.

**Valamennyi új kézirat rövid időn belül egy
ingyenes, kötelezettségek nélküli kiadói
véleményezésen esik át.**

További információkat a kiadóról és
a könyvekről az alábbi oldalon talál:

www.novumpublishing.hu